文库 第 2 辑

文库编委会 编

最是繁华季节

潘亚暾选集

潘亚暾 著

China World Association for Chinese Literatures

南方出版传媒

花城出版社

中国·广州

图书在版编目（ＣＩＰ）数据

最是繁华季节：潘亚暾选集 / 潘亚暾著. -- 广州：花城出版社，2014.11（2021.7重印）
（世界华文文学研究文库. 第2辑）
ISBN 978-7-5360-7306-7

Ⅰ. ①最… Ⅱ. ①潘… Ⅲ. ①华文文学－文学研究－世界－文集 Ⅳ. ①I106-53

中国版本图书馆CIP数据核字(2014)第247537号

出 版 人：肖延兵
责任编辑：李　谓　李加联　杜小烨
技术编辑：薛伟民　凌春梅
装帧设计：林露茜

书　　名	最是繁华季节：潘亚暾选集	
	ZUI SHI FANHUA JIJIE PAN YATUN XUANJI	
出版发行	花城出版社	
	（广州市环市东路水荫路11号）	
经　　销	全国新华书店	
印　　刷	北京一鑫印务有限责任公司	
	（北京市顺义区北务镇政府西200米）	
开　　本	880 毫米×1230 毫米　32 开	
印　　张	9.75　2 插页	
字　　数	290,000 字	
版　　次	2014 年 11 月第 1 版　2021 年 7 月第 2 次印刷	
定　　价	49.80 元	

如发现印装质量问题，请直接与印刷厂联系调换。
购书热线：020 - 37604658　37602954
花城出版社网站：http://www.fcph.com.cn

出版说明

有海水的地方就有华人，有华人的地方就有中华文化的流播，也就伴随有华文文学在世界各地绽放奇葩，并由此构成一道趋异与共生的独特风景线。当今世界，中华文化对全球的影响力不断扩大，无疑为我们寻找华文文学创作与研究的世界性坐标，提供了有利的条件和新的机遇。

改革开放三十多年来，中国大陆华文文学研究界的老中青学人，回应历经沧桑的世界华文文学创作，孜孜矻矻地进行了由浅入深、由少到多的观察与探悉，取得了相当丰硕的研究成果。为了汇集这一学科领域的创获，为了增进世界格局中中华文化和不同文化之间的交流与对话，为了加强以汉语为载体的华文文学在世界文坛的地位，也为了给予持续发展中的世界华文文学以学理与学术的有力支持，中国世界华文文学学会与花城出版社联手合作，决定编辑出版"世界华文文学研究文库"。

这套"文库"，计划用大约五年的时间出版约50种系列图书。

"文库"拟分为四个系列：自选集系列、编选集系列、优秀专著系列，博士论文系列。分辑出版，每辑推出 8 至 10 种。其中包括：自选集——当代著名学者选集，入选学者的代表作；编选集——已故学人的精选集，由编委会整理集纳其主要研究成果辑录成册；优秀专著——世界华文文学研究领域的最新学术专著，由编委会评选推出；博士论文——世界华文文学研究的博士论文，由编委会遴选胜出。

"世界华文文学研究文库"将以系统性、权威性的编选形式，成就华文文学研究领域的大典。其意义，一是展示中国世界华文文学研究的整体性学术成果；二是抢救已故学人的研究力作；三是弥补此一研究领域的空缺，以新视界做出新的开拓；四是凸显典藏性，有较高的历史价值与人文价值。

"文库"在编辑过程中，参考并选用了前贤及今人的不少研究成果，在此谨向众多方家深表谢忱。由于时间仓促，遗珠之憾和疏漏错差定然不免，尚祈广大读者多加赐教。

花城出版社
2012 年 10 月

目 录

自序　　1

港台海外华文文学现状　　1

香港文学素描　　40

秋实累累　异彩纷呈

　　——20世纪80年代香港散文掠影　　52

第一个高度

　　——20世纪80年代香港小说巡礼　　63

香港杂文巨观扫描　　75

《台港文学导论》引言　　82

东西方华文文学之比较　　93

最是繁华季节

　　——三岸文学研究交流比较　　104

漫话海外华文文学　　119

世界华文文学发展中未尽理想的几个方面　　129

东南亚华文文学现状与走向　　135

从菲华文学的勃兴看社会变革对东南亚华文文学的影响　　151

从二小龙看华文文学的发展　　160

海外华文文学重镇

　　——新华文学巡礼　*166*

有海水的地方就有华文文学

　　——文莱华文文学初试锋芒　*176*

陈若曦的艺术世界　*179*

刘以鬯及其小说艺术　*187*

我看尤今小说　*194*

不应遗忘的诗坛老前辈

　　——艾山诗集《暗草集》《埋沙集》赏析　*198*

演化而常新

　　——杨牧近期的新诗　*205*

芳草迷天涯路

　　——洪素丽新诗赏读　*212*

东方才女

　　——包柏漪　*219*

走向世界的美文

　　——彦火散文初探　*226*

论陈千武的战争小说　*233*

80年代的文学旗手

　　——林燿德论　*243*

一曲爱国抗日的悲壮战歌

　　——评钟肇政的《台湾人三部曲》　*263*

走向祖国的诗人

　　——读马华诗人吴岸的新著《生命存档》　*277*

当代香港的绝妙传奇

　　——评海辛新著《庙街两妙族》　*279*

海华文学的一座丰碑

    ——兼评骆明新著《东南亚——另一片华文

    文学天空》 *285*

亦可悲调出自爱心

    ——评《湄南河恋歌》 *291*

潘亚暾学术年表 *297*

自　序

　　由于年事已高，且身体欠佳，本不想出书。但考虑到不出书则论著容易流失，自 20 世纪 90 年代以来各地博硕士生上门求助，索取论著至今未还。为了感谢学会领导王列耀会长等的关爱和支助，决心抱病编出此选集。

　　学会领导说我是本研究领域的先行者，起步得早，过程极为艰难险阻，二十年耕耘不寻常。除了勇气、毅力和坚持外，还须方方面面的支助，如有所成，亦非个人拼搏能做到。

　　没有改革开放就没有本领域的研究成果。国家富强昌盛，社会稳定繁荣，学术研究自由，生活不断改善，大环境保证我们能畅所欲言，传承创新腾飞，乐于奉献。

　　中国梦就是我的梦，百年追梦并将圆梦。对此，列强亡我之心不死，眼看睡狮醒来，让他们的美梦破灭，便捏造"中国威胁论"孤立中国。为此我们更需努力奋斗，以实力反击之。我们成果越丰硕，弘扬中华文化便是精神原子弹。

　　我能编出此书，尽管缺点、弱点和错误在所难免，但心情舒畅，深感幸福，决心再接再厉，写出我的回忆录，作为感恩之作。半个世纪以来，我一直失眠无眠，但愿有朝一日我能长眠不起，悄悄地走了，实现我"哭着来，笑着走"的心愿。再见吧，朋友们！是为序。

2014 年 6 月

于病后东莞疗养中

港台海外华文文学现状

香港文学在转变中勃兴

一、推倒"文化沙漠"论

香港文学一向被非议最多。

近几年来，海峡两岸乃至欧美地区华文学者、作家每每有人著文公开批评香港为"文化沙漠"、"没有文化"再不就斥为只有"声色犬马文学"。即使是本港作家也不能免俗，或妄自菲薄，或随声附和，或聊以自嘲，还有的甚至互相指责否定，形形色色，不一而足。也有人默默耕耘、以实绩击破此论，更有人奋起反驳，据理力争。这是为什么呢？令人深思。

1983 年我第一次赴港探亲，经过三个月实地考察（此后每年去几个月），清楚地认识到"文化沙漠论"是无稽之谈，有人群的地方就会产生文学，香港居民超过 500 万，怎么可能是一片"文化沙漠"呢？香港有着高度的物质文明，香港人最能拼搏，那儿学府林立，有七十多家中文报刊，四百家杂志，有五六十家出版社，难道孕育不出精神文明吗？经过深入调研采访，我认识到香港文学是客观存在的，是否定不了的，但要"沙里淘金"（刘以鬯语），才能发现"实绩相当可观"（余光中语）。列宁的各个民族都有两种文化的英明论述，为我们研究香港文学提供了有力的武器。香港是个高度商业化的社会，有其黑暗面和腐朽性，充满尔虞我诈。互相倾轧，金钱支配一切，不少人道德沦丧，醉生梦死，追求骄奢淫逸；但这个社会也有其光明面和进步性，那儿生活着几百万勤劳智慧的居民，特别是知识分子和下层民众。处处能感受到人情暖意和人道主义。那是个高度现代化的国际名城，世界第一流的科学技术给她带来了举世瞩目的繁荣和进步。香港就是这样一个多层次、多结构的极其矛盾复杂的社会，假恶丑与真善美奇异的并存着。香港文学正是这样一个五光十色的社会的反映。研究香港文学，首先要对这个社会有一个全面的、客观的分析，切忌形而上学和主观片面。正是由于认识的偏颇，特别是极"左"思想的干扰，使内地对香港文学的研究迟迟难以起步，至今仍有人蔑视鄙视她，至少漠视她的存在。这不能说不是个莫大的损失。

一个杂色的社会必然产生杂色的文学。

香港是个竞争激烈的社会，市场需求往往决定了文坛的大致趋势。撇开充斥书肆报摊渲染色情、暴力、黑幕和荒诞不经的各样书刊，可以看到，香港文坛的两股主流：一是通俗文学，或称流行文学；一是严肃文学，或称纯文学。通俗文学适应社会需求，独占鳌头，历久不衰，拥有广大作者群和读者群，占领庞大市场；严肃文学，曲高和寡，读者面狭小，面临严重的挑战。

在流行文学风行下，严肃文学并未退出文坛，而是在艰难曲折中生长和发展，显示出顽强的生命力。严肃文学作家这种知难勇进的生命力。严肃文学作家这种知难勇进的精神令人钦佩。他们深知自己的使命，奋起抗争，以求生存发展。在继承五四新文学现实主义优良传统的同时，他们也意识到严肃文学不可严肃到古板乏味，以至无人问津，必须在提高思考性和艺术性的同时，提高趣味性和可读性。才能与流行文学抗衡，许多作家在创作中广泛吸取外来文艺思潮和手法，中西合璧，土洋结合，以求创新突破。近年来涌现一大批敢于直面人生又有多样化的艺术表现形成的佳作，做到了雅俗共赏，寓教于乐，寓理于趣，使读者在轻松有趣的阅读中，受到健康情趣的陶冶和美的享受。"曲高和众"成为他们探讨的共同课题。香港回归进程的迫近，不仅促进了严肃文学的发展，也引导流行文学作家的作品向健康清新的方向转化。

时至今日，所谓"香港没有文学"和"沙漠论"已没有市场了，人们开始对香港文学刮目相看了。有识之士越来越清楚地看到香港的特殊地位，看到香港已成为国际华文文学研究交流中心和沟通中西文化的桥梁。在加强海内外联系与促进交流上，香港是一个不可替代的重要角色。早在20世纪50年代末和60年代初，香港最早树起现代主义的《文艺新潮》和文艺副刊《浅水湾》就影响过台湾文学，促进台湾现代派的崛起，从而取代了所谓"战斗文艺"的地位。特别是1963年出版（后在台湾再版）的《酒徒》，塑造了一系列典型形象，借酒徒之口，提出一系列崭新的文艺观，对港台海外文学影响深远，可惜这部小说迟至1985年春才与内地读者见面，这无疑是个莫大的损失。可见台港文坛历来是紧密联系而又互相影响的，并且对内地特具镜子作用。香港文学对澳门和东南亚华文文学更有着直接的影响与促进。当前，加强对香港文学研究的意义，是不言自明的。

二、香港文学的起源

回顾历史是为了前瞻。

常言道："温故而知新。"为了更好地说明现状，有必要简要地回顾一下历史。香港虽是个弹丸之地，其文学发展却有过一段辉煌的历史。简而言之，香港文学继承五四新文学的光荣传统，经过鲁迅、郭沫若、茅盾等老前辈和华南作家群的披荆斩棘，拓荒播种，后又经侣伦、杰克等土生土长的老作家的惨淡经营而发展起来的。

20世纪二三十年代是香港新文学的拓荒期，五四大潮一直波及香港，鲁迅、郭沫若等近百名南来作家，为香港拓出一片文学绿洲，从抗日战争开始到太平洋战争爆发前，兴起了第一次文学高潮，人才荟萃，佳构联袂，文坛活跃，声势浩大，热气腾腾，文学气氛浓烈，其中最有影响力的要数茅盾主编的《文艺阵地》半月刊，给香港人民带来了丰富的精神食粮，特别是对香港青年具有深刻的教育与启迪。

香港沦日后，文坛顿时沉寂。抗战胜利后，内地数以百计的作家学者再次涌入香港，从而掀起了第二次文学高潮，而且比上次队伍更大，规模更广，影响更深，成果更加辉煌，涌现出以黄谷柳的《虾球传》为代表的一批佳作。在时代的风风雨雨中，在南来作家的影响下，香港本土文学开始萌芽，以舒巷城、夏易为代表的本土青年作家脱颖而出。

1949 年后，由于中美对立，省港之间隔绝，又因美援涌入香港，加上大批"落难"文人南来，左右两派严重对峙，各自控制报刊和出版阵地，争夺读者，政治色彩浓得化不开。其间，侣伦、舒巷城、夏易为代表的少数本土作家坚持创作较浓的生活气息与地方色彩的作品，可视为香港乡土文学的滥觞。但并未形成其风格和流派。

20 世纪 60 年代随着香港工商业飞速发展，文坛"左"、右翼的对峙局面有所缓和，进入并存期。属于严肃文学的现实主义和现代主义两大流派在文坛上较为活跃。以舒巷城、何达、萧铜等为代表的一批作家，坚持现实主义创作原则，取材于中下层小人物的生活，暴露社会的黑暗与腐朽，控诉人间不平，同情小市民的不幸，具有较强烈的阶级性与社会性。但有些作者出现了公式化、概念化的痕迹，有艺术生命的作品不多。另一些作家借鉴了意识流等西方现代派技法，又敢于直面惨淡的人生，表现了严肃的主题，有所突破创新，刘以鬯的《酒徒》反映了香港现代派的实绩。

20 世纪 70 年代是香港经济腾飞的全盛时期，香港文学进入成长期，但也面临严重困境。本期较活跃的作家有西西、也斯、小思、彦火、陈浩泉、黄维樑、黄国彬、杨明显、虞雪、裴立平、辛其氏、衍产、东瑞等。台湾也来了一批作家，如余光中、蒋芸、陈方、施叔青等等，出现了多元化的局面，预告着一个自觉的年轻的多样化的文学时代即将到来。于是文学社团如潮涌现，文学期刊如雨后春笋，特别是同人刊物如花似锦，报纸专栏兴旺发达，颇具时代特色乡土气息，于培养新人大有裨益。然而好景不常，经济越发达，功利主义越严重，人们娱乐机会越多，严肃文学越经不起种种浪潮的冲击，加上当局不鼓励，社会不负责，出版业萧条，稿费很低，作家生活没有保障，于是文学期刊大都短命，文社如过眼云烟，书市冷落。是以到了70年代末，文坛再度沉寂下来。

综上所述，20世纪20年代至40年代的前30年，香港虽然先后两度出现文化高潮，但都是南来作家所发动和领导的，并未在香港生根，以至人来则兴旺，人去则沉寂，真正的香港文学尚未出现，姑且称之为香港的中国新文学。从50年代至60年代后的50年，经过老一辈作家荜路蓝缕辛勤地耕耘播种，香港本土文学开始茁壮成长。随着青年作家不断涌现，一支以本土作家为主体的作家队伍已逐步形成，创作出一批有香港地方特色、不同程度地反映了香港社会现实、港人性格和特有心态的作品。至此，可以说中国的香港文学已粗具形态了。然而，香港的严肃文学发展缓慢，历经坎坷，长时期地徘徊踯躅，几度凋敝不堪，作家们苦苦挣扎、呐喊、拼搏、呼唤，以求摆脱备受冷遇的困境。综观后30年的香港文学，草苗争长，杂乱无章，自身缺乏组织，又受外来干扰，当局冷眼旁观，社会置之不理，以至在这稳定繁荣的社会，严肃文学孤军奋战，自生自灭，几起几落，几乎成为社会的弃儿，故有"文化沙漠"之讥。可见文学与时代、社会、政治、生活、经济有着多么密切的关系，在这被誉为"东方明珠"的自由世界里，文学竟然不景气，岂非咄咄怪事乎！

俱往矣！数风流人物，还看今朝！

跨入20世纪80年代后，香港文学面临着一个历史性的转折。短短5年时间，面貌焕然一新，呈现欣欣向荣之势，一扫"文化沙漠"之讥。内地新时期文学千姿百态，争妍斗艳，姹紫嫣红，震撼了香港文坛；开放政策大见成效，喜煞人心，内地与香港联系大大加强，文流频繁，互相促进，香港作家感受颇深。1980年8月，由新晚报发起召开《香港文学三十年回顾》座谈会，并邀请秦牧、陈残云与会。香港各家各派冲破政治樊篱，欢聚一堂，回顾过去，面对现实，总结经验，展望未来，联络感情，增强团结。经过共同努力，各种文学组织相继成立，文艺期刊不断涌现，各类征文奖持续推进，文学新人如潮涌来，文学讲座频繁举办，与内地交往日益密切，在内地发表了数以百计的香港作家作品，直接推动了创作的繁荣。1984年底中国作家协会第四次代表大会在北京胜利召开，大大地鼓舞了香港作家和文学青年；时值欣逢中英联合声明正式签署，"九七"阴霾已扫，继续保持香港的稳定和繁荣已成定局，《香港文学》（月刊）创刊标志着香港文学进入过渡期。越来越多的作家自觉地通过文学创作，铲除殖民地色彩，张扬民族精神。社会的演变、时代的进步和回归的进程，推动香港文学逐步踏上健康、进步和繁荣的道路，这是香港文学发展的必然趋势。

三、20世纪80年代上半期是香港文学最风光的年代

首先是香港出版业一跃而为世界出版中心之一。印刷技术之先进，装帧之精美，出书之快捷，都是第一流的。更可喜的是作家办小出版社，重视出版香港文学作品，这在以往是罕见的。过去受"文化沙漠"之说的影响都小出或少出本土作品，许多作家的书都在台湾出的，现在仅成立不久的华漠、香江两个出版公司在近两年中就出版了刘以鬯、徐訏、余光中、施叔青、小思、也斯、梁锡华、黄维樑、海辛等等作家作品达20多种。过去少见香港作品选本和丛书，现在亦逐渐配套成龙，开始显示出实绩来了。总之，由于出版业的发达，正视本土作品，有力地促进了香港文学的繁荣。当然数量只能说明繁荣，不能说明质量，但量中求质，经本人阅读所及，质量也是可观的。

其次是作家队伍日益壮大。

香港究竟有多少作家？谁也说不清楚。因为香港既无文联又无作协，作家间也少联络。要说出香港作家的准确数字难乎其难。香港专业作家少如凤毛麟角。香港是个自由港，出入境极为方便而快捷，随时可以离港他去，加之金钱的诱惑，不少作家一发迹即从文坛上消失；许多人颇有才气，但因生活困扰，坚持业余创作不易，随时改行

或辍笔，更无钱自费出版作品，久而久之便心灰意懒了，因此矢志文学者并不多。此外，香港长期以来就有严肃文学与流行文学之争，有所谓高雅的文人作家与"写稿佬"之别，圈子密布，众说纷纭，莫衷一是。本人经过一番调查研究、初步估计香港有一定知名度的作家近130人；若包括青年作家（作者）在内，将近200人；若严加挑选，有成就者约80人。其中已逝作家有：徐訏、徐速、曹聚仁、司马长风、严庆澍、黄思骋、张向天、张天石、高雄、夏易、温健骝、碧沛、叶灵凤、十三妹；曾在港后离去的有：余光中、赵滋蕃、马森、力匡、原甸、王无邪、叶维廉、陈若曦、马朗、李维陵、卢因、蓬草、绿骑士、蔡思果、张八湖等；已在文坛匿迹的有：齐桓、廖一源等等。

香港作家大致以八类人组成：一是土生土长的；二是成名后从内地来的；三是从内地来后才成名的；四是出生于内地来港后受教育而后成名的；五是从台湾地区来的；六是从东南亚来的；七是从内地来的；八是从欧美来的，等等。从20世纪80年代上半期作家队伍看，南来作家和本土作家大约各占一半，但从发展趋势看，本土作家将持续增多。再说所谓"绿印作家"皆已取得永久居住权，经过十年八年的磨砺，已逐步本土化。所以有人说什么香港有"南下派"和"草根派"，那是不确的。一是香港从来只有小圈子并无流派之争；二是所谓"南下作家"也有不同时期之分，根本不成派；三是无论政治或艺术见解都不同，更无纲领与组织，何成其派乎？此谕一出即受批评，其实此论实从地域观念出发，自然有失根据，不能自圆其说。

再次，香港文学正处于新旧交替时期，这表现在如下几个方面：①老一辈作家正在消失，除近10年来逝世十多位重要作家外，尚存老作家多数丧失创作力；②青年作家大批涌现，十几二十岁的作者初露头角者也不少，但在学识和生活积累等方面大大不如老一代；③目前文坛主力是三四十岁的中青年作家，他们拥有老少两代的优势又较少他们的弱点与短处；④整个文坛的走势是较以前活跃，这是符合历成长起来，本土作品更具特色，过渡期文学当成为名副其实的香港文学。

过渡期文学，从已露端倪看，其特点是：①继续保持和发挥中外文化交会这一优势，除继续与台湾和海外华人文学保持交流外，更多的是与内地沟通，并和内地互有关联，接受新时期文学的养分，并以自身的成就影响内地文坛，使香港文学进入一个新的多元化的文学时代；②以本土作家为主体，出现一个更自由更有生气的青年文学时代；③由于香港回归进程日近，他们更加关注社会政治、前途，更加关注内地的建设、进步与开放改革的成败，从而进入一个自觉的文学时代，文学创作会更加繁荣，文学评论也会更加活跃起来，达到一个"百花齐放，百家争鸣"的文学繁荣时代。正因此题材、主题会有较大的转移，形式、手法会更加多样化，格调、色彩也会更加高雅明丽。一句话，可望各自形成风格和流派，有更大的突破与创新，质量也会有提高，甚至出现重要作家与杰作。

上述论断与预测并非杜撰，可从 20 世纪 80 年代上半期的香港文坛及其发展趋势找到根据。由于香港经济发达，文学新人辈出，特别是女作家成群崛起，可谓蛾眉不让须眉，真是"江山代有人才出，各领风骚五百年"。当今，海峡两岸女作家蜂起，驰骋文坛，喝彩之声不绝于耳，香港文坛女作家（作者）不甘寂寞，佳作迭出，成为香港文坛不可忽视的一股力量，据统计多达五六十人之众，大有"半边天"之势，而且越来越多新秀拂观，此其一。其二，由于内地奉行开放改革政策，大力引进台湾地区及海外文学作品，为香港作家提供无限广阔的园地，解决了出路问题，倘若再加以改进，给香港作家以外批稿酬，解决创作经费问题，进而提高作家的社会地位与改善工作和生活条件，如深圳等处成立作家村、作家写作室，让香港作家有个优越的创作环境，那么，不愁写不出好作品。其三，香港文坛自身交流日多，接触日密，势必可以逐步打破小圈子，走进大天地，促进大团结，达到大繁荣。即以目前而论，已大大不同于后 30 年，气氛尚称融洽，环境亦很安定。互相切磋，携手共进，已成共同愿笔，并已付诸行动。其四，各地华文文坛无不寄厚望于香港文坛起个良好的桥梁作用，成为世界华文文学的窗口和纽带。总之，从主客观条件，或从时机、环境来看，香港文坛得天独厚，必可开创全新局面。为了进一步说明问题，不妨回顾一下80年代上半期各方面情况。

其一，文学创作空前繁荣。

小说创作之丰厚，令人刮目相看。目前香港文坛老一代颇具创造力和影响力的是刘以鬯，他既是作家、评论家、翻译家，又是乐于为他人作嫁的名主编。近半个世纪以来，他一直坚守报刊编辑岗位，广结英才，扶植新秀，不遗余力，在创作上则锐意创新。他继《酒徒》《陶瓷》之后，一直保持既不重复别人也不重复自己的势头，写出不少精粹的中短篇小说，如中短篇小说《一九九七》等，每出一篇都有反响，不仅触及社会问题，而且艺术上有所突破，难能可贵。高旅的《杜秋娘》和《玉叶冠》、董千里的《董小苑》和《成吉思汗》等历史小说文情并茂，颇具艺术魅力。香港老一辈作家的历史小说重视知识性、趣味性和可读性，值得借鉴。例如高旅、董千里和中年作家西西、金东方的历史小说，无论主意、结构、手法、语言都各有千秋，可资比较玩味。在反映香港现实生活上，舒巷城的乡土文学特具地方色彩，夏易的心态小说更富女性特质，他俩都是第一代本土作家，但手法、风格完全不同，吴其敏、舒巷城都不同意夏易不重视情节的写法，但她认为应走自己的路，坚持以人物心态作为小说的灵魂，并以此组织情节结构篇章，也获得成功。比较而言，李辉英的小说如《黑色的星期天》等就稍逊一筹。这是由于他长期从事教学工作，年老多病、生活面窄，既少生活气息，又乏地方色彩，是以所作不如旧作；最早的本土作家侣伦，未见新作问世，他被称为香港文学的"活字典"，他曾经寄给我一篇《恋爱专家》的短篇小说，读来赏心悦目，颇多幽默风趣，可见宝刀未老，但少新意。这就是说，自然规律是不可抗拒的，海峡两岸老作家不少如此，到了晚年往往也是新作不如旧作，创作力逐渐消退，转而去撰写散文或回忆录，整理文学史料，指导年轻一代，这也是很光荣的。换言之，20世纪80年代上半期的主要作品，大多出于青年作家之手。例如西西的《我城》、海辛的《天使天使》、金依的《错失》、梁秉钧的《剪纸》、吴煦斌的《牛》、钟玲的《轮回》和《美丽的错误》、东瑞的《出洋前后》和《香港一角》、杨明显的《姚大妈》、白洛的《暝色入高楼》《赛马日》《香港一条街》、陈浩泉的《香港狂人》、钟晓阳的《停车暂借问》《流年》等等。此外还有辛其氏、陈娟、陈炳藻、金依、虞雪、裴立平、刘于斯、吴丰壁、施叔青、金东方、叶妮娜、蓬草、绿骑士、谭秀牧、王方、张君默、夏婕、颜纯钩等人的中短篇。值得一提的是，亦舒的爱情小说和倪匡的科幻小说数量很多。总而言之，香港小说数量多如牛毛，但平庸之作也不少，其共同特点是反应快、题材新，手法多样化，信息量也大，可读性较高，文字轻松活泼，有娱乐性和趣味性，但普遍缺乏深度、广度与力度。这是为市场需求与读者的欣赏水平所决定了的，短期内极难改变。因此不能用我们的文学观来苛求于他们。而从香港这一特定社会出发，深入研究探讨，才能做出恰如其分的评价。

香港诗坛相当活跃，新人辈出。余光中诗文俱佳，对香港文坛影响很大，他的教学、创作、翻译和文学活动等方面给香港诗坛较之早期的力匡、马朗影响还要深刻，这是有目共睹的事实。早在20世纪40年代著名的老诗人仙达，因从事20年之久的影评工作，到80年代虽也写了不少新诗，四出演讲、朗诵，精神可嘉，但较少创新突破。纵观香港诗坛，除何达、舒巷城外（即使他俩、新诗创作也越来越少见了），60岁以上的几乎都退出诗坛，总之海峡两岸情况大致相同。香港诗坛实为青年人的天下，中年人不多，较有成就的只有戴天（《峋嵝山论辩》诗集及其新作《一匹奔跑的斑马》）、西西（《石磬》及其《长着胡子的门神》）、黄河浪（《海外浪花》）、原甸（《香港窗沿》等，原甸已于1984年秋移居新加坡）、钟玲等。其中戴天量少质优，与早期诗风迥然不同，忧患意识深沉，容量更大，佳篇迭出。在年轻诗人中，黄国彬（《攀月桂的孩子》《指环》等）、古苍梧（《铜莲》)、梁秉钧（《雪声与蝉鸣》《游诗》)、陈浩泉（《铜钹与丝竹》，与原甸、秦岭雪合著)、胡燕青（《给心美》)、羁魂（《香石竹》)、钟伟民（《捕鲸之旅》)、郑镜明（《雁》)、陈昌敏（《北京行》）和迅清等都各有特色，并受好评。此外还有归侨诗人陶里、闽籍诗人黄河浪、张诗剑、杨贾郎、秦岭雪、林牧衷、施友朋等，时有新作发表，并将结集出版，他们诗较富故国情和家乡味，较少港味和海洋味，这是由于他们旅港时间不长的缘故。值得一提的诗坛新星大批涌现，除上面提到外还有陈德锦、王反和、黄襄、饮江等等，从诗人队伍及其作品看，香港诗坛以现代派为主流，较之台湾诗坛，显得更为稳健，虽然成就不如他们，知名度也不够，这与诗评少有关。

　　香港散文队伍庞大，女作家尤多，作品题材广阔，内容丰富，形式多样，风格各异，品种繁多，散文小品大量结集出版。香港历来报业发达，日产报刊专栏文字数以百万计，浩如烟海，无法统计，没有人能够尽读，甚至没有任何机构能够掌握，所以无法置评。好在近年来，出版业兴旺，不少专栏作家结集出版专栏小品，但不能说出版的就是上乘之作，不出版的就无价值，因而难窥全貌，无法概述，仅就本人阅读所见，少说也有七八十人之众，他们的共同特点是思想开放、视野开阔、信息灵通、文字清通、言简意明，特具生活化、个性化、自由化、多样化，港味十足，适合香港读者阅读。余光中称他的散文为"左手缪思"，是"诗之余"，然而我以为他的散文比他的诗还要写得漂亮，《沙田七友》和《催魂铃》等文，气势恢宏、感情真挚、描绘细腻、风格高雅、幽默诙谐，语言富丽堂皇、手法多变、意象万千、极富美感，读来令人开心，委实高手。蔡思果的《沙田随想》、李素的《窗外之窗》等散文集也有较高的水准。但他们都已先后离港分赴美、台，所以我认为本土第二代小思之作最佳。因为第一代的舒巷城和夏易主要成就在 20 世纪六七十年代，到了 80 年代舒巷城较少写作，而夏易却埋头去写她的长篇巨著《香港人三部曲》，散文集《港岛驰笔》虽有被人誉为"能使冰化为水"的风格，但旧作居多。小思的散文有"清新拔脱、风神挺拔"和"青年之良师益友"

的美称，为广大青少年读者所喜爱。她的《路上谈》《日影行》《承教小记》堪称上乘之作，具有代表性。她除教学之外坚持业余创作和研究，特别是香港新文学资料钩沉整理方面卓有成就，并主动为海内外学术界提供研究成果，很有献身精神，人、文、行一致，是个德才兼备的女作家。小思散文题材广泛，倾诉对祖国的思念、挚爱，阐发仁爱精神为其重要内容。小思承葆童心，尊师重道，深情追忆前辈恩师，用以引导青年学生向上向善。小思散文注重叙事、说理，内涵隽深、意真悠远、构思巧妙、情真意切、独特新颖，文笔清新可喜、轻盈洒脱，篇幅短小，与香港城市节奏合拍。堪与小思比肩者尚有多人，如彦火的《枫杨与野草之歌》、戴天的《渡渡这种鸟》、董桥的《在马克思的胡须丛中和胡须丛外》、东瑞的《湖光心影》等等，虽然韵味不同、水准不一、成就有别，但各有千秋，值得三瞾。近来香港出版游记特多，可谓一枝独秀，目不暇接，如夏婕的《漫漫新疆路》《云外塞影》等、黄国彬的《山峡·蜀道·峨眉》《华山夏水》、华莎的《母女浪游中国》《我的台湾之旅》、彦火的《醉人的旅程》、梁惠平的《旅日见闻录》、黄枝连的《印欧一月行》等等。

此外，香港儿童文学也同样兴旺发达，限于篇幅，恕不举例。但报告文学、话剧、电影、电视文学剧本却极为少见，令人遗憾。畸形社会限制了文学的全面繁荣与健康发展。

其二，香港评论向来沉寂。

香港文坛的评论历来是个薄弱环节。由于人际关系复杂，小圈子多，门户之见深，园地少，出书困难，令人望而却步，少有问津者。近年来情况有所好转。开始出现了文学评论家和研究者，如刘以鬯和舒巷城研究专家梅子、徐訏研究专家璧华、余光中研究专家黄维樑、香港文学研究专家卢玮銮（小思）等等；老前辈诗论专家林以亮，颇具影响力的文论家胡菊人，中国当代文学专家彦火、璧华，外国文学研究专家杜渐、忠扬，书话家黄俊东，比较文学专家钟玲、袁翔鹤等等，还涌现了一批文评新秀如王仁芸、王晓堤、蔡振兴。陆续出版了十几本专著，如刘以鬯的评论集《端木蕻良论》和《看树看林》、胡菊人的《小说技巧》和《文学的视野》、林以亮的《林以亮诗论》、璧华的《意境的探索》等、彦火的《当代中国作家风貌》和《海外华人作家掠影》、钟玲的《文学评论集》、原甸的《香港·星马·文艺》、忠扬的《文苑纵笔》、黄维樑的《香港文学初采》等等。至于单篇论文和评论在报刊上也日见增多，对文学创作和文学研究都是一个有力的推动。总之，重视评论的风气正在逐渐形成。如刘以鬯的《打错了》、陶然的《天平》等中短篇小说引起讨论和争鸣，内地还加以转载。不过，毋庸讳言，与创作比较，香港文学评论还较沉寂，正处于起步阶段，评论的落后对创作的发展产生了直接的影响。长期以来，评论欠债尚多，例如徐訏、司马长风、徐速等10多位著作等的作家已先后去世，但至今未见有对他们创作道路的系统评论文章，也无评传等专著出版，更达论有什么文艺理论专著出现了。

其三，香港文学活动和文学社团。

香港作家群龙无首，或散兵游勇，或三五成群构成小圈子。20世纪50年代壁垒分明，处于峙对状态，60年代关系趋向缓和，随后催生了一批文学社团，直到80年代以来，文学活动才真正有了起色。以1983年为例，规模较大的文学活动有：香港市政局公共图书馆举办的"第五届中文文学周"，首次以香港文学为主题，举办讲座，邀请刘以鬯等作家就香港小说、散文、诗歌、戏剧、评论等方面进行检讨与展望。举办了儿童文艺节，并开展了一系列评奖活动，如"第三届青年文学奖""工人文学奖""职青文学奖"等等。同时与内地有了较多的交流。

香港文学社团组织松散，很难开展活动。其原因是：①社会不鼓励不倡导；②缺乏有力支持与指导；③缺乏经费和专职人才；④热衷功利，是以时聚时散、忽冷忽热、一波三折，难成气候。1980年初，由29位作家组织了香港文学艺术协会，选戴天为会长，古苍梧为秘书长，但未开展活动。1981年11月，香港儿童文艺协会成立，搞得有声有色，十分活跃，会员有100多人，开展研讨会、征文奖、书展、读书博览会、刊物评选、儿童故事欣赏等一系列活动，推动儿童文学创作，出版了大量少年儿童读物，深受欢迎。成立于1982年9月的香港青年作者协会，"旨在团结青年作者以推广文学活动，提高创作水平"。会员一度多达150人，虽然各方面条件较差，但干劲十足，经常举办讲座、座谈、出版了会员文集和专著，创办会刊《香港文艺》。香港中国笔会与英文笔会因杰克和徐訏相继逝世，活动减少。各大专院校都有文社组织，如中文大学文社成立于1974年，主要活动是研究文学作品。近年来，文社成员先后访问了北京、广州等地，把研究重点转向内地文学。理工学院文社成立于1980年，其宗旨是"以文会友，通过创作与研习以求提高"。浸会学院文社成立于1979年，其宗旨是"提高阅读、研习、创作的风气"。港大亦有文社，活动相当多。

其四，香港文学期刊与报纸副刊。

香港报刊很多，按人口平均可谓世界第一，然而纯文学期刊和副刊寥若晨星，与海峡两岸难以比肩。香港文学期刊，有商业性的、非商业性的、同仁的和文社的四种，严格说来，只有商业性的与同仁的两种。从20世纪50年代至今，创办过的文学期刊数以百计，但由于社会性质决定，文学杂志极为难办；大都短命、无疾而终、旋起旋落、自生自灭、举步维艰，没有一家能生存到现在，寿命较长的有《当代文艺》《海洋文艺》《诗风》等少数几家；办得较好的有《开卷》《文艺季刊》《素叶文学》《罗盘》《文学与美术》等几家；办得好但只生存二期到四期的有《四季》《八方》等；直至今天只剩下1985年1月创刊的《香港文学》一家，其他皆已消失。从文学期刊彼起此落，也可看到香港有一批文学工作者颇有一股"傻劲"，屡战屡败、屡败屡战、矢志不移、锲而不舍、坚忍不拔，其精神弥足珍贵。目前，尚有一批综合性期刊如《明报月刊》《中报月刊》《华人》《镜报》《广角镜》《百姓》半月刊等，但只有文艺专页，所占分量太少。各大专院校的文学刊物，虽也出了好几种，但因经费短缺，人手不足，普遍不能按时出版，影响有限。

香港报业历来兴隆，早在20世纪二三十年代就有30多家，如今已发展到70多家，各报均有副刊，每日专栏文字多达200万字，若组织人力从中做一番去芜存菁、沙里淘金的筛选，仍能觅到佳作美文，最近个人出版这类选本就不少，内地也开始出版，即使是所谓"写稿佬"，随便也可出一两本小品随笔集，即使文学味不浓，却很有史料价值，从中可窥见港人性格、心态及其社会变迁、风土人情、时代思潮。但这个工作过于艰辛与浩繁，以至不少连载小说一闪即逝，难以存留。不少文人为了糊口，不得不沦为"写作机器"，粗制滥造成风，读者竟也多见不怪。若从严肃文学角度来看，香港报刊副刊虽多，只有四五家文艺周刊可看；即文汇报的《文艺》、新晚报的《星海》、星岛日报的《星座》、星岛晚报的《大会堂》等，其中尤以《大会堂》《星海》《文慈》三个文艺周刊为佳。《文艺》和《星海》偏重发内地稿，重在交流，唯有刘以鬯主编的《大会堂》四面八方会英才，兼收并蓄，容纳各家各派，从而饮誉海外。值得一提的还有《大拇指》一直坚持至今天，经历了10多个寒暑的考验，难能可贵。

此外，香港文学选本与丛书，虽也时有问世，但寥寥无几，不足反映全貌，叫至今日步履维艰，不用说年度选本出不了，连十年也仅出过一本小说选，少得可怜。倘若这个基本建设上不了马：永远难窥香港文学全貌，既谈不上深入研究，更编不出文学史来。

综上所述，香港作家队伍是日益壮大发展的，可谓人才济济、成果累累，怎能说"没有文学"呢？应该说，成绩是十分可观的。自第二次世界大战结束以后，香港一直保持和平稳定的环境，并且经济一再腾飞，达至世界七大中心之一，有10多种产品跃居世界第一，成为国际名城，素有"东方明珠"之称。香港居民被举世公认为最能拼搏的。作家也不例外，他们一般学贯中西、见多识广、博闻强记、才华横溢，几乎人人都是多面手和"刽（快）子手"，一专多能，多产高产，应变能力强，杂家急才，比比皆是，立马可待，有的日写万言，有的时写三四千，令人叹为观止。只是这个社会重物质轻精神、重金钱轻灵魂，重英文轻中文，重经济轻文化，重资本家轻文学家，致使"著书皆为稻粱谋"。作家向社会负责，社会却不向作家负责，为了温饱存活，不得不卖文为生，产高质低，劣品太多，更因城市节奏太快，娱乐机会太多，读书风气太差，文化素质不高，报刊篇幅越来越短，稿酬低而生活难，使他们难以施展拳脚，致使优势转化为劣势。但也要看到，由于自由竞争，确也于艰难困顿中造就了一批有韧战斗的作家。随着过渡期的进程，香港文学必能克服自身的弱点缺点和局限性，充分发挥原有的优势，大踏步前进。

四、第三次文学高潮正在兴起

1985 年，是香港过渡期文学的头一年，也是生机勃勃春意盎然的一年。

过渡期伊始，文坛活跃，交流频繁，新人辈出，创作丰收，姹紫嫣红，迎来一派繁荣景象。

新年爆竹响过，《香港文学》月刊诞生。名主编刘以鬯出任社长兼总编辑，月刊以崭新面貌出现，宣告过渡期文学开始。该刊力倡文学创新，自由评论，广结英才，奖掖后进。一年中作者群几达五大洲，成为世界华文文学的窗口和纽带，深受欢迎和好评。

接着，香港青年作者协会出版《香港文艺》季刊，召开《香港青年作者看九七》座谈会，出专辑评介以"九七"为主题的文学作品，推介和出版会员作品，大力开展文学活动，成果累累，有声有色，虎虎有生气。

3 月，宣告成立香港中华文化促进中心，立即开展活动：文学讲座、诗画展、座谈会、每月诗会、文学交流营，推广文艺节目，主编《中华文华》周刊……形式多样，内容丰富，颇见成效，引人注目。

4 月，香港大学亚洲研究中心首次主办香港文学研讨会。来自海峡两岸和旅美华人学者同本港教授作家欢聚一堂，就香港文学的历史与现状、新诗、散文、小说、文论等方面，进行深入探讨，反响强烈，意义深远。

大专文社盛况空前，开展多种活动，主办各种征文奖，蔚为奇观。诸如大专文学交流营、"九七"与香港文学、近三百年香港文学研讨会、第七届中文文学周、比较文学讨论会、青年文学奖讲座、香港新诗座谈会、大拇指诗奖诗会、文学十一月等等。热闹非凡，前所罕见。

在沟通、引进、交流方面，香港文坛密切联系海峡两岸，并与各地华文文学遥相呼应，尤与内地交流为最。过渡期开始即出现"向北写"热潮，内地发表和出版香港文学作品为历年之冠，作家互访、与会，颇为壮观。中国作协和广东作家代表团先后访港，深入而广泛，香港文化界出现了"寻根热"。总之，1985年香港过渡期文坛一展新颜，令人欢欣鼓舞。究其主要原因有三：

首先，香港继续保持稳定和繁荣，回归热也夹杂移民风潮，但香港作家队伍稳定，以港为家爱我中华成为过渡期文学主题之一，爱香港写香港形成时尚，乡土文学异军突起。这是由于港人的民族感故国民族责任心，从而掀起"向北写"热潮，寻根认同，爱我香港，更爱祖国。这不仅表现在日常言谈中，还表现在各类文学创作中。

其次，港台海外文学研究的新学科，引起香港文坛的重视、感奋和腾飞。他们的佳作得以和十亿同胞见面，他们的劳绩得到祖国的首肯与好评，这无疑对香港作家是个最大的支持与鼓舞。特别是新时期文学的光辉成就，更像磁铁那样吸引了香港作家和读者，新时期文学的创新突破，日益多元化多样化，使他们对过渡期文学充满信心和勇气，香港书市涌现一批内地作品广受读者欢迎与好评便是明证。

最后，香港高校文科师生积极倡导、参与和投入，发表和出版了一批优质的文学作品，提高了香港作家的素质，基本实现了作家学者化和学者作家化，在文学活动、创作、研究诸方面都做出了可喜的成绩。芳邻澳门亦然。由于东亚大学中文学会的倡导，出版《澳门文学创作丛书》、召开座谈会，举办青年征文比赛，创办《澳门文学》等期刊，涌现一批新季，建造了澳门文坛。可见，在没有作协组织的地区，由高校带头推动最为理想，也最有实效。香港高校地位高，实力厚，有影响力，在建设过渡期文学方面是一支不可或缺的生力军。

比较而言，20世纪80年代是香港文学最为风光的年代，而1985

年又是 80 年代以来最佳年头。限于篇幅，以下就本人阅读范围，分门别类略述一二，虽是挂一漏万，却也聊胜于无。

这一年小说创作琳琅满目，蔚为壮观，充分显示了过渡期的实绩。长篇小说有白洛的《漂泊者》和《福地》、陈浩泉的《香港小姐》、陈娟的《昙花梦》等，中篇小说有：施叔青的《香港故事》（《一夜游》和《夹缝之间》）系列小说、梁锡华的《头上一片云》等，中短篇集有刘以鬯的《春雨》和钟晓阳的《爱妻》等，短篇小说集有叶娓娜的《看星星》和颜纯钩的《红绿灯》等，以及西西、钟玲、辛其氏、夏婕、东瑞等人的中短篇。这些小说题材广，有深度，更具本土特色，在艺术上也较成熟。自然，隔岸观花，难以看得真切，难免遗珠之恨。仅就上述而言，小说在各类体裁作品中可谓独占鳌头。

这一年的散文创作丰富多彩，其前进步伐显然走在诗歌之前。本年度出版的散文随笔集，目不暇接，只能列举本人所拜读之作，如小思的《不迁》、也斯的《山光水影》、梁锡华的《八仙之恋》、黄维樑的《大学小品》、东瑞的《看那灯火灿烂》、项庄的《有理有情》、杨贾郎的《香港眼》（小说散文合集），以及李碧华、吕达、王方、林湄等人的散文。特别值得一提的是游记自 1980 年以来一直繁花似锦，如西西、东瑞、夏婕、华莎等人都有单行本出版。从散文看，抒情与叙事结合，题材广袤，文笔优美，富有情趣，技巧较新，篇幅越来越短小凝练；从小品看，大都五六百字，言之有物，独特新颖，行文幽默风趣，评人论事，恰到好处，知性感性并重，可读性较高；从游记看，描绘祖国壮丽山川居多，感怀民族来感人至深。

这一年诗歌创作较之小说散文显得单薄。这是社会之过，责任不在诗人。自《诗风》停刊之后，园地日窄，发表不易出版尤难，全决定于书市供求。本年度香港自身出版的诗集，有黄国彬、郑镜明、乞灵、张弄潮等人的单行本；内地出版的诗集，有杨贾郎等人的《香港三叶集》和张诗剑的《爱的笛音》；澳门出版的诗集，有韩牧的《伶仃萍》。这一年《香港文学》月刊有感于诗坛沉寂，主编刘以鬯特地邀请李英豪、何达、舒巷城、羁魂、陈德锦等诗人与诗评家举行座谈会，回顾历史，总结经验，并拔出篇幅，发表了一批优秀诗篇，如戴天的《长江四帖》、古苍梧的《广告》、钟伟民的《宴餐之乐》、钟玲的《王昭君》、余光中的《十年看山》、西西的《飞行的矛》、淮远的《你们放心》等17人的23首诗。这些诗形式多样，风格各异，在一定程度上代表了香港诗刊的最高水平。此外，何达、舒巷城、黄河浪、陈浩泉、张诗剑、犁青等在海内外报刊上发表不少诗作。值得一提的是台湾诗人余光中旅港任教10年之后，这年9月离港返台，任高雄中山大学文学院长。离港前夕，他接受记者访问，曾说："祖国健康了！"对改革开放政策颇为赞赏，并出席"余光中惜别会"，朗诵《别香港》，激情满怀，依依不舍，返台后常有佳作见诸港报，并在港出版诗文合集《春来半岛》，读来赏心悦目，文尤胜于诗。应该说余氏在港十载对香港文坛颇多建树，影响颇深，不可抹杀，故补记一笔于此。

这一年的文学评论大有起色。过去听讲"香港没有文学评论"可以休矣。这与《香港文学》月刊，《大会堂》《文艺》《里海》等文艺周刊以及华汉、香江等出版社的大力支持是分不开的。本年度出版的文学评论集有刘以鬯的《短绠集》、黄维樑《香港文学初探》和冯伟才的《文学·作家、社会》等。听说有一本8位作家评论集，但未读到。其中《初探》集中探讨了香港近10年的文学现状，虽欠系统完整，却是自次结集，开拓之功不可没，实属难能可贵。前几年，胡菊人在这方面颇多建树，近年因忙编务去了，未见有新著问世。彦火出版了《当代中国作家风貌》和《海外华人作家掠影》之后赴美留学于本年秋始返香港。亦忙编务去了，致在论著和散文创作方面未见新作。璧华近年来关注内地文坛，出了几本论著，对本港文坛向来少过问，这一年却发表了好几篇评论，十分难得。钟玲过去创作和评论并举：本年度发表了评叶妮娜的小说，颇获好评。此外，在本年度评论中做出较大成绩的有刘以鬯、林以亮、黄继持、梅予、董桥、黄发东、黄傲云、朴獭、东瑞、古剑、王仁芸、斯人、陈德锦等。可见，香港并非没有文学评论，这一年成果累累、十分活跃。

此外，儿童文学空前繁荣，去冬书展购销两旺，足资证明。通俗文学亦持续发暖，势头仍生。令人刮目相看的是一代文学新人正在崛起，十几二十岁崭露头角驰骋文坛者大有人在，这是特别令人欣慰的，因为希望在他们身上。

回顾 1985 年香港文坛繁荣景象，深深感佩香港作家的进取心和拼搏精神，但也深深感到在这"万般皆下品，唯有金钱高"的社会，严肃文学立足之下易。堪以告慰读者的是，自香港过渡期开始，有识之上大力倡导加强中文学习，学校教科书正在改革，普通话正在推广，港英政府正在筹划与推动各项文化事业，各文学团体正在酝酿变革，矢志文学的作家正在潜心创作，内地臣在大力鼓励，因此相信香港过渡期文学必能健康发展，并取得辉煌成就，让我们拭目以待。

五、结语——香港文学前程似锦

在结束香港文学这部分时，我想强调一点，经历了曲折艰难道路的香港文学，今天已呈现一种起飞的势头，一个初步繁荣的香港文学局面已见端倪：严肃文学通俗化，通俗文学严肃化，从而出现一种兼具严肃与通俗之长的文学作品，进而开拓了"曲高和众"的新路向，值得欢迎。

由于回归日近，香港正迈向一个崭新的时代，整个社会在发生蜕变，时代造就了一代新人，既造就新的作家，也造就新的读者，这对香港文学的影响是深远的。内地新时期文学的光辉成就对香港作家具有深刻启迪、鼓舞，内地的开放，改革和对香港文学的直视、鼓励，双方交往日益密切等等因素，都推动了香港文学的向前发展。进入20 世纪 80 年代后，香港作家队伍出现相对稳定的趋向，专业作家有所增加，中年作家创作力旺盛，功力厚实，成为中坚；一大批名不见经传的年轻人闯入文坛，给香港文苑带来勃勃生机；一些老作家也不甘伏枥、热忱扶植新人，并不断有新作问世；一批学者、教授加入创作行列，增强了创作队伍实力，使文坛生辉。今日香港创作队伍可谓

"四代同堂"，人强马壮，这是香港文学繁荣兴旺的基础。

近年来，越来越多的作家冲破了儿女私情和生活琐事的因袭局限，改变了过去不关心社会政治的倾向。各类体裁的作品从不同角度表现了过渡期错综复杂的社会世态与人情心态，并开始大量反映内地生活，或褒或贬，都反映了作者盼望中华振兴的拳拳赤子之心。一些优秀作家将自己视野的焦距对准敏锐的新形势下的新课题和变革中的人际关系的微妙变化，写出了一批力作，表现了香港作家深厚的艺术潜力。比较而言，香港文坛发生了十大转变：一是作家队伍稳定，新星如潮涌现；二是作品数量与质量成正比，佳作也见多了；三是文坛内外交流频繁，和谐活泼而有生气；四是关心社会前途，民族使命感强了；五是主题、题材、手法多样化，港味也浓了；六是出版业兴旺，香港文学书籍出版多了；七是写实、现代、流行三个流派从对立走向交流，互学共荣了；八是港英政府、社会、市民都有所关照，各种文学奖支持鼓励青年作家；九是有了内地提供园地，出路好了，作家生活有所改善；十是作家不仅很能拼搏，而且力求创新突破，力争上游等等。

诚然，这仅仅是个良好的开端，香港文学面临的问题仍多，还有许多难以克服的缺点、弱点和局限性。诸如：①城市节奏太快，专业作家太少，作家无暇潜心创作，杰作难产；②文学期刊多而短命，无疾而终，至今只剩下一家，园地少又难保存；③读书风气不浓；④社会不向作家负责，以至粗制成风，耗费作家生命；⑤评论跟不上创作，淹没许多佳作，也埋没了许多新秀；⑥小圈子仍多，缺乏交流切磋的机会，甚至互相抵消；⑦文社很难巩固，新秀虽不少，素质欠佳；⑧作家社会地位不高，责任心也就不强，这也是重要作品太少的缘故之一；⑨惯写豆腐块文章，新闻性强而文学性弱，报刊篇幅限制了作家的才能；⑩业余作家为了糊口，无暇读书、思考，也无暇深入社会生活，其实即使主观肯努力也乏客观条件。例如当前创作中已出现一些新的雷同化、化工化现象，"九七"问题已成热门题材，然而挖掘得深，写出新意的作品并不多见；再如作家社会地位、福利、稿酬、版税、创作条件、园地、出路、组织等等，这些不受重视的客观问题都急需在探索中逐步加以解决。香港过渡期文学向何处去？如何将香港文学推向繁荣，这些问题不但是香港文艺界所关心的，也是内地文坛所关注的。

香港文学是中国文学的一条重要支流。它在今后漫长行程中，还会不可避免地遇到许多艰难险阻，然而它的前景是无限光明的。本人坚信这一点。

新兴的澳门文学

省港澳是一家，谈了香港文学，不能不顾及其芳邻澳门文学。

与港台文学相比，澳门文学是年轻、新兴的文学，才起步不久。在澳门文学简短的历史上，有这样几件事值得一提：1983 年夏，秦牧访问澳门日报社李成俊、李鹏翥和东亚大学云惟利，共商在《澳门日报》上开辟一块文学园地。此事很快促成。是年，澳门当代第一个文学周刊——《镜海》问世了，至今已出版了 100 多期。1984 年，杜埃、陈残云等内地作家访问澳门，与澳门作家座谈，鼓励澳门作家和文学青年努力耕耘这块宝地，加速建设澳门文学。同年，东亚大学中文系云教授主编的一套（共 5 本）《澳门文学创作丛书》出版了，这是澳门文学史上最早的出版物，具有开拓意义。是年初，东亚大学中文学会主办了一次"澳门文学座谈会"，与会的港澳作家、学者就推进澳门文学发展的问题各自发表了很好的意见。短短几年，澳门文苑萧条景象大为改观，呈现"满园春色关不住，一枝红杏出墙来"的喜人景象。澳门文学随后能够迅速发展，因素是多方面的，大致可归纳为如下几点。

一是受香港文学近年来勃兴的影响。中英联合声明签署后，港岛与内地联系空前密切，大大促进了文学事业发展，这对澳门作家是一种激励与启示。近年来，内地作家多次访问澳门；澳门作家也频繁地回内地参观访问，探亲旅游，增强了民族意识和回归感。这一切有力地推动了文学的发展。二是国内新时期文学迅速走向繁荣，内地作家的佳作传入澳门，令澳门作家刮目相看，大受鼓舞，他们也不甘寂寞，增强了使命感，提高了创作自觉性。三是文学社团纷纷成立，开展了一些活动；创作园地也增加了。1981年初云教授发起成立了东亚大学中文学会，接着澳门政府文化学会和澳门笔会筹备组相继成立。这些文学社团均开展了一些活动，如东亚大学中文学会和《华侨报》等联合举办"青年文学奖"评选。继《澳门日报》副刊《镜海》创办后，《华侨报》也增设了《华青》副刊和《新苗》专栏，专门发表澳门青年学生的文学习作。《澳门文学创作丛书》中的3册，实际上就是东大学生习作汇编。四是澳门近几年经济发展迅速，这也直接推动了文学的发展。很多作家就取材澳门的独特风情，描写经济繁荣对澳门人心态和人际关系产生的影响，很多作品还写了当今澳门人的乡情、乡思与乡愁。

澳门并不像内地人所想象的，似乎是一个文学荒芜的孤岛。早在20世纪30年代后期，澳门就有活跃的文学创作，当时有不少文化人士从内地来澳门，当时报纸副刊曾大量刊载描写抗战题材的文学作品。澳门这个小岛产生了不少作家，如谢雨凝、卓力、陈德锦等在香港文坛占有一席之地的作家，其根都在澳门。当今在澳门定居的一些有一定知名度的作家大都是来自东南亚等地的华侨，如陶里、胡晓风等，而本地的邱子维、汪云峰等的作品主要在香港报刊发表，因而给人一种澳门人没有人才、澳门没有文学的印象。其实不然，很多澳门作家才力并不在人后。今天，又有一批年轻的文学新人破土而出，他们的出现给澳门文苑带来虎虎生气。诗歌、小说、散文的创作在澳门文学中居主流地位，近年来话剧活动也逐渐兴起，戏剧社成员积极从事戏剧改编和创作。下面，我就对澳门诗歌、小说、散文的创作做一个简单的介绍。

一、色彩缤纷的诗坛

诗歌创作在澳门文苑尤为引人注目。一代老诗人功底厚实，宝刀未老，不时推出新作；中年诗人有丰富的生活阅历，年富力强，产量相当高；青年诗人文思敏锐，起点也较高，纷纷脱颖而出。胡晓风是澳门诗坛老前辈，是位南洋归侨，有一颗炽热的爱国之心。他礼赞祖国的《风从哪边来》《珊瑚岛放歌》等篇，感人至深。他的《我还是等待》《又到了清明时节》等诗作构思精巧，内涵隽深，哲理味甚浓。他以《我们的歌》为题发表的一组儿童诗语浅意深，富有童真情趣。

云力是位有才华的青年学者兼诗人。他的诗集《大漠集》被收入《澳门文学创作丛书》，其中最出色的是他回国观光创作的诗篇，诗中洋溢着浓浓的故国情和怀古幽思。云力写诗爱用散文化的句式，洗练而不松散，章法严而灵活，无诘屈聱牙之感，诗味盎然。陶里是澳门文坛杰出的多面手，二次世界大战期间，他的足迹遍及越南、柬埔寨、老挝和泰国，这段生活经历赋予他的很多作品一种浓郁的南亚异国情调。他的诗歌、小说经常在内地和港澳报刊发表。陶里视野广阔，对事物观察体验深刻细致，他的《过澳门历史档案馆》《辛亥革命七十周年》等诗作抒发了诗人独到的艺术感受。他的《追龙者》有一种浓厚的浪漫主义情调，《五月的城市》《夏日散曲·蝉》等篇则显得明快、抒情、简洁、洗练。女诗人玉久曾是位芭蕾舞演员，她的诗大都篇幅很短，往往采用以小及大的方法，抓住一件小事，摄取一场小景，进行细腻描绘，联想生发，诗中回荡着轻歌曼舞般的韵律。她的《离乡的人》《问》《思》等思乡作品诗味隽永淳美。她还写了大量诗歌赞美和平，反对战争与侵略，《中秋》《颐》等都为人称道。母爱是这位女诗人写得最多的题材。玉久的诗感情真挚，没有雕琢痕迹，但思想的开掘还缺乏深度。韩牧出版了《铅印的诗稿》《急水门》《分流角》《回魂夜》等多种诗集，《伶仃洋》是他近年来的得意之作的结集，收入《澳门文学创作丛书》。韩牧的诗章法多变，既通新诗古体诗又能吸收现代派诗的某些技法。不过，有些篇什失之晦涩，令人费解。以上几位都是澳门诗坛名诗人，都形成了各自的诗风，比较而言，胡晓风、陶里的诗自然、流畅、细腻、鲜明，如气氛热烈、活泼的年画；云力、玉久的诗灵秀、活乏、柔美、精致，如同一幅淡墨画；韩牧的诗显得深沉、凝重、朴实，有油画的韵味。

青年人是澳门诗坛一支活跃的力量，他们热情奔放、劲头十足，在他们身上寄托着澳门诗坛的希望。汪浩瀚、凌钝、苇鸣、刘业安、林丽萍等都已崭露头角，后面三位青年的诗作合集《双子叶》，被收入《澳门文学创作丛书》。

二、别具一格的小说

澳门作家在小说创作中发挥了他们的优势。他们中的很多人来自南洋各地，他们在自己的小说中生动地描述了东南亚各国种种世态人情、社会风貌，给中国读者展现了一片陌生的文学领域，具有特征的认识和审美价值。

陶里以阮放为笔名发表了一系列小说。独特的生活阅历，独特的艺术感受，赋予他的小说独特的题材和人物。他的《当他们在一起的时候》《那一双眼睛》等中短篇小说，所表现的思想内容和展示的社会生活画面，在中国当代文学中是罕见的。陶里的小说多侧面、多角度地描绘了东南亚各国的种种世态人情、社会风貌。作者善于用白描手法，简练地借助人物对话、动作、服饰来刻画人物性格，无论自然风光渲染抑或人物言谈笑语描绘，都像是信手拈来，没有惊人之笔，别有一番情趣。

中学教师邱子维（笔名余振中），从事业余创作30余年，发表了《辫子姑娘》《冬暖》《星之梦》《百灵鸟又唱了》《铁汉柔情》等10多部长篇小说，都是在报纸副刊连载的，技巧纯熟，内容健康，可惜未能出版单行本。邱子维有一部分小说以澳门生活为背景，有较浓的生活气息和鲜明的人物形象。

当今澳门小说创作领域驰骋着一批新秀，他们大都是东亚大学学生或是毕业生，文学功底不错，而且往往是多面手，小说、诗歌、散文全面开花。澳门文学创作丛书之一《心雾》就收集了再斯、苇鸣、林丽萍、刘业安、叶贵宝的短篇小说。其中的许多篇章可以说是澳门社会的写真，从不同的侧面揭示了号称东方赌城的澳门的人情世态。

澳门小说创作总的来说是健康的，无风花雪月、刀光剑影之弊，也未陷入颓废庸俗、无病呻吟的泥潭。就目前而言，发表的都是短篇和中篇，尚未有反映当代澳门人生活的长篇巨制正式出版。不少作品在思想深度、生活广度和艺术力度方面还嫌不足，特别是青年作者，进一步深入生活，拓宽艺术视野的问题亟待解决。

三、方兴未艾的散文创作

澳门拥有一支人数较多的业余散文创作队伍。澳门散文创作题材广泛，形式多样，有抒情散文，有偏重叙事的报道文学，还有随笔、社会速写、小品、杂感等。

胡晓风不仅善于赋诗，还长于写散文，他的散文思想深沉，文笔老辣，《他只是万千中之二》《霞姐》《广州延安路上二小时》等都为人称道。陶里、谢雨凝、卓力、宣翁等中、老年作家也都擅长于散文创作。感情深沉，意境高远，文辞优美，是他们散文的共同特点。其中的谢雨凝的作品数量最多，成就最大，她虽是澳门出生、澳门长大，但她成年后便在香港定居，几部散文集都是在香港出版的。

近几年澳门青年散文创作异军突起，《澳门文学创作丛书》中的《三弦》可视为青年散文佳作集锦。集子中收入 3 人共 28 篇作品，内容丰富，有的借古喻今，发人深省；有的抨击时弊，触目惊心。形式上有的委婉情深，有的泼辣明快，有的曲折隐晦，颇有可读性。

在澳门文学中散文成就比之诗歌、小说要弱一些，有强烈的感染力和艺术生命力的作品还不多见。有些作品游离于时代潮流，回避矛盾，属于单纯消遣性的"小摆设"。有些青年作者的作品还带有学生腔，存在过于直白、寓意肤浅的弊端。

综上所述，澳门文学与港台文学自然无法比肩，然而它在很短时间内一改荒凉、萧条的旧貌，毕竟令人鼓舞。正因为它是年轻的起步不久的文学，我们更应当多多予以关注和支持。1984 年云力在《澳门文学创作丛书缘起》一文中说："澳门应该修建自己的文坛"，而且"正在日渐修建起来了。不过，还需要更多的人来共同劳动"。时隔两年，我们欣喜地看到，澳门文坛已修建起来了，并且颇有生气。在这里，我不禁要向那些辛勤的园丁、不遗余力地扶掖文学青年的澳门前辈作家、学者们致以敬意。

澳门是个面积仅15平方公里的美丽小岛，又是个开埠已有400多年、繁华的世界名城，她不久将按"香港模式"结束其屈辱的历史，回到祖国温暖的怀抱。在澳门文苑辛勤笔耕的作家是大有可为的。我在这里祝愿澳门作家以自己丰硕的创作成果，为中国文学添上绚丽的一笔。

呈多元化全方位发展趋向的当今台湾文学

近年来，大陆的台湾文学作品出版量骤增，有关评论和研究文章也很多，就不必像对港澳文学那样做详尽报告了。这里仅就当代台湾文学的特点、趋向、态势做一概略的述评，谈点我个人的感受，疏漏谬误在所难免，敬请专家学者们批评教正。

近30年来，台湾社会总的来看较为稳定，经济几度腾飞，文教事业较普及，出版业颇为昌盛。文学虽几经曲折但初步走上繁荣发展的道路，作品质量持续提高。20世纪80年代的台湾文学，我的一个突出感觉是呈多元化全方位的发展趋向，整个文学由民族化、自由化、商业化、通俗化等多重组合，表现出纷繁的色调，六七十年代的那种由一个文学流派构成文坛主流的现象已不复存在。没有主潮的文学现象非台湾独有，也是海峡两岸文坛共同的特点，香港文坛亦然，整个世界华文文学大致都在朝这一方向发展。

台湾文学有今天这样的局面是由历史与现实、各种主观和客观因素共同作用促成的。在谈20世纪80年代的台湾文学之前，有必要对台湾当代文学所留下的履痕做一个简单的回顾和考察。

一、空前繁荣的20世纪六七十年代文坛

台湾当代文学的发展有一条比较清晰的线索。20世纪50年代，

当局叫嚷"反攻大陆",对文学创作施行种种限制,文坛"反共"八股泛滥,出现了台湾文学史上令人遗憾的荒芜期。1956 年,夏济安主编的《文学杂志》创刊,起了扭转文风的作用,并为现代派文学的兴起布设了良好的文学环境。

20 世纪 60 年代,随着美元、日元大量输入,西方文艺思潮也涌入台湾。1957 年考进台大外文系的王文兴、戴天、白先勇、欧阳子、陈若曦等爱好文学的青年学生于 1960 年创办了《现代文学》杂志,打出欧美现代派文学旗号。他们宣称要对虚无主义、存在主义、意识流等西方现代哲学思想和文艺思想加以"横的移植"。该杂志大量介绍西洋现代诗潮,并发表许多实验性作品,力倡超现实主义的诗歌观和所谓纯粹经验的美学观。1962 年青年一代向维护传统文化、提倡民族本位的传统势力发起一场气势咄咄逼人的"中西文化论战""全盘西化"和"现代化"成为青年一代响彻云天的口号,现代派文学运动出现了狂飙突进的势头。与此同时,现代派作家群在文坛崛起,除了《现代文学》同人外,很快又出现了方思、商禽、辛郁、白荻、罗门等现代派诗人。现代派文学浪潮大行其道,成为 60 年代台湾文学主流。现代派文学的兴盛是对 50 年代反共文学的一种无声反叛,这是它的功绩;而作品中逃避现实和晦涩难懂的倾向,则是它的严重缺陷。

20 世纪 70 年代一开始,转型期带来的一系列严重的社会问题逐渐暴露,社会矛盾加剧,社会上普遍产生危机意识。1972 年至 1973 年间的"现代诗论战"就是在这一背景下展开的。尉天聪、唐文标等作家率先起来批判文学的现代主义,呼吁现实主义回归,提醒诗人直面人生、关心民族的前途,倡导诗与传统相结合。在现代派文学呼风唤雨的 60 年代受冷落的李乔、季季、黄春明、王祯和等创作的反映农村题材、富有地方色彩的小说,开始受到读者重视。从 70 年代中期开始,乡土文学创作队伍迅速壮大,宋泽莱、曾心仪、萧飒等文学新秀也崭露头角。乡土文学创作从各个不同的角度和层面对社会生活加以剖析,着重反映西方思想文学,给台湾社会带来的社会弊端,例如，黄春明、王祯和、李乔等一些嘲讽崇洋媚外思潮的作品，都是创作于这个时期。

1977年下半年，台湾乡土派和现代派作家间爆发了一场大论战。《仙人掌》杂志围绕乡土文学展开的讨论是这场论战的导火线。朱西宁撰文，称"乡土文学"乃地方主义文学，反对提倡方言文学，还有人认为乡土文学已失去原来的质朴本色，沦为宣泄仇恨意识的工具。这一年8月，彭歌发表了《不谈人性，何有文学》一文，严厉批评了王拓等乡土作家的文学观，指责乡土派作家以阶级论否定文学所应有的人性与自由。紧接着，余光中发表了《狼来了》，文章以隐晦的笔法，受大陆口号影响提倡"工农兵文学"者有"左"的倾向。乡土派作家旋即予以反击，形成了剑拔弩张的政治辩论局面。由于胡秋原等老作家出面引导，幸而化为和风细雨的学术讨论。双方心平气和地分析了对方的长处和自身的缺陷，吸取教训，总结了经验。如余光中、痖弦等对自己过去提出的"反对纵的继承，提倡横的移植"的偏激口号做了自我批评，认识到全盘西化观点是不正确的，台湾文学的出路在于根植于现实土壤，形成自己鲜明的民族风格。

乡土派作家也看到乡土文学若是闭关自守、一味承袭传统，路子便会越走越窄，他山之石可攻玉，也应吸收世界各国文学的表现手法、技巧，方能提高自己的艺术水准。不少乡土文学作家在艺术实践中有意识地借鉴了象征、意识流、电影等现代小说的某些技巧，丰富了作品的表现力。这场始而令人担心的文学论战最终产生了出人意料的良好效果，对台湾文学的发展起了某种促进作用。

综上所述，20世纪六七十年代的台湾文学堪称空前繁荣。在这个时期，大陆却出现1957年反右斗争，以后极"左"思潮越演越烈，文艺政策一再失误，严重阻碍了文学发展。笔者认为，就六七十年代的文学成就而言，大陆比之台湾要大为逊色了。在这20年间，台湾文坛有现代、乡土两大流派比翼齐飞，还有一大批在艺术上勤于采索、勇于实践的老中青作家，他们以自己创造性的艰辛劳动，为台湾文学增添了光彩。其中小说成绩最引人注目，如聂华苓、于梨华、白先勇、陈若曦、钟肇政、陈映真、黄春明、王祯和、杨青矗、王拓等都成绩斐然。诗坛也显得有声有色。进入 70 年代后，诗坛并不因现代派诗歌落潮而显出冷清。林焕彰、林佛儿、辛牧、施善继、萧萧等一批崛起的新诗人创办了《龙族》《主流》《大地》《诗人季刊》《草根》《诗脉》等诗刊。他们的诗作有清新、浓郁的生活气息，关注社会，洋溢着民族韵味，拥抱传统但并不排斥西方。散文、报道文学、游记、杂文、文学评论的发展势头也不错。柏杨、张秀亚、徐钟佩、琦君、萧白、王鼎钧、张晓风、颜元叔、子敏、张拓芜等，各自怀珠抱玉，均有佳作频频问世。值得一提的是还出现了一批 30 岁上下的青年散文作家，三毛是有代表性的一个，她是通过一系列充满异国情调、情趣横生的散文，登上台湾文坛的。还有，如洪素丽、陈幸慧、席慕蓉等，都是公认的有才华、创作态度严谨的散文新秀。台湾戏剧创作是个薄弱环节。这个时期剧坛以往那种萧条冷落的景况有所改观，姚一苇、张晓风等推出几部质量较高的作品，受到好评。姚一苇的《红鼻子》在大陆上演时风靡剧坛，脍炙人口。通俗小说在这期间更是一纸风行。言情派以琼瑶为代表，武侠派以古龙为代表，均以出书多，读者面广，影响大而著称。琼瑶的言情小说从特定的角度反映了青年人的爱情波折、内心苦闷，虽带有浓重的理想色彩，但也从一个侧面展示了台湾青年的心态。

二、影响 20 世纪 80 年代文学的几个因素

台湾自 20 世纪 80 年代开始，经济出现萎缩，波及文苑，以 1983 年为例，该年书刊出版与 1982 年相比，锐减 100 余种。近几年文学作品发表的数量比 70 年代明显减少了。台湾文学评论界有人认为：进入 80 年代后，台湾文学创作已失去上升势头，文坛出现萎缩，成就与六七十年代相比要逊色。我不完全赞同这一说法。对一个时期文学的成就做出评估，需进行多方面的细致分析。下面，我就来谈谈自己对这一问题的看法。

首先，我认为台湾评论界提出这一观点不是没有一点根据的。在

我看来，如下几个因素对当今台湾文学的成绩都有消极影响。

1. 作家队伍发生变化，外流现象严重，直接造成了创作歉收。大批 20 世纪 60 年代或 70 年代曾活跃于台湾文坛的有才华、创作力很旺盛的作家离岛定居海外。例如：白先勇、聂华苓、于梨华、陈若曦、丛苏、李黎、杜国清、张系国、郑愁予、杨牧、许达然、周策纵、张错、刘绍铭、李欧梵、曹又方、王渝等定居美国；戴天、施叔青等定居香港；赵淑侠定居瑞士，等等。人才外流使台湾作家队伍丧失了一支力量。这些作家今天大部分仍未放弃笔耕，有的还不时寄作品回台发表。但是，他们已脱离了台湾本土，严格说来，其创作已不属于台湾文学范围了。

2. 进入 20 世纪 80 年代后，重要作家有重大影响的力作、杰作，相比之下显得少了。例如，陈映真 80 年代创作的数量就下乡。《山路》《铃铛花》等新作蕴含的社会批判力，是他过去的小说所没有的。这些新作都属政治小说，有过于注重思想性、社会性而忽略艺术性的倾向。《山路》《铃铛花》与陈映真六七十年代创作的《将军族》《唐倩的喜剧》《贺大哥》《上班族的一日》《夜行货车》等小说相比，艺术上的冲击力便显得较弱，技巧上也粗疏了一些。又如黄春明近年发表的《大饼》较有影响，这篇小说涉及面颇广，笔触伸展到政治、文化、教育等各个领域。但是，拿这篇作品与他以前所写的《看海的日子》《儿子的大玩偶》《苹果的滋味》等一系列力作相比，艺术感染力显然差多了。

3. 随着社会进一步开放和经济发展，台湾社会已步入工商社会，拜金的社会风气污染人心。出版商为迎合读者口味，自然追求出版物的娱乐性、趣味性与可读性，在这种情形之下，通俗文学盛行便不足为奇了。一些纯文学作家为稻粱谋，也时常不得已写些通俗读物。

此外，还有一些影响台湾文学发展的因素，如"高雄事件"对 20 世纪 80 年代初的文学创作便投下了阴影，80 年代台湾文学失去了主潮等，对文学发展都有直接或间接的影响。

根据以上几点，是否就能断言 20 世纪 80 年代的台湾文学在走向衰弱呢？我认为结论并不那么简单。回答这个问题需要对 80 年代的台湾有一个宏观的把握、做出较为全面的考察和分析。下面我谈谈自己的一些浅见。

三、题材广博·主题多义

20 世纪 80 年代台湾文学的多元化发展趋向，在创作中的表现，首先是题材不断地向广博方面推进，日趋多样化，主题呈多义性，不断深化。

1. 政治小说。

20 世纪 80 年代台湾文学创作成就主要体现在小说方面，政治小说成为文学创作的重要构成部分。政治小说从大胆暴露监狱内幕、披露社会阴暗而著称，作者以充当人民代言人为己任，他们在作品中表现出的胆识是令人钦佩的。不少政治小说具有相当的思想力度。这是 80 年代的政治小说与以往的政治小说有所区别的特点。

1980 年曾经饱尝铁窗之苦的施明正发表了获奖小说《渴死者》，率先打开了牢狱小说的闸门，揭开了 20 世纪 80 年代台湾政治小说的序幕。这篇小说写了一个来自大陆的青年军官、政治犯自杀的故事，暴露了台湾监狱触目惊心的内幕，在斑斑血迹之中透析出一股浩然正气。作者的另一篇获奖作品《喝尿者》是纪实性小说，记录了作者亲眼目睹的台湾监狱生活对人性的压抑和犯人灵魂的扭曲，与此同时，还描写了即使在阴沉沉的狱中，博爱精神仍然未泯。作者身为一名医生，同时身体力行，呼唤人道主义。王拓的第一部长篇小说《牛肚港的故事》是他在服刑期间完成的政治小说。小说主人公赵孝义大学毕业后立志献身于教育事业，自愿来到偏僻闭塞的渔村。执教之余，他关心民众疾苦，关心国家前途，热心公益事务，竟遭诬陷，既而牵连于刑事案件，继而又上升为政治嫌疑犯，最终锒铛入狱。在赵孝义身上，不难看到作者的投影。在众多的政治小说中，这是受人瞩目的一部重要作品。陈映真经过 7 年监狱生活的之后，发表了《铃铛花》。青年作家也于政治小说创作领域。钟延豪以《南潭村人物志》

系列小说一举成名，被誉为"不可多得的文坛新锐"。他的《陈君的日记》是一篇颇有冲击力的政治小说，它以日记体形式记录了陈志和以"叛国"罪逮捕，在荒凉的孤岛上关押了10年之久，出狱后，因是"坐过牢"的，竟连打杂零打之类的事都找不到，最后怀着对社会的深深绝望，了却余生。钟延豪乃著名乡土作家钟肇政之子，可惜前不久遇车祸，英年早逝令人痛惜。林双不原本是位擅写流行小说的青年作者，1979年高雄事件发生后，他深受震动，不再安于杜撰言情之作，决心用手中之笔干预政治。他的《大学女生庄南安》是一篇颇有锐气的暴露文学作品。女大学生庄南安外表看上去文静温顺，然而面对校长徇私舞弊劣绩，她却勇敢地街上礼堂讲台，抢过校长的麦克风，当众斥责："告诉我们真相，我们不要美丽的谎言，行政大楼的飞檐断了，昨天死掉一个人。"最后，她竟被校方扣上莫须有的罪名，遭到严酷的迫害。林双不的另一篇小说《黄素小编年》，从正面描述了"二二八事件"，慷慨激昂地呼吁要讨回公道，还历史的本来面目。这篇小说在台湾文学界也引起了普遍的关注。

近年来，有浓厚政治色彩的人权小说也出现浪潮，正如台湾青年评论家宋冬阳所说："台湾新文学的传统，本来就是追求人的尊严的传统，在进入八十年代的关头，这种追求的欲望更加强烈升高。"1979年12月10日，台湾一批社会名流及作家因参加"纪念国际人权日"活动而被捕，此事震动了文坛。工人作家杨青矗在这一年发表的《选举名册》，反映了他个人的亲身经历，对当局蔑视公民权利的真相奋力加以揭露和批判，这篇小说开了20世纪80年代人权小说的先河。陈艳秋于1981年发表的小说《陌生人》写的是参与民主运动的台湾作家杜慕礼家属的遭遇，孩子们也受父亲牵连，无休止的审查在他们幼小的心灵投下了浓重的阴影。莘歌发表于1983年的《画像里的祝福》，写一位蒙冤入狱的老人坐了7年牢房，当儿女欲为他申请办理假释时，他却以"忍耐"二字加以拒绝，儿媳只能以一幅公公的肖像，寄托全家人对老人的思念。严酷的政治氛围寻常百姓的忍辱负重，形成鲜明的对照，从而产生一种撼人心魄的艺术效果。李乔的

《告密者》别具匠心地塑造了一个卑鄙、猥琐、专以向上司告密坑害善良无辜为能事的走卒。他的可悲、可耻下场表露了作者对这班出卖灵魂之徒的唾弃。

杨青矗称这类富于人民性和强烈的批判现实精神的小说为台湾的"伤痕文学"。1983 年，李乔与高天生合编了一本《台湾政治小说选》，对 20 世纪 80 年代初涌现的政治小说做了一次检阅。目前，政治小说创作浪潮堪称方兴未艾。

2. 都市文学。

叶石涛在《台湾文学的远景》（《见文学界》第一期）文中提出，随着台湾工商社会的各种矛盾的暴露，描写工商社会的文学已经提到日程上来了。1983 年、1984 两个年度的小说选，1985 年、1986 两个年度的吴浊流文学奖，几乎全部是描写都市生活的作品。以往描写城市生活的现代派作品，大都将重心放在都市中人的心理变态的渲染上，20 世纪 80 年代都市文学的突出特点是以现实生活为主要表现对象，从总的方面写都市的变迁和现代人的生活经验，探求人生的价值和存在的意义。

陈映真以台北街头"华盛顿特区"里"现代企业行为下的人"为主题的系列作品《华盛顿大楼》，以其恢宏的气势开拓了台湾文学新的题材领域。这些作品以台湾"双元性过渡社会"为背景，揭示了"在这个时代中，一种称为'企业'的人的组织体，因着空前发展的科技、知识、管理体系、大众传播、交通和庞大的资金，而对人的生活方式、行为、思想、感情和文明，产生了空前深远和广泛的影响"。他的《万商帝君》等小说，突出了台湾人的精神世界已出现了"无目标的精神荒原"这一令人震惊的现象。《云》是陈映真近年的力作，写台湾的美国企业老板为刺激工人的积极性，允许工人组织工会，吹嘘所谓"美国式幻想"。但一旦劳资双方发生利害冲突，洋老板就暴露出唯利是图的本性，甚至不惜动用武力镇压工会的选举。曾被罩上一层炫目光环的"美国式理想"终于原形毕露了。小说从一个相当高的层面上暴露了"民主""自由"的虚伪性，击碎了由外资控制下对台湾经济进行自上而下改革的乐观论调，在批判崇洋媚外的社会思潮的同时，歌颂了台湾工人的团结和日益觉醒。青年新秀陌上尘的《失去的城堡》在反映工人生活方面有新的深发。这篇作品不像杨青矗的工人题材小说那样着力表现个人命运的沉浮，而是站在更高的审视角度，突出了工人与整个急剧发展的社会的利害冲突。小说提出这样一个问题：对于广大工人而言，受雇于资方而出卖劳力，可说是他们最后的城堡，那么，随着科技的日益发达，机器人取代了人力操作，工人岂不将逐渐失去赖以生存的城堡了么？张晓风的获奖报道文学《新灯旧灯》借林安泰古厝的拆除，表现了在傲视一切的现代气氛包围之中，面对高楼大厦的威逼，人们心理的慌乱。他们在寻找平衡的支点，但一时又难以把握，便向传统投去了深情的一瞥，而对迎面压来的新事物、新思想则产生一种怀疑和惧怕。王祯和的《美人图》，运用他擅长的嘲讽笔法，无情地鞭笞了崇洋媚外的社会丑态，具有很强的社会批判性。青年新秀古蒙仁的报道文学将笔触伸向高山族同胞的山寨，表现了现代文明对偏僻闭塞的少数民族生活区域的冲击。

陈映真在《大众消费社会和当前台阁文学的诸问题》一文中指出："在新的大众消费社会里，人性正在被腐蚀而逐渐异化，文学作品应该描写工商社会中人的异化现象，以使人们警惕。"世风日下的危机催生了呼唤人性复归的作品。王祯和的《老鼠捧茶请客人》运用了怪诞的形式，曲折地揭示了今日台湾社会亲情、人伦关系的扭曲与疏离。王拓的《咕咕精与小老鼠》通过儿童和小动物间纯真无邪的友爱，传达了对人性的追求与对冷漠的现实的人际关系的忧虑。古蒙仁的《故乡之妹》取材于台湾文化圈，小说通过七海影片公司摄制《故乡之妹》的经过，揭露了文化界尔虞我诈的争斗和庸俗不堪的风习。新秀廖蕾夫的《骑士》写的是记者生活。主人公"我"是新闻记者，本认为记者乃"法力无边"的"骑士"，在污浊的社会能力挽狂澜，不料在采访中处处碰壁，这才省悟到，在今日社会舞台，记者不过是个堂·吉诃德式的可笑角色。

都市文学展露出很强的当代意识，从不同的角度和层面表现了旧有价值的丧失，新的价值观、伦理观、爱情、婚姻观的产生，显示了作家的一种所的文学审美观。廖辉英的《油麻菜籽》在剖析台湾妇女命运方面有新的创见，小说主人公"黑猫仔"出身名门望族，不幸误嫁了一个浪荡公子，饱受折磨，最后还是在命运面前低了头，认定女人"是油麻菜籽"，撒在哪里长在哪里，这是命里注定的，她还时时将这种宿命论思想灌输给长女阿惠。然而时代变了，受物质文明和文化教育熏陶的阿惠反抗母亲的陈腐观念，经过奋斗，成为工商界中"头角峥嵘"的女强人，并成独当一面的家庭"顶门柱"。小说成功地将台湾30年间的家庭和社会变迁，以及老少两代妇女迥然不同的命运清晰地勾画出来了，作者因而获得"一笔写尽了三十年人世的沧桑"的美称。青年是整个社会最活跃的一群，被称为新生代的青年作家们善于敏感地捕捉急剧多变的生活漩流所掀起的浪花，他们的作品带有青年人当代意识的鲜明印记，发掘出一些前人未曾涉及的题材领域，诸如住房、失业、污染等都市问题。黄凡的小说，多数取材于中层市民的日常生活，他于1984年获奖的中篇小说《慈悲的滋味》通过法商学院学生叶立群借住公寓的见闻，展示了公寓主人辛老太太病危之际，18名房客的明争暗斗，淋漓尽致地映现出世态炎凉、人情淡薄。王幼华的《健康公寓》表现了对现代城市居民居住问题的关切。廖蕾夫的《隔壁亲家》通过一对居住隔壁亲家一生盛衰起落的经历，表现出传统价值和摩登价值矛盾日益加剧，揭示了在畸形发展的台湾上商业社会里农村自然经济濒临解体的危境，具有警人耳目的艺术效果。许芳君的《迎一野阳光》写4名落榜的高中生自筹资金开设商店的经过，他们为做好生意而奔波，又受到分取利润引发的矛盾的困扰。关于新生代作家下面还要另作介绍。这方面的题材其他作家也有涉猎。蒋勋的电影文学剧本《地》，反映了工商业带来的种种污染已由都市向广袤的农村渗透，并表现了人们对此已引起重视，奋起抗争抵御。宋泽莱1985年发表的《废墟台湾》是一部别开生面的科幻小说，写两个旅行家在2015年的一天来到因核能灾害化为废墟的台湾旅行，借助他们发现的一本日记，展示了 2010 年台湾毁灭前夕的实况。作者描写的是一种虚幻的想象，却折射出今日台湾的现实，别具匠心地将社会环境与生态环境的审视结合起来，将土地、人民与世界、全人类的命运的思考结合起来。小说对台湾政治、文化、社会道德风尚的沦落做了入木三分的刻画，对台湾人民普遍关注的工业污染带来的生态环境的破坏，做了触目惊心的描绘。

描写妓女的作品，近年来在立意上也有所深发。李乔的长篇所作《蓝彩云的春天》是有代表性的力作。小说中的蓝家姊妹命运多舛，母亲车祸身亡，父亲嫖光了母亲的偿命钱。失业不久的父亲又跌伤致残，女儿被迫卖身为妓。蓝彩云面对用金钱和人肉构筑的"妓"世界，逐渐认识到"我无罪，有罪的是这个社会"。为了埋葬这人间的罪恶渊薮，使姊妹们免受凌辱，她杀死了庄家父子，自己付出了生命的代价。身为妓女的蓝彩云意识到，要"把自己武装成个受伤的战士，以全力跟这个人间作对"，"今天自己不站起来，今天便不是属于你自己"。她的抗争已不止于求得个人的解脱，而是在呼唤女人生命的春天，作者突出了人物在更高层次上的觉醒。曾心仪的创作没有在以往的对少女悲苦命运的描写上止步，她近年创作的《李苹的三个尴尬时期》和《朱丽特别的一夜》，在描写少女的悲剧方面有所突破。这两篇小说写了纯真的少女怀着寻求美好理想的愿望踏上社会，但她们所向往的生活方式却引诱她们堕入泥潭而不能自拔。正如作者所说："这些是'含有社教性质的新闻小说'。"（见曾心仪：《彩凤的心愿》自序）

3. 海峡两岸情结小说。

20 世纪六七十年代的台湾小说中便不乏反映海峡两岸炎黄子孙间亲缘、姻缘、友情及其悲欢离合命运的作品。在世界经济日益发达，大陆实行对外开放政策的今天，台湾当局已不可能继续推行其以往那种严密封锁的政策了。台湾青年作家兼评论家莘歌曾提出："台湾意识和中国意识这两个鬼魅影子……将在时空推移中如何整合……对立性、互补性又如何？"事实上许多作家已在创作实践中对这个问题进行了探索。莘歌发表于1984年的《家》，写了一个跨越海峡两岸长期隔绝的家庭的悲剧。开放的80年代向这个家庭的成员展露出一抹亮色，这如同一线若隐若现的希望，强烈地拨动着读者的心弦。陈映真的《山路》发表于1983年，作者热情讴歌了台湾知识分子对崇高理想的执着追求。在许国衡的《一张照片》时，我们看到那位退伍老兵情不自禁地将自己的头像贴进从大陆辗转寄来的全家福上，此情此景怎不令人感慨万分。这些小说比以往的怀乡思亲作品，具有更为深沉浓烈的意蕴。

4. 新女性小说。

女性小说一直是台湾文学中引人注目的派脉，20世纪80年代的女性小说出现了富于时代气息的新趋向，即由传统女性小说所渲染的妇女不幸的婚姻、母爱、家庭温情的框套中挣脱出来，转而表现女性的自尊、自强和对侵犯女性人权的陈腐道德观念的摒弃。吕秀莲的《贞节牌坊》中的女主人公蓝玉青，拒绝去做为许多名媛佳丽垂涎的菲华企业董事长夫人，冲破封建名第观念，毅然与真心相爱的青年医生叶明结合。她的另一篇小说《这两个女人》，通过描写三个不同类型的女人对于异性、婚姻和家庭的不同看法，形象地阐述了今日女性对人生价值的追求和对社会的思考。青年女作家杨获的《再嫁》容量异常丰厚，故事的发生时间横跨了20世纪30年代至70年代这段漫长的时期。作者颇具匠心地选择了三个恰好是祖孙三代的女主人公因她们对"再嫁"的不同见解和不同处置，导致了不同的结局，从而深刻地揭示了自30年代以来，随着台湾社会形态、生活方式的改变，家族、家庭、婚姻观念也产生了潜移默化的变迁。蒋晓云的《姻缘路》揭示了旧观念的不合时宜。小说主人公林月娟有着大家闺秀的气质，持"一吻定终身"的旧有婚姻道德观念，这种正统思想与现今台湾风行的摩登价值观念格格不入，她因而屡屡碰壁，最后孤影面壁，成了嫁杏无期的老处女。朱秀妈的《一个少女的心路》，写大学联考落榜的林欣华，没有像有些同学那样嫁给有钱人家或去当舞女，而是坚定地选择了自己生活的路，去一家公司当打字员，后当了这家公司经理，功成名就。从新女性小说中女主人公的自强不息的奋斗精神和对美好理想的执着追求中，我们看到今日台湾女作家日益觉醒的主体意识。

以上各类题材作品的创作，自然也有不尽如人意之处，如大部分政治小说有过于直露的通病，艺术形象还欠丰满，有些作品有"主题先行"的痕迹。农村题材创作受到冷遇，近两年的吴浊流小说奖中几乎没有直接描写农民的作品，这是令人遗憾的。流行文学在文学市场仍占据优势，受商业化风气影响，以柔情、滥情和畸情为基调的软性文学顿为流行。

尽管如此，20世纪80年代台湾文学在题材的拓展，主题的深化方面的成就仍不应抹杀。正如陈若曦在不久前一次题为《台湾文学发展的回顾》的报告中所说："到了这个阶段，台湾小说呈现多样化，既有反映现实的严肃作品，像政治小说和监狱文学，也有逃避现实的纯小说和科幻小说。"综观80年代台湾文学，创作题材已涵盖社会生活的各个领域，换言之，现实生活在文学中已找不到空白点了，并且，许多旧的题材被赋予了新的含意。这些，都令人感到欣喜。

香港文学素描

香港素有"东方明珠"之誉，举世艳羡这个美丽的国际名城。香港不是天堂也不是地狱，是个多层次多结构的错综复杂的社会，香港文学形成有其独特的历史原因。

一百多年来的史实告诉我们：香港是个华洋杂处的社会。少数人挥金如土，多数人出力卖命，贫富悬殊，两极分化，寸土寸金，穷奢极侈，社会风气不好。

香港是个金钱至上的社会。资本主义日益发展，形成"万般皆下品，唯有金钱高"的社会风气，人际间是赤裸裸的金钱关系，人情薄如纸，唯利是图，铜臭熏天。自由竞争推动了社会的发展，也毒化了整个社会。所以说这个矛盾对立统一的多元化的美丑参半的现代社会，一场场无形的战争时时刻刻席卷社会，一个个黄金美梦日日夜夜扰着人们。

香港是个藏龙卧虎的社会，凡开拓者最敢冒险、最能拼搏、最善钻营，也最富创造精神。百多年来大量造反者、叛逆者、逃亡者、落难者和亡命之徒聚集在这里。他们大多是冒险家、投机商和勇敢分子，其共同特点是聪敏机灵，勤奋勇武，有胆有识：或铤而走险，或忍辱负重，或出奇制胜，或为非作歹，既有破坏性又有建设性。在这自由世界里，风云际会，变幻莫测，时沉时浮，毁誉荣辱，千变万化，有的偶发致富，洗心革面，弃恶从善；有的沉沦深渊，自甘堕落，形形色色，不一而足。时至今日，培育出大批奇才、怪才、鬼才、歪才、奴才和天才，真是"人才"济济，叹为观止，八仙过海，各显神通。行行出状元，处处有黑帮；一方面精英荟萃，一方面歹徒麇集，蔚为奇观。

香港是个知识爆炸的社会，这里报社林立，书店报摊密如蛛网，电报、电话畅通世界各地，信息极灵，科技发达。知识带来文明，科技带来进步，人才带来财富，长期和平安定的环境带来繁荣昌盛，于是港人有了信心和希望，产生了自爱、自尊和自强，追求荣誉与幸福，效率与享受。更因历次革命运动的洗礼，日据时期的黑暗统治，使港人记忆犹新；特别是新中国的胜利与成就，极大地鼓舞了香港同胞的爱国热情，又特别是党的三中全会以来，改革开放的成就，更使他们热爱伟大的祖国、民族和乡土，热爱五千年来的传统文化、道德与习俗，其中尤以文化人为甚。他们历来忧国忧民，自强不息，坚忍拼搏，有教养，有学识，一专多能，愿为祖国效劳，支持内地改革，盼望十亿神州繁荣富强，好让海外赤子扬眉吐气；笔者考察认为，香港的光明面已逐渐大于黑暗面，特别是自"中英联合声明"签署以来，出现了"向北看"的热潮，知识青年的民族使命感尤其强烈感人。

香港发展史表明，在这贫瘠的土地上，香港文学虽然草苗争长，斑驳陆离，发展缓慢，历经挫折，但随着社会的演变、时代的进步和回归的进程，已逐步迈上健康；进步和繁荣的道路，前景是无限光明灿烂的。

众所周知，凡是有人群的地方就有文学，香港自开埠以来就有文学。香港文学是中国文学的组成部分，这是不争之论。

1980年10月，香港新晚报举办"香港文学三十年"座谈会，首次郑重提出并热烈讨论香港文学。这次座谈会开得很成功，与会者冲破政治樊篱和门户之见，第一次聚首言欢、畅所欲言、交流经验，提供大量史料证明：①香港并非"文化沙漠"；②香港文学是有成绩的；③香港文学近30年来走过了曲折的道路；④香港可以产生优秀作品和重要作家，前途似锦。

前30年，香港文坛主力为南下进步作家，香港文学继承五四新文学的光荣传统，经过鲁迅、郭沫若、茅盾等革命作家披荆斩棘，拓荒播种，后又经侣伦、杰克等本土作家的惨淡经营而发展起来的。20世纪二三十年代是香港新文学的拓荒期。在南来作家筚路蓝缕开垦下，香港文学荒园已出现片片绿洲。抗战爆发后大批进步作家涌入香港，由此掀起第一次文化高潮。太平洋战争爆发后，香港沦日，文坛再度沉寂。抗战胜利后，数以百计的作家再度来港，香港文坛十分活跃，出现了第二次文化高潮。经过两次文化高潮，在南来作家培育和影响下，香港作家开始成长，本土文学也随之萌芽。香港新文学时期，涌现了以黄谷柳的《虾球传》为代表的一批佳作。但前30年的文学活动都为南下作家所发动和领导，他们主力放在中国两种命运和两种前途的决斗上，无暇顾及香港本土文学，以至人来则兴旺、人去则沉寂，并未扎根开花结果。这是时代和社会使然，不能过多责怪他们。

后30年（1950—1980），香港起了根本性变化：（1）新中国成立后，内地与香港社会制度有着本质不同。同时，过去由于极"左"思潮的干扰，拼命夸大两种制度的差异性和敌对性，错误地把香港视为大染缸，而忽视了都是龙的传人这一最大的共同点，以至挫伤了骨肉同胞的爱国热情、民族使命感和乡土感情。（2）由于爆发了朝鲜战争，美国实行对华禁运，港英政府追随美国于后，20世纪50年代初变本加厉地迫害进步人士，如驱逐著名作家司马文森等人，关闭我进步文教机构等等，致使香港越来越脱离母体，重英文轻中文，诱使华人西化；也由于我们政策失误，封国锁边，少了亲戚情和乡土谊，文艺界从此少了交流，甚至中断了联系。（3）新中国成立后，香港文化人纷纷返回内地参加建设，此后多数在历次政治运动中蒙冤受辱，历尽磨难，这不仅使他们自动退出阵地，也使港人寒心，至今余悸未消；相反的，内地大批右翼文人于新中国成立前后蜂拥流入香港，在香港美新处的支持和美元的扶植下，报刊出版社林立，几乎垄断文坛和出版界，双方力量突告悬殊，一时"反共"声浪鼎沸，不仅席卷港澳，而且波及海外华人社会，于是整个文坛向右转。

（4）台湾乘虚而入，兴风作浪。港台遥相呼应，往返频繁。50 年代的台湾"反共"文学甚嚣尘上，台港文学界互相切磋、互相出版书籍、刊载文章、征文发奖，热闹非凡。在人员交流上尤其密切，先有徐訏，后有余光中等人穿梭往返于台港之间，30 年关系密切，成就可观。（5）最重要的最根本的变化是到了 50 年代初，香港本土居民激增，而且相当稳定（流动性逐步减少），形成了独特的香港社会，有了港人的独特心态、性格和意识形态。从人口看，1949 年 200 万，1959 年 300 万，现在是 550 万，直线上升，有增无减。从经济看，60 年代起飞，70 年代末 80 年代初空前稳定繁荣，成为世界七个中心之一，11 种产品跃居世界之冠，香港成为"购物天堂"和旅游胜地。从政治上看，由左向右转化，恐共心理严重。于是香港文化界也发生了根本变化，开始脱离母体而西化了。本港新一代知识青年如潮涌来，本土中青年作家成群崛起，并且多数聚集于现代派大旗之下。但由于台湾现代派走得太远，遭受挫折失败，促使香港青年作家觉醒，终由西进走向东归，各种文学流派开始交流，共同建设香港文学。可见，杂色社会产生杂色文学，异彩纷呈，尽管光怪陆离，各色杂陈，但以本土作家为主体的作家队伍已经形成壮大，所写作品都有本土特色，不同程度地反映了香港社会现实和港人心态性格特征，颇具影响力：深受东南亚华人社会赏识。香港后 30 年文学是客观存在的，也是毋庸置疑的。

如上所述，前 30 年为拓荒萌芽期，后 20 年为成长茁壮期。后 30 年若以 10 年为一期，即 50 年代为对抗期（即"反共"与反蒋文学相对抗），60 年代为缓和期，70 年代为交流期。到了 80 年代，香港文学界出现新气象，进入一个新时期。

香港文学主要由以下三个部分组成：一是严肃文学，二是通俗文学，三是兼具两者之长的文学。严格说只有两个部分，是以香港文坛历来有严肃文学和通俗文学之争。

文学史家素来重严肃文学而轻通俗文学，而广大读者却往往持相反态度。在香港严肃文学中，基本上有两大流派，即现实主义和现代主义。现实主义流派继承五四新文学传统，接受内地文坛影响。这一流派敢于直面惨淡的人生，反映下层市民的苦难和抗争暴露社会的黑暗和腐朽，表现港人的信心和希望。其中廖一源（笔名俞远）的思想小说《思前想后》和《峰回路转》姐妹篇，曾出过14版，一纸风行港澳和东南亚各地；再如侣伦的《穷巷》和舒巷城的《鲤鱼门的雾》等作品都广受欢迎。后因内地文艺政策一再失误，香港现实主义作家深受极"左"思潮困扰，未能随着时代的步伐前进，思想较保守，写法较陈旧，甚至出现公式化概念化倾向，曾一度脱离香港实际和广大读者。直至党的三中全会之后，才从框框套套中解放出来，有所突破创新，佳作迭出，成绩可观，影响力和号召力逐步扩大加强。

现代主义作家大都学贯中西，较多吸取外国文学营养，与台湾文学有较多联系交流，少受政治干扰，比较尊重艺术规律，讲究艺术技巧；追求艺术质量，勇于探索、实验、创新。虽曾一度迷误，有过欧化倾向，却少有台湾现代派专讲"横的移植"的偏颇，有较多的"纵的继承"。例如老作家刘以鬯倡导现代主义，首先用意识流手法于其代表作《酒徒》之中，获得成功，成为香港文学史上一座丰碑，蜚声海外。刘以鬯广结英才、奖掖后进，力倡文学创新，既不重复别人也不重复自己，不仅形式手法多样，而且内容深邃，有进步的文学观，虽也有偏激之处，但擅长融西方技法于民族传统之中，并有所创新发展。诚然，现代派中也多小圈子，有学院派的，为艺术而艺术的，曲高和寡，孤芳自赏，脱离广大读者；也有醉心于存在主义和弗洛伊德的，一味迷恋扭曲、变形的畸恋的描绘，逃避现实社会，晦涩难懂，冗长乏味，在梦境梦幻中讨生活。凡此种种，纷繁复杂，到了20世纪80年代后，两派开始交流，互学共荣，各有进步、提高。

但不管是现实主义还是现代主义，凡属严肃文学的，在香港这特定社会中都受到冷遇，很难立足，长期处于困境和厄运之中，在那里挣扎、呼唤、拼搏、寻找出路与援助。

与严肃文学相反，通俗文学独占鳌头，拥有广大市场和读者，书刊之多、影响之大，远非严肃文学可比。就像徐訏、刘以鬯这样的名家，在文化圈外知者无几，而金庸、梁羽生却与名流并列，誉满海外。怪乎？不足怪也！因为通俗文学乃香港社会的土特产，是香港文学中最具特色的。它具有一定的思想性和艺术性，更具有通俗性、开放性、趣味性和娱乐性，适合广大读者欣赏、娱乐、消遣，也可借以提高中文水平。当然，它绝非庸俗文学，应把两者区别开来，不可混为一谈。

香港历史表明，冒险家们来到荒岛无非是为了赚钱享乐。拼命之余需要精神刺激，赚钱之后需要娱乐享受，寻花问柳之后精神空虚，便去饱览色情文学。早在19世纪中叶，香港色情小说风行一时，到了20世纪二三十年代香港书市充斥上海鸳鸯蝴蝶派之作。当时，小报30多份，人手一张，色情文学泛滥成灾，只是到了40年代，才在进步文学的冲击下有所下降，时至今日仍然流行，故时有"扫黄"之举。可见色情、黑幕、暴力一类文字颇有市场，但作为文学来说是不入流的，应予排斥，并与健康的通俗文学区别开来。

20世纪50年代伊始，香港通俗文学勃兴，历久不衰，一枝独秀，产生了像金庸、梁羽生这样的新派武侠小说家，产生了像董千里这样的历史小说家，产生了像高雄这样的"三及第"（即国语句式、白话方言和文言虚词相结合）的文体家，产生了像亦舒这样的爱情小说家，产生了像倪匡这样的科幻小说家，产生了像简而清、石人这样的框框文学家等等。上述种种，无不是报刊书市的佼佼者，受到广大读者青睐，有着巨大的影响力。不管他们的作品是否能经得住时间的筛洗和历史的考验，其流行性却是值得探讨的。依鄙人之见，这些通俗文学家，自有其个性，风格和文学特色。起码他们很了解市场的需求和读者的心理，仅此一点，就值得研究。他们的短、快、博、杂、趣等特点与优势，得以充分发挥，量中求质，不乏美构佳篇，不宜一笔抹杀，也不应轻视，沙里淘金之后，也会有传世之作，应给予一席之地。例如金庸、梁羽生有创新之功，故被誉为"成年的童话"。总之，这些通俗文学起码在传播中华传统文化，维系母体血缘关系，团结海外华人社会等方面是有所贡献的，鄙见根本问题在于作品本身，不论是严肃的还是通俗的，只要是好的和比较好的，都应保留，不可偏废。可以说不论什么文学流派都有佳作和劣品，着眼点应放在作品的质量和水平上，这才是公允的。

从目前发展情势看，已出现严肃文学通俗化和通俗文学严肃化的趋势。这情况，其实早已有之，例如徐訏的小说，既是严肃的又是通俗的，他的浪漫主义之作深入浅出，哲理性很浓，可读性也高，可谓之严肃文学通俗化；再如刘以鬯一边"娱乐他人"写了六七十万字的流行小说，又为了"娱乐自己"写了好几本创新的严肃文学；再如亦舒、亦然，如《银女》《曾经深爱过》等，可以说是通俗文学严肃化。于是不少青年作家为了生存发展，争取广大读者，他们一方面坚持不走庸俗化的道路，不迁就落后读者的口味；另一方面又研究读者的心理学和市场学，吸取通俗小说的优点长处，兼顾思想性、艺术性和可读性，以通俗的形式，寄托严肃的主题，寓教于乐，寓庄于谐，寓情于理，以趣引人，写出健康有益又赏心悦目的佳作，既能发挥文学的审美能力，又能达到争取读者的目的。例如海辛、陈浩泉等。这种从香港实际出发的做法，用陈浩泉的话说，叫走"中庸之道"，既不严肃到无人问津，又不俗到走火入魔，而是熔二者于一炉，采众家之长，兼收并蓄，不走极端，这是明智的。今后的文学方向，必是多元化的。

随着经济不断繁荣发展，跨入 20 世纪 80 年代后，香港作家队伍空前壮大，实绩越来越显著。但究竟有多少作家，谁也不清楚。这是由于作家向社会负责，而社会不向作家负责之故，致使作家卖文为生，社会地位低，为了糊口不得不粗制滥造，著书多为稻粱谋，羞为作家称号，鄙见只有改善作家待遇，提高社会地位，使其受到应有的尊重，才能增强其使命感、责任心和荣誉感，也才能提高作家素质和作品质量，舍此别无他途。

香港作家队伍庞杂，难以界定。有的强调本土性，有的主张兼收并蓄，放宽尺度，有的认为要从严、要有高标准，有的老作家不愿与刚冒尖的小作家并列……总之，争论热烈且毫无结果，反而有伤和气。例如严肃文学作家看不起流行文学作家，反之亦然，各执一端、互不相让，不少人对是不是作家无所谓，反正不受尊重，并非是很荣耀的事。以至不少人公开宣称写作是为了混饭吃，追求见报率，求量不求质，这是香港写作人的通病，也是香港作家的悲哀，针对上述复杂情况，1983年夏，几位老作家向笔者提出如下四条作为香港作家的界定：（1）本港居民用中文写的文学作品；（2）主要作品是在本港发表和出版的；（3）作品主要是反映香港社会现实，并且有香港特色的；（4）作品对香港有一定影响，并受读者欢迎成评论界好评的。本人按这四条标准，多次进行调查研究，拟出一个初步名单。征求各方面的意见，取得基本一致的认识。如从严要求约八十人。此外，已逝作家有徐訏、徐速、杰克、司马长风、曹聚仁、高雄、叶灵凤、黄思骋、张向天、严庆澍、南宫博、夏果、温健骝、碧沛等；已离港他去的有力匡、马朗、叶维廉、吴令湄、蔡思果、余光中、蓬草、绿骑士、赵滋蕃、原甸等；现已从文坛消逝的有齐桓、廖一源等等。如果再加上遗漏的，香港作家当有150人左右。

据笔者考察，香港作家由以下7种人组成：一是香港土生土长的；二是成名后从内地来的；三是受内地教育来港后才成名的；四是内地出生来港受教育后成名的；五是从台湾来的；六是从世界各地华人社会来的（主要来自东南亚）；七是从海峡两岸来港公干的。比较来说，各个时期从内地来的居多，但从发展趋势看，本土作家将越来越多。总起来说具有如下特点：①近10年来，作家队伍发展迅速，涌现大批新秀；②本土青年作家蜂起；③女作家成群崛起；④南来作家十分活跃；⑤队伍稳定，来多去少；⑥后备力量大（仅香港青年作者协会会员就有百多人）；⑦流行作家很多。这说明香港文学日益繁荣。这是由于：①内地开放改革，新时期文学成就显著，两地交流日多，得到关注与支持，深受鼓舞；②回归祖国进程日近，爱国热情高涨，增强使命感与荣誉感；③出版业日益兴旺，出版本港文学书籍较多，整个文坛山南向北转移；④出路多，稿酬增，生活有所改善；⑤作品在内地和东南亚一带受到欢迎，调动了创作积极性；⑥内地兴起台港文学研究，加强评论推介，使其增强了自信力和责任心；⑦近年来港府和社会有所重视和支助，经常举办各种文学奖和书展；⑧文社组织积极开展各种文学活动，等等。

从目前看，小说、散文较丰，诗歌，评论较沉寂。小说方面：刘以鬯，西西，施叔青，舒巷城，金依，海辛，也斯，陶然，白洛，陈浩泉，夏易，东瑞，钟晓阳，叶妮娜，辛其氏，吴煦斌，陈娟，杨明显，梁锡华，颜纯钩等较为活跃；散文方面：小思，彦火，吕达，谢雨凝，夏婕，圆圆，林真，张君默，柴娃娃，阿浓，蒋芸，农妇，尹怀文，陈方，李默，林湄等颇为多产；新诗方面：戴天，何达，舒巷城，也斯，古苍梧，韩牧，黄国彬，羁魂，黄河浪，西西，陶里，犁青，胡燕卉等较具影响力；评论方面：胡菊人，林以亮，林年同，黄继持，黄维樑，钟铃，璧华，梅子等较为勤奋。

如上所述，香港作家数量不少，素质也不薄。老一代作家侣伦、李辉英、吴其敏、高旅、董千里、梁羽生等仍然笔耕不辍，而文坛新星很活跃，虎虎有生气，潜力大，希望寄托在青少年一代。但也存在着缺点、弱点和局限性，诸如缺乏组织，没有福利；出版困难，可供发表的园地不多，文学期刊少而且短命，跟随报刊指挥棒转，填写框框短文，服从书市需求随波沉浮，作家权益没有保障，得不到鼓励和扶持，更少批评与讨论，即使用理论指导也少有人问闻，是以良莠不辨，草苗争长，文坛一盘散沙，我行我素，无为而治，导致自生自灭。一般来说，作家本身修养不够，再加朝九暮五之后筋疲力尽，再挤点滴时间写作，不仅伤及身体，而且无暇深思熟虑，更谈不上深入生活了，是以平庸之作太多。从客观上说，这个视文学为草芥的金钱社会，中文水平低，读书风气差，良品少人欣赏，劣品倒有市场，这也使作家悲愤而丧气，迫使一些有才华的作家违背艺术良心去炮制"行货"，从而扼杀了优秀作家及其伟大作品。因此，倘若不从根本上改变现状，香港文学不能有根本改观，其原有优势很难充分发挥出来；亟须给予关注和扶植。现在内地给予不少关爱和支助，促使香港文学有所发展和繁荣，这是有目共睹的。

跨入20世纪80年代后，香港文学进入一个发展繁荣的新时期，预告着第三次文学高潮的到来。第一，作家自强不息，克服困难，自筹资金，自掏腰包，自办出版社、书店、文学期刊，举办座谈会、研讨会、讲座，纷纷成立文社，开展各种文学活动，出版文学书籍，搞书展，编选集，出丛书，参加内地对口会议和活动，加强双边交流，做出很多成绩。其中卓有成效的如素叶文学社，出版20多种作品，办了《素叶文学》期刊20多期；涛风文学社自费自撰自编《诗风》，期刊，坚持近14年之久；香港儿童文艺协会近年来大力开展工作，推动儿童文学健康发展，取得丰硕成果，前任会长何紫主办的山边社出版了百多种书，成绩可观；青年作家陈浩泉先编《洋紫荆》文艺丛书，后办华汉文化事业出版公司，做出有益贡献；大拇指文学社，除坚持《大拇指》阵地外，还搞了许多活动，有声有色，硕果累累；香港青年作家者协会，群策群力，办《香港文艺》季刊，出版会员文集和专著，团结广大青年作者，做出不少成绩。此外，各大专院校和部分中学纷纷成立文社，虽在草创阶段，但也说明青少年一代不乏文学秀苗，香港作家队伍后继有人。

　　第二，内地掀起台港文学研究热潮，有十多所高校开设"台湾文学"选修课，暨南大学还开出"香港文学"选修课；仅中国友谊出版公司、花城出版社和海峡文艺出版社3家就出版了100多种台港文学作品（港、台各占一半）；专门刊载台港海外文学作品的文学期刊，就有《海峡》《台港文学选刊》《华文文学》《四海》等四家。近年来全国各报纸杂志发表的香港文学数以百计，极大鼓舞了香港作家，在沟通、引进、交流方面做出了不可忽视的贡献，具有深远的意义和影响。与此同时，香港文学界和出版界也重视出版、推介内地新时期以来的文学作品，并给予高度评价，从中吸收营养，从而推动了香港文学运动和创作。值得一提的是香港文汇报的《文艺》，新晚报的《星海》，星岛日报的《星座》及其晚报的《大会堂》等4个文艺周刊起了很好的桥梁作用，进行了很好的交流，培育了一批新秀，团结了广大作家群，发表了不少佳作。

第三，香港出版业全面复苏，一跃而为世界出版业中心之一，设备好、技术高、出书快、印刷精美、装饰美观，很受欢迎。更为重要的是大量出版香港文学作品为过去30年间所罕见。如博益、天地、三联、明窗、山边、华汉、香江、中流、广角镜、香港文学研究会等等出版公司就出版了数以百计的香港文学书籍，蔚为壮观。

第四，外来作家（作者）经过十年八载的磨砺，渐渐熟悉香港生活，了解港人心态，掌握香港语言特色，写出了颇富港味的作品，赢得读者喜爱，如余光中、施叔青、蔡思果、戴天、梁锡华、黄河浪、白洛等不下30人之众，使香港作家队伍多样化，不仅队伍空前壮大，而且素质也有了提高。

第五，内地开放改革卓有成效，市场繁荣，人民生活得到改善，城乡面貌日新月异，各项建设热火朝天，民主、法制开始建立和健全，彻底否定了"文化大革命"，社会安定团结，人民安居乐业，20世纪80年代龙的腾飞极大地鼓舞了香港同胞，特别是新时期文学的光辉成就和自由创作。自由评论风气已成，极大地鼓舞着香港作家。

第六，随着香港回归祖国日近，与整个社会向左转的同时，香港文坛也逐渐掀起向北的热潮。"以港为家，爱我中华"成为港人共同心声，"爱我香港，更爱祖国"成为文学的主题。20世纪80年代是香港处于伟大转折点的年代，也是香港文学最风光的年代，所以向来流动性最大的香港作家队伍出现了最稳定的新局面。

到了1985年春天，开始了过渡期文学，标志着第三次文学高潮的到来。香港第一、二次的文学高潮处于中国生死存亡的关头，其主调是伟大的爱国主义思想和民族意识的觉醒。如今，失落多年的主调又回来了，中英联合声明的签署，结束了民族屈辱的一页历史，爱国热情空前高涨，建设新香港成为港胞唯一心愿，建设香港文学也是其中重要内容之一。

由老作家刘以鬯主编的《香港文学》于1985年元月创刊出版，宣告香港过渡期文学的开始，在这一年里，文坛活跃，创作丰收，呈现欣欣向荣之势，其显著特点是：①题材、主题开始转移，从不关心政治、社会到关注祖国命运和香港前途，热烈探讨"九七"问题，描绘祖国壮丽山川，讴歌四化建设，批评不正之风，等等。②严肃文学和通俗文学，现实主义和现代主义开始交流、浸透，互学共荣，曲高和众，成为共同研究的新课题。各家各派突破政治樊篱和门户之见，走到一起来了，开始出现和谐活泼的新局面。③港内外交流十分频繁，尤与内地为最，据笔者统计，在一年中，各种文学活动竟达30次之多。如香港中华文化促进中心举办文学交流营、每月诗会，港大首次召开香港文学研讨会，等等。④《香港文学》越办越好，除具香港特色外，联系五大洲华人作家作品不仅数量多，而且质量也较高，评论也开始跟上来了，内地在1985年这一年中发表的香港文学作品为历年之冠，足见过渡期文学之繁荣。

秋实累累 异彩纷呈
——20 世纪 80 年代香港散文掠影

散文是香港文学中的重要门类，散文创作队伍庞大，作品浩如烟海，品种繁多，较之小说、诗歌更加丰富多彩。20 世纪 80 年代是香港文学最繁华的年代，其中散文最为繁富，可谓秋实累累、异彩纷呈。下面，就各类散文的近况及其特点，做一简要概述，以见实绩。

社会风情 人生百态

香港的抒情、叙事散文内容可谓无所不包，其中以表现人性、人情、人道，讴歌仁爱、童贞和大自然的作品居多；也有一些揭露社会黑暗、两极分化、痛斥崇洋媚外现象的干预生活之作。近年来，作品小的政治色彩已大为淡化，特别是中青年作家的散文，很少直接表现重大社会矛盾，而热衷于描写自然风光、社会风情，勾勒人生百态，读来轻松幽默、奇情怪趣。散文家追求知识性、趣味性、娱乐性，注重表现个性化、生活化、现代化，这已蔚然成风，尤以女作家为甚，乐此不疲。一些作家由于片面追求技巧，忽略了对生活的干预，以至出现唯美主义倾向，缺乏思想深度，更因篇幅日益短小，限制了作家才能的发挥，使得平庸之作居多。这种现象直至最近始有转变，一些爱国情深、民族意识浓烈的作家已重视重大社会题材，写出一批富有思想深度的苍凉感和无常感的佳篇，令人欣慰。

香港老作家的抒情、叙事散文写得较为严谨而深刻。早在 20 世纪五六十年代主编过《五十人集》《五十又集》的吴其敏年近八旬，仍不甘伏枥笔耕不辍，在报刊上发表大量散文，令人钦佩。吴老通今博古兼学中西，他的散文题材广泛，内容隽深，形式不拘，畅所欲言，文笔老辣，语言清通，颇有魅力。例如曾敏之、高旅、夏果（已逝）、夏易、马国亮、黄绳、王德海、舒巷城、李辉英等等皆是。举例而言，黄蒙田收入《湖光山色之间》一书中的抒情散文，如同一篇篇荡气回肠的抒情诗，又像一杯杯醇美芬芳的酒，令人神往、引人遐思。在娓娓动人的叙谈中，作者对神州胜景的爱恋之情，表现得淋漓尽致。《雾景》是黄蒙田近年的佳作，作者的思绪张开记忆和想象的双翼，纵情飞翔。作品中那一幅幅如同水墨画一般的雾景、优美的意境、款款动人的叙谈和富于诗意的语言，令读者为之陶醉。张文达以林泂笔名出版的《倒影》是一部颇有特色的散文集。同是老报人的曾敏之亦然，请看《香港文学》第五十八期上的钟晓毅写的论文。夏易的散文很注意刻画人物，善于运用简练的白描，寥寥几笔，便活灵活现地勾勒出人物的形态，借鉴小说手法，通过精心设置的典型环境和事件，展示人物的性格和心态。由一些司空见惯的生活现象入手，借助丰富的想象和联想，表现深刻的哲理和情思，这是夏易散文的另一特色。她的散文集《希望之歌》善于化平淡为神奇，深入浅出地显示出她对生活的透辟理解及其人生观。本时期侣伦出版了《向水屋笔语》提供了许多珍贵的资料，对于研究香港新文学是一本不可多得的书，同时，也能帮助读者了解侣伦的生平、创作和为人，值得推介。

　　本时期香港散文主力军应是中年作家，较有成就的有黄河浪、张诗剑、巴桐、古剑、林湄、双翼、陶然、东瑞、华莎、西西、王尚政、杜渐、谢雨凝、夏婕、宋诒瑞、金兆、王方、戴天、钟玲、彦火、吕达、何紫、吴煦斌、王一桃、罗琅、韩牧、犁青、卡桑、金东方、汉闻、李默、圆圆、尹怀文、柴娃娃、陈方、林冰、陈韵文、蒋芸、温绍贤、阿浓，等等，这是就本人阅读所及而言，至于校园散文，下面另辟专节论述，遗珠在所难免。举例而言，李英豪的散文之美，不在于追求所谓诗情画意艺术技巧和华丽词藻，而在于情真，在于文章中所表现出来的人格力量。（如《给煜煜的信》）林湄以记者身份写的散文别有韵味，如新近出版的《诱惑》，其中的散文就比小说耐读。艺术大师刘海粟题诗赞林湄新著曰："岭上红梅得古声，高寒出手气无伦。万花敢向雪中出，一树独先天下春。"这评语形象地道出了林湄散文风格。书中散文有自传的色彩，语言形象有诗趣，带有深挚的人情味和对社会问题的深刻思考，并有浓郁的苍凉感和无常感。黄河浪是位诗人画家，又是位功力甚深的散文家。抒发游子的思乡情怀，是他散文的主旋律。《故乡的榕树》是他的一篇匠心之作，饮誉海内外，不仅被四海华文报刊转载，还被内地多种选本收入，传诵一时，作为初中教材，大光香港文坛。此后佳篇迭出：《春临太平山》《春花秋叶》《月玲珑》等系列抒情散文皆脍炙人口，为难得之作。彦火也是位香港文坛享有盛誉的散文家，出版了《枫桦集》《大地驰笔》《枫杨与野草的歌》《醉人的旅程》等多种散文集，以精细华美见称，好评如潮。《焦点文人》是他的一部新著，以艾火的笔名发表，集中百多篇短文，写的都是近年大家关注的文化人的生活和写作近况，夹叙夹议，不拘一格。作者才情横溢，正气聚笔端，文笔轻快洗练，一洗早期华丽文风，每篇都有丰富的信息量，对读者有深刻的启迪。巴桐的《港岛散记》也颇具特色，这本散文集题材广、反映快、观点新、文笔畅、语言美，具有一种素丽的风格。他还擅长报告文学，并多次获奖。值得一提的是小说家施叔青近来写了系列内地作家素描。

青年散文家正在成长，虽与老、中年两代散文家比较，还显得稚嫩，但成熟而有实绩的如慕翼、陈德锦、钟晓阳等，而舒非、王良和、罗贵祥等则颇具潜力，前景看好。以陈不讳为例，他的散文极富个性。读他的散文，笔者常常会联想起作者的大名，他确实是位从实道来，直言不讳之士。

校园散文　一枝独秀

在香港散文族中，20 世纪 80 年代最领风骚的便是校园散文了。以香港大学和中文大学为首的校园散文，作家最多，成果最富，质地最佳。在下阅读所及，作者多达五六十人，专著数以百计，如余光中、林以亮、黄维樑、黄继持、卢玮銮、潘铭燊、黄文宗、何文汇、周英雄、梁锡华、钟玲、梁秉钧、陈炳良、罗忼烈、赵令扬、李辉英、陈耀南、黄国彬、陈宝珍、陈德锦、曾锦漳、金耀基、曹宏威、郑炜明、杨国雄，等等；如果再加上来自内地高校教师的散文作者则更多，如金东方、冯钰文、王一桃、璧华、张晓林，等等；倘若还算进出身于香港高校的作者在内，则数以百计矣。所以，我说校园散文一支已成为香港散文族中佼佼者和主力军，上乘之作大都出身自他们的手笔。可以毫不夸张地说，香港严肃文学的繁荣发展，高校是个最重要的基地，也是最大的推动力量。如有不信，请看事实。

余光中虽已离港返台，但他在香港十年的文学活动和创作，对香港文学的影响将是深远的，为青年诗人和散文作者提供了有益的借鉴。余氏自称自己是右手写诗左手写散文的作家，1963 年他出版的一本散文集就取名为《左手缪思》。余氏学贯中西，博古通今，在锲而不舍的探索中，他的散文形成了独特的风格。他在长期实践和探索中终于闯出了一条新路，在《云开见月》一文中，他谈到散文创作技巧时主张：它应"是民族的，但不闭塞，也是现代的，但不崇洋。如果说，国粹派是孝子，而西化派是浪子，则第三条路是浪子回头"。这是余氏走过一段弯路后的经验之谈。和诗歌创作一样，刻骨铭心的乡思、乡愁、故国之恋，成为回荡于余光中散文作品的主要内容。以他的《沙田山居》为例，这是一篇以山中奇景为题材的美文，却又不光是写景，文章开头写道："山外看山，最远的翠微淡成一袅青烟，忽焉似有，再顾若无，那便是，大陆的莽莽苍苍了。"末尾则云："山下的铁轨向北延伸，延伸着我的心弦……"最后赋诗一首："……/湘云之后是楚烟，山长水远/五千载与八万万，全在那里面……"诗文并茂，情真意切，极为感人。余氏散文里的乡愁是具体化、形象化的，文中的一景、一物都抹上了作者自己浓烈的感情色彩，抒发了作者在特定环境里的独特感受。在余氏看来，深邃的思想内涵是每一篇优秀散文所不可缺少的，他指出，作家在创作时，"当他们思想与文字相通，每如撒盐于烛上，会喷出七色的火花"。他鄙视"不到 1cc 思想竟兑上 10 加仑的文字"（见《左手缪思》后记）。余氏对传统散文创作格局做了大胆的冲击，他在《分水岭上》一文中写道："要乐于用现代诗的艺术，来开拓新散文的感情世界。""现代的小说、电影、音乐、绘画、摄影等艺术，都应该促成散文作家观察事物的新感性。"请看《沙田山居》中对吐露港夜景的描绘："有时十几盏渔火赫然，浮现在暗黑的海面，排成一弯弧形，把渔网愈收愈小，围成一丛灿灿的金莲。"山谷中的回音在余氏笔下更是富有谐趣，而晚霞是那样流光溢彩又富于变化；在山中起风的日子，那番瞬息万变、气势磅礴的景象，真令人心旷神怡。在余氏的散文中，现代派文学的自由联想、象征暗示、现实与虚幻穿插等手法与传统散文的因景生情、缘情入理、情景交融的构思方法和叙事、抒情、议论相结合的手法融汇，使人耳目一新，构成了他的散文独特的神韵和艺术魅力。即使是序、跋之类文字也文采斐然，可作为抒情散文来欣赏。故我向来认为他的散文比诗还好。

黄维樑继《突然，一朵莲花》《大学小品》之后，新出版的散文集《我的副产品》收入 62 篇文章，共分"师友素描""旅游随笔""文化沉思""生活抒情"等辑，作者记事抒情，海阔天空，潇潇洒洒，自谦"副产品"，实在是卓见博识、芳草落英、雅俗共赏之佳作。作者在书中追忆了从师向学至不惑之年这期间的人际关系，学问阅历，乃至思想情操的外部影响，字里行间反映出这位严肃学者的学术素养、思想深度和生活情趣。梁锡华原与黄维樑同事，他执教中文大学 9 年，出版的散文集写的就是面对八仙岭的九年生活，作品艺术上的特色表现为：广引博依，援古证今，激扬奋励，风趣幽默，辞采洋溢，满贮诗意，注重炼字的精确。从《八仙之恋》中可以看出，梁锡华是位富有爱国激情的学者散文家。他的文学观是值得提出的，他说："文学作品，我认为，是该有教育作用的。则使不是什么经纶大义或道德善行，至少在文字上要给读者一点启示，一点提升。"（见《独立苍茫》后记）这对今日香港文坛很有警策作用。梁见值得倡导。小思是位多产散文家，陆续出版过《路上谈》《日影行》《承教小记》《不迁》《七好文集》（与人合著）等散文集。阐发仁慈博爱精神，同情关心不幸者，倡导人际间的宽容与谅解，是小思散文的重要内容，作品中对社会人际关系的冷酷的披露，可谓入木三分。她的散文感情真挚，构思精巧，内涵隽深，写人记事写景说理抒情有机融合，文笔轻盈。学校生活在小思散文中占有相当的比重，她爱国护校尊师爱生，字里行间洋溢着炽热的真情，闪耀着智慧的火花和人格的光辉，堪称为青年的良师益友。也斯近几年出版了《灰鸽子早晨的话》《神话午餐》《山水人物》《山光水色》等好多本散文集，其特色是：娓娓道来，从容不迫，常能于平凡的琐事中发掘出新颖的见解，给人以启迪。读也斯的散文，你立刻会感到作者是生活的有七人，无论是游山玩水、参观访问，或是候车等船，他都在悉心观察，因而他笔下的山水、街巷、人物都显得那样鲜活。也斯的散文有一种深沉、质朴、明快的风格，写人细致传神，写景清新简洁，俊逸澹泊。有一次，我们一起在上海出席（第四届台港暨海外华文文学学术讨论会），也斯返港后写了《时空的漫游》在《香港文学》第五十六、五十七两期上发表，其得主编刘以鬯先生的好评（见《香港文学》五十六期编陵），笔者很有同感，并认为这是梁秉钧（也斯的原名）的代表作。读钟玲的散文，你不得不折服于她苦心孤诣的艺术构思、联翩的丰富想象。她的《赤足在草地上》《灰蒙蒙的爱河》等佳作，时而回忆往事，时而抒发情感，时而展开对话，时而抒写梦境，优游不迫又显得紧凑，恣意纵情又能及时收拢。语言俊逸澹泊，清新简洁，用字精当。她的散文人物形象鲜明又生动传神，以致于她当作散文来写的一些作品，人们将其收入了小说选。陈耀南的新著《刮目相看记》，黄维樑为之序，长达万言，详加评介，十分精彩，值得读者细读。文如其人，陈耀南是香港一流演讲家，口若悬河，滔滔不绝，妙语如珠，听来入迷，而他的散文如行云流水，娓娓动人，情真意切，真知内见，新颖独特，并且结构谨严，词采飞扬，速度极快，引人入胜。诚如黄维樑听言，耀南擅长用比喻，妙趣横生。更可喜的是他的散文表现出中国知识分子那种强烈的忧患意识和对国家民族的炽热情怀以及对传统文化的景仰，文笔清新，情采并发，注重知识性和趣味性，并有很强的针对性。潘铭燊新著《三随篇》和《断鸿篇》两本散文小品集，郑广瑜称梁锡华为之序。前者说："三随者，生活随想、学苑随感、读书随笔是也，计有四十篇短文，是在短短的时间内写成的。"进而称赞"作者潘铭燊先生的民族思想和节操十分坚定"。后者说作者"文章除了笔路流畅，学养丰足之外，还有不少耐思耐读的佳句。"潘子作品有鲁迅所云"投枪""匕首"的一面，对于社会的弊陋、人性的弱耻，在文字中颇能切中。在黄维樑主编的《沙田文丛》中还有两本姐妹篇是值得重视的。即金耀基的《剑桥语丝》和《海德堡语丝》。读这两部笔记体的"语丝"集，作者那广博的学识、出众的才智、儒雅的风度、高尚的人格和美好的情愫，给我以深刻的印象。金氏在行文时善于将叙事、描写、议论、剖析和谐地熔于一炉，他的这两本散文集既有形象生动的叙事和精雕细刻的描写，又有深刻透彻的议论和条分缕析的剖析。景、物、情、意于文中浑然融为一体，其文如歌的行板，使读者在美的享受中得到感情的陶冶、有趣的知识和思想的启迪。可见学养、气质和品格对散文创作至关重要，是以中国散文传统极讲究文品与人品的一致，今天尤须倡导文人风骨和民族气节。

包罗万象　品种繁多

香港杂文包罗万象，品种繁多，斑驳混杂，古今中外尽现笔端，天上地下——展示，充分发挥言论自由之便，天天描绘百丑图，夜夜欢唱爱之歌。独家新闻大爆冷门有之，空穴来风走火入魔有之，呼风唤雨唯恐天下不乱亦有之，自然，也有精辟之言论，老辣之文笔，幽默风趣之佳作，更不乏嬉笑怒骂皆成文章之匕首投枪。杂文是香港社会的浮世绘，也是冷嘲热讽之集大成者，什么人性之恶，人情之薄，人世之险，人心之诈，西风之邪，性关系之开放，人心态之畸形，黑幕暴力之凶狂，大鱼吃小鱼之狠毒，移民风潮之浮躁，两岸政要之秘闻，各国政情之内幕，无奇不有……还有合理建议，参政意见、经济信息，文化动态……应有尽有，林林总总，难以概述。其中最多的是对政情人事民风之批评和对家庭琐事诸如恋爱、婚姻、家庭之剖析。20 世纪 80 年代香港杂文概而言之，题材广泛、形式多样、见解所奇、笔锋犀利，奇谈怪论，无日无之，世上罕见，香港一绝也。

香港的报刊专栏被称为"文化快餐"或"框框文学"，据说每日生产百多二百万字，其中以杂文居多，杂文与作队伍极其庞大，倘若按人口比例，可谓世界之最。

香港杂文形式上的特色是篇幅短小。这类文章信息反着风速，贵新重奇，人情味浓，又兼有泼辣幽默风趣，嬉笑戏谑，打情骂俏，酸涩苦辣，各色俱备。何锦玲主编了一本《香港作家杂文选》，共收 58 位作家 244 篇杂文。依我看再编一本也容纳不下，因香港作家全是杂文家。香港杂文由于报刊框框"画地为牢"，篇幅过短，容量有限，有碍于作家发挥才能，其结果导致轻内容重技巧，轻思考重词藻，轻深度重消遣，满足于填格子，社会意识和文学价值日益削弱，令人担忧。更有甚者不仅毁了作者也毒害了读者，亟待整合改革，以利健康化、优质化和高雅化，更好地满足广大读者的需要，进而造福社会。窃以为专栏是适合香港社会需要的，但勿滥和烂，免使这个金钱世界更趋庸俗化。

《七好文集》作者之一的柴娃娃，其文幽默、风趣，嬉笑怒骂皆成文章，故受读者欢迎和好评。例如《再见嬉皮风》中用尖刻的语言挖苦一班玩世不恭的嬉皮士："当其盛时，外貌打扮和街边神经有点不正常的流浪汉，相去不远的'时代之上'，时时刺激我的鼻子，还别说我的唯美眼睛了。我常想，设若妙玉活在此时，不知如何自处，大概她出入要用个空气调节的玻璃罩，罩住了自己了。"《设法温柔一点》劈头就来上这么一段："如果有一天，晚上睡觉前会祈祷的话，我会说：'啊！全能的上帝，请你老人家在一干能干的女人中，附送一个温柔、清秀、含蓄、白皙、动作轻柔、说话轻巧，笑起来至多见一小瓣白牙、面上浮着微红的女子吧，阿门。'"显然，这类诙谐风趣的语言并非只是搏人一粲的插科打诨，它们深化了作品的思想内涵，使读者在笑后沉思反省一些问题。金东方既是艺术家又是文学家，还是个全面发展的杂家，是以学养、生活、思想、技巧和谐融合，所出版的《昔》等几本杂文小品集，本本精彩篇篇精粹，因为她写作态度认真负责，结集时又是十里挑一，保证较高水准，有一定广度和深度。曾敏之是近年颇为活跃的杂文家，其作品内容充实，观点鲜明，笔锋犀利，敢于吐露内心真情。王亭之的杂文内容广泛，形式不拘一格。他用原名谈锡永和笔名王亭之的两个专栏，风格迥异，判若两人。前者层"阳春白雪"，内容严肃，格调高雅，语言古朴、典雅，颇受专家学者青睐；后者将笔触对准光怪陆离的人生百态，针砭社会弊病，嬉笑怒骂，直言无讳，很合市民口味。王方的《香港生活的酸甜苦辣》在花城出版社出版后，颇受内地读者好评，这本集子共收 196 篇作品，作者的笔锋深入到香港社会的各个方面，写尽香港的众生相，诉说人间的不平，抒发内心的激忿，评判事物的是非曲直，观点正确，情真意切，有感而发，因小见大，但稍欠文采。忠扬的杂文集《鸿爪集》和《泼墨集》特具鲜明的思想倾向性，对种种社会现象，或褒或贬，毫不含糊，而且视野开阔，立论新颖，论据充分，耐人寻味。曹宏威的《科意新事》出版后颇受欢迎，这本小品集广泛介绍了社会上出现的事物，并给予科学的阐释，报道科技旧闻的新进展，反映科学知识的深化过程；介绍科技发展如何推动效率的提高，言简意赅，清新可喜。作者是位生化系的高级讲师，文学素养却甚高，其书顿富诗意，令人刮目相看。

　　类似佳作甚多，如岑逸飞的《闲情逸趣》、阿浓的《青果》等集，马国亮的《小议时尚》以及谢雨凝、卢国沾、李默、李碧华、西茜凰、梁凤仪等等，都各具特色。木拟另写一节，限于篇幅，容后另文评介。

繁花似锦　目不暇给

近年来，游记成为香港散文中的一大门类，成绩喜人。20世纪70年代以前，游记在香港出版物中就其出版数量而言，是微不足道的。进入80年代后，游记成了散文中的热门，出版量骤增，其中以写中国的游记为最，仅夏婕一人就有7本之多。游记兴盛的主要原因是，祖国奉行开放改革政策，向港台海外同胞敞开了大门，神州的名山大川，古迹胜景，人情暖意，各地新貌，吸引了数以百万计的香港游客，加之香港不久就要回归，游子要认同，港胞民族自豪感和向心力日增，纷纷北上寻根问祖。近几年，香港旅游业一派兴旺，写其他旅游热点区域的游记数量也不少。目前，游记热正方兴未艾，作者之众不计其数，较著名的有：黄国彬、夏婕、华莎、李洛霞、彦火、何紫等等。许多游记写得趣味盎然，作者并不是在作品中罗列风景清单，而是着眼于表现爱国思乡情怀，穿插与景物有关的历史、地理、人物、风情、传说与掌故等，有的游记还吸取了小说技法，有人物、有情节，有内心描述。游记中的佳品熔审美价值、知识性、趣味性于一炉，颇受读者欢迎。

夏婕堪称"独行侠"，近年来多次只身回国，独自走遍长城内外，漫游内蒙草原，往返丝绸之路，浪迹新疆大漠，横越青藏高原，远上白云间，闯荡无人区，与疾病、风沙、饥寒、特殊环境的气候搏斗，历尽艰辛，人称"沙枣姑娘"。迄今她已出版了《漫漫的新疆路》《丝绸万里行》《带你游内蒙》《长城内外》《沙漠奇遇》《无人区里》《拉萨·蜀道》等游记。她的游记没有缠绵悱恻的胭脂味，却有浓郁芬芳的故土情、地方色彩和生活气息，更有大西北特有的风土人情。作者视野开拓，胸襟广阔，文笔活泼、轻松、洒脱，犹如天马行空，自由翱翔，然又不失端庄典雅，中国古典诗辞歌赋，每每流出笔端，使其艺术境界更为旖旎难忘。华莎的《母女浪游中国》《我的台湾之旅》和《留美家书》，是香港游记中的精品。华莎的游记不同于一般浮光掠影地介绍风景名胜之作，而是深刻细腻地融入自己的真情实感，兼有思想性、艺术性和可读性，洋溢着个性美、哲理美和人情美。在她笔下，历史与现状、自然与社会、人生与哲理、人物与景色彼此渗透，交相辉映，宛若一篇篇散文诗。华莎的游记以新启人、以趣引人、以情感人、以理服人、平易中孕育着激情、跳动着诗意、洋溢着哲思，使人在缠绵婉转的情意中引起共鸣。秦牧在《母女浪游中国》序中称赞华莎的游记"饶有情趣""笔墨相当潇洒细腻""文字相当精彩"，并认为"作者的写作态度是严肃认真的"。的确如此，华莎每书无不十易其稿，力求一字不易。彦火的多种游记也是难得佳构。读者读后在获得历史、地理知识，欣赏神州各地风光和民情风俗的同时，又受到潜移默化的爱国主义思想熏陶，可谓开卷得益。彦火讲究剪裁，擅长想象、联想，特别注重语言的锤炼，读起来朗朗上口，赏心悦目。黄国彬的《华山夏水》和《三峡·蜀道·峨嵋》，别具一格，如诗如画。作者用饱蘸诗情的笔酣畅淋漓地再现了祖国山川溢彩流金、摇曳多姿的奇景，多数篇章往往是粗犷和细致互相结合，意笔和下笔交错运用，想象丰富，笔触灵活，铺垫渲染，收放自如，充分表明了作者对语言的驾驭已达到非常娴熟的程度。除专著外，单篇游记佳作则多如繁星，如梁锡华、秀实、卡桑、李辉英等等所写无不留下美好的印象。

第一个高度
——20 世纪 80 年代香港小说巡礼

进入 20 世纪 80 年代后，香港文学开始了一个新的发展时期，1984 年底中英联合声明签署后，香港前途尘埃落定，这对文学事业产生了一种极大促进，文学园地一片丰收景象，而小说创作的成就尤为突破，充分显示了过渡期文学的实绩。1987 年《小说家族》（选入刘以鬯、西西、也斯、亦舒、李碧华、辛其氏、钟玲玲、颜纯钩等 11 位作家作品）的问世，标志着香港小说创作跃上一个新的高度。因为它是第一部与电视联姻的小说结集，受到广大市民的欢迎，达到家喻户晓的深广度，这是空前盛况，值得重视。

走出小说的低谷

20 世纪 70 年代，香港作家虽然辛勤耕耘播种，但总的来看，严肃文学发展缓慢，并不景气，小说创作长时期筹备蹰躅，几度凋敝不堪，作家们苦苦挣扎、拼搏，以求摆脱备受冷遇的困境。

20 世纪 70 年代后期，内地结束了"十年动乱"，实施了开放改革政策，文坛千姿百态，争妍斗艳，给香港作家以深刻启迪。几年间，内地大量评介台港文学作品，并为他们提供了广阔的园地，发表和出版了香港作家的大量作品，这对香港小说家是个莫大的鼓舞，增强了他们的使命感和自信心，激发了他们的创作热情，从而迎来了香港文学的新高潮。

中英联合声明签署后，继续保持香港的稳定与繁荣，香港中继站的作用日显，利落市民普遍产生一种归属感，民族意识大为增强。有识之士呼吁弘扬中华文化传统，对他们自有一种鞭策力。长期以来由于不同思想倾向和文学流派而形成的各种壁垒和小圈子正在被打破，各家各派互相切磋交流技艺，一种前所未有的融洽、和谐、宽松的书面形成了，香港小说创作由此走出低谷，揭开了崭新的一页；初步繁荣的书面已见雏形。

"一九九七"冲击波

由于香港回归日近，香港小说家对社会、政治问题表现出从未有过的兴趣，香港的前途引起了他们的普遍关注，由此可见，香港小说已进入一个自觉的创作时代。"一九九七——香港回归，成了小说的热门题材。中英联合声明签署之前，'一九九七'如同一枚无声的炸弹在香港不同阶级、阶层的人中都引起了很大震撼，不同的政治意识、道德的伦理观念互相撞击，产生激烈的冲突"社会的嬗变引起了小说家的深思，他们冷静地审视驳杂而剧变着的社会，以冷峻的写实手法，挑开了香港社会帷幕的一角，显示了对生活的深刻的洞察力和思考力。

梁锡华的《头上一片云》是正面描写"一九九七"题材的第一部长篇小说。作品以散文纪事的笔法，描写中英联合声明发布前夕香港的世态人情，录下来自社会各个角落的种种回音。"一九九七"在作者笔下如同一面镜子，透过这面镜子照出各式各样的人的隐秘的内心世界。作者以嘲讽的笔触勾画了各阶层人脆弱不堪的神经。小说着重写学校圈子中人，但作者广阔的视角，赋予作品多种内涵和很大的包容性，涉及宗教、实业、文化等各界人士，乃至华裔教授、外国学者及小贩之类市民。从以李力民、爱基为代表的热血青年身上，读者看到了香港的光明未来。很明显，作者与他们的心是相通的。《独立苍茫》是梁锡华近年创作的另一部长篇小说，夏志清先生在这部小说序言中称之为"才、学、情三者兼顾的当代才子书"。小说写的是20世纪七八十年代香港大学师生的日常生活和恋爱、婚姻。梁锡华是个学者型小说家，他的主要成就是在学术上，但他的小说擅长从不同角度和层面反映港人艰难的生活和充满苦闷孤独的人生。比较而言，后者不如前者，《独立苍茫》是处女作，到了第二部《头上一片云》在技巧上甚至在内容上都有显著进步。

反映"九七"的短篇小说很多，其中尤以刘以鬯的《一九九七》出现最早也最为成功。《一九九七》是从一个中篇压缩成个短篇的，采用写实的笔法，小说背景是1982年秋，"九七"问题刚被提出，香港前途尚未明朗。作者以现实主义的典型化手法，忠实地记录了在这一特殊背景下发生的一幕不该发生的悲剧。小说中的"九七问题"就像一面镜子，映照出港人，特别是香港中产阶层人士的复杂心态。从这篇小说可以体会到作家的敏锐洞察力和艺术表现力。

如果说刘以鬯的《一九九七》是迅速反映"香港回归"问题的有影响的短篇小说，那么陶然的《天平》则是反映这一现实生活重大题材的有影响的中篇小说。作者巧妙地借助一个三角恋爱故事的框架，暗示香港各种不同类型的人对香港前途问题的心态。作品有明确的思想立意，表现了作者对香港前途充满了信心。

香港社会的浮世图

香港是个高度商业化的资本主义社会，表面上看经济繁荣、物质丰富，却也不可避免滋生一些后遗症，有其黑暗面和腐朽性，在那儿"万般皆下品，唯有金钱高"，人际关系中充满尔虞我诈、互相倾轧，不少人道德沦丧，醉生梦死，追求骄奢淫逸。然而，这个社会也有其光明面和进步性，那儿生活着500多万勤劳智慧的炎黄子孙，特别是在下层民众和普通知识分子中，处处能感受到人情暖意。总之，这是一个多层次、多结构的杂乱社会，假恶丑与真善美奇异地并存着。近几年的香港小说，正是这样一个光怪陆离的社会的形象的写照。

海辛是为数极少的专业作家之一，他的中篇小说《天使天使》《伞外情悄悄》《出卖影子的人》以及短篇《夜宴》《替身》等，都有鲜明的思想倾向性，讴歌光明，鞭挞黑暗。

陈浩泉手中的笔也如同一把剖开香港社会现实的利刃。他的长篇《香港狂人》《香港小姐》告诉人们，繁荣的现代物质文明掩盖不住精神的贫困，资本主义社会残酷竞争的"森林法则"正无情地腐蚀着人的灵魂。作者对笔下人物的道德批判和人的价值的判断，是耐人寻味的。

以高产著称的中年作家还有东瑞，他的小说揭示香港现实生活中有深刻意义和矛盾冲突，提出或试图回答民众所关心的许多重要问题。秦牧在他的短篇小说集《香港一角》序中写道：东瑞的小说"能够相当敏捷地抓住具有较深意义的生活图景，认真加以挖掘"，能"致力掌握事物的焦点，用比较简练的笔墨加以描绘"。中篇小说集《夜香港》是东瑞近年的一部力作，集子中的《华灯初上》《夜宴》两篇作品深刻剖示了香港社会的溃疡面，写人的良知、道德的沦丧和人性的扭曲，前者暴露了风月场中肮脏的人肉交易，后者主要写被侮辱与被损害者的挣扎、沉沦。其中《通宵夜》一篇写的是一个普通香港下层市民家庭的悲剧，父亲为生计在外搏命，母亲却热衷后应酬无聊的"麻将宴"，后又卷入桃色纠纷。小说披露香港青少年缺乏父母关怀，而社会上的色情、暴力对青少年身心健康更是造成直接危害。作品中的店员"我"和温妮对无家可归的幼小孤独者的同情、关怀，给冷漠的世界增添了一点温情和慰藉。东瑞最近推出的长篇小说《夜夜欢歌》将香港娱乐圈里名利色情有血有肉地组合到特定的环境里，给予批判性的叙说，对繁荣背后的社会病态予以露骨的揭露。初入娱乐圈的余莎莎一眼看透了名利与真情之无法并存、毅然决然跟热恋的男友分道扬镳，冲向"天皇巨星"的宝座。小说中的一切冤冤相报，都以充分的社会背景因素使之具有真实可信性。这部作品使读者开卷震悚，知道纸醉金迷的歌舞场中，原来有那么多的缺德的污染。

被称为"绿印作家"的新移民，虽是初来乍到，有时却比本土作家更为敏感，能从本地人熟视无睹的人和事中发现这个华洋杂处的自由港的独特风貌。一些作家将视野的焦距对准历史转折时期的香港社会世态与人情心态、探索变革中的人际关系的微妙变化，推出了一批力作。颜纯钩是"绿印作家"、中短篇小说的高手，笔者曾首先著文在海内外评介他的短篇小说集《红绿灯》，他的所作很受欢迎和好评，记得《香港文学选刊》已发表专评，这里从略。

温绍贤以"绿印人"的身份写《绿印人》，以受害者的身份写《青春泪》，借用自己的亲身经历和切身体验、投放到小说人物中去，读来特别真实、亲切而深刻。他在《青春泪》自序中这样写："《青春泪》是本人政治路线系列四部长篇小说中的第一部，它和第二部《魂断彩虹桥》及第三部《狂飙之下》组成三部曲；第四部《失去的一代》（已出版）是独立的。这四部小说要反映的正是从五十年代中期到一九七六年这二十多年中国的历史真实，《青春泪》要反映的是'反右斗争'前前后后的活动。"他的所作《宿约》和《姐妹化》也颇有特色，值得一读。

张君默的《模特儿之恋》写了社会对于人精神上的重压，暴露了人心叵测。小说主人公姚若碧是个有才干的时装设计师，为人忠厚，因恋爱遭受挫折，便受到周围人百般嘲弄，渐渐产生心理变态，爱上了没有生命的橱窗模特儿，最后成了神经错乱的"迫害狂"。

也斯小说写得不多，他的中篇《剪纸》却是一部不可多得的佳构。小说主人公是两位年轻女子瑶和乔。瑶出生于旧式家庭，平素迷恋于粤剧和剪纸艺术。她狂热地维护传统，只因有一篇谈及性的文章，她就将整本杂志撕碎。她是一个愤世嫉俗者，根据自己认定的道德规范去抨击身边所有的人。乔家里有全套西式家具，平时爱哼外国流行曲，她有点像日本人，又有点像法国人。小说的构思取意独具匠心。两个并无关系的女人活像一张剪纸展开后呈对称状的两面，瑶并不了解什么是值得继承的中华传统文化与美德、乔也根本没有吸取到西洋的精粹。作者借瑶和乔揭示了香港社会深层的潜流，写出了对时弊的思考与认识。也斯最近出版的《三鱼集》受到文评界的好评，请看《香港文学》第五十五期上何慧的评论。

王方的小说与也斯不同，他通常以朴素的写实手法，真实地再现普通的香港人的生活。他的中篇小说《底层》生动地描述了小人物凄凉的境遇、可悲的命运及其万般无奈的心态。小说中对内地的崇洋风气也有所针砭。

直面人生的小说以短篇数量最多，如金依的《错失》、吴羊璧的《巴士上的一个半小时》、陈德锦的《看赛车去》、梓人的《砰》、陈小强的《记录》、侣伦的《把戏》、子迅的《老电车上》、陈怆的《电梯内》、杨贾郎的《弄璋之喜》以及刘于斯、谭秀牧、忠扬、罗琅、罗贵祥、何紫等的短篇小说都是较好的作品。严肃的作家一方面坚持不走庸俗化的道路，不迁就出版商的需要，另一方面又注意研究读者心理学和市场学，吸收通俗小说的长处，兼顾思想性、艺术性和可读性；以通俗的形式寄托严肃的主题，寓教于乐，寓庄于谐，以达到争取读者的目的。例如吴正的长篇小说《上海人》等。

蛾眉不让须眉

20世纪60年代以来，随着经济高速发展，社会越来越开放，女作家开始崛起。进入80年代后，女作家多达六七十位，小说佳作迭出，咄咄逼人，不少女作家的小说冲破了儿女情和生活琐事的因袭局限，改变了过去不关心社会政治的创作倾向，更多的女作家采用"旧瓶装新酒"手法，将家庭作为一个聚焦点，透过爱情、婚姻纠葛，折射出社会的风风雨雨，探讨在激烈竞争的社会中的妇女命运。

老作家夏易如今创作力仍很旺盛，除了埋头写一部反映几十年来香港社会历史变迁的《香港人三部曲》外，她还写了《暗流》《灯笼》《拔河》《雨后》等短篇小说。她的《梦芬的黄昏》对金钱至上的世相做了淋漓尽致的披露。小说中梦芬的后母是个颇为典型的小市民，她有一句口头禅："这个社会，人很不可靠，只有钱可靠。"钱占据了她的整个心灵，为了拥有更多的钱，她挖空心思地节省，热衷于做黄金经纪和黄金、股票投机。当她知道自己患了绝症，还不忘搏命赚钱。赚钱不仅成为她生活的需要，而且成为她的一种本能。夏易的小说往往不注重故事情节，而着重开掘人物隐秘的心灵世界。

被聂华苓称为"很现代有深度"的西西在本时期以短篇小说为主要成就。她既不重复别人也不重复自己，每一篇都别出心裁，不相雷同，是短制的高手，也是创新的闯将，仅发表在《香港文学》上就有《镇咒》《永不终止的大故事》《名字南非》《玛丽个案》《梦见小蛇的白发阿娥》《贵子弟》《玫瑰阿娥》《陈大文的秋天》等8篇。文评家林融认为《镇咒》"热衷于提供新内容或新手法"，《永不终止的大故事》是"读书小说"，也是另一种意义的"身边小说"。她把自己生活的"故事"和心仪作家们作品里的"故事"交叉叙述，又把这本书和那本书的"故事"糅合比照，别具一格。《玛丽个案》宣示西西还是那个西西，她的作品已近"随心所欲"的境界。这一篇所用形式是否可再，是另外的话题，我看取的是那股蕴藏着的不断寻求变化，寻求"与众不同"的精神和努力。西西小说求变求新在香港小说界可与刘以鬯并驾齐驱。

蒋芸的《人填歌歌填人》是一部篇幅不很长但内涵隽深的小说，主题是表现现代都市人那种"疏离的感觉"。主人公是个三十出头的妇女，离婚后独居，从事填词工作。她殚精竭虑寻寻觅觅，却始终未能写出一首欢乐的真正吐露心曲的作品，这使她苦恼万端。小说对人与人间的冷漠做了入木三分的揭示，能否用爱情来温暖孤寂凄冷的心呢？尝够了婚姻苦果的女主人公"已失去这种冒险精神"。小说中刻画了二十几个有名有姓且个性较丰满的人物，女主人公目睹他们的悲苦与辛酸，只有喟叹："人本质上是孤独的。"

主张"慢工出细货"的施叔青，以《香港的故事》为题写了系列短篇小说。作者从各个不同的角度描摹了上层社会的种种世态，在立意上有新的生发，开拓出一片新的文学天地。小说中的主要人物，无论男女，无论属于哪个阶层，都有一种共同的心态，那就是深深的、难以排遣的孤寂和由此而来的苦闷、挣扎、悲观。《愫细怨》中的愫细是香港上层社会的"女强人";《窑变》中的方月原先是台湾女作家,定居香港后衣食无忧;《情探》中的老板庄水法,事业上是个成功者,他们无一例外,都"被寂寞所噬咬"着,无法解脱。作者深入探索了人们的孤寂的社会根源:人与人之间没有理解和信任,心灵得不到沟通,心事找不到任何人倾诉,深深的失落感使人对自身的存在都感到了怀疑。

钟玲近年出版了短篇小说集《轮回》,她的小说无曲折的故事情节,注重渲染人物独特的心态,习惯于用散文笔法来写,有人把她的小说当作散文来读。《轮回》是她的代表作,作者明显受佛教思想影响,小说中的人物都不能把握自己的人生道路,他们苦苦地挣扎,却始终摆脱不了"机缘"两个字,结果只能在命运的海洋里随波逐流。整篇小说笼罩了一层神秘色彩,将抽象的哲理意念赋予可感的形象。发表在《香港文学》上的新作《八年初恋》不到两千字,有内涵有深度,真正是短、小、精悍之作。她还擅长微型小说,如《船长夫人》《车难》等都是上乘之作。

钟晓阳以一部长篇小说《停车暂借问》名噪港台,之后又出版了中短篇小说集《流年》《爱妻》等。《翠袖》描绘了一幅香港家庭危机四伏的场景,从一个侧面反映在西风侵蚀下,社会道德观念的变更,传统思想意识逐渐沦丧。

身为记者的林湄新近出版的散文、小说合集《诱惑》也颇具特色,她在《四海》连载的长篇小说《路》描写三个不同女性的人生道路,探索爱情、婚姻、家庭和生命的奥秘,颇有哲理性和可读性,这是一部富有历史沧桑感的小说。

陈娟的中短篇小说集《香港女人》,以女性细腻的笔法写出属于香港不同社会阶层、从事不同职业的妇女面貌,表现了她们对人生的追求。

夏婕也是位香港新移民,早年曾在新疆生产建设兵团工作,她的小说以祖国西南边疆为背景,在香港文坛有"沙枣站眼"之称,先后发表中长篇小说《天山梦》《伶仃的骆驼》《柳烟浓》《风过》等。近年来,她多次回国内,只身万里行,走遍长城内外,新疆这片广袤的土地对她有着无穷的魅力,《一个香港姑娘在新疆的传奇》是她的长篇新作,写的是纯真的香港少女丁丁在新疆旅游时与一位新疆大学生艾卫的爱情纠葛,这是一部充满浪漫情调的作品,洋溢着大漠的浑厚气息,呈现一种阳刚与阴柔交织的美感。小说热情赞美了各族人民间的相互谅解和感情上的沟通,多方面展示了新疆独特的地理环境、名胜古迹,以及少数民族的奇异风俗、宗教信仰,读来趣味盎然。

杨明显是由北京移居香港的文坛新秀,她的短篇小说集《姚大妈》有浓郁的"京味",如同一幅北京的风俗画。可称是香港伤痕文学。在表现"文革"中各种荒谬的社会现象时,作者运用了辛辣的讽刺笔法。

写"文革"伤痕文学的还有从内地移居香港的辛其氏、金力明、裴立平、虞雪等,其中尤以辛其氏的《真相》获得好评。欧阳子甚至认为《真相》的艺术水平超过台湾女将们的水平。值得一提的是李男,她以《半个丈夫》和《肉欲世界》饮誉香江文坛。

近年来,香港本土也有一批年轻女作家脱颖而出,西茜凰以《大学女生日记》崛起于文坛。这部小说带有自传色彩,一炮打响,成为畅销书。叶妮娜的小说善于从日常家务事、儿女情中写出时代、社会的衍变。《么哥的婚事》的主人公是个家住郊外的纯朴的少女,她未过门的嫂子则是个新派女性,执意要在婚后另立门户,与公婆和小姑分开住,由此展示了一场新旧思想习俗的矛盾冲突。在作者看来,民族传统中的亲情是温馨而值得珍视的,她为当今西风东渐、亲情日趋淡薄而忧虑、惆怅。她的中篇小说《戏》受到钟玲的高度赞扬和读者的好评。潘金莱、潘明珠两姐妹以"英明"为笔名写了许多儿童文学作品。长篇儿童小说《宝贝学生》是其代表作。小说以学校生活为背景,写了"我"和同学何其佳之间发生的一系列有趣的事,塑造了一个忠于职守、关心疼爱学生的余老师形象。作品以生动的形象告诉小读者,应当努力当一名品学兼优的好学生,做老师心目中的

"宝贝学生"。

此外，李洛霞、方娥真、金东方、圆圆、李默、李碧华、吴煦斌、谢雨凝、冈蜜蜜、金力明、陈宝珍等时有新作问世，也有相当成绩，限于篇幅，无法一一列举。总的来看，香港女作家潜力很大，又富创新精神，其作品植根于现实生活土壤，呈扇面形辐射，从隐秘的心灵世界到熙熙攘攘的尘世，从价值尺度到审美取向，她们各自以独特的思想观念和艺术视角，显示了鲜明的创作个性，蛾眉不让须眉，大有压倒之势，值得重视。

艺术手法呈多样化趋势

20 世纪 80 年代对香港小说创作而言，是一个多种流派号相发展、艺术形式异彩纷呈的年代。作家们已不满足用固定、单一的手法对生活加以简单的摹写、艺术表现方法上的不拘一格，锐意创新，以及随之而来的多维性、多元化、多色调、多风格已成为 80 年代香港小说的重要标志。艺术形式上博采众长、兼收并蓄，丰富了小说的内涵，加强了对人物内心世界的开掘，有助于深刻表现人的心灵的扭曲和人的异化现象。

老作家刘以鬯小说的特点是既不重复别人，也不重复自己，力求突破陈旧的小说观，闯出一条新路。他在 20 世纪 70 年代以来创作的《寺内》《蜘蛛精》《吵架》《链》等"实验小说"，标新立异，花样翻新，对香港作家产生了很大影响。他的新作《打错了》，写的是同一种事，借两个时间，以两种不同的方式呈现两种结局，令人耳目一新。

西西的小说广泛采用魔幻现实主义手法，她的中篇小说《我城》和一系列短篇都具有变现实为幻想又不失其真的艺术特色。短篇小说《包里》将人际关系幻化成一张塑胶带，写出了对这种疏离感的惶惑，《手表》的主人公一天伏在桌上睡觉，听见自己脉搏的跳动，他突然悟出这样一个道理：自己原来也是一个颇准确的表，只是不用上发条。施叔青的《驱魔》是一篇意识流小说，没有完整、连贯的情节，作品中的"我"是个女作家，反复地自问："我已经是个乏味的中年女人了？"病态地眷恋着正在逝去的青春。"我"始终未能驱走纠缠在灵魂中的魔，这魔便是深深的孤寂感。她的《一夜游》《票友》等小说采用戏剧结构，故事的展开从头至尾浓缩在一个场景之内，同时巧妙地利用小说的特长，借助人物活跃的思维，或倒叙，或插叙，在一个相对狭小的时空范围内，游刃有余地表现错综复杂的人际关系。李碧华的长篇小说《胭脂扣》，是一部有强烈现实主义气质的小说，却引入荒诞的表现手法，使作品充满了魔幻气息。小说写一个在30年代殉情自尽的青楼女子，在黄泉路上苦候了五十年，仍不见当日与她一同殉情的男子的踪影，她终于按捺不住，以来生减寿的高昂代价换取几天时间，上阳间寻找情侣，几经周折、终于找到了恋人。然而，昔日一个眉目清秀、风流倜傥的青年，已变成一个干瘦枯槁、猥琐不堪的落魄老翁。魂牵梦萦五十载的痴情，顿时化作一缕轻烟，她丢下当年他给她的爱情信物——胭脂匣子，落荒而遁。这使我们想起徐訏30年代的成名作《鬼恋》和这篇《胭脂扣》有异曲同工之妙。

陶然的《天平》采用多元第一人称手法，突破传统小说格局，频频变换视角，扩大了小说的艺术视野，并广泛采用内心独白、哲理性议论和意识流手法，挖掘人物内心世界。吴煦斌的实验小说也别具一格，她的《牛》《猎人》《海》《木》《山》等短篇小说；寓丰富的科学知识于动人的故事里，向读者展示了生态、生物科学世界的种种奥秘，形象思维和逻辑思维二者结合得很好。她的小说常常为一种迷人的艺术氛围所笼罩，连蝮蛇吃老鼠的场面都给人一种特殊的美感。吴煦斌的小说是"出新"佳构，刘以鬯谈到她时，说："读她的小说，除非不想看到超越现实的一面，否则，就该慢慢辨别细细咀嚼。请接受我的劝告：牛饮与囫囵下吞会失去已得的东西。"刘先生的话，一语中的。

综上所述，20世纪80年代香港小说创作得天时、地利、人和之

便，取得了突破性进展，限于篇幅，只能做个粗线条的勾勒，难免挂
一漏万。香港回归祖国日程的迫近，不仅促进了严肃小说的发展，也
使通俗小说创作出现健康化趋向。观今日之香港小说，总的趋势是严
肃小说通俗化，通俗小说健康化；现实主义现代化，现代主义写实
化，香港文坛这两大流派间正在互为渗透，距离也正在缩短。近年来
已出现许多兼具严肃小说与通俗小说之长的作品，开拓了"曲高和
众"的新路面。如东瑞等的长篇小说即是一例。

香港小说开创真正繁荣的局面，仍面临诸多问题和困境；生活过
于紧张，致使作家无暇读书、思考、深入生活，也难以得到潜心创作
的条件；评论跟不上，埋没了不少佳作和新秀；专业作家太少，不易
造就大作家和里程碑式的巨著，社会读书风气不浓，等等。自跨入
20 世纪 80 年代后，徐訏、徐速、侣伦等十多位老作家相继逝世；李
辉英、舒巷城等老作家也较少作品问世；年轻一代虽说英才辈出，但
其作皆较幼嫩，缺乏生活历练和古文根底，因而学习中国文学成为一
大课题。香港小说在今后的行程中，不可避免地还会遇到许多艰难险
阻，例如如何克服庸俗化模式化倾向等。香港文坛有一支阵容日益壮
大的小说创作队伍，这支队伍士气旺盛且拥有独特的优势和巨大的潜
力。因此，回顾 80 年代，展望 90 年代，窃以为繁荣的 80 年代将迎
来丰收的 90 年代；长篇小说走向内地，中篇小说崛起，短篇小说丰
收，微型小说独秀，本土作家队伍壮大而成熟，新星灿烂，蛾眉胜过
须眉，多能高产作家专业化。前途光明。

香港杂文巨观扫描

香港文学最大特点就是一个"杂"字，尤以杂文为最。众所周知，所谓杂文，通常是指一种短小精悍泼辣隽永的文体，属于议论性的散文范畴。与抒情、叙事散文相比，杂文具有较浓的理性思维的痕迹。窃以为，香港杂文发展到20世纪八九十年代，已渐渐磨去棱角，失去了"匕首投枪"的效应，悄悄地走向小品化了。这是就其总趋势而言的，并非一概而论。

香港杂文作家杂、品种杂、内容杂、形式杂、手法杂，语言文字也杂，堪称杂七杂八，不杂不成文，不杂不引人。不论作家诗人、文化人还是各行各业人士都在写杂文，几乎人人都在写，人人都在读，一日不可无此君。杂文作家最多，数量最大，园地多，需求量也大，但消失也最快。因为香港报刊多，每报都有副刊，每版都有专栏，香港专栏之多，堪称世界第一。

香港是个自由港、中继站、国际大都会，洋华杂处，东西文化融汇，言论自由，人才济济，求新求变，节奏快，信息灵，知识爆炸，最是杂文天堂，正是杂文家大显身手的好地方。

杂文之"杂"，指的是其内容，杂文是"杂花生树，群莺乱飞"的文学反光。杂文若是不"杂"，便味同嚼蜡，也就不能迅速评论万般世态了。香港杂文家涉猎甚广，内容包罗万象，古今中外尽汇笔端，从政治、经济、文史、哲学、学术、教育、法律、宗教、语文、体育到环保、市政、人口、房屋、气象、医药、交通、婚恋、家庭、饮食、卫生、古董、文物、悼念、大众传媒、社会、治安、娱乐、金融、商业、服饰、年岁、人物、政情、世情、亲情、中国内地、中国台湾、杂记、马经、狗经等等一应俱全。凡新人新事刚出现，便以第一时间竞相抢写。因专栏天天见报，故能组织缜密，写成系列杂文，阐发完整的内容和独具慧眼的主题。例如最近邓小平逝世，各报各版各专栏都以短小精悍的杂文形式，写出万民哀悼各式各样的心情，其中不乏精品。又如前阶段选出香港首届特区行政长官董建华亦然，充分反映出香港人民对董建华的拥戴、期望与祝贺。总之，香港杂文最能迅速地反映本港和世界的新鲜事物，或褒或贬，或赞或弹，热闹非凡，给人以启迪、思索和教育。香港杂文现实性、开放性和针对性极强，真正做到百家争鸣、百花齐放。

凡是杂文家都富有使命感、责任心、正义感和忧患意识。一个心里装着民众的作家，总会自觉不自觉地为人民疾苦执言，诉说人间不平事，抒发内心的激愤，评判道德善恶、事物的是非曲直。有些杂文表现出作者对那些挣扎于苦难之中的人们的无限同情；有的作者表现出对祖国的无限热爱和对故土的无限眷恋；有的作者用敏锐的洞察力，透彻地分析病态的社会现象和心理状态，挺身而出为民请命。有些杂文涉及面颇广，却常常离不开对民主的关注，对民生的需求，或抨击、或呼吁、或呐喊，或陈述，字里行间浸染着对同胞的情愫。很显然，作者倘没有对社会现实的细心体察，对被压在社会底层的大众悲苦命运的深切关怀，是不可能有此感触和议论的。当然，也有些杂文家是为金钱而写的，因而往往丧失民族自尊心，昧着良知，颠倒是非，混淆黑白，为虎作伥，亲痛仇快。

在香港文学史上，以高雄的杂文（即"三苏怪论"）最负盛名。他日写万言，如缝纫机一样快捷，创造"三及第"（即普通话、古语和俚语三结合）文体，几乎妇孺皆知、家喻户晓。到了20世纪七八十年代又出现了许国的"哈公怪论"，虽也脍炙人口，为某些人所称道，只因他是为美元而写，80年代中逝世后，再也无人提起了。可见杂文重在内容而非形式与技巧。90年代后，诗人戴天以日记的形式写杂文，在专栏上出现，显得琐细而无聊，顿失诗人昔日的光辉。

至于以声色犬马投合低俗读者口味，或以泼妇骂街式对待中国改革开放以讨好主子的巴儿狗，那更是不及一提了。

香港言论自由，杂文多元化，内容复杂，多关注人权、人道、人性、民生、科技、市场经济、道德、伦理、心态、婚恋、家庭、亲情、人情、世情、友情、修养和思想作风等等，几乎无孔不入无所不在。杂文与小品文融为一体很难界定。因其品种繁富，内容无所不包，并与游记几乎同时从散文中独立出来。由于杂文依附于报纸副刊，又由于报刊以"杂"为其取向，开辟多种多样的杂文专栏，发表了大量杂文、小品文，以配合泛社会性消闲品味，使之在"框框"中互相渗透、融合，形成一种独特的文体。我谓之"杂文小品化"。随着社会稳定经济繁荣，生活节奏越来越快，信息量越来越大，消费性文化铺天盖地而来，文学微型化也跟着汹涌澎湃起来，内容杂篇幅短小便称之为杂文小品化，匕首投枪式的杂文只是杂文大家族中的一种，这是时代使然。杂文附属于报纸副刊，成为消费文化的重要组成部分，这就不可避免地要迎合读者的阅读口味和市场需求。这一来，火药味淡薄了，标语口号式少了，公式化概念化的东西没有市场了，假、大、空绝迹了，代之而来的是个性化、自由化、消闲化、新奇化、本土化、知识化、漫画化，更多信息性、趣味性、娱乐性、地方性、灵动性、幽默性，特别在语言方面更加口语化、方言化、短句化、诗情画意化、高雅通俗化，充满戏谑、诙谐、调侃，甚至打情骂俏，妙语连珠，奇崛警悟，或飘飘然、痴痴然、怅怅然，或软绵绵、甜蜜蜜、笑嘻嘻，应有尽有。

香港著名专栏作家黄子程在题为《杂文谁属》一文中写道：杂文"是在混饭。其实世人都混饭"。"写杂文，方言、文言、英文，我认为都可以共治一炉，杂文要看的是语文的功力，而这功力背后，又是人生深刻体味，欠缺这两味，说什么也没有用。""杂文'混饭'，其实是杂文'开饭'，一口饭中夹着杂文的文字，一段杂文里混着今天的生活和明天的饭粒！能这样看，杂文的生命就看得见了。表面上是轻描淡写的人生掠影，实质上却是生活的血与汁。""历史

香港杂文巨观扫描

没有写上他们的名字，他们的杂文就是历史"，"这种生活气息和生命的记录，不与一般散文同类，当然也不是诗歌小说那些形式可以呈现出来的。这，非靠杂文不可"。

纵观我国文学史和历代文论的趋向，可以看到"文为世用，言志抒情"的重要性。唯独杂文中的小品，衍生出许许多多的名堂来。窃以为，自汉魏以降的小品杂文，有雷志而又不必雷志，只取闲适娱乐的趣味短章比比皆是。可见，古时文人亦颇知偏闲之道，以文章自娱了。随后发展成为自赏而又可娱人的盆景式的欣赏文学，兼取杂文泼辣之长与小品情致之类一炉而冶，熠熠生辉。古今社会都教人烦忧，所以情采和文字兼美的短文最能帮人偷闲，苦中寻乐，在畸形异态的现世享受片刻的美妙与和谐，以暂得一番优游的心境。香港杂文家最懂得以文娱人娱己，帮人偷闲我也赚取稿酬，是以乐此不疲。如石人曾一天写14个专栏，一般也日写五六个专栏，一写几十年。再如倪匡时速4500字，自由抒发，随心所欲，鱼龙混杂。他们自嘲为"爬格子动物"。虽苦犹甜，尽情发泄。我想，当代杂文小品化，针对文学市场的报价而调整其写法，不断推出日日更新的佳作。这是《世说新语》之类的历史名篇所未曾遭遇的大隆之运。香港杂文前景喜人。他们独得天时地利人和之便，又特别勤奋多写多思多看，以量取胜，硕果累累，令人艳羡堪惊！

香港文学评论家黄维樑博士认为，香港文学最大特点是框框杂文，而他最推崇的专栏作家是岑逸飞。岑氏本名岑嘉驷，广东顺德人，1945年生于江西兴国县。在香港读小学、中学、大学，毕业于中文大学研究院，后任职文化机构。1978年起在《信报》写专栏迄今，成为专业作家，其杂文"言之有物，文笔清通，议论精当，文采斐然"（黄维樑语）。岑氏近20年来先后为10多家报刊写500字至1500字的专栏，平均日写4000字，尚未达到高雄日写万言的程度。除写稿外还主持电台、电视台的节目。黄博士赞曰：岑氏"题材广阔，笔路纵横，下笔千言。""他博览群书，各科各门，无所不阅，极具杂文家条件。他颖悟不凡，坚毅过人，国事世局，哲理人情，雅艺俗趣，兼容并包。"岑民杂文量多质佳。除小说外，已出书《空空如也集》《人生路》《闲情逸趣》《书中乐》《八方群英》《男·女·性》等10多种。黄博士还推崇曾敏之、王亭之、梁锡华、潘铭燊、黄国彬、董桥、林燕妮等杂文名家。

曾敏之杂文是知识与智慧的结晶，特具"历史感、文化感"。

王亭之杂文联想力强，用字精当，活用成语，妙趣横生，"三及第"多元多姿，生动有趣，驳杂不纯；离经叛道，美丑交织。

梁锡华杂文博大精深，潇洒风流，常用游龙戏凤笔法（如"偷龙转凤""颠龙倒凤""龙凤和鸣"等）诸种戏法结合，谐趣机智，文学修养到家，但滑稽突兀，有文字游戏之嫌。

黄国彬杂文精致高华，博识多采，精丽雄深。

潘铭燊杂文辞笔佳胜，穷征博引，情采飞扬。

董桥杂文，才情并茂，要言不烦，笔调雅洁，有古文韵致，常用"顶真法"，书卷气浓。

窃以为，香港杂文家群星灿烂，各有所长，时有精品，只因以量取胜，闪闪烁烁，一闪即逝，多数是流星。但若沙里淘金，严加筛选，百里挑一，结集出版，成绩可观，当不亚于海峡两岸高手。仅本人已评过的杂文好手、高手、剑（快）子手，就有王尚政、小思、也斯、彦火、张文达、黄维樑、蒋芸、李碧华、金东方、石人、西西、西茜凰、亦舒、林燕妮、古剑、戴天、王璞、夏婕、谢雨凝、徐訏、徐速、曹聚仁、叶灵凤、司马长风、夏易、陈耀南、何锦玲等等以及即将评介的当不下百家之众，因限于篇幅，不能一一推介，请参阅本人与汪义生合著的于香港回归前推出的《香港文学史》一书。

凡文学作品都追求美，杂文也不例外。美的风格各异，既有阴柔之美，也有阳刚之美。杂文风格多姿多彩，或绵里藏针，或柔中寓刚，或老辣风趣，或内涵深邃。杂文文苑虽姹紫嫣红，但都各具个性特征，各式杂文都有抒发真情实感、明快晓畅，文思活泼、深入浅出，短小精悍等共性特征。杂文这种个性与共性特征，赋予它独特的审美价值与艺术魅力，恰可满足香港读者口味提高的需求。严格说来，香港大量专栏杂文是为稿酬而写的，因而不少是有毒有害的文化垃圾。

文学又都是通过个性来表现共性的，杂文尤为突出。可以说没有任何杂文家不表现出自己浓烈的感情色彩和独特见解。香港杂文家最勇于抨击时政，敢于披露心态，敢言无忌，甚至达到随心所欲乃至赤裸裸呈现，尤以女杂文家为最。例如蒋芸女士以男性笔名来写声色犬马；李碧华直言内地种种弊端、西茜凤大写男欢女爱，等等。

杂文引用史料，可丰富文章内容，增长读者历史知识，并以古为鉴，从历史中获得有益的启示。刘勰在《文心雕龙》中说："事类者，盖文章之外，据事以类援古以论今者也。"即引用古语来印证当今所说之理。这话有理。如香港老报人罗孚、曾敏之、吴其敏、高旅、张文达、石人等都是杂家，都是博学多才之士，特别是对古籍典章，诗词曲赋，都有较好的修养，而学者作家梁锡华、黄维樑、陈耀南、潘铭燊、黄子程等也都学富五车，善于引用史料，信手拈来，恰到好处。他们在杂文中善于借典引发，开拓新意。将历史故事引入杂文中，作为以此喻发的根据，作为抒发感情或议论的契合点，以此引发开去，独辟蹊径。可惜有的过于热衷引用，颇有"丢书包"之嫌，大大削弱其通俗性和可读性；有的过于匆忙成篇，往往写错出处；有的材料堆砌，淹没了自己的观点；有的满纸古诗词，缺乏新意。

杂文当然以议论为主，但作为文学作品，它常借助形象来阐述事理。香港杂文家尚无人达到鲁迅的文字功力，尚无人塑造出如"落水狗""巴儿狗"这样传神的形象来，岑逸飞就公开承认这一点。但因时代的进步，香港杂文家观察视野之广阔，作品数量之多，却超越了鲁迅那一代杂文家。不少香港杂文寓严肃的思想哲理于幽默谐趣的笔调，在看似平淡的叙述里夹杂着大有深意的妙语（梁锡华、林燕妮等的杂文最多此类精品）。在不少出色的杂文中，我们可听到，"含泪的笑"。这笑每每富于批判性、战斗性，有着震撼人的思想力量。香港优秀杂文中不乏"黑色幽默"。这正是畸形的病态的社会特产。香港读者偏爱带点辣味的杂文，但辣也要辣得有风趣。依我阅读所及，有胸襟、有胆略、有气魄、有风度的杂文家不过十来家能拿出有辣味高水准的作品来。无论是嬉笑怒骂，含沙射影，或调侃的曲笔给予讥讽、鞭挞，凡能把握事物的本质的，让读者在忍俊不禁的笑声中受到深刻的教育的文章都受到欢迎和好评。可惜不少作家过于偏激，一味要尖锐、泼辣，不要合情合理，陷入人身攻击或荒诞失实。如沙翁的专栏就是。像沙翁那样无中生有、无理取闹、泼妇骂街式的杂文毕竟是极个别的。读者眼睛是雪亮的。有爱心的杂文家总是讲分寸、适可而止、点到即止的，过与不及都不好。

香港社会开放而多元，文坛形成自由竞争机制，刺激杂文创作朝多元化方向迅跑。其杂文形式和手法日趋多样化，有叙事式、抒情式、日记书信式、政论式、随笔式、絮语式、对话式、速写式，也有回忆式、通讯式、寓言式、童话式、漫话式、讲演式、序跋式，还有小说式、诗歌式、散文诗式、戏曲式，等等，应有尽有，热闹非凡。香港杂文家讲究表现方法的灵活多变。有的以叙述为主，在不露声色的陈述中蕴含着作者的爱憎情感和是非观念。比较而言，由于香港教育普及、东西交汇，传媒发达，且是藏龙卧虎人才荟萃之地，其杂文特别繁荣，品种名色尤多，虽说低俗庸俗之文化垃圾充溢其间，但沙里淘金，却是钻石遍地，光芒四射，一新耳目。

香港回归在即，正是杂文家大显身手的好时机。篇篇杂文，瓣瓣馨香、芬芳无比、温馨无比，偶尔叱咤风云、雷电交加、振聋发聩、震撼人心，颇收疗效。坚信特区杂文必将更上层楼，更加繁荣昌盛，更多新秀大展风采。

《台港文学导论》 引言

　　本书取名"导论"，说明它既非文学史，亦非一般论述，它是近于教程一类的教材，重在提供依据、引导教学。所以，本书无意堆砌史料，也不想包罗万象，但仍有史的脉络，和面的概述，重要作家作品的评析，也有思潮、流派、文社的简介。要撰写这样的教材，早了不行，只有到了现在才能成为事实。

　　因为如果没有新时期改革开放浪潮激荡神州大地，就没有台湾海外华文文学研究：没有十年辛勤探索，三岸沟通交流研讨，就没有本书的出版，更可能作为教材使用；没有国家教委高教一司的倡导、组织和高等教育出版社的支持、催促，便没有这本《台港文学导论》面世。可谓天时、地利、人和齐备，始告成功，实不易也！

　　我们认为，建立一门新学科必须具备如下条件：①开出课程，并受欢迎；②发表系列论文和小版有关专著；③召开国际研讨会 进行直接交流；④取得一定学术地位并受到好评；⑤实践证明有其存在价值和重要作用。我们认为，经过十年研究，上述条件业已具备，从本书所具特点，可得到证实。

一

　　近十年来，我们对台港澳及海外华文文学进行了比较全面而深入的研究，先后开设了"台湾文学""香港文学"和"海外华文文学"三门选修课，并吸收海内外有关研究成果，写出了一批论文和专著，在此基础上撰写本书。

编写本书的指导思想是：以历史唯物主义和辩证唯物主义的观点来观察世界华文文学现象，把台港澳地区文学放在中国观、当代文学总格局中加以比较研究，较系统地评介重点作家作品。本书所评作家都是爱国的并为传播中华文化做出贡献的，所论的作品都是较好地反映现实生活，思想健康并有其积极意义的。当然，对不良的现象和存在的问题，也给予必要的分析和指出。我们的目的是：通过本书起到沟通、交流、借鉴的作用，并希望为振兴统一大业做出贡献。为此本书力争做到以下几点。

1. 内容丰富，资料翔实。既全面评介台湾文学和香港文学，也注意到澳门文学，在内容结构上比较完整。因为这三个地区，既有区别又有联系，还有互相影响，它们都是中国的领土，都要回到祖国的怀抱，其文学都是中国文学的组成部分。有了本书，便可填补现行中国当代文学史中的空白，对进一步完善中国当代文学史和高校文科建设会有所裨益。同时，资料丰富而准确，可纠正过去一些错误的认识。本书不失为了解台港澳地区的窗口，可起较好的桥梁作用。

2. 简明精当，适作教材。本书全面论述台港澳地区文学，仅 37 万字，适合作为选修课教材，既不太详尽也不太简略，可谓中和适度。本书既有概述部分，又有重要作家作品和各种流派的评析，重点突出，观点鲜明，点面结合较好，努力做到宏观把握和微观剖析相结合。同时，我们还编选一部"作品选"一齐出版，以供读者参照阅读，使理性和感性认识相结合。

3. 写法灵活，切合实际。本书分上下两篇，上篇"台湾文学"占全书三分之二；下篇"香港文学"占全书三分之一；"澳门文学"作为附录部分。这样从实际出发，详略合宜，比较灵活，但在体例上又力求统一；力避政治偏见，也少用政治术语，以利走向海外走向世界。本书既有纵的史实，又有横的比较，还有现状的评述，覆盖面广，信息量大，评介力求客观公允，真实反映台港文学的实绩，让读者了解历史的脉络和现状的特点以及未来的走向。

4. 工艺术性，分析较细。本书除重视思想内容外，还较注重艺术分析，容纳各家各派的不同风格和创作个性，力求做到阐明作家作品的艺术特征，欣赏名家名作，介绍各种创作经验和表现手法。

5. 深入浅出，有可读性。本书除重视科学性外，在介绍作家有的适当提及逸事趣闻，在分析作品时简略带出其生动曲折的故事情节，行文简洁流畅，富有文采。本书又仅可供研究参考，大学生阅读，还可以作为爱好文学的社会青年自学书用。

但由于缺乏足够的第一手资料，本书在内容上还欠平衡，各部分之间不够均匀完善，一些该提到的作家作品一时尚难顾及，仍有遗珠之憾，有待将来补充修订，欢迎读者多多协助。

二

由于极"左"思潮的禁锢，长期以来台港文学成为研究禁区，在粉碎"四人帮"之前，在这方面的研究可谓一片空白。直至新时期开始，这种状况才出现转机，并得以改观。

1979年，《当代》发表了白先勇的《永远的尹雪艳》，这是大陆首次公开发表的台湾小说，紧接着《作品》《收获》《长江》《新苑》《十月》《上海文学》等杂志相继发表了一些台湾作家作品；同年冬，广东出版首次邀请香港6位作家来粤交谈。1980年广东报刊出现了香港作家作品，可谓首开全国风气。这一年，我校成立了台港文学研究室；1981年春在我校成立了中国当代文学学会台港文学研究会；1982年夏在我校召开全国首届台港文学讨论会，会后由福建出版社出版了首届《台港文学论文选》；1984年夏在厦门大学召开第二届全国台港文学讨论会。期间，先后创办了《海峡》《台港文学选刊》《华文文学》《四海》等专门推介台港海外华文文学期刊；各高校和研究机构先后成立了台港文学研究室或研究中心；几十个高校开设了"台港文学"课；在全国报刊上发表了一批论文，涌现了一批研究者，随即出版了一批专著；数以十计的出版社出版了数以百计的台港文学作品，内外交流也越来越频繁了，进而引起海内外华文文学界的关注和好评。至此，一门新学科已宣告基本建立起来了。至1986年底，在深圳大学召开第三届大会，由于范围扩大，易名为"台港及海外华文文学学术讨论会"，大会盛况足以说明这方面的研究成果，取得了一定学术地位。至1988年底，复旦大学宣告成立台港文化研究所，第四届大会将于1989年4月在复旦大学召开，这表明台港文学研究已渐渐进入佳境。很显然，没有十年研究就没有本书的面世。

尽管已取得相当可观的成就，但这十年仍是起步阶段，下一个十年才是深入研究的阶段。在起步阶段明显地存在着相当大的弱点、缺点和局限性，诸如经费不足，资料奇缺，专业人员少，缺乏一个统一的协调机构，整体研究尚欠计划性，出版也不系统，研究深度和广度有待提高和扩大，同时发展不平衡，评价也有失误，或偏高偏低等现象。总之，十年辛苦不寻常，成果累累，前景光明，但问题不少，亟待解决，以求更上层楼。

三

台湾、香港、澳门都是中国的领土。在近代史上，由于清政府腐败，对内高压，对外投降，甲午战争失败，丧权辱国的"马关条约"割台予日；鸦片战争导致香港割给英国，而澳门却比香港更早沦为葡萄牙的属地。三个地区出现三种社会，分属三个政府，出现了三种称谓不同的文学，分别称为"台湾文学""香港文学"和"澳门文学"。这是历史造成的一种"边缘文学"，我们认为，台、港、澳地区文学虽然面貌各异，但本质一样，都是中国文学的一个组成部分。这一点，海内外文界皆无疑义。

为什么海内外文界对此能达成共识呢？因为具有五千年光辉灿烂的中华文化特富凝聚力、向心力和生命力，是中华民族统一的基础，也是向外延展的磁场，是不易为其他民族文化所消解同化的。此其一。其二，炎黄子孙不论在何时何地和任何条件下总是以传播中华文化为己任的，即使在外族统治的血腥镇压下或全盘西化的摧残下，他们总是奋起抗争坚持创作维护自身的文化，以反抗反动统治。其三，海峡两岸统一在望，港澳也即将结束屈辱的历史回归到伟大祖国怀抱，正因为同种同文同传统，富有血缘地缘亲缘心缘情缘之故，从未与母体文化割断过。

这就是说，我们既要从现状出发，也要从历史入手，做整体性考察，方能得出正确结论，才不至主观武断地单纯从政治概念出发，做出亲痛仇快的误判。倘若仅从政治制度出发而不着眼源远流长的文化传统，势必认定那是"反共文学""资产阶级文学"或"殖民地文学"……终至于抱着全盘否定的态度或祭出"不承认主义"的法宝，从而仇视、蔑视、鄙视乃至摒弃之。那不仅是不科学而且是伤害了同胞骨肉情。抛弃了民族文化传统，使自己走向中华文化传统的对立面上去。

本书自始至终强调论证的一点是台港澳地区文学是中国文学的组成部分，就其整体而言，是爱国的、健康的、积极的，是有成绩、有贡献、有影响的。这一性质是不应否定或怀疑的。但这不是说，它们之间没有差异，它们和大陆文学完全一致。事物总是错综复杂的，多方面的，绝非单一的，文学尤甚。存在着差异、分歧、矛盾那是正常现象。由于政治制度不同、意识形态不同、现实生活和人情世态不同，大陆和台港澳地区文学是有区别的。这本身就值得研究。不用说大陆与台港澳地区文学有区别，即使是台湾、香港和澳门地区之间的文学也有区别。这也是我们要研究的重要课题之一。

由于社会制度、意识形态和自然环境的不同，大陆和台港澳地区在许多方面存在着重大差异，诸如作家队伍的组成，作家的学养、素质，作品的内容和形式，文学思潮和流派，甚至表现手法和技巧，等等。与大陆文学相比，台港澳地区文学更显得前卫些、自由化些、色彩更驳杂些。正因有所差异和区别，始有沟通、引进、交流的必要。但不管有多大不同，它们都是：①中国人写的；②用汉语言文学写的；③反映社会现实生活的；④继承中国文学传统的；⑤离不开现实正义的（不论什么主义，无非是现实主义的加深、歧出、变调、超越或反动）；⑥文学体裁、品种基本上是一致的。虽各具特色，观念有殊，见解不一，但都是中国文学这一点是不变的。如果一定要界定的话，比较而言，台港澳地区文学可谓之边缘文学。

以台湾文学为例，人们惯常把台湾文学以十年为一阶段，分称20世纪50年代的战斗文学、60年代为现代文学、70年代的乡土文学、80年代的多元文学，这种划分过于笼统，仅仅说明文学随着社会变化不断发展变化。可见研究问题必须放在总格局中来加以考察，不宜机械划分。任何概括都有局限性。在历史长河中，十年仅是一瞬间。所以我们必须把现状研究和历史考察结合起来，对中西文化碰撞下的台港澳地区文学做出比较客观的论断，既要看到它们前卫的一面又要看到传统的一面，既要看到它们积极的一面又要看到消极的一面，既要看到它们开放的一面又要看到颓废的一面，切忌一刀切。正如十年大陆文学出现过所谓伤痕文学、反思文学、寻根文学一样，都是阶段性中小小浪花的呈现而已，不足以概括整个新时期文学。要全面概括台港澳地区文学，与其称其为"杂色文学""自由文学""前卫文学"，不如称之为边缘文学更为恰切些。不知读者以为然否？

从中国当代文学总格局来考察，台港澳地区文学无疑是边缘文学，它们是母体文学的一种延伸、补充和扩展。就以地理条件而言，在中西文化交流方面，可起中继站的桥梁作用，在中国当代文学史上占有特殊地位。当前，科技日益发达，地球越来越小，任何国家和地区都离不开国际大家庭。随着大陆日益开放改革，台港澳地区所起的作用越来越大，文学亦然，互学互补，互相借鉴，更有其重要意义。

四

40多年来，台港澳地区文学发展相当快，可谓实绩显著，令人刮目相看。众所周知，文学是心灵的交流，是可以超越政治和地域的，但文学艺术是离不开社会环境和经济条件的。台港地区经济起飞于20世纪60年代，足足早大陆20年；经济发展必然引来社会变革，进而促进民主化了。由于法制与自由保证了香港长时期的稳定和繁荣；由于开放党禁和报禁，台湾日渐开放，与大陆有更多的交流和认同。这不能不影响到文学艺术上来，更促其从西化到东归回到传统文化上来，台港澳地区无不皆然。

文学绝非单纯的精神产物，它是建筑在社会存在基础上的，反映社会生活的特殊意识形态。文学的演变往往受着多重因素的制约。刘勰早在5世纪时就指出："时运交移，质文代变"，说的就是各种文学现象的产生乃至作家风格、创作方法和文学潮流，都会打上时代的印迹，社会历史条件的变化，导致了文学的变化。要考察文学发展的规律性，只有深入地从社会、政治、经济、历史情况出发，才能理解形形色色的文学现象。例如，20世纪50年代国共严重对立，导致台湾出现反共文学；到了80年代由于海峡两岸缓和交流，又出现了探亲文学，这就是明证。当然，文学现象是很复杂的，不能都做如此直接的比较，更要从历史文化中去上下求索，以求做出正确的结论。我们充分肯定台港澳地区文学的成绩及其贡献，就是从比较中得出的结论。

比较而言，台湾文学实绩略大于香港文学，而澳门文学则刚刚处于起步阶段。这是由于台湾当政者毕竟是中国人，他们为了巩固其政权，发展教育，普及文化，客观上扶植促进台湾文学的发展，虽然也镇压过进步作家，阻碍进步文学的发展，但对于文学之树而言，只是伤其枝叶而未撼其根本。而香港则不同，它是英属殖民地，是冒险家的乐园，港府的目的在于全盘西化，千方百计限制中文教育和文学，限制不了时就让你自生自灭，是以香港作家地位卑下，写作要为稻粱谋，中文滑坡，文章价廉；再说香港乃弹丸之地，又是个中继站，流动性极大，客观条件不大利于文学的发展与繁荣，即使条件如此欠佳，忠诚文学事业的作家很能拼搏，有力地推动华文文坛不断向前发展。应当指出的是香港独得天时地利人和之便，自由港的地位和中继站的作用，使它成为海外华文文学交流中心，从而做出了特殊的贡献。

　　台湾当局一向以儒治岛，以忠孝仁爱礼义廉耻为纲，但又不得不依赖美日援助，导致全盘西化，在此中西文化激烈冲击下，文坛光怪陆离，文学思潮历变，文学流派丛生，文学社团林立，一度出现只有"横的移植"、没有"纵的继承"的怪现象。然而，台湾毕竟是中国人的天地，不管欧风美雨怎样掀起，如何凶猛，都无法冲淡中华民族的固有文化，甚而物极必反，倒弹回来，回到传统上来。经过40多年来的反复较量，台湾文学以其顽强的生命力战胜了种种困惑和干扰，不断茁壮繁茂起来，取得巨大成就，这是令人欣慰的。

　　台湾文学始终以严肃文学占据主导地位，并沿着多元化的道路前进，作家队伍迅速壮大，涌现了大批重要作家，产生了大量优秀作品；在创作上立异标新，不断开拓，路越来越宽畅：首先朝着作家学者化大道奔跑，作家素质较好、学养较高，有望在高层次上挺进；作家自办报刊出版社，有利于形成流派、繁荣创作和培育文学新人；教育普及，中文程度高，造就了一批新秀，形成良好的读书风气；倡导读写，鼓励创作、出版，报纸杂志举办多种文学奖，颇有成效；对外交流频繁，信息灵通有利于吐故纳新，既能"拿来"又能"拿出"，成绩显著。以体裁而论，最强的是小说，其次是诗歌（但也走过漫长而曲折的弯路）、散文，戏剧影视文学、文艺理论和评论、儿童文学等项较弱，至于通俗文学尚称兴旺并有成绩。需要强调的是新生代作家的崛起，虎虎有生气，如林耀德等，充满着青春的气息。后继有人，前景乐观，但由于缺乏第一手资料，尚欠研究，有待将来补充一章，以窥全貌，目前不宜过早论断。值得指出的是，由于台湾经济发达，社会日益开放，女作家群如潮涌来，在各项文学奖中连连夺魁，文学上妇女半边天已成定势，即使如评论弱项中也出现了像郑明娳这样卓尔不群的文学气象家，实在难得，前景看好。

　　香港则不同，港英政府倡导英文唯恐不及，哪管你中文教育，在那唯有金钱高的功利社会里，长期以来香港中文水准江河日下，读书风气淡薄，严肃文学一直处于自生自灭的困境之中，再加港人不大过问政治，使命感、责任心和归属感都不够，致使流行文学相当流行。长期以来通俗文学独占鳌头，曾一度出现严肃文学与通俗文学之争，其实二者之间没有绝对界线可划，有时也很难分清优劣高低。用工人作家金依的话说，香港文学都是"框框文学"（或谓"快餐文学"），即使是长篇小说但是逐日从报刊上的"框框"中流出。此话虽有些夸张，但也说明了"框框文学"一直处于领先地位。而所谓"框框文学"，实质上多属于消费文化，亦有人称之为"快餐文化"。消费文化之盛行不爽，在于商业社会决定了香港文坛不是以作家为中心，而是以编辑和读者为中心，导致了严肃文学举步维艰。因而台湾地区没有"文化沙漠"之讥，香港却有"声色犬马文学"之辱。然而香港人口中98%是中国人，加之祖国近在咫尺，更多受到内地文学的扶持、鼓励与熏陶，更喜本土作家在涌现在苗壮，特别是久蓄必发，发之必速，到了20世纪80年代，香港过渡期文学一开始，便迎来第三次文学高潮的到来（第一、二次高潮出现于三四十年代），严肃文学得到长足发展，成绩斐然。老作家焕发青春活力，中年作家中流砥柱，青年作家如潮涌来，女作家蛾眉不让须眉，呈现春色满园，百花盛开的喜人景象。

因此，从发展看，香港文学焕然一新，一是作家队伍庞大，按人口此例超过台湾，他们特别能拼搏，个个都是"刽（快）子手"、人人都是多面手，怪杰鬼才众多，各领风骚两三年；二是报业和出版业发达，仅报刊专栏文字每天高达200万字，量中求质不乏佳作，沙里淘金实绩可观；三是由于交流方便信息灵通，香港文学往往领导文学新潮流（例如20世纪50年代末，他们高举现代主义大旗，一度影响台湾地区现代派的崛起和发展），其作品信息量很大，以刘以鬯的《酒徒》等皆是创新之作；四是发挥中继站的桥梁作用，做出联系四海沟通三岸的特殊贡献（如《香港文学》已办成世界性中文刊物，饮誉海内外文坛，成为世界华文文学的窗口和纽带，起了不可替代的作用）；五是输送大批作家到世界各地扎根开花，也接纳各地作家来港写作，兼容并蓄，有容乃大，收获丰硕。从全面考察，香港文学实绩非薄，贡献殊异。比较而言，就各类文体成就与台湾地区差不多，也是小说第一，诗歌、散文次之，戏剧、文评较弱，近年来儿童文学和各类游记颇为兴旺，通俗文学还大大超越台湾。总而言之，成绩十分可观，问题在于钩沉整理，多出些选集丛书和文学史料专著。相信随着回归进程，文界走向大联合，逐步消除门户之见，会出现香港文学大系及其文学史，其实绩将会更加显著，大放异彩，影响更大。我们认为，台港地区文学的主要特色是开放性、前卫性和多元性，而其娱乐性和消费性将随其商业化而更趋凸出，其影响力将越来越大。

五

台港地区文学虽然取得很大成就，但毋庸讳言，也存在着弱点、缺点及其局限性，问题不少，积弊仍多，也不无危机感，这是必须如实说明的。第一，台港地区文学并不先天不足后天失调。如上所说，台湾沦日半世纪，香港被英国殖民统治百多年，从一开埠就深受屈辱、压榨和毒害，中文教育受限制，中文文学被禁锢，作家生活无保障，发表园地很有限，再加上皇民化和殖民化统治的摧残，文学事业犹如被巨石压住般被扭曲被挫折，以至伤痕累累，瘦弱多病，只能在夹缝中求生存，在挣扎中求发展。第二，台港澳地区皆是小海岛或小块土地，自然环境也不利作家创作，种种诱惑也不利于潜心研究。第三，深受政治干涉和物欲横流的困惑。第四，作家队伍不稳定，外流多，不易产生杰出作家和重要作品。第五，与母体长期隔离，以至一度误入西化歧途。第六，商品经济猛烈冲击，消费文化泛滥成灾，导致文学滑坡现象。此外，缺乏组织、指导、支持，山头林立，门户森严，出版困难，稿酬偏低，福利、版税无保障，尤以香港为甚。上述种种，就是台港文学的弱点及其局限性。

正因为先天不足后天失调，所以台港文学自身存在不少缺点和问题，也要引起重视。①有的作家要为稻粱谋，有的作家追逐名利，有的作家怕艰苦，有的作家艺术至上，有的作家敢行他去，以至或向壁虚构、或胡编乱造、或图时髦新潮，平庸之作多，甚至走火入魔、庸俗不堪，充满消极颓废的东西，尤以香港文坛突出。②由于政治偏见，沦为政治工具，也有作品成为政治传声筒，"文艺为政治服务"并非仅是大陆特产，台港地区也不乏此类实例。③生活积累少，又求高产，以至出现模式化、雷同化的倾向，内容苍白、形式陈旧，无甚价值可言，尤以流行文学严重。④不少作品娱乐性大大超过文学性，缺乏美学价值和哲理深度，水分太多，昙花一现；有的则逃入象牙之塔，唯美倾向严重。⑤不入流之作混杂其间，劣品反而拥有市场，毒害青少年一代，是以香港每每有扫"黄"清毒之举。⑥阳刚之气不足，阴柔之风浓烈，软性之作过多。过与不及都不好，应有所调整，一窝蜂写重大题目固然不对，但一味在儿女私情和家务琐事上打转转也不很妙。⑦为了"创新"，追新猎奇，走向晦涩艰深，甚至不怕破坏语言规范，无选择地塞进方言土语和外语，等等，都使作品降格失色远离读者。⑧评论落后于创作，门户之见深，不团结现象严重，以至影响创作和评论之繁荣。

历史在发展，时代在前进。到了 20 世纪 80 年代，台港地区及海外华文文学空前繁荣，上述种种缺憾和问题都得到不同程度的改观和克服，特别是作家生活有了改善，作家地位也有了提高。展望未来，一个多元化的自由文学的时代已经到来。

东西方华文文学之比较

海外华文文学与祖国内地文学共同孕育于一个文化母体，彼此间联结着坚韧的民族纽带在其文学流派、形象系列、主题系列、文学惯例诸方面都有共同的呈现。海外华文文学与中国母体文学既有血缘关系，又有各自的特点，由于各国社会政治制度、经济体制、意识形态、人文心理和所受的异质文化影响等方面的差异，又使其产生了鲜明的偶性：因而，其时空结构基本性质、文学形态和发展过程都与内地文学很不相同。海外华文文学从某种意义上说，属于"边缘性"和"交义性"领域，其接受影响的多向性，尤其是中国传统文学精神在新的意识文化环境中的嬗变和重建，使其具有了超越单一文化背景的美学意义。

海外华文文学大致由东、西两大板块构成。东方大板块以东南亚诸国华文文学为主体，西方大板块以美华文学为主体。在海外华文文学的总体格局中，东方和西方华文文学在独特的社会环境和时空条件里生长，各自走过了非常特殊的发展道路。

东、西方华文文学之比较

以东南亚各国为主干的东方华文文学的一个突出特点，就是多元的融合，其联结的文化背景线索多、层次密。

东南亚是世界上华侨华人人数最多、居住最集中的区域。东南亚华文文学可以说是中华文明的向南延伸，它几乎一诞生就同中国现代文学结下了个解之缘，大多数东南亚国家的华文文学是随着中国五四新文化连动的余波而滥觞起来的。纵观 70 年来的东南亚华文文学，大体上可分为三个时期，第一时期为第二次世界大战爆发前后，期间各国的华文文学就实质而言，属于"海外中华文学"范畴，内容与祖国内地的"抗战文学"差不多是相同的；第二时期为 20 世纪 50 年代以后，这是东南亚华文文学艰难的挣扎期，由于政治方面原因，华文日报相继破迫停刊，纯文学刊物也受波及；第三时期是 70 年代以来，中国与一些东南亚国家相继建交、复交，华文文学出现空前兴旺的盛景。在东南亚华文文学中，华侨文化意识一向占据相当大的优势，华文作家们与本民族的传统文化保持着千丝万缕、无法割断的紧密联系，然而，事物总是在变化发展的。从中国南来的华侨，他们时时处处面对南洋的社会现实，他们在政治、经济、教育、文化等方面的利益与南洋的社会现实息息相关，因而逐渐改变了作客异乡的观念，而把居住国当作自己的第二故乡。老一代华侨在东南亚各国繁衍后代，在华裔青年的头脑中，居住国文化意识较强，中华民族文化意识薄弱。从东南亚华文文学发展的第二时期开始，其华侨文学的特色使慢慢淡化、弱化乃至消失，而南洋色彩则越来越浓。今日的东南亚华文文学与华文作家居住国的文学，有其内在的相通、相连、相融和彼此交叉、渗透的一面，很多华文文学作品不光取材于华人社会圈，也反映当地各民族人民的现实生活，塑造各民族的人物形象，从而创造出了新的民族风格。值得注意的一点是：在东南亚华文文学中，两种乃至多种文化意识的融合，是在东方文化的大系统中进行的。因此，华侨文化意识与东南亚各国的民族文化意识，能寻找某些共识，这对于二者间的融合提供了很大的便利。今日在某些东南亚国家（如新加坡、菲律宾），华侨文化已成为该国多元文化结构的不可或缺的组成部分，华文文学也已成为所在国的国家文学的组成部分。在另一些国家（如泰国、马来西亚），华文文学作家们正在为使华文文学早日成为国家文学的一部分而努力。东南亚文界早已提出走融合之路，并已付诸行动，尤其是新华和菲华文学早已投身居住国的大社会，而不局限于为华社服务。实践表明，此路可通，成绩斐然，而这在西方华文界尚未提到议日程上来。

再来看看西方的华文文学。西方华文文学作家所面临的母体文化与居住国客体文化的差异比东方的华文文学作家要大得多。西方华文文学是近30年来才出现的。西方华文文学，其主体是留学生文学。从20世纪50年代后期开始，由于社会上的崇洋风气影响和对台湾政治、经济前景缺乏信心，对大陆的怀疑，大批台湾学士飘洋过海留学欧美（主要是美国），这股"留学狂潮"成了20世纪以来最大的一次知识分子"移民"。这些学生学成后便成了"留"而不归者，纷纷在当地成家立业，他们被称为是第一代漂流的中国人。如果说他们的父辈经历的是"政治放逐"，那么他们则是主动选择了一种自我放逐。在异国定居下来后，他们在思想、心理、道德观念、风俗习惯、文化认同等各方面，都要经受种种压力，有一个长期和艰辛甚至是痛苦的适应过程。在这批留学生中，逐渐形成了欧美地区的留学生作家群，其中有一些是在现代派文学浪潮中推波助澜的台湾知名作家。他们在60年代的创作一般取材于中国人在异域的心理困扰与痛楚，展示了他们所遭遇的种族歧视、学习、就业等压力。"无根的一代"的寂寞、失落，是贯穿于这些作品的主线。70年代以来的西方华文文学开始踏上对祖国文化的追寻、认同和回归之路，表现出很强的寻根意识，从某种首义上说，像是中国当代文学的一条独特的分支。西方华文文学迄今还未能在中西文化"对话"的基础上建立自己特异的文学。欧美华人难以真正融入西方人的生活圈子，同样，西方华文文学也难以跻身于西方各国的国家文学。在西方国家，中国传统文化价值观念，在异己的文化环境中似乎总显得格格不入，从很多西方华文文学作品中，可以看到作者维护中国文化所表现出来的逆反心理。今日的西方华文文学，基本上保持着自己独特的形态，从内容来看，也局限于反映华人生活，并未向西方人的社会生活开放。"融合"与"回归"两种迥异的定向，正表明东、西方华文文学两种不同的大趋势。

东南亚华文文学作家有非学者化现象，多数人因生活所迫，未能接受正规的高等教育，从知识构成来看，他们有先天不足，后天失调的弊病。丰厚的生活积累和严酷的生活磨炼出来的探索精神，是他们主要的创作资本。东南亚华文文学作者人数和作品数量远远超过西方华文文学，若论作品的质量，西方华文文学特别是美华文学则代表了当今海外华文文学的最高水准。就思想素质和知识素质来看，西方华文文学作家占据优势，他们普遍受过高等教育，多数是教授、学者、专家，学贯中西，通晓古今、外国文学、古典文学功底较深。他们中很多人写的作品堪称学者文学，才、情、学兼备。由于精通外文，使他们能直接从西方文学中吸收某些新的观念和艺术技法。以美华作家为主体的西方华文文学作家队伍，所写的作品大部分属于"阳春白雪"型，领导着海外华文文学新潮流。西方华文文学受园地限制，绝大多数的作品还得寄往大陆、台湾和香港地区发表。近年来不少西方华文文学作家也把作品寄到东南亚华文报纸杂志发表，起了很好的交流作用，这对于提升东南亚华文文学的素质大有裨益。

从创作条件来看，西方华文作家也要优越得多，他们任高职有高薪，大都有较丰厚的收入和安逸的生活条件；而很多东南亚华文作家则是在相当紧张、艰难的条件下从事业余创作的。

东南亚华文文学在地理上与大陆及台湾相距很近，三岸文化在此交汇，因而它受到民族文学传统根深蒂固的影响，写实主义是它的主旋律。总的来看，东南亚华文文学是以重现实、重传统、重本土、重民众为其创作的指导思想的。20世纪70年代，东南亚一些国家进入历史转型期，经济快速发展，封闭的社会结构被打破，外国资本源源输入，同时也借进了西方现代意识传统的价值判断标准和种种旧观念、旧习俗受到猛烈冲击。尤其是西方现代主义文艺思潮的介入，使华文文学的传统观念以及与之相适应的传统文学形式和表现手法面临新的挑战。一些青年作者的创作，已不同程度上受到现代主义思潮影响。西方现代文学思潮在丰富和扩展东南亚华文文学艺术技巧和表现形式方面，无疑起了很好的作用，特别表现在对人性的挖掘，人物内心主观世界的开拓和封闭结构的突破方面。在这种情况下，也应引起警惕，勿将西方的"为艺术而艺术""艺术至上"的文学观点奉为至宝，不要犯否定传统，只谈横的移植，单纯追求和模仿西方现代主义的艰深晦涩的语言和离奇古怪的形式的错误。目前，东南亚华文文学仍保留相当浓厚的传统色彩，外来影响在创作中只占次要地位。

西方华文文学作家受西方文化的影响，他们更多地从自我感受、感情出发从事写作，以抒发内心的郁闷、孤独、彷徨、不安。很多作家接受了以表现个人的内在世界为能事的意识流小说和超现实诗的表现手法，引入了现代派文学的技法，使西方华文文学进入一个富有张力的、多元角逐的状态，丰富了文学表现生活的社会层次和心理层次。西方华文文学作家的创作实验成分所占的比重较大，很多作品深刻揭露了个人至上和颓废主义所带来的社会和精神危机，展示了东西方伦理道德、行为方式以及价值观念等方面的矛盾冲突，一般注重写人物的情绪体验，刻意表现人物的病态或变态心理，揉进西方现代小说时空交错、象征、暗示、意识流等手法。近年来，西方华文文学出现回归热、寻根热。有不少西方华文文学作家对于传统的写实手法和西方现代派技巧，采取兼收并蓄的态度，在不断的探索过程中努力建立富于个性的艺术网络。

值得重视的一些文学现象

在考察海外华文文学现状时，一些新的文学现象引起了我的注意，值得加以探讨。

1. 东南亚华文文坛"商军"崛起的现象在东南亚的一些国家，于 20 世纪 70 年代后期，已从封闭走向开放，由静态的农业社会走向动态的工商社会，华侨社会文人大批地介入经商或从事实业，已形成一支亦商亦文的作家队伍。有人讥讽这些经商者是"附庸风雅""冒牌货"，似乎文人一沾上个"商"字便脱不了铜臭味。我对这一以商养文、商文并举的现象则极表赞赏。华人在异乡经商之余，舞文弄墨，传播中华文化，何错之有？事实上，商发文兴已是不争之事实。很多商界成功人士，不仅坚持文学创作，还慷慨解囊赞助文学事业，如创社、办刊、开文学研讨会、举办征文奖、出文学丛书等。因著书不为稻粱谋，使一些人得以精雕细琢，写出了精美的佳作。80 年代以来，东南亚华文文坛"商军"崛起，实为繁荣华文文学的可喜现象。

2. 随着经济起飞，涌现出新的作家群。东南亚一些国家 20 世纪 80 年代华文文学的振兴，与这些国家经济上的奇迹有着密切的关系。以新加坡为例，随着社会的开放、经济的起飞，文教事业有了很大的发展。教育水准的提高，造就了广大的读者群，报刊业的兴盛，提供了创作园地。华文文学创作队伍迅速壮大，新的作家群崛起，他们以咄咄逼人的气势在各种文学评奖活动中频频获奖。女作家成批涌现，格外引人注目。如今，受教育的华人妇女越来越多，随着社会经济的高速发展，家庭劳动日益社会化，妇女有条件更多地面向社会，许多妇女在文学创作方面获得了发展自己才能的机会。正所谓蛾眉不让须眉，她们在创作中影响力越来越大，很多女作家以其独具特色的作品给华文文学带来所的气象。从当今东南亚以及西方华文女作家的作品中可以看到：古老民族文化心理的积淀与现代意识的剧烈碰撞，很多作品从女性的自我意识和女性特有的感情经验、内心感受出发，重新审视与评价妇女的过去经历与今天的现状。

3. 通俗文学兴盛与严肃文学的困惑，当今，整个世界文学发展都受到这一对矛盾的困扰，海外华文文学也不例外。通俗文学热的出现和严肃文学作家的寂寞感，时代和读者心理定势造成的，不是严肃文学本身的罪过，运用功能传播学的文学研究方法审视一下文学的生产—传播—接受过程，就很清楚了。由于商品经济的发展，都市建设的速度大大加快，这促使市民阶层队伍日益庞大，他们的文化需求正是以消遣、娱乐为主要功能的通俗文学。通俗文学过去不受重视，被贬为大众消费文学，认为不登大雅之堂，其实这种文学以其独具的审美价值满足了广大读者的需求，在海外华文文坛应有其一席之地。通俗文学注重文学的娱乐功能，淡化、弱化了教育功能。但如果将娱乐功能无限扩大，从而完全取消了教育功能，便很容易流于庸俗、媚俗、粗俗。海外华文文学创作要走出低谷，必须从通俗化入手，注重作品的可读性，从形式到内容务求生动活泼、引人入胜，让读者通过轻松愉快的阅读，获得知识和教益。所谓"寓教于乐"，这教，便是严肃性之所指；这乐，则是消遣性之所指。今天，越来越多的作家着眼于将思想性、艺术性、娱乐性熔于一炉，努力创作出"曲高和寡"的作品来。例如，近年来自海外华文作家手笔的有些言情小说，摆脱了三角恋爱的框套，入情入理地安排情节，使之曲折有致而又有其真情实感，并力求在扣人心弦的矛盾冲突中塑造人物，使作品具有较高的思想格调和较强的文学性。这样的作品，除了让读者在生动曲折的故事中获得阅读的愉悦之外，还能受到人生的道德等方面的启迪。

4. 文学主题和题材出现引人注目的转移。爱国怀乡是自 20 世纪二三十年代以来海外华文文学的传统题材，老一辈作家都有坎坷的生活经历，他们饱经风霜，浓浓的故国情、家乡味，是他们创作的共同主题。如今，许多海外华文作家感兴趣的是所谓全人类的题材，像爱情、生死、命运和宇宙，以及老人、"代沟"、污染、环保、生态等问题，还有"普遍的人性""普遍的人道主义"等。当然，爱国怀乡的传统题材仍有人在写，不过，从总的创作倾向上看，这类全人类的题材有取而代之，成为主流文学的趋势。这一现象的产生有着深刻的时代和社会背景。随着经济的快速增长，物质产品越来越丰富，然而人们普遍感到世界像是越来越冷漠了，人与人的心灵难以沟通，社会缺乏友情和谅解，充满了假恶丑，在这种情况下，西方现代派以非理性反对理性，以无意识反对外智，进而表现现实社会的荒谬和人性异化的作品，在许多海外华文文学作家（包括西方和东方的）的心灵中激起了共鸣。近些年来，海外华文文学作品在主题和题材方面出现的转移现象，寄托了作家们对现实社会的忧患意识和危机感，表现出他们对真善美的追求。至于怎样做个"现代人"将是今后的热门话题和创作主题。

东西方华文文学之比较

99

5. 移民潮引来华文热和华文文学高潮。当代科学的发展可谓一日千里，交通工具越来越先进，地球也随之仿佛变得越来越小。全球性的移民潮，带动了世界范围的文化大交流、大融合、大发展。从20世纪70年代末开始，中国推行了改革开放政策，中国内地也兴起了移民潮，这标志着中国人也加入了80年代以来的世界文化大串联。大批的中国公民移居海外，大量留学生步出国门，他们的足迹遍布世界每一个角落。在这股移民热潮中，中华文化所具有的伟大凝聚力、生命力和向心力，得到了充分的展示。来自中国内地的新移民和留学生，把悠久辉煌的中华民族文化传播到了世界各地，大大促进了中外文化交流。移民潮不仅为海外华文文学带来许多新读者，也为海外华文文学作家队伍输送了新鲜血液，直接推动了华文文学创作的繁荣，扩大了华文文学的影响力。特别是中国的国际地位日益提高，随着中国统一即将到来，一个大中华文学大同盟的形成必将迎来全球性的华文热，从而出现华文文学最辉煌最灿烂的时代。

危机与生机并存

20世纪80年代，是海外华文文学发展史上最辉煌的时期。这也是海外华文文学的一个重大转折时期，促动东西方各国华文文学产生转机的背景不尽相同，而从整体上看，是在一个追求中华民族文学的新精神、新风格、新水平的更高的文学层面上的同向靠拢。背离者同归，闭锁者开放。海外华文文学正力求对民族传统文学进行富于创造性的转化，力求在中西文化大碰撞的背景中建立自己特异的文学体系。目前海外华文文学在总体上呈现为一种熔中西美学于一炉的态势，或许，这就是"超越"的开始，在许多国家的华文文学创作中，出现了严肃文学通俗化，通俗文学健康化，写实主义现代化，现代主义务实化的符合时代潮流的新气象。令人欣喜的是，全球范围——包括海峡三岸与各国华文文学之间的沟通、交流日益频繁，扩大出现中华文学大循环的热潮。这对扩大华文文学影响，以跻身世界文学之林，光我中华文学之业绩，具有深远意义。尽管海外华文文学的东西两大板块在世界华文文学的总格局中仍将保持鲜明的个性，但由于全球华文文学的交流、融合、渗透，必将创造出世界华文文学崭新的艺术景观。

随着科技的发展，电脑的推广应用，作为中国传统文化之根的汉字的重要性，已被证实。很多科学家断言："二十一世纪是汉字发挥威力的时代"，"汉字是中华民族对世界的第五大发明"。"汉字落后论"被否定后，为海外华文文学的繁荣和发展，扫除了一大障碍。以己之见，一个大中华文化发展的高潮即将出现，海外华文文学在不太长的时间内将会诞生伟大的作家和伟大的作品。而伟大作家和伟大作品也将产生在新移民和留学生中。如有不信，请拭目以待。

今日海外华文文坛也存在一些积弊与危机感，出现一些"疲软"和徘徊现象。在笔者看来，应当对下列的矛盾引起重视，解决好这几方面的关系。

1. 传统与革新。海外华文文学与拥有五千年历史、丰富而灿烂的中华传统文化，有割不断的血缘关系。弘扬中华民族的优秀文化传统，是振奋民族精神，提高民族自尊心和自信心，发扬爱国主义精神的一个重要条件，也是发展海外华文文学的立身之本。老一代的海外华文文学作家大都有较强的社会责任感、使命感，他们强调作品的社会意识、教育功能，关心作品的社会效果，在新起的一代作家中，有些人以搞试验文学为名，标榜革新，向西方各种现代派文学看齐，离经叛道，抛弃已有的文学传统，向现代派文学流派寻找新的创作天地，出现了恶性西化、走火入魔的现象。"新"固然是一切文学创作的生命，世上万物，如果没有了"新"，便会停止发展，便会消亡。但我认为，不应以单以求"新"为名，对中国民族优秀文化传统采取全盘否定或不加分析的贬低态度。正确的态度应当是：既要学习西方，又要努力融现代于传统、融西方于中国；既要承继传统，又不能固守传统；既要有流派特色，又不要自我封闭。西方华文文学要防止全盘西化，而东方华文文学则要防止自我封闭，二者互学互补，必将更上一层楼。

2. 拿来与拿出。这两者的关系，许多海外华文文学作家也未能很好地处理好。各民族文学的互相影响，彼此渗透，这本是自然之事。海外华文文学作家要善于摄取、消化、吸收"异质"文化，采取"拿来主义"的态度，为我所用，比如，吸取西方文学之艺术精髓后，就能加深我们文学表现的心理层次，更新形式技法，充实文字符号传统。在"拿来"的过程中，必须做审慎的辨析。应当保持既开明又清醒的头脑，外来经验当吸收，生搬硬套不可取，去其糟粕，取其精华，方为上策。"拿来"方面做得更不够了。中国传统文化博大精深。在中国的民族文化的积淀中，有"中庸"之道，有"无为"之说，有消极遁世，有悲观厌世，应当看到，支持着中华民族文化，使之长盛不衰的精神柱石，则是那直面惨淡人生，积极入世，勇于革新进取的精神力量。"文以载道""命意在于匡世"，这是古代多数作家的文学主张，我们应当批判全盘否定民族文化，宣扬民族虚无主义和历史虚无主义的观点，通过文学，向世界人民介绍中国民族文化的精华，这不仅是对文学的态度，而是事关增强中华民族的凝聚力。

3. 创作与评论。海外华文文坛普遍重视创作，忽视评论，评论的薄弱已成为制约创作繁荣的重要因素。正确的文学批评可以推动文学的发展，开拓作者的视野，引导作者认识现实，帮助读者欣赏作品。目前，在海外华文文界存在某些不反的批评风气，有的批评笼罩在人际关系之中，"骂杀"或"捧杀"，胡褒滥贬的恶劣文风并未绝迹。应当号召作家增强团结打破政治樊篱和小团体主义，消除内耗，求同存异，即求爱我中华民族同，存意识形态之异。应注重加强评论中的理论意识，对一个国家、一个地区的华文文学做多侧面、多角度、多层次的审视，进而扎扎实实地从微观研究入手，进而上升到宏观的把握，从整体化的角度研究海外华文文学丰富的文学现象。近几年来，国内开始电视海外华文文学的推介评论，这是海外华文文学的福音。事实证明，中国三岸的评介与出版，是海外华文文学不断繁荣的重要条件之一。

4. 作品和出版。海外华文文学作家大都在报纸副刊上发表作品，海外华文文学杂志数量稀少。在报刊上发表的作品往往只有短期的效应，随时间的流逝很快便消失了。因严肃的文学作品集销路不畅，一般作者无力出版专集，这对繁荣文学创作是一大缺憾。目前，东南亚一些国家动员华侨社团和实业家的力量，出资赞助，使得文学选集和丛刊得以出版问世，一些青年文学新秀得以脱颖而出。可惜这项工作未能在海外华文文界得到普遍重视。近年来，国内报刊和出版社发表、出版了不少海外华文文学作品，打破了过去海内外华文文学老死不相往来的局面，这对海外华文文学作者是一种极大的激励。

5. 归根与扎根。作为海外华文文学作家，固然不应数典忘祖，但既然选择了在外安身立命，倘若一直把自己视为过客，"无根的浮萍"，把侨居国当作旅馆，便近乎自欺欺人了。既然已选择新土为家，理应扎根斯土，设法"落地扎根"，与当地人民打成一片。目前，在海外华文文界，"落叶归根"的旧观念虽然已开始受到挑战，但还不是所有的作家都已接受"落地扎根"的新观念了。

最是繁华季节
——三岸文学研究交流比较

　　中华文学之根在大陆，三岸文学研究交流的中心也在大陆。"大陆太大，台港澳太小"，实在不成比例，极难比较。谈论这个题目，深感力不从心。

　　台港澳地区及海外华文文学是由大陆南来作家拓荒播种而萌芽茁壮起来，这是不争的史实。世界华文文学研究交流，也是由大陆学者率先倡导的？特别是高校文科教师最先身体力行的。这些先行者都是中国现当代文学的主讲教师，他们在长期教研中，深深感到现行所有出版物，包括文学史稿、史料、教材、参考书乃至学生的读物，都没有台港澳文学这一不可或缺的内容，更勿论海外华文文学了。他们认定台港澳文学是中国文学的组成部分，而且是个重要而不容忽视的部分。于是，趁着大陆改革开放之机，自发研究，勇闯禁区，推介台港作品，开设等候课程，购买图书资料，主动联系交往，接待四海文友，建立研究机构，成立研究会，召开研讨会……闽粤两省独得天时、地利、人和三项优势，近水楼台先得月，最早打开了书面，值得大书特书。

一、回顾历史意在总结经验

　　我在 1988 年 11 月发表在《香港文学报》第八期上题为《台港海外华文文学研究十年回顾与展望》（后经海外多家报刊转载）一文中

写道：

> 我们当时便有明确的目标，即为完善中国现当代文学的；为突破人为的禁区的；为沟通、引进交流、比较和借鉴的；为传播中华文化并为"三胞"服务的；为建设一门新学科的。这足以证明，没有改革开放新时期，便没有此项研究，也足以说明，研究伊始必是困难重重、风浪滚滚的，诸如政治的压力，经费的不足、资料的匮乏、交流的不易、人言之可畏、种种阻力的困扰、发表园地的缺乏，等等。然而，有志者事竟成，众志成城，经过十年奋斗，我们终于冲破浓雾，赢来了海内外的好评……

经过十年研究，可分为两个阶段。从 1979 年以曾敏之倡议华文介绍台港文学为起点；至 1982 年夏在暨南大学召开首届台港文学研讨会为华侨阶段。第一阶段中做了许多开拓性的工作；共需出版社邀请部分香港作家座谈并出版他们的作品；暨大、中大先后派员赴港采购台港文学书刊；暨大率先成立台港文学研究室（后易名为台港暨海外华文文学研究中心）并由曾敏之兼任室主任；1981 年春在暨大成立以曾敏之为会长的台港文学研究会。

福建创办《海峡》双月刊（后又创办《台港文学选刊》）并发表台港文学作品及评论；暨大、中大、厦大、复旦先后开设《台湾文学》选修课（暨大另开有《香港文学》《海外华文文学》共三门课）；有关报纸杂志发表台港文学作品和大陆学者的评论文章。这样，从倡导研究交流、成立机构、开设课程到撰写论文，终于完成了准备工作，于 1982 年 6 月在暨大召开首届文研会，与会者 50 多人，提供论文 30 多篇，会后由福建海峡文艺出版社出版了第一本大会论文集，《文学评论》发表了首届大会纪要，宣告此项研究初见成效，引人注目。从 1982 年夏至今为发展阶段。经过 1984 年厦大二届大会和 1986 年深大三届大会，研究队伍从 30 多人激增 5 倍，从粤、闽、京、沪、苏、皖扩展到全国各地；从一般评介到出版专著；从台港澳地区引进海外华文文学研究；从单项研究到多向交流进至提出世界华文文学总体规划；从个论组论到综论；从个人自立项目到列为国家科研项目；从微观研究到宏观把握进至从整个中华文化总格局来考察观照和评价；数量激增质量也有提高，为人称道，为世关注……

拙文在充分肯定十年研究交流成就的同时，也指出其不足之处，并认定第一个十年仅仅是个起步阶段，第二个十年才是深入研究交流阶段；在展望时提出向三个方面深入下去的意见，进而提出十点建议。实践证明，拙文对第一个十年交流的评估和第二个十年研究交流的预测，基本上是正确的。

如今，第二个十年又过去三分之一时间了，两岸暨港澳文学研究交流发展势头越来越大越好，不仅建立了一门新学科，成立了全国性组织，研究队伍不断扩大，已达500多人，涌现了一大批很有才气很有成绩的新秀（如在座的徐学先生就是），在100多所高校开设台港文学课，有的还招收了研究生，与海外数以十计的高校和研究机构建立了业务联系，出版了配套的近百部专著（包括教材、辞典、图书、选本、专集、欣赏和文学史、流派史、批评史、小说史、诗歌史；等等）交流频繁，蔚然成风。

从1989年复旦第四届和1991年中山第五届台港澳地区暨海外华文文学国际研讨会看来，台港澳暨海外作家学者与会人数成倍增加，东南亚华文作家学者在大会上激动地欢呼：华文文学研究交流具有世界意义，必将华夏文化弘扬全球。从已出版的4本大会论文集看来，不但数量倍增，质量也有显著提高，更可喜的是出现了后来居上、后出转精的大好趋势。试以本研究中心为例，在既无经费又无编制的情况下，仅仅七八个人，全靠业余时间，在海内外同行支持下，我们承担了国家和省级多项重点科研项目，编著二三十部，还受国家教委的委托，于1990年夏出版了被列为全国高校文科教材《台港文学导论》，先后应邀出访讲学与会交流60多人次。本人所写千篇稿费全用于接待海内外百多位作家学者（包括如开小型座谈会等），从而获得海内外文界的支持与好评。我们的经验是：全力以赴，贵在坚持，以文会友，无私奉献。然而，就本人而言，所写数量虽多，但质量不高，目的在于铺路搭桥，以弘扬中华文化为己任，略尽绵力而已。可喜的是，我们开设了两门课（台湾地区、港澳地区和海外华文文学），十多年来培养了数以百计的专业人士。我们的经验是：研究为教学服务，教学促进研究，教研与交流乃至创作相结合，使之教学相长，后继有人，本中心三四十岁的正副教授业已超过我们这些五六十岁的所谓"先行者"。这种现象，全国皆然，这是最值得自慰自励和自豪的，因为我们的事业正处于旭日东升的时期。

人贵有自知之明，本中心虽有所成就，但在全国范围内并非最突出者，比我们更有成就者大有人在；如果把他们（包括前辈作家、学者、编辑、最早出书的专家）的名字罗列出来将是一长串，这里限于篇幅，只能略举几位有代表性的学者。

首先值得我们沉痛哀悼的是厦门大学台湾研究所台湾文学研究室主任、《台湾研究集刊》副主编黄秉添副教授，他为研究台湾文学而积劳成疾，不幸英年早逝。黄先生的功绩不但体现了一系列的著作上，而且还表现在他培养后进的卓越成就上。他谦虚好学，默默耕耘，孜孜不倦，淡泊名利，任劳任怨，很值得我们学习和怀念。刘登翰与黄重添同时起步，但在起步前已是位诗人，并有研究中国当代文学的记录，经历和学识也多些，而且负责文研所工作，起点高，视野广，所以在1986年深圳大学第三届会上，他便提出台港文学研究要从中国文学整体格局中，与当代大陆文学作为一种不同背景下发展的参照，予以观照和讨论，并一以贯之在他与黄重添主编的《台湾文学史》一书中；另一方面是从文学过程（思潮运动）和形态来区分两岸文学的异同，并在承认同一性的前提下重视差异的审察和研究。由于他的努力，优势不如广东的福建竟能占据前列的地位，这与他的领导艺术和凝聚力有关，可见团结力量大。

中山大学王晋民教授也是台港文学研究的先行者，著作甚丰，堪称是"白先勇专家"（最近在港出版《白先勇传》），与在座的袁良骏先生可谓"珠联璧合"（前年在台出版《白先勇论》）。他曾多次应邀出国讲学与会，颇受好评，在研究交流方面建树良多。

现任中国科学院文研所台港文学研究室副主任的古继堂先生，在大学时期开始诗歌创作，于20世纪70年代末开始研究台湾文学，他与武治纯同时起步，是本研究领域最早成就最大的一个，他有各部专著在两岸同时出版，并受到好评。

突然冒出一个"刽（快）子手"古远清，堪称后来居上。直至中山第五届研讨会上才出现的古远清，在本研究领域里可算出道较晚而成就斐然者，这是可喜可贺的现象。其实，他出道很早，早在大学年代就从事中国当代文学评论。有人写道："他一直在中南财大任教，他研究领域广，迄今已写作和出版个人专著十四本，与人合著十五本……文章则更多。"可谓独树一帜，能在华中地区成立第一家台港暨海外华文文学研究所，被香港大学聘任客串，主讲大陆新时期诗歌成就和现状，可见研究有素，卓有成就。

当我们在回顾10多年来研究交流情况时，不难发现总的发展趋势是后来居上、后出转精，我们的事业前途无限广阔而光明灿烂。例如，在座的徐学教授便是青年学者的代表。他对台湾文学的研究，致力于该研究领域的薄弱环节，如散文、文学批评及台湾新生代作家。徐学密切注意台湾文坛20世纪80年代以来的最新趋向。他认为，台湾散文的成就超过了岛内其他文类。这表现在散文创作的数量和质量两个方面，台湾散文出版量超过了小说和诗歌的总和；40多年来，散文名家辈出，后劲很足，特别是在"解禁"之后，散文家的活动空间更加扩大，创作心态更为自由，加上岛内报刊容量大，岛内读者文化水准较前提高，这些因素都促成了岛内散文的繁荣。多年来他尝试从当代多种文学批评流派与方法中，从对中国传统散文理论的整理和梳理中，择取融合一种散文批评方法去分析台湾当代散文，他的《隔海说文》一书已有相当好的表现，获得两岸各界好评。类似徐学这样出类拔萃的青年学者已群星崛起，如殷国明、朱二、汪义生、王列耀、费勇、钟晓毅、何慧、苏卫红、陈实、邵德怀、钱虹、黎湘萍、潘向黎，等等，并有后来居上、后出转精的表现。我们这一代人的任务就是要发挥"人梯"的作用，只有造就一大批胆识才能兼具的后起之秀，才能把我们的事业坚持下去，才有希望培养出不愧于我们时代的伟大作家和伟大的评论家。

下面由历史转谈现状，从现状比较中更能明白上述鄙见非谬也。

二、现状比较意在寻找差距

研究交流内容丰富多彩，有文学史研究、流派研究、思潮研究、作家作品研究、社团期刊研究、文类品种研究、各个时期和地区研究，等等。大陆对现当代文学研究十分重视，已出版专著数以千计，仅鲁迅研究专著也在百种以上，在座的袁良骏先生便是鲁迅研究专家，他最清楚。大陆高校千余所，凡有中文系的都有中国现当代文学教研室，凡有文科的都有学报，文艺期刊也有千多种，作家学者几万人，可见研究队伍之庞大，论著数量之惊人，想来任何国家都难以比肩。台港澳作家学者要研究大陆现当代文学谈何容易？李欧梵、刘绍铭就深感要研究大陆新时期文学就很难下手。在大陆，一切由政府包下来，有专门机构、有编制人员、有图书资料、有必要的经费、有出版社、有文学社团和报刊，等等，可谓应有尽有，这就是大陆的优势。对此，台港澳地区望尘莫及矣。仅靠个人力量确实难矣哉！在此情势下，实在无从比较，不对等比较，实在很不公平。

然而，有优势也必然有局限。大陆长期奉行文艺为政治服务的方针，仅此一项就够你受的；再加"铁饭碗"，便养活了一大批懒汉和文僚、文痞、文霸、文棍、文奴、文妓，极"左"思潮不断兴风作浪泛滥成灾，其根源就在于此。如今，实行市场经济，打破"铁饭碗"，政经互相制约，即使文学滑坡，也是可喜可贺的。因为真文学得以兴旺发达了，真评论也可复活了。文学研究最需要个性，不说违心之言，各抒己见，畅所欲言。只有这样，才能做到"百花齐放，百家争鸣"。如今，中共领导人不再把文学看作既可"兴邦"又可"灭国"的东西了，主管中宣部的李瑞环把文学的功能视为"娱乐、审美、认识、教育"四种，这是头一遭把"娱乐"作为文学第一功能。这就把作家评论家彻底解放了，不再做"人类灵魂的工程师"，这一松绑，就有可能闯出一条新路来。那么，伟大作家和权威评论家便有可能在 20 世纪末 21 世纪初出现了。所以，窃以为，文学的滑坡，绝不是文学时死亡，而是文学的新生。我坚信，中国知识分子的潜能一旦释放出来，必将震撼世界，令人刮目相看。

台湾文界重创作轻评论，重微观剖析轻宏观研究，而且往往厚古薄今、厚西薄中；从文类看，以诗歌为主，小说、散文次之，戏剧、儿童文学更次之；从流派看，重现代主义轻现实主义，重雅轻俗则更为严重，给人的印象是相当情绪化，有些名家还相当偏激、浮躁、主观片面，甚至批评不得。这可能是深受西方的影响，受工商社会功利主义的污染，也可能受山头主义的毒害，还可能受言论自由的刺激，所以各说各的，自弹自唱，零敲碎打，未能自成体系，很难给人以整体的系统的了解与把握，很不利于交流。

据我阅读所及，台湾评论家有叶石涛、姚一苇、余光中、颜元叔、尉天骢、马森、罗青、钟玲、何欣、彭瑞金、高天生、蔡源煌、李瑞腾、陈芳明、陈映真、高全之、郑明娳、萧萧、张默、郭枫，等等，如果再加上夏志清、叶维廉、杨牧、欧阳子、李欧梵、刘绍铭、郑树森、龙应台、张汉良等旅居海外的学者，阵容相当可观，当在百人左右，然而研究台湾文学有成就者并不很多，至于研究大陆文学，特别是新时期文学者更是寥寥无几。下面介绍几位有代表性的文学评论家：

余光中主要成就在创作，文学批评已结集出版的只有《掌上雨》和《分水岭》两本书，单篇序评尚未结集出版的不少，影响颇为深广，我曾在《香港文学》上推介过，认为他是继徐訏之后构架台港文学的一座桥梁，20 世纪 70 年代以来，他在香港和东南亚地区有过重要影响，甚至影响到大陆，在致力研究交流方面具有开拓之功，即使时遭批评，成为争议人物，其功绩仍不可抹杀。相信他在 90 年代会做出更大的贡献。因为他热爱国家和民族，以优异的作品说话，以真诚对待研究交流，以独到的见解服人，已达到博大精深的境界，可望成为大家。

颜元叔早在20世纪70年代就出版了4本批评文集：《文学的玄思》《文学批评散论》《文学经验》和《谈民族文学》。颜氏是位民族使命感很强烈的爱国主义学者，近几年来，他多次到大陆参观访问旅游讲学，起了很好的交流作用。这里仅就《谈民族文学》一书看看他对台湾文学的关爱与批评：他在《期待一种文学》一文中指出：文学应当"作为时代之反映，让当代人生扑入文学的永恒领域"。基于这种认识，他对当今台湾文学存在着"普遍缺乏时代之反映，缺乏当今社会意识""失落了当前的人生"的状况甚为忧虑，进而指出："文学是描绘人性在当前的社会关系内的反应与作为"，这种文学自然要表现"人与人的关系"。书中的《谈民族文学》等文，对中西文学做了多角度多方位的对比。通过书中的论述可以看到，西方文学民族风格之于外向型民族精神，中国文学风格之于内向型民族精神，有无可辩驳的血缘关系。除了运用中西文学比较方法来研究民族文学，还从字质与语言结构的剖析方面对民文学加以条分缕析。书中对余光中、侮新、洛夫、罗门、叶维廉、白先勇、于梨华、王文兴的作品都做了实事求是的客观公允的评论。他的评论很有个性，也有创见。

钟玲在文评方面也出了两本专著：《文学评论集》和《现代中国缪司》，她是继余光中之后成为台港文学的又一座桥梁。钟玲是位才女，凡有才气之人，往往有偏激之词；颜元叔、李敖、柏杨等亦然，这似乎是种通病。例如钟玲在《现代中国缪司》一书"导言"中写道："一九四九年之后的祖国大陆诗坛，异常凋零，只有在文化大革命以后，才有改观，但出色的女诗人依旧寥寥可数，数来数去还是一个舒婷（一九五二—）……"从这句话可以看出作者对大陆诗坛很不了解，故有此偏激的话，可见研究交流之重要。

李瑞腾是位潜心研究热心交流的青年学者，每次与会交流，他都认真阅读论文，倾听发言，自己也积极发言，会外还找人交流，掌握大量第一手资料，主编《文讯》，力促文运，成绩显著。他的批评文集有二:《诗的诠释》和《台湾文学风貌》。后者书中收有《二十年台湾文学评论——(中华现代文学大系·评论卷)导言》一文堪称力作,既概括又详尽,洋溢调研精神,足见其治学谨严、态度诚恳,显示出研究潜力。他兴趣很广,对祖国大陆及港澳地区、菲新马泰乃至欧美华文文学都有涉猎和评论;他干劲很足,四处奔走,广交文友,交流频繁,堪称教、研、创与交流四结合,是员闯将,假以时日,将有自成体系的系列专著出现,在世界华文文学研究交流中他将扮演一个重要角色,引人注目。

林燿德是台湾评论界最年轻、成绩最显著的一个。他是位多面手,小说、散文、诗歌、评论样都有一手,不仅多能高产,而且不乏优质之作,怪不得叶石涛称他是"八十年代的文学旗手"。他已出版5本评论集和专著:《一九四九年以后——台湾新生代诗人初探》《不安海域》《罗门论》《观念对话》和《重组的星空》等,还主编了系列"大系"。论者很看好他,为此多次撰文评介,并在《暨南学报》(1992年第1期)发表《林燿德论》,请参阅,这里从略。

我上列5位学者作家作为台湾文评界的代表人物,自然挂一漏万;但不难发现,台湾文界对大陆文学特别是当代文学极少评论,也乏专著,更说不上全面深入的研究和交流。看来看去,只有零星篇什,即使有,也由于长期隔阂,信息不灵,资料不足,或因政治观、文学观或价值观不同,很难做出全面而正确的评估。他们往往只看到所谓轰动效应或有争议之作,而看不到更重要的一面,这种缺乏全面研究的交流,往往是单面交流,很难达成共识。

台湾老作家墨人(张万熙)就很重视双向交流。1990年,墨人应邀前来大陆参观座谈访问讲学40天,从南到北又从东到西走了10多个城市,返台之后即出版了《大陆文学之旅》,为大陆作家素描了32人,用图表方式介绍了120位老中青作家学人,发表了观感,做出他的评价和建议。墨人虽是一位匆匆过客,所写亦非研究论著,但却做到了双向交流,值得赞赏。台湾作家学人教授数以百计,却未见谁有此专著,圣人独树一帜,弥足珍贵,值得台湾作家学习。

比起台湾来，香港作为国际名城的自由港，得天独厚，他们在交流方面，架构了一座通往两岸四海的文学之桥，发挥了中枢站的作用，扮演了重要角色，做出了应有的贡献，值得称道。

二战以后，香港长期稳定繁荣，虽无民主却有自由，早已形成华文文学研究交流中心。早在1979年《新晚报》召开了《香港文学三十年座谈会》，打破长期形成的左右翼对峙的局面，在弘扬中华文化的旗帜下，大家走到一起来了，作联、作协、文联、龙香等文学社团在研究交流方面起了很好的桥梁作用，先后接待了数以百计华文世界的作家学者，开展了形式多样的文学活动；港大、中大、岭南、浸会、城市理工学院等高校也很重视研究交流活动，早在1984年，港大率先召开了香港文学研讨会，1988年中大与三联合办了规模更大影响更深远的香港文学国际研讨会，1991年作联、香港文学、香港商报和岭南学院联合举办了（世界华文文学研讨会）；与此同时，香港高校分别邀请两岸作家学者到港讲学兴会和研究交流，提供了优厚的条件，创造了很好的机会，做出了无私的帮助。在这方面台湾限于种种条件，时至今日，大陆作家学者能到台湾者，仍是罕见，令人遗憾。

香港热心于交流者很多很多，如罗承勋、吴其敏、曾敏之、胡菊人、黄继持、戴天、王一桃、梅子、陈炳良、也斯、陈浩泉、陈耀南、梁锡华、潘铭燊、黎活仁、杜渐、东瑞、陶然、古剑，等等，这里只能介绍几位。

刘以鬯不仅是位著名小说家，也是位著名评论家（已出版评论集有：《端木蕻良论》《看树看林》《短梗集》等，还有大量序评），还是一位名编，他于1985年1月创办《香港文学》已逾百期，备受好评，被誉为"作家学者刊物，架构了通往三岸四海的一座文学桥梁"，他在创新、育苗、沟通交流方面做出了重要贡献。

黄维樑最早力斥所谓"香港是文化沙漠"的谬论，8年前推出《香港文学初采》，是大陆台港文学研究交流的有力推动者和支持者，并有许多实际行动。例如，提供资料信息，创造交流条件，多次出席我们召开的研讨会、座谈会和讲座，担任顾问、编委、研究员等职务，都有实绩的表现。他是沟通三岸文学的一座重要的桥梁；他还关注世界华文文运，他和李瑞腾一样认真负责、热情而有干劲，但因他身居香港，独得天时地利人和之便，更好地发挥了桥梁作用。他著文呼吁"文学强人"，我想他就是"文学强人"，年轻有为，前途无量。

彦火（潘耀明）出道早，建树多，早在 20 世纪 70 年代就担任《海洋文艺》执行编辑，与大陆文界有广泛联系，所以在 80 年代初，他率先向世界介绍大陆文学，出版了《当代中国作家风貌》。该书先后在港、台两地出版后，又被译成外文，影响较大。在他主持三联书店文学出版工作期间，策划并出版了四套丛书（祖国大陆及香港、台湾地区和海外），起了很好的交流作用。由于工作的需要，他走遍五大洲，成为世界华文文学的桥梁，他不仅是著名的散文家，而且是评论家和名主编，还是个公关能手，人缘极佳，拥有多方面的优势，他的素质和修养，使他不仅能穷而后工，而且也能富而后工。他呼吁出现伟大作家，并预言能在海外出现，我预祝他如愿以偿。

小思（卢玮銮）是香港新文学研究者，资料最富，也最下力搜集，并有奉献精神，为三岸同行所赞赏，她那默默耕耘的精神，很值得我们学习和致敬。

犁青创办《文学世界》和汇信出版社，他为研究交流慷慨解囊，为沟通三岸四海文界做了大量工作，他不仅是个华侨歌手，而且也是个评论家和组织者，特别是在国际诗坛上，为中外文化交流建树良多。

璧华在研究中国当代文学也很有成绩，在台港与海外交流方面也很努力，他的一些编著被欧美一些高校采用为教材，在海内外交流方面也有贡献。

窃以为，当今世界已从对抗走向对话，缓和紧张局势已成为大趋势。文学可以超越国界，也可以超越政治，因此，我们也应顺应时代新潮流，不搞对抗，不搞摩擦，不搞批判，本着求同存异的原则，以和为贵，与人为善，多栽花少种刺，互助互励，共同前进。大联合才有大力量。为建造大中华大文坛而努力，需要创造宽松和谐的气氛和环境。凡是大文豪都是互敬互爱的，兼收并蓄有容乃大，广纳博取才成大气候。在我们研究交流中，不论尊贤与容众，都要讲究学者风度和气量。

今天，特别值得我们热烈祝贺的是澳门文学复活10周年。10年前的今日，已故老作家秦牧和澳门日报二老总和在座的云惟利教授等作家共商重建澳门文坛，并在澳门日报上开辟文艺副刊《镜桓》，于是中断多年的澳门文学诞生了，经过10年努力，今日澳门文学已在国际赌城茁壮成长，并日益走向繁荣，真是可喜可贺，值得大书特书，云惟利首具开拓之功，主编并出版了第一套《澳门文学丛书》。在座的黄晓峰"高戈"主编并出版了第一本澳门诗集《神往》，我在兴奋之余，都撰文为之鼓与呼。同时他们还成立了澳门语文学会、笔会、五月诗社，并出版了会刊，涌现了一批作家作品，为一时之盛。李成俊、李鹏翥、陶里、胡培周、胡晓风、梁披云、宣翁、鲁茂、汪浩瀚、周桐、玉文、林中英、林丽萍、刘业安、苇鸣、江思扬、流星子、淘空了……他们都是澳门文坛的建造者，而香港作家谢雨凝、何紫、韩牧、陈德锦、梅子等等部是建造澳门文坛积极参与者。新生的澳门文界从一开始，便有组织有计划地邀请大陆作家学者以及华文世界的学者作家前往讲学交流，同时，他们也四出与会交流，做出了应有的贡献。因此，内地已出现一批澳门文学研究者，不久当有专著问世。

三、各自的优势与不足

大陆研究者在视野开拓方面颇受局限，很少有赴台港澳地区考察交流的机会，不像台港澳的作家学者可以频繁地前来考察交流，大陆举办了五次台港澳文学研讨会，台港澳作家学者都踊跃参加会议；台湾的郭枫带头搞过两回，但大陆没有人能入台与会；香港则频频举办各种形式的研讨会、讲座和座谈会，内外交流都很方便，相较而言优胜多多。

大陆在出版作品方面，虽数量很大，但尚缺乏系统性。台湾出版方面讲究成套、完整。

大陆的研究人员大都职业化，有固定工资和相对安定的生活条件，并设有专门研究机构，提供一定经费，还有国家重点研究课题，近年来颇受鼓励支持；台港澳地区的研究者大都是业余的，一般都是在比较紧张艰难条件下从事研究工作的。换句话说，台港澳地区研究者，物质生活和精神生活很难兼顾，而大陆则强调"两手抓"。

从文化层次和受教育的深度来看，大陆研究者学养高、素质好、责任心和使命感强，能吃苦耐劳乐于奉献，较倾向传统，局限性大些。台港澳地区研究者则大多留过洋，受西方文化影响多些，资讯丰富一些，善于从中西文化碰撞角度来考察、分析复杂的文学现象。总之，各有千秋，各显神通。

大陆此项研究已初见成效。第一，打破了"鸡犬之声相闻，老死不相往来"的僵局，开阔了视野，建立了关系，增广了见闻。通过研究交流，与台港澳地区增进了乡土情、亲戚谊，互通信息，互助互利，促进了改革开放，密切了三岸民间交往，不仅有利大陆文学的繁荣，也有利于"振兴中华，统一祖国"之伟业。第二，大大提升了台港澳文学地位与声誉。窃以为，台港澳地区的希望在大陆，经济如此，文学也如此。故10年前笔者就在香港报刊上一再鼓吹"向北写"。实践证明，两岸合作，天下无敌，经济如此，文学亦然。既然大陆有人一再恐惧"台港文学热"提出什么"浸透与反浸透"的口号；而台港地区及海外也有人害怕中共的"统战"。其实都不必怕，中华文学具有极其伟大的凝聚力和消化力，扬弃的结合，吸其精华，弃其糟粕，取长补短，融为一体，更为精粹光华。第三，三岸研究交流以来，渠道越来越多，内容越来越丰富，形式越来越多样，日益互相了解、信任，互相支持、谅解，互相鼓励、提升，创造了友好、和谐的气氛，逐步克服了"大陆意识"和"小岛心态"。在这方面，香港文界和学界发挥了很好的桥梁作用，多次三岸文学研讨会在此召开，并取得丰硕成果，便是明证。

为了进一步加强三岸文学研讨交流，对存在问题，有必要做一番分析。

1. 目标要一致。我们的目标应该是民族的文学的艺术的；我们的原则应该是实事求是的，一切从实际出发的；我们的方针应该是调动一切积极因素为繁荣中华文学而努力；我们的步骤应该是循序渐进稳妥向前的；我们的渠道应该是多边双向交流，四通八达的；我们的方法应该是以文会友、以文扬善的；我们的活动应该是广泛而有效益的；我们的关系应该是互学互补互助互进的：为此，必须目标一致，而目前目标却尚未一致，还受到权力、金钱、观念、私心等等方面的影响和困惑，随着深入交流的结果，会不断出现矛盾与分歧，甚至分争与笔战（事实上已经出现），我们必须在一致的目标下，冷静地分析、客观地对待、妥善地解决，不可卷入任何一方，混战一场。只有这样，我们才能集中精力，大出成果和大出人才，使我们的事业兴旺发达。

2. 坚持多层双向交流。从个人来说，有人可研究文学史，有人可研究某个地区或某一阶段，有人可研究某一作家作品，有人可研究整个世华文学或比较研究，等等，各自发挥优势；但从整个地区出发，最好能互相研究、对等研究，这样才更便于交流，也才有利于提高研究质量。因此，各地区应有研究会这样的组织来加以协调。组织起来的好处，使分散与集中相结合，定期解决一些重大问题，产生重要的著作。目前各干各的，自能各显神通，但也有很大局限性。所以，我建议在香港成立中华文学研究会，以利多边双向交流；也可及时探讨一些文学现象，诸如：文学滑坡、作家"下海""儒商文学"、议价作品、"文学强人"、尊贤与容众、伟大作家与群星灿烂与读者为中心的时代，等等。

3. 克服非文学化倾向。由于经费少、出书难等等因素，使一些研究者要找靠山、求赞助，这本也无可厚非，但如不加注意，势必导致研究交流成为金钱或权力的工具。例如，举办什么研讨会，坐在主席台上尽是高官与财主们，专家们反而没有发言的机会，岂不成为笑话，而过多地为高官、财主们树碑立传，也会使我们的研究工作变质，同时也会使一些研究者堕落为文霸、文痞、文丐、文奴、文妓，败坏我们的声誉，所以我主张发扬坐"冷板凳"和守"冷摊子"的精神，也就是要有献身精神，要有文人风骨，要讲求学术尊严与学术美德，不能为名为利，卑躬屈膝，斯文扫地。

4. 克服"大陆意识"与"小岛心态"。一般大陆学者（特别是青年学者）和保守人士（包括极"左"思想的人）都瞧不起台港澳文学，认为那是不入流的，进而研究者更是不入流的。经过 10 多年来的努力，才开始扭转这种说法，开始承认确有好作家和好作品，但远非根除这种意识，还须我们继续努力。而台港澳也存在"小岛心态"，主要特点是怕批评和红眼病，很小气，往往从自卑跳到另一极端——轻狂。例如香港作家自嘲骂"写稿佬""爬格子动物"，倘若你引用他的自嘲，他便反唇相讥，说你瞧不起他，所以只能自嘲不能他嘲，这就是一种"小岛心态"。可见不论"大陆意识"还是"小岛心态"都不利于研究交流，都应该克服。

5. 评论家的困惑。评论家从事此项研究交流工作，往往感到很大压力，还有感情上的压力。例如评论一部百万字的长篇小说，只能写几千字的评论，费时费力又不讨好，甚至要冒政治上的风险；即使写出来了，又不容易发表，发表了稿费少甚至没有稿费，更可悲的是缺乏读者，有时远要遭同行批评，甚至招来被评者的不满，真是褒贬得咎，弄得内外不是人。所以不少评论家纷纷改行，视评论为畏途，怪不得台港澳地区甚至大陆都重创作而轻评论。为此，我们应该相濡以沫（黄维樑语，见《香港文学》九十八期），并且创造必要的条件给此项研究者以精神和物质上的鼓励，使之减轻负担，轻装上阵，写出更有分量的专著来。

中华文学源远流长，树大根深，光辉灿烂，具有伟大的凝聚力和向心力，发展到今天，最是繁华季节，已迎来华文文学的新纪元，20世纪末和 21 世纪初必将产生伟大作家和伟大评论家，前途无限光明绚丽！

漫话海外华文文学

万紫千红的南洋华文文学

巍峨华夏有五千年的文明史，她不仅卓然自立于世界民族之林，而且对世界文明的发展做出过令人艳羡堪惊的贡献。中华民族光辉灿烂的文化，其绚丽多姿而顽强的生命力，是中华民族凝聚力、向心力的不竭源泉。不管民族命运如何兴衰荣辱，源远流长的中华文学总是滚滚向前，在世界范围内呈现万马奔腾的壮丽景观，特别是自 20 世纪 80 年代以来，更是百花齐放，空前繁荣，令炎黄子孙欢欣鼓舞。

随着中国改革开放的发展，举世掀起"华文热潮"，可谓"中土文化海外花，万紫千红发奇葩"。不难预测，21 世纪将是华文文学新世纪，前程似锦。

海外华文文学与母体文学既有血缘关系，又各具特点。由于各国社会政治制度、经济体制、意识形态、人文心理和所受的异质文化影响等方面的差异，海外华文文学具有鲜明的个性，其时空结构、基本性质、文学形态和发展过程都表现出与祖国大陆文学很不相同。海外华文文学从某种意义上说，属于"边缘性"和"交叉性"领域，其接受影响的多元性和多向性，尤其是中国传统文学精神在新的意识文化环境中的嬗变和重建，使其具有了超越单一文化背景的美学意义。可谓之，在异化中承传，在同化中背离，以异容异，存同求异。

海外华文文学大致由东西两大板块构成。东方大板块以南洋华文文学为主体，西方大板块以美华文学为主体。在海外华文文学总体格局中，东西华文文学在各自独特的社会环境和时空条件里生长，各自走过了非常特殊的发展道路，因而各具不同的特色。

东南亚是世界上华侨华人人数最多、居住最集中、实力最雄厚而且历史最悠久的区域，其华文文学可以说是中华文明的向南延伸，它一诞生就同中国现代文学结下了不解之缘，即大多数是随着中国五四新文化运动的余波而萌发起来的。其发展进程无不经历从侨民文学过渡到华文文学两大时期，其突出特点就是多元的融合，其联结的文化背景线索多、层次密。自20世纪80年代以来，新、马、菲、泰4国华文文学迅猛发展，作家队伍日益壮大（约计1000人），其中名家众多，新秀辈出，后继有人；文社如雨后春笋，作协领导有方，组团访华寻根，内外交流频繁，经常主办国际研讨会、文学奖、文学节等活动；创办文学刊物或向华文报借版出版周刊、旬刊和月刊，佳作迭出，"出书热"一浪高过一浪，并纷纷走出国界，在祖国大陆和台港地区出版，引人注目；严肃文学独占鳌头，高档通俗文学正在崛起，日益走向本土化、生活化、多样化、微型化，达到"严肃文学通俗化，通俗文学高雅化；现实主义现代化，现代主义写实化"。在文体方面，短诗、短篇小说、小小说独领风骚；长篇小说、史诗和报告文学有所滑坡；散文、小品、游记较繁荣；戏剧、影视和文学评论仍是弱项；儿童文学有所发展。题材开始向全人类关注的共同问题转移；但仍擅长伦理道德和爱国怀乡等传统母题的创作，守成多于创新，这是由于华族传统完整地保存于华社，与台港和美华文学差异较大。总之，近10多年来，东方华文文运有长足发展，建树良多，硕果累累。

新加坡华文文学一枝独秀，遥遥领先。新华文学得天独厚，华族人口占新加坡人口75%，政府继推行"双语制"后又把华文提升为"第一语文"，与英文并列。新华文学从新加坡建国开始便成为国家文学，其成就超过该国英文文学，作家200多人，先后成立了新加坡作协、文协和五月诗社、锡山文社等10多个文社，除报纸副刊《文艺城》《晚风》《都市文学》等外，先后创办了《新加坡文艺》《文学半年刊》《赤道风》《热带文艺》《海峡诗刊》《大地》《五月诗刊》《新加坡作家》等10多个文学期刊。自该国1965年独立以来，已出版1000多种文学书籍，如李庭辉主编的《新马文学大系》、方修的文学史、赵戎的作家辞典等，其基础工程颇为完善；长篇小说有田流的《沧海桑田》等多部，流军的《浊流》和《暗度陈仓》等；散文游记，以尤今、周粲为最。各已出版几十部；剧本有《田流剧本选》；诗歌创作最为繁荣，名家数以十计，如王润华、淡莹、柳北岸、贺兰宁等；荣获总统勋章的有黄孟文、王润华、杨松年等，荣获新华文学首奖的有尤今，荣获亚华文学奖的有张挥，被誉为"全才""通才"的文艺家有陈瑞献。总之，人才济济，争妍斗艳。该国开放早，各文社经常召开国际文研会，成为举世瞩目的文学研究交流中心之一。作家多、出书多、活动多、交流多、评奖多、女作家多、走出国界多，成为新华文坛值得骄傲的"七多"。近年来数以十计的作家在祖国大陆及香港、台湾地区出书获奖，如尤今出版了20多木，在神州大地出现了"尤今热"。当然新华文学亦有隐忧。新加坡是个岛国，既无首府亦无农村，缺乏自然资源，又长期稳定繁荣，致使题材单一，内容狭窄，作家很难施展才华。更严重的是长期以英文教学挂帅，西风东渐，华教式微，华文滑坡，后继乏人，有断层之虞，近已引起重视，前景看好。

马来西亚华文文学乍看来不如新华文学活跃，却有后来居上的八大优势：①马来西亚国土较为广阔，题材宽泛；②华教基础牢，有千所华小百所中学（其中独中60，国中40），马大有中文系，还招研究生，另有5000人先后留学台港，华社拥有一大批热心华教人士，人财两不缺；③9家华文报都重视文艺，副刊（其中尤以《南洋商报》《星洲日报》为最），且经常评奖，文学杂志有《蕉风》《写作人》《清流》等，为作家提供园地；④华马两族和睦相处，马中文化交流密锣紧鼓；⑤有全国性组织的马华作协和各州研究会，马华文协和诗社等等，作家与企业家联谊，携手合作互助，大出成果和人才；⑥后继有人，新秀层出不穷，仅青年作协会员即多达百人；⑦作者队伍庞大，千人上阵，文风极盛，拥有极大读者群：⑧为了克服开放太迟之困误，马华作协多次组团访华，与祖国大陆文界关系密切，积极参与各种国际性文研会。1992年主办第三届亚细安华文文艺营，笔者应邀与会讲学，实地考察交流，认定马华文学必将后来居上，独步东盟华文文坛。马华最大成就在于小说创作方面，第一、二届马华文学奖得主方北方、韦晕都是资深小说家，堪称著作等身，尤以长篇小说见称于世；受到文学节表彰的原上草、云里风和姚拓，也都擅长小说创作；中青年小说家则更多，如孟沙、碧澄、年红等等；以散杂文见长的则有翠园、姚拓等；诗歌则有吴岸、田思、孟沙等，其中尤以吴岸的诗及其诗论最具影响力；他们还很重文艺理论和评论。总之，马华文学树大根深，花繁叶茂果满枝，人多势众基础好，拥有人所不及的优势，随着改革开放的深化，其潜能势必充分释放出来，华文文运蓬蓬勃勃如火如荼已见端倪。日本汉学界对此早有研究，如山本哲也等早已著文喝彩，举世瞩目。

菲律宾华人人口仅百万，在菲国总人口中所占比例很小，但菲华文学却早被承认为国家文学的组成部分。菲律宾作家联盟主席在笔者访菲座谈中，盛赞菲华文学，并认为已超过菲律宾文学，虽似谦语却是实情。菲华文学亦走过风风雨雨六十春，1972年菲政府宣布戒严令，菲华报刊被禁，文坛一度沉寂，直到1981年才重见天日，迅速走向繁荣。菲华五大报即联合、世界、商报、时报、环球开辟30个副刊供18个文社借版。华社素有兴办华校之风，至今尚有135所大中小学，华教基础深厚，作家多达200人，其中儒商占80%，国学根底好，作品质量高，尤以诗为佳。菲华文学长期受台湾地区影响，数以十计的作家在台湾地区出书、获奖，近年来才与大陆有较多的交流，也开始出书、获奖。菲华文学主要成就在诗歌，被誉为"华侨歌手"的云鹤，其佳作《野生植物》被奥运会选作朗诵节目之一，又获印度颁发的 Michael Madhusudan 奖，饮誉四海，著名诗人还有许冬桥、林健民等。旧体诗更是独步东南亚，如潘葵邨的《伟大中华颂》（海峡两岸皆先后出版）堪与新加坡著名书法家兼诗人潘受比肩。其次是散文创作，仅台湾女诗人张香华编的《茉莉花串》就收了30多位女作家的作品，但她们多擅写传统母体，不如诗歌那样现代化，著名散文家有秋笛、黄春安、林婷婷等。小说虽是弱项，但短制佳篇颇多，笔者编有《菲华小说选》（花城出版社出版），收有林泥水、小华等近30位散文家作品。在史料方面，王礼溥编《菲华文学六十年》、施颖洲编《菲华文艺》，可作为菲华文学史来读。译著水平高，如施颖洲的译著被台大外文系选作教材用。90年代以来因时局动荡，经济衰退，天灾人祸接踵而来，开始出现移民潮，文坛再度滑坡、沉寂，前景堪忧。也许这正是孕育伟大作家的前夜。

泰国泰华文学几起几落，历尽磨难，直至20世纪80年代才出现转机，在泰华作协的领导下，"双才"作家群起，美文佳作迭出，空前繁荣，内外交流频密，评奖活动亦多。作协7位正副会长方思若、司马攻、梦莉、征夫、岭南人、姚宗伟、李栩全是"双才"作家，他们群策群力，尽心尽财，在司马攻、梦莉赞助下，出现了"出书热"，丛书选本一下子推出10多本，为一时之盛。他们在五大华文报副刊即新中原、中华、星暹、世报、京华的支持下，涌现了一批名家：方思若、巴尔、司马攻、梦莉、岭南人等。如梦莉出版两本散文集蜚声华文世界，与尤今珠联璧合，成为东南亚"绝代双娇"，在中国连获五大奖，好评如潮。然而，由于长期华教不兴，故有人认为好景不长。1989年春，笔者应邀访泰，在作协理事会上介绍海外华文文学概况后，会长方思若表示，一定要振兴华教，解决后继乏人之虞。不久前笔者出席在香港召开的首届潮州学国际研讨会，喜闻泰华侨郑午楼博士发起创办的华侨崇圣大学业已开学，1994年将在曼谷召开第二届潮州学大会，这是特大喜讯。华教是基础，尤其是华文高校更是华文作家的摇篮，泰华文学发展有望！

印尼华文文学自20世纪60年代中期起，由于排华的政治影响，华文至今仍被禁止（除《印度尼西亚报》辟有中文版外），连台港地区电影广告都不许使用中文，许多作家迁居他处，仅滞留香港者便数以十计。然而，不管怎样严峻，总有人冒险笔耕不辍，如黄东平、严唯真、冯世才、明芳、高旻、化雁等迄今仍坚持业余创作，成绩可观。其中尤以黄东平为最，除已出版百万字长篇小说《侨歌》和散杂文一、二集外，尚有中短篇小说、诗歌、评论等问世。约 500 万字，堪称"全才"作家。印华文学即将东山再起，他的成就堪称海外奇迹，令人叹为观止。

印支三国和缅甸华文文坛也都在复苏，佳音频传。值得一提的是石油富国文莱，最近几年来已涌现一批华文作者，从其寄赠佳作看，虽然基础尚差但潜质好。正值年轻前途无量！至于日华、韩华文学也已出现名家如许世旭等，前景也看好。

综观今日东方华文文学。最是黄金季节，尤以新、马为最。从上述比较中，可见其共同点是：①受五四新文化运动的影响而滥觞起来；②为中国南来作家所拓荒播种而萌发茁壮起来；③经过漫长曲折的道路，几番风雨，已走向成熟，不仅扎根新土，而且很有影响力；④以现实主义为主导，坚持严肃文学创作，为弘扬中华文化而努力；⑤曾一度受过台港文学不同程度的影响，风行过现代主义，现已回归传统和现实；⑥近年来纷纷走出国境，走向中土，兼收并蓄，广纳博取，既"拿来"又"拿出"，形成各自的特色，独树一帜。但也存在一些难题、缺点和弱点，仍处于困境之中，亟须支持扶植和鼓励，以求互学互补，共进共荣。

独领风骚的欧美华文文学

华人在欧美人口中所占的比例，要比在东南亚小得多，分散得多。华文作家犹如散兵游勇，很难组织起来，更难落地生根，插足当地文坛，因而影响不大。西方华文作家所面临的母体文化与居住国家客体文化的差异，比东方华文作家要大得多。西方华文文学迟至 20 世纪 30 年代萌芽，后又中断多年，至 60 年代才发展起来。其主体是留学生文学。从 50 年代后期开始，由于社会上崇洋风气的影响对台湾地区政治经济前景缺乏信心和对大陆的疑惧，大批台湾学生漂洋过海留学欧美（主要是美国）。这股"留学狂潮"造成了20世纪最大的一次知识分子"移民"。他们学成后便"留"而不归，纷纷在当地成家立业，被称为第二代漂流的中国人。在异国定居后，他们在思想、心理、道德观念、风俗习惯、文化认同等方面，都经受着种种压力，有个长期艰辛而痛苦的适应过程。在这批留学生中，逐渐形成了欧美地区华文作家群。其中，有一些是在现代派文学浪潮中推波逐浪的台湾知名作家。他们在60年代的创作一般取材于中国人在异域的心理困扰与痛楚；展示了他们所遭遇的外族歧视、学习、就业等压力。"无根的一代"的孤寂、失落，是贯穿于这些作品的主线。70年代以来，西方华文文学开始踏上对华夏文化的追寻、认同和回归之路，表现出很强的寻根意识，从某种意义上说，似为中国当代文学的一条独特的分支，因为他们声言为中国人而写。给中国人读，并且在祖国大陆、台湾及香港地区发表和出版的。这点与东方华文文学迥然不同。

与东方华文作家不同，西方华文作家大都为学者化而非功；商亦文者。他们学历高，多数是硕士、博士、教授、学者工程师，且多为中产者，跻身于上层社会，名气大，地位高，有相当影响力。他们客串文苑，标新立异，以现代主义相标榜，冀图领导文学新潮流。这是由于他们有一套理论，也有较高的知名度，作品质量好，人数不多却声势浩大，仅美华作家，就有50多位扬名华文世界，有广泛的影响。

美华文坛迟至20世纪80年代末90年代初才组社创刊，现有北美华文作家协会，海外华文女作家联谊会以及"一行"等诗社。其中，最具影响力的是爱荷华"国际写作计划"，数以百计的作家学者在此学习、研究、交流，其中尤以华文作家为最。华文报虽多却此起彼伏，最具影响力的是《世界日报》《华侨日报》等多家副刊，但其稳定性与影响力皆不如《东方华文报》。

欧美尤其是美华作家深受西方文化的影响，很多作家接受了意识流小说和超现实诗的表现手法，引入了现代派文学的技法，使美华文学进入一个富有张力的、多元角逐的状态，从而丰富了文学表现生活的社会层次和心理层次。他们的创作，实验成分较大，很多作品深刻揭露了个人至上、颓废主义所带来的社会和精神危机，展示了东西方伦理道德、行为方式及价值观念等方面的矛盾冲突，一般注重写人物的情绪体验，刻意表现人物的病态或变态心理，揉进西方现代小说的时空交错、象征、暗示、意识流等手法。近年来，欧美华文文学出现"回归热""寻根热"，这与"中国热""华文热"有关。不少作家对于传统的写实手法和西方现代派技巧，采取兼收并蓄的态度，在不断探索的过程中，努力建立富于个性的艺术网络和本土风格。

美华著名作家几乎都来自台湾地区，小说有聂华苓（《桑青与桃红》）、於梨华（《又见棕榈，又见棕榈》）、白先勇（《孽子》）、陈若曦（《纸婚》）、唐德刚（《战争与爱情》）等；散文有王鼎钧、琦君、许达然等，诗歌有纪弦、杨牧、非马、严力等。他们都为中国人而写，并在中国出版，其作品有较高质量，并具广泛影响力。这除了本身素质和学识外，还与中国争刊其作并有专家研究、评价有关。以白先勇为例，大陆便有 3 位学者分别出版了《白先勇论》《白先勇传》和《白先勇小说艺术》3 本专著，并给予极高评价。

加拿大华文作家大多来自香港，自加华作协成立以来，已形成队伍，并开展系列活动，但起步晚，鸿篇巨构少，作家有回流现象（如黄国彬、潘铭燊等已返港多年），尚无大影响。著名作家有卢因、梁丽芳（作协正副主席）、文钊和东方白等。南美太分散，尚无组织，只有独行侠，如巴西的刘同缜以新闻小说闻名于世。

欧洲华文文学以赵淑侠为首成立欧华作协，吸收了 60 多位会员，而且多数是女作家，以郑宝娟、吕大明为台柱，自 20 世纪 90 年代以来积极开拓，建树良好。但因园地少（仅有《欧洲日报》和《欧洲时报》两家），太分散，不便联络推动，所以虽有队伍，却难发挥优势，仍处于"八仙过海，各显神通"的境地。著名作家有龙应台、黄凤祝（德）。刘索拉（英），蓬草、绿骑士、张弄潮、成之凡（法），林湄（荷兰），白洛（奥地利）等。

随着移民潮和留学生潮的推动，中华文化已弘扬全球，凡有华人处都有华文文学，如毛里求斯，仅 3 万华人，却有 3 家华文报和 3 家华文杂志，虽见华文之魅力，只是留不住作家。

综观欧美华文文学，他们在东西文化冲撞下，多受西方文论的影响，轻传统重现代，追求创新、前卫，因而主题、题材、手法都较新颖独特。近年来，他们又提倡"融西方于中国，融现代于现实""回归传统""回归现实"之声不绝于耳，以避免盲目地一味求新求变和艺术至上的唯美倾向。事实表明，欧美华文作家在全球华文文学范围内确是举足轻重，独领风骚，堪称领导华文世界新潮流。

"三军"并起拓新路

历史发展的轴心在于经济。目前，东方经济迅速腾飞，尤以华资为最。社会的开放带来经济的腾飞与社会的进步，带来观念的更新，带来经济科技乃至各行各业与文学的结合。随着经济大潮滚滚而来，文学空前繁荣必然到来（文学滑坡只是暂时现象）。即以目前而论，华文世界已涌现"三军"即商军、学军和娘子军。

先说"商军"。所谓"商军"，即亦商亦文者，人称"双才（财）"作家，在东方华文文坛，已形成一支劲旅。特别是东南亚诸国，华文作家无不以儒商为主体，占百分之七八十。他们出书出钱，尽心尽力，力促文运蓬勃发展，贡献殊多。东南亚华文文学之所以到了 20 世纪 80 年代中期出现空前繁荣景象，其主要原因之一就在于此。跨入 90 年代，儒商文学已具世界性。不难预测，全球性的儒商作家到了 20 世纪末 21 世纪初当会充当文坛主要角色，领导文学新潮流。因为他们久经商场和文坛，信息灵，经验足，生活阅历丰富，又有地位、钱财和声望，拥有人所不及的优势，文经结合，联络各界，呼朋唤友，推波助澜，必成大气候，伟大作家和重要作品当会出现在儒商作家群中。

再说"学军"。作家学者化已成为世界潮流，美华作家几乎全是学者作家，所以西方华文文学当以学军为主。自 20 世纪 80 年代以来，东方华文文学也涌现一大批学军。由于留学风和移民潮，作家学者化更成了大趋势。以东南亚为例，新秀们几乎都走学者化的道路，如新加坡的王润华、淡莹、陈瑞献等。

三说"娘子军"。随着经济腾飞和社会开放，女权运动如火如荼，烧红半边天，在文苑中，蛾眉不让须眉。跨入 20 世纪 90 年代，大有阴盛阳衰之势。如今欧美华文文学无不以女作家为主体，即使较为保守的东盟华社，女作家也成群崛起，不论是获奖之作或畅销书，几乎大半出自女作家手笔，女性文学势如破竹。试看后起的欧华文学，不过几年间，在近百作家中，女性竟占 80％；即便是男作家，也大都擅长写女性。这种文学现象，除了社会根源外，也符合文学本身的规律，更为广大读者所需求。短短几年间，由陈若曦创立的世界华文女作家协会，第一、二届在北美召开，第三届在吉隆坡举办，东西方华文女作家云集一堂，盛况空前。

海华文学发展前景自是无限光明灿烂。然而，也不无隐忧：一是作家队伍老化，后继仍感乏人；二是园地不足，出版困难，书市狭

世界华文文学发展中未尽理想的几个方面

作家要有"民吾同胞，物吾与也"的高尚气度（此引 11 世纪思想家张载语，见《西铭》）。海外华文作家要具备中华文化的精深素养，并非用汉字写作便可了事，不然哪里谈得上割据中华文化呢？南洋作家中学者太少，这当然是二战后当地社会不支持华文教育的恶果。洋博士留学生固然不少，可惜文化意识倾向洋化了。唯有儒商队伍很有卓识，如李氏基金、如海鸥集团、如张德麟、如梦莉，等等，资助华文作家出书和开展文学次序活动时有所闻，并已渐渐蔚然成风，传为美谈。但是，本文志在揭短，故也不忘批评。我近年读史有得，鼓吹无界限的儒商文化，自然，职业使我侧重文学，而且主要指海华文学。且说儒商有两等人，一为既利己也利人的温文美德人士，其风格如上述资助作家推动文运之豪举可见一斑。另一种是有文才，富惜千金沽名，万金钓誉，文集金碧辉煌，传记一本又一本，大印精美的广告式照片，极善于走上层路线，攀附名家，自我吹嘘、标高，反被人嘲骂。若问那照片来历，则编导经年，礼聘助演，天既知道，读者总会不悟？好在另一种儒商皆属古时"内法外儒"之哲裔，自我标榜事毕，"道具"便可踢开了。不多说也罢，还有一两种混血产儿，那更令人眼花缭乱。本文前头提"儒法"，就为了此处好归结也。我还颇为七老八屋百岁寿星级的国宝学者们担心，他们怎么经得住劣等儒商的纠缠呢？人怕出名猪怕壮，阿门！

至于北美西欧的华文作家，他们多系留学生而学成定居新土的。写作往往只是副业，"经纶外，诗词余事"嘛，当然不会有宫廷诗人吹捧他们为"泰山北斗"。这些才子能人男女都有，似乎处于游离状态，有巨著者也未必能在祖国出版，时不时有国际文学会议则回来看看，回去写些感受登载于报刊。我认为，世华文学的国际网络组织不均衡，有待我们认真去完善它。话说这批海外游子，凭借外边风气畅通，时有新知回馈父母乡国，这原属好事，扩大眼界嘛。但也不无负面影响，如新加坡学者所指出的那样，贩运一些乱我华文的洋概念，无法"洋为中用"，甚至引介人自己也说不清它是怎么加速，成了虚声吓唬，枉费心机。什么"未来主义"，什么"现代派"，什么"未来主义"又会早于"现代派"？据说还要运送什么"立体主义、达达主义，表现主义，超现实主义……"这批引进货色该如何处置？今年首期《诗世界》（九一创刊号）专刊有绿原、白桦的诗论发表，实事求是，精辟入理。我以为他们二位的评论最中肯。请先听绿原说——

　　……是借鉴，绝不是乞讨什么现成的似乎可供模仿的创作法门。诗的创作当然不是模仿，但也不是从无到有的虚构，看来在某种意义上，是一种捕捉，一种获得。"文章本天成，妙手偶得之"，真正的诗本来像鱼一样游在生活的流域里，要嘛一下子捉到它，要嘛永远捉不着它，根本无须费什么"技巧"去创作它。鱼是活的，它又在游，鱼的方法随着千变万化，几乎没处同过一次，它又怎么可以传授呢？只有这样看，才是独创性的本义之所在。（《诗外偶谈》载《诗世界》创刊号二十八页）

　　请再听白桦说——

　　今天大量的华文诗歌，在一个多元的诗歌世界里面临选择和被选择。有不少精品，但也有太多的陈腐、太多的猥亵、太多的文学游戏、太多的无意义、太多的媚俗、太多的卖弄、太多的虚伪和太多的复制品……因而理所当然地被冷落、被疏远、被遗忘、被抛弃……为什么我们不能从被冷落、被疏远、被遗忘、被

抛弃的失落中得到一些启示呢……（《诗是源于心灵的清泉》载《诗世界》创刊号）

对照我的多年好友某著名华文诗人的诗论，颇使我昏昏然，他被环境所迫，从新诗转向现代诗，他认为现代主义的诗含六个特点。

    语言的无序性
    意象的跳跃性
    逻辑的无理性
    时空的错动性
    自我的肯定性
    含义的多元性

鄙人的文艺思想尊重文化传统，认为一切文学手法的"新招式"都要在传统的基础上去更新，而绝不能想入非非，凭虚驭风，飘飘然不知其所止，甚至永世不必双脚落地，只搞买空卖空，靠雷鸣式广告强聒不舍，给自己输液活命。

把上列分行写了的六个特点看作"六行诗"，并硬说它是跟西方"四十行诗"有同等历史重要性的顶尖级之"现代诗"。那实在也不算离奇，"城中好高髻，四方高一尺"嘛！

可惜这首六行诗经不起分析，因其所传输的文学信息是荒谬绝伦的。

让当代世界最有成就的语言学家来开个国际会议，从学术上讨论"无序语言"能不能产生而又存在于社会（《镜花缘》中的"歧舌国"不算语言社会，理由不说自明）。若是纯属幻想，则现代诗所凭托的工具（意象的物质声响外壳）便落了空。落空的呓语，岂值得深论？

"语言无序"必然导致"逻辑无理"。其表现于文学则如雾里看花，朦胧晕眩，并无意象可言。便要"瞎子断匾"，自然经无理逻辑的手脚便发明创造出"意象的跳跃"了——此语按有序语言和有理逻辑可转换成"跳跃的意象"。我看诗中的意象梗概不可能跳跃,除非读者晕船晕机或心理秩序紊乱,或别的什么并发症作祟。

"时"与"空"是人类意识反映现实存在的两大量度范畴。只有当社会语言有序、逻辑有理、文学意象不乱跳、人也不发神经病的时候,时空范畴才有意义,才不学地壳板块那样"错动",给世界灾难,给诗人以死亡,"现代主义"的护身符也并不能保证你的"自我肯定",阁下之所以有命喋喋不休无序无理下去,全仗时空没有"错动"!忠言逆耳——这是有理逻辑,而且语言有序!

相信文学效应中具有"时空错动"("错",又近"错乱")这加速,这是配合其他五个特点的说法。它们共同起作用,让现代诗人可以心安理得去搞他们的"自我的肯定性"。然我坚信,一窝蜂的闹剧不可能百代上演,闹累了会自觉没趣退下台,为迷雾般的朦胧、模糊,加上随心所欲的跳跃,观众稀里糊涂地退场,谢幕只是一厢情愿的多情,这分手,属于不欢而散,却真有点"意象的跳跃"的味道呢。

总之,我不赞赏那些不懂才是诗的所谓现代诗,也不赞赏非诗之诗的伪诗。

当今,华文诗最为繁荣,而不少诗人却要读者"动些脑筋"去破解他们的梦呓狂语,可见诗坛也疯狂。要说动脑筋,应当由现代主义理论家和现代诗人们自己去动。你引进可以,介于先要自己懂,而后要使读者易懂。不然的话,读现代诗岂不成了强迫智力劳动以改造文学思想?这"意象"勾起人潜意识里的余悸,让人担心它要跳跃回"牛棚"去!走火入魔的诗人呵,千万别步顾成自杀的后尘。

据我所知,有些理论和作品原是译作,正像20世纪30年代的攀附下木一般,把译作当作自己的作品,时隔几十年后才被发现。诚然,抄袭也非一无是处,也起到交流作用,不过也贻害无穷。因此,我认为,还是应当从国情出发,顺应回归潮流、回归传统,使得传统与现代化接轨,重建新传统。只有投怀传统,新生传统,走百花齐放，推陈出新的道路，才是康庄大道。

回顾以往的研究工作，深感存在许多困难和问题。

我们面临重重困难，诸为缺乏经费、缺乏资料、缺乏人员编制、走不出去、信息不灵、渠道不畅（即使走出去也是走马观花，行踪匆匆，以至见什么说什么，得一本书就评介一番）、无计划、无目标、也无领导。散兵游勇，乱闯江湖，自然主次不分，褒贬失当，粗糙肤浅。但毕竟勇气可嘉，干劲可喜。同仁们都心知肚明，有自知之明，并已力求完善提升，终于闯出一条路来，研究质量大大提高。不过，在改进提高过程中也不无问题，这里只说一二，以供思考、讨论。

1. 长期以来我们吃够了文艺为政治服务的亏，很容易接受西方现代文艺理论，甚至全盘接受，照抄照摇篮者有之。窃认为文艺固然不应沦为政治的工具，但也不能脱离政治，更不能脱离现实生活，倘若矫枉过正，走进象牙塔，为艺术而艺术，也绝非好事。比如，我们过去不重视文本，但若唯文本是遵是从，不问作者及其时代背景，走向文本主义，也非好事。如今以文本为时尚，回避崇高；崇尚琐事，忽视时代精神；仰慕细腻委婉，不讲作家历史使命感和社会责任心；只讲艺术技巧，不去弘扬民族精神，一心追新猎奇，这些倾向已在我们研究中出现，值得注意。

2. 比较文学被引进以来很有时效。那属于不同语种的比较，不可乱套乱用，不同时代、不同地区、不同对象也要比较一番，容易不伦不类。譬如，有人将梁锡华的散文说成超过秦牧的散文成就，就属无稽之谈。诚然，梁锡华的散文很有成就，但绝不能说谁超过谁。因为论者并未做总体比较，只是主观武断，以讨好梁氏。这种急功近利的投机行径，不值一驳。再如有些论者，仅做个别、局部的比较，便胡说什么"台湾散文超过大陆的散文"，也是无稽之论。论者专门从事台湾文学研究，对当代大陆散文只是一知半解，并未做整体研究，怎可如此草率地下结论呢？

今天，我们的学会既然取名世界华文文学学会，研究者就不可局限于研究中国台湾与海外，而必须以祖国大陆文学为研究主体，否则，就会推动研究基础与方向。我向来认为，中华民族文学的根在大陆，台港海外华文文学是由南来作家开垦播种耕耘而繁殖起来的。戴天等人曾为此骂我"潘亚暾之流"，说我的"南来作家论比中共红头文件还红头"，而我于今不悔。倘若我们数典忘祖，不去研究中国古典文学，不去研究中国现当代文学，或者任意贬低她，就会走向片面、偏颇，甚至全盘西化，会对世界华文文学的创作产生误导。我们新成立的学会应掌握主次、轻重，才不至迷失方向。

3. 海内外华文文学创作、研究领域，不同程度存在诸为争当盟主、认邻为壑、互不卖账、各搞一套、老死不相往来的不正常现象。其实，大家都是为了同一个目标——弘扬中华文化、繁荣华文文学创作而走到一起来的。今后，大家应尽弃前嫌，搞好团结，不利于团结的话不说，不利于团结的事不做。

放眼全球，世界华文文学事业如日中天，欣欣向荣。本文指出未尽理想、不尽如人意的一些问题，是为了引起诸君的重视，却借此起一点类似疏浚航道的作用，使世界华文文学的航船能更顺畅地破浪前进。

上述意见未尽完善或甚至荒谬之致，敬请诸君批评指正。

东南亚华文文学现状与走向

　　跨入 20 世纪 70 年代，世界华文文学空前繁荣发展，令人振奋。祖国大陆新时期文学成就辉煌，台湾、香港文学丰富多彩，海外华文文学生机勃勃硕果累累。其中东南亚华文文学欣欣向荣鼓舞人心。可以说，20 世纪 80 年代是华文文学最风光的年代。

　　海外华文文学，主要是指旅居海外华人作家用母国语言所创作的文学作品，从广义上说，也包括其他民族的作家用汉语言文字所写的文学作品（从数量看后者只占极小部分）。当今，旅居在世界各地的华人和华裔约有 4000 多万人，只要有海水的地方，就有他们的光荣足迹，只要有阳光的地方，就有他们优秀的文学。因为世界上可以说还没有完全放弃母国语言文字的民族，况且，中华文化有着几千年的悠久历史。海外华文作家古已有之。例如，明代亡国前后，就有朱舜水、陈元赟等人流亡日本，在异邦传播中国思想和文学，时至今日，日本的诗坛及其文化界仍可找到他们的影响，而在中国文学史上也有他们的一席之地。当然，古时候海外华文作家人数毕竟太少，要说形成一支实力雄厚的海外华文作家队伍，兴起声势浩大的文学运动，那是今日才有的事。

　　没有海内，就无所谓海外，海外华文文学从产生之日起，就是本土文学的一种延伸。台湾作家高信疆在《海内存知己》一书的序中谈到海外华文作家的本土性问题。他说："近几十年来，中国的内忧外患，迭出不穷。……羁旅在海外的中国知识分子，目睹国家多难，他们的心情无疑是十分沉痛与复杂的……江山信美，而非吾土的感慨，在他们的胸中不断地激荡萦回，往往不能自已，而一吐为快。"
从笔者所接触的许多海外华文作家来看，那种遥远、可望而不可即的
对国家的思念，是海外华文作家从事文学创作的主要推动力。陈若曦
曾对笔者说过："海外作家对乡土都有一份浓厚的怀念，甚至一份歉
疚感。许多作家承认，仅仅为了排遣乡愁，不得不提笔写作。……有
些作家年轻时就定居美国，但也和中老作家一样，怀着客居的心情。
从来不求打进英语读者市场，不求在美国文坛争一席之地。这虽有语
言限制，但普遍的是，为中国人写，给中国人读的心理作祟。不少作
家把这当作神圣的职责，视为回馈故土的表现。"

　　海外华文文学主要反映旅居海外的华人的现实生活。他们生活在
世界各地，在价值观念、审美标准、思维方式、心理特征乃至宗教信
仰、风俗民情、语言习惯诸方面，都有自己的特色。作为一个作家写
自己耳闻目睹的身边事这是很自然的。海外作家选择的新土，长期定
居，便成了日久生情日渐谙熟的环境。在他们的作品中，出现了故土
和新土相互融会的现象，不少海外华文文学成为作家居住国国家文学
的重要组成部分。譬如新华文学就是。由于各国各地区政治、经济、
文化不同以及风俗民情方面的差异，海外华文文学出现不同于中国文
学的明显特点，而呈现出鲜明的上方色彩和异国情调。海外作家并非
为中国所特有，但中国可谓海外作家的最大出口国，海外作家人数之
多，作品产量之丰，居世界首位。综上所述，海外文学是中国文学的
重要一环，各国华文文学成为该国华人社会的重要文化要素之一，并
日渐成为许多国家的本国文学的重要支流。无疑，海外华文文学也是
世界文学的组成部分。

　　作为海外作家，有其优势也有其局限性。他们往往学贯中西，阅
历丰富，视野广阔，对不同的社会有切身感受。局限性表现为：作品
的发表园地和读者对象成为难以突破的瓶颈，事实上他们的多数作品
只能拿到故土去发表，由于长期远离故国，生活难免脱节，疏离感油
然而生。陈若曦在《海外作家的困境》一文中，曾感叹道："海外华
文文学工作者是很孤寂的。"所以她主张经常回故国"加油"、"充

电"。不过，在笔者看来，这种状况将会逐步改观。目前，世界上有不少国家正在兴是"汉语热"，年轻华裔和外国人学用华文的越来越多。最近继北美掀起华文热之外，韩国有 60 多个大学设有中文系。这种可喜的发展势头，将大大推动海外华文文学的发展和繁荣，前景无限光明。

窃以为只有从世界范围来探讨东南亚华文文学观状及其走向，不可能有比较正确的判断；也只有从时代大背景出发，我们才能清楚地看到华文文学光辉灿烂的远景。

回顾与前瞻

东南亚是海外华人最多的区域。据统计，东南亚华人有 2300 多万。东南亚也是海外华文文学历史悠久、源远流长、根深叶茂、实绩最大的区域，堪称华文文学百花园中的一枝奇葩。东南亚华文文学自明以降，已有 400 多年，就其华文新文学来说，则是在中国五四文学革命的影响卜诞生和发展起来的。由于受到当地民族历史文化、风俗习惯的陶冶，欧风美雨的侵袭，致使东南亚华文文学既有与中国五千年的文化一脉相承的血缘关系，又呈现与母体文学不同的独特风貌。海外作家对于沟通中外文化交流，增进中国与华人居住国人民和各国华人之间的友谊与团结，发展各居住国经济、文教事业诸方面，都做了特殊的贡献。

东南亚华文新文学发轫期无疑是中国文学的分支，它有浓厚的侨民文学色彩，严格地说还不能算是某一国特定的华文文学。若把中国文学比作浩浩荡荡的长江，早期的华文文学便是长江的一条条涓涓细流。随着时间的推移，经历了政治形势的风云变幻，使这些支流在形体上脱离了母体。华裔作家越来越多，他们与居住国人民日益融合；南渡的老作家大都叶落归根，留下的少数人都入了外籍，已不再是侨民了。华人的思想意识、感情心态逐渐产生变化，他们与居住国人民的风俗习惯互相渗透，于是他们的艺术视野自然而然地关注其所扎根的新土的社会现实。这时，他们用中国文字写成的作品，本土生活气息便日益浓厚了，显示出居住国民族文学种属的某些特性。

东南亚各国的华文文学有许多共同的特征。无论是新、马、菲、泰还是印尼的华文作家，均承受着诸如歧视华文的重大压力，他们的创作道路荆棘丛生、异常艰险。二次大战以来，东南亚地区日益商业化，文学不受重视，作家得不到尊重。低稿酬甚至没有稿酬，写作人被视为"傻子""疯子""不务正业"，社会地位低，生活苦，许多文学作品达到了相当高的水准，却得不到发表或出版，不少有才华的作家被迫改行谋生。因此，他们只能靠业余时间"爬格子"，大多处于孤军奋战的境地。这与香港文界颇相似。文学园地少，缺乏评论指导推介是普遍存在的问题。同时，华人社会普遍认为华文没有实用价值，华校受限制，华文日趋式微，华裔的华文程度江河日下，25岁以下的几乎不学华文了。至于政治迫害则时有所闻，有些国家出于政治、经济的需要，对华文文化力加压制、排斥乃至摧残、扼杀。有的国家发生华校、华报被强行封闭的事件，甚至不让华文广告存在，可谓赶尽杀绝。在一些国家里，政治风暴袭来时，大批无辜的华文作者竟锒铛入狱、饱受磨难，幸免于难的也岌岌可危，不得不焚书潜逃。在此情势下，华文文学大有后继乏人之虞。具有深厚的中华传统文化意识的老一代相继谢世，年青一代对华文文学无人问津，亲戚情故土谊和文化关系逐渐淡化下去，眼见五千年的中华灿烂文化在居住国即将成为绝响，有识之士莫不忧心如焚。近60年来，东南亚华文文学走过了一条坎坷不平、几起几落的道路。其中，新华文学一枝独秀；新加坡不愧为小龙之国，值得称道。

近10年来，中国奉行开放改革政策，与东南亚各国关系日益密切友好，交流较多，逐步恢复亲戚情和乡土谊，特别在文学方面有较大的突破和成就，从而影响到海外，对华文文学的发展有一定推动作用。用新华作协会长王润华的话说："应该为中国文坛的成熟而高兴"（见《走向世界的中国当代文学》）。陈松沾也说："我们欣慰地看到现实主义与现代主义这两种创作意识和方法在某些作品中有了融汇的发展。这在中国和香港、台湾地区的作品中有显著的表现。但在新华作品中则还不多见。"(《当前文艺创作的任务和方向》)但我认为更重要的是海外作家的自觉努力，特别是中老两代作家，他们经过长期的生活历练和积累，总结历史经验教训，明确自身的任务和方向，扎根新土为居住国服务：争取华文文学为居住地国家文学的组成部分，走融合之道。这是明智的，既是现实的需要，也是历史的必然。其中有部分亦商亦文的成功者，实行"曲线救文"，他们以文从商，商文并举，商发文兴，运用财力与声望，组社办班，办报出刊，组团访华，寻根认祖，沟通交流引进，增进友谊团结，寻求故国援助，力促同行归队、群策群力，再掀华文创作热潮。泰华作协会长方思若说得好："停笔多年的文友赶着归队，受过华文哺养的一些商界大小老板也参加了文艺的行列。这中间，有着一个秘密。那就是大家心底深处，还隐隐燃烧着一股微妙的火种，永不熄灭，永远发热，这火种呵，就是炎黄子孙对传统的文化与美德的眷恋。"（见《泰华文学》第一期）他胆识过人，看准行情，认为式微中的泰华文学乃至海外华文文学"后市看涨"，不失时机地组织泰华作协，组成浩浩荡荡的文学大军四面出击，使沉寂已久的泰华文坛顿时热闹起来，在华裔银行家陈有汉的捐赠下，办起了"八三文艺比赛"，又获侨领林炳南赞助出版了厚达200页的大型期刊《泰华文学》，把泰华文学推上一个新的阶段。菲华文坛亦然，东南亚各国华文文坛都是这样，盛况空前，足证日本山本哲也教授对笔者所说的话是正确的——"中华文学最富生命力和影响力".

历史证明，中华文化永放光芒。东南亚华文文学源远流长，基础坚实，久经考验，在战斗中成长、在风雨中前进、在困境中发展。在华校被封情况下，有条件的华裔纷赴中国各地深造，没有条件的请家庭教师或坚持自学，各类夜校、读书小组应运而生。亲缘和文化归属感使华文作家很自然地运用中文这一母国文字抒怀咏志。尽管身处逆境，社会鄙薄文学，热爱华文文学事业人士仍知难而进，拼搏到底。

在商品经济占主导地位的东南亚社会，华文作家仍把文学视为一项严肃的事业，表现出一种锲而不舍的献身精神。他们屡遭挫折而不馁，在极端困难的境遇中，几十年如一日，以传播中华文化为己任，坚守岗位，殚精竭诚，勤勉垦殖，以文会友，切磋交流，奖掖后进，难能可贵。东南亚华文报纸的文艺副刊，成为华文文学的有力支持者，特别是在政治经济双重压力及纯文学刊物难以存活的情势下，为华文创作者保持了一片葱绿的园圃。近年来华文报业空前兴旺，报纸发行量激增，许多华人家庭养成"不能一日无此君"的读报习惯；华文文学期刊惨淡经营，此伏彼起，绵延不断，为扶植新人繁荣文学做出应有的贡献。为了火种不灭美德永存，东南亚出现了不少解囊办刊、倾产出书的感人事迹。华文文学虽说处境不佳，但文学"傻子"和热心人殊多，使之繁衍生息，即使是印尼、泰国这样的华教早已断绝的国度，华文文学并未随之消亡，仍在顽强曲折地生存发展。可以说"柳暗花明又一村"是东南亚华文文学的发展规律之一。试看今日东南亚华文文坛春意闹，几番风和雨，大地更翠绿，老一代不甘伏枥，中年一代顶天立地，年轻一代新人辈出，五代同堂，并肩战斗，他们中的佳作可与中国三岸媲美，本人虽乏研究，阅读所及，深受鼓舞，信心百倍，并愿在今后的研究中略尽绵力。

繁荣与困境

东南亚华文文学同母国一样，经过漫长而崎岖的道路，到了 20 世纪 80 年代进入了成熟期。成熟意味着千锤百炼，甚至死而后生，开创新路，从而跨上自觉、自立、自由的文学时代。祖国大陆文学在极"左"思潮破坏下，发展到"文革"十年，堕落成为'瞒和骗'的文学，被人讥为"鲁迅走在《金光大道》上"，退回到洪荒时代。但是祸为福所依，没有"文革"十年浩劫就没有新时期文学的复兴。东南亚情况不同，遭遇有异，但同是炎黄子孙，不能不深受影响，兴衰起伏密切相关。如今由于科技昌盛，地球越变越小，同是国际大家庭中的一员，祸福与共。君不见当今世界经济大循环吗？窃以为世界文化也是大循环的。随着太平洋时代的到来，文化高潮也必将到来。有识之士久处困境喜见曙光，力促华文文学发展，终于迎来80年代的繁荣。繁荣标志着复兴，但繁荣只是起点，并不意味着彻底摆脱困境。困境激励华文作家"尽我们这代人的最后努力"，千方百计创造有利条件以期进入顺境达至佳境。所以我们面临着种种挑战，任重而道远。诚以泰华为例。

近年来，中泰关系友好，泰国经济起飞，即将继新加坡之后成为第五条小龙，泰华文学于废墟上应运而兴，呼唤文学的春天：（1）作家队伍迅速壮大，写作人多达200人，挥毫上阵跃马扬鞭，声势日益浩大；（2）6家华文报中有4家增刊，发表园地增多，激励了作家，调动了创作积极性，老将新兵齐上阵，作品之富为一时之盛；（3）文社与报社挂钩寄刊，纷纷结集出版、组织讨论评奖，活跃了久已沉寂的文坛，取得创作、评论双丰收；（4）泰华作协领导有方，走出去请进来，进行多边交流，争取母国支援，在祖国大陆发表了大量作品；（5）译作大量涌现，译军突起，成绩卓著。但他们清醒地看到，由于华校中断，后继乏人，如何造就新一代的作者和读者却是个燃眉之急的严重课题，冲破困境的紧迫感和历史使命感，使泰华作家焦急、忧虑而勤奋有加。据我所知，当今活跃泰华文坛者有：吴继岳、林蝶衣、方思若、司马攻、岭南人、许静华、白翎、李栩、李少儒、韩牧、何韵、张望、老羊、巴尔、魏登、修朝、毛草、饶公桥、梦莉、范模士、琴思钢、王松年、子帆、林牧、黄自然、韩江、浪踪、陈博文、陆留、倪长游、林文辉、邓澄南、羌岚、卢维廷、白佩安、洪林、陈高群、黄勋、史青等等。其创作与菲华相似，一诗二散文三小说，戏剧和评论都较弱，作家学历偏低，不如菲华，更不如新华。

再以菲华为例。菲华文坛实为藏龙卧虎之地，写作人达200多人，但由于欠鼓励，也因生活所迫，致有80%写作人从商，多数多年搁笔，近年始纷纷重返文坛，情况与泰华相似。目前驰骋于菲华文坛并有实绩者有：施颖洲、潘葵邨、陈天怀、邱建寅、云鹤、陈恩、黄春安、丁德仁、王礼溥、施青萍、施清泽、叶来城、张昭灿、林泥水、楚复生、月曲了、和权、蔡仲达、陈默、江一涯、蒲公英、秋笛、林婷婷、佩琼、谢馨、小四、明澈、温陵氏、钟艺、宰主、绿萍、钱艺、林海、谷峰、林骝、晨梦子、若艾、庄子明、庄浪萍、莎士、陈琼华、柯清淡、文志、王勇、寒冰等等，多达五六十人之众。菲华社会重视华文教学，即使菲化后，至今尚存130多所华校，培育大批英才，作家素质好，学历高，潜力大，并有新移民涌入，还有菲人加入（如菲少女马宁宁），作家队伍呈多样化；因而文社多达18个，较活跃的有：新潮文艺社、晨光、辛垦、耕园、文联、文协、千岛、征航、学群、现代诗研究会和中华文学研究会等。主要园地是《世界日报》的"文艺"、《商报》的"新潮"、《菲华时报》的"岷江潮"和《联合日报》的"竹苑"。文社都向5家华文报借版寄刊，如海潮、潮声、晨光、辛垦、耕园、征航等10多个专页。菲华《世界日报》被评为菲国最享信誉的两大报之一，副刊办得很出色，近两年来先后出了两个合集《稔》与《秋》，颇受好评。"世副"除华文版外还出英文版，向菲国介绍菲华文学，力主走融合之道，鼓励菲华作家走进菲华大社会，力争菲华文学成为菲国文学的组成部分，1987年冬已获菲国承认，"世副"主编著名诗人云鹤被选为菲律宾作家联盟理事。笔者1987年冬访菲，曾与菲作盟交流座谈，该盟亚溜玛主席盛赞菲华文学成绩斐然。新潮文艺社在社长陈恩领导下，与祖国大陆和香港交流频繁，先后在大陆出版了《菲华新诗选》《菲华散文选》《菲华女作家作品选》以及云鹤的《野生植物》，陈恩的《故国行》《浅草集》，黄春安的《千岛潮声》《椰风赋》《阳光抚爱的土地》等；台湾也出版了菲华老诗人潘葵邮的《伟大中华颂》《诗经简译》，月曲了的《月曲了诗选》，和权的《桔子的话》，菲华新诗合集《坦克与玫瑰》等；菲华还出版了陈天怀的《空山秋菊》，楚复生的《北斗》，庄浪萍、杜瑞萍的《忘忧草》等；即将出版王礼溥的《菲华文艺史》、明澈的《起点》和蒲公英等人的诗集，数量不多，但质量颇佳。美中不足的是尚欠大联合，小说是个弱项，结集出版少，以至实绩不显，给人有歉收之感。菲华诗人江一涯在《香港文学》38期上发表《菲律宾华文文学的困境》一文从政治、经济、教育三方面阐明了"困境"的由来与原因，是客观而中肯的。鄙见困境犹在，但已改观，前途光明（见拙作《从江一涯的"困境"谈起》）。

即使陷入绝境的印尼华文文学，不少作家也在默默耕耘，没有园地就存放起来以待他日或寄往中国香港、新加坡乃至北美发表，不能用华文写就用印尼文或英文写作，不能写文学作品就写政治经济等方面的文章，总之千方百计地保存实力，磨利笔锋，以图再战。据犁青介绍，至今仍笔耕不辍者有黄东平、阿五、茜茜丽西、白放情、柔密欧·郑、柳岸、马行田、若虹、黄裕轩、竹缨、陈华、明芳、严唯真、林万里、宋元、小梁、思芳草、岚行、管天来、沙里红、李靖、舒旦杜等，他们这种甘冒风险锲而不舍的精神，令人感佩。

比较而言，新马华文文学境况佳、作家众、产量高、成就大、引人注目。从现状看，新华又优于马华。由于新加坡华族人口占全国75％，新加坡政府奉行"双语制"，鼓励华文创作，推动华语运动，华文占有合法地位，国立大学还设有中文系，3家华文报文学园地不少，更有6份文学期刊，即《新加坡文艺》《文学半年刊》《五月诗刊》《热带文艺》《海峡诗刊》等。据杨松年博士告诉笔者，自新加坡独立以来，已出版文学书籍1000多种，尤以近年为最。政府的支持鼓励，社会的安定团结，经济的繁荣昌盛，华文文学的全面发展，文教出版事业的兴旺发达，从而造就了新一代的作者和读者，尽管仍有隐忧，毕竟开创了新局面：作家多、出书多、活动多、交流多、评奖多，还举办了三届国际华文文艺营，显示实绩，影响良好，饮誉四海，独步东南亚华文文坛，独得天时、地利、人和，为海外华文文学提供了范例。更加新加坡作协、新加坡文研会等文学团体的组织发动，进入20世纪80年代，新华文学蒸蒸日上，势头喜人。最近，新加坡作协出版了厚达400页的《会员作品总辑》就是力证；新加坡文研会即将出版新加坡近10年文学作品汇编，当充分显示新华文学实绩；其他文社各自做出喜人的成绩。据我所知，当前活跃在新华文坛的有：方修、李汝琳、力匡、王润华、骆明、田流、周粲、尤今、蓉子、原甸、贺兰宁、赵戎、杨松年、刘笔农、李过、李庭辉、淡莹、史英、李建、曾贵明、周颖南、陈剑、柳北岸、怀鹰、石君、林琼、杨涌、方然、林也、郭永秀、马田、杜红、谢克、南子、蔡欣、詹尊权、刘培芳、杜诚、尤琴、谷衣、梅筠、杨秋卿、陈彦、莫河、邱新民、文恺、黄叔麟、流军、黄燊辉等，重要作家当在近五六十人上下，出版专著为东南亚各国之冠。

马华目前处境不如新华。从方修所编著的《马华新文学史稿》《马华新文学大系》和《马华文学六十年集》来看，马华文学基础坚实，实力雄厚，成就卓著，重视史科的收集，作品的总汇，文学史的编撰，历史经验的总结，因而即使遭受到政治经济双重压力，仍然生气蓬勃，有冲破困境的信心和力量，在马来西亚作协等文学团体的推动下，马华文学虽不如新华，却比菲、泰、印尼华文文学为佳。马华作家知名较高的有：方北方、韦晕、吴岸、陈雪风、张一倩、甄供、伍良之、梦平、年红、黄爱薇、晴川、碧澄、游川、丁云、孟沙、李寿章、何乃健、傅承得、方昂、姚拓等等，也有五六十人之多。从马来西亚作协主办的《写作人》（已出至 18 期）来看，马华作家质素高、作品富，而且够水准，特别重视理论建设，深入开展评论工作，有计划地培训接班人，举办多种形式的讲座和学习班，有力地推动了马华文运，在这方面工作做得细致而扎实，方北方、方修、韦晕、孟沙、甄供、伍良之等人的贡献尤多。他们还很重视结集出版工作，仅散文集一项，每年出近 20 种，实为东南亚之最。只因限于客观条件，对外交流不如新华频繁，特别与母国较少沟通交流，致少为人知。

马华文学实绩显示，只要扎根新土，同心协力，有组织有计划地有领导地推动文运，用实绩争取成为居住国文学的组成部分，便可冲破困境，达至繁荣，永存不灭。

特点与走向

近年来，北美掀起华文热，仅温哥华一地就办有 172 个华文班，今年还成立了以卢因为首的加华作协，但依鄙见加华文学仅处于草创时期，还是移民文学阶段，倒是美华文学有长足的发展，著名作家多达 50 多人，作品质量颇佳。但美华文学历史短浅，究其实质，乃是"留学生文学"的延伸，如聂华苓、于梨华、陈若曦、白先勇等大批来自台湾的成名作家，他们大都是学者教授，地位高、收入厚、处境好，影响也大，只是并未扎根，其作品多在中国三岸发表，只能算是中国文学的分支。至于欧洲和其他地区，虽也有华文作家，但寥若晨星，尚未形成气候。可见，研究海外华文文学，当以东南亚为中心。不过，美华作家群的崛起，并往往领导文学新潮流，大有后来居上之概，值得关注。

东南亚华文文学，因国情不同，发展并不平衡，但其基本走向却是一致的。如上所述，东南亚华文文学自始至终都在困境中奋进，广大作家都以弘扬中华文化为己任。发展到现阶段，新华走在最前列，观念早已更新，如说"祖国"和"爱国主义"，指的已不是中国而是新加坡了，这是由于认同的结果引起了归属感的变化；而菲华却不同，他们身入菲籍而心仍在故土，所说"祖国"或"爱国主义"每每不指菲国而是中国，这种现象在东南亚各地普遍存在着，与新华比，进程缓慢些，尚处于过渡期。这说明东南亚华文文学处于一个转型期，新华文学先走一步，其他也会跟着转向。因为本土作家越来越多，华裔新生代观念更新，这是必然的趋势。

第一，随着转型期的到来，东南亚华文文学实行题材大转移，从眷恋故国追忆往事转到反映居住国的现实生活和斗争，从对旧社会的批判转到对时代的讴歌，从描述抗日时期的苦难转到对西方不正之风的揭露，从缅怀田园牧歌式的孩提生活转到对现代化所带来的种种困惑问题的思考，等等。总之，从过去单一、狭窄走向多样化和综合化。

试以尤今的小说集《面团与石头》为例：本书所收 12 篇小说以其独特风格，向读者展示新加坡的人情世态，再现新时代中某些戏剧性的病态，所探索的社会问题具有世界性的普遍意义，用琦君的话说，尤今"幽默处令人莞尔，沉重处令人叹息"，其"沉重处"即是尤今向全社会呼求疗治的医方。其仁者之心，温柔敦厚，褒善贬恶，爱民警世，与中华文化传统一脉相承，其责任心使命感跃然纸上，尤今小说是重视文学的社会功能的。但从题材看却是新的，如写婚外情、代沟、儿媳遗弃婆婆、好人干不了坏事、少妇被骗受辱等等，12 篇全写社会问题，属于问题小说，从中可见作者观察社会的深度和广度，文笔细致优雅，可称佳作。怀鹰的《女神》颇有港味，更富时代气息，以通俗的形式寄寓严肃的主题，显得更加大胆开放。贺兰宁的《微笑城》，诗人写小说，文字美而技法新，写成诗化小说。许静华的《湄南河恋歌》写新女性反对包办婚姻走上乱爱邪路，终于悔悟而觉醒，情节曲折有趣，艺术性与可读性结合，引人入胜。佩琼的《油纸伞》写菲国在中西文化冲击下男女青年的恋爱故事，表现了传统与现代的冲突，别有韵味。看来，总的趋势是由乡土题材向城市文学的转化。这是东南亚华文文学第一个共同点。

第二，随着题材的多样化带来主题的多义性。这在诗歌中表现尤为突出。东南亚华文文学堪称诗的王国，诗人最多，诗作最富，成就也最大。其中，王润华的新诗是传统与现代的融汇，他掺和古今中外的诗论，使治学与写诗两结合，兼备逻辑思维和形象思维，使水火相容、日月轮照，从而写出"象外诗"这类奇妙的新诗，使主题思想的深度与全诗意象浑然一体。这是一大创造，特具开拓意义。贺兰宁的《足三里》，以针灸入诗，也是中西合璧的范例。诗人赋诗言志——足三里，这是人体关键的网点，它可以针、可以灸，也可以按摩。结果是，驱邪扶正、升清降浊、虚弱已补、众病消除。然而治身如治国，在那三寸范围内，可不易寻准足三里，犹如当年刘备三顾茅庐，才找着诸葛亮。诗人妙笔生花，创造了华佗诗法，内涵深远。郭永秀的诗则充分抒发了现代人的迷惘、悲哀和思考。岭南人和明洬最近用象征手法写了一些诗，切中时弊，主题含蓄而深刻。主题的多样化和多义性在游记中有深刻的表现，如骆明的《游踪》、尤今的《太阳不肯回家去》、伍良之的《飞鸿散笺》以及曾徒的游诗《一只小鸟的话》等，对主题的选择与挖掘都有新的突破。纵观东南亚华文文学，其主题取向的总趋势是向全人类主题开掘，诸如自然生态、环境保护、人性、生命乃至宇宙奥秘等等，即不仅关注本国全社会问题，还思考探讨人生、人类和宇宙的问题，从而改变了主题单一的定势。

第三，现实主义一直占据主导地位，这不仅是东南亚华文文学的共性，也是世界华文文学的共同走向。进入 20 世纪 80 年代以来，我们欣喜地看到现实主义和现代主义两大流派由分庭抗礼互相排斥，走向交流融汇取长补短。这种文学现象，不仅出现在东南亚华文文坛，而且祖国大陆、台湾、香港文学也是这样。本人在两三年前的拙作《台港海外华文文学现状》（见《香港文学》20—28 期）一文中就提出一个论断："现实主义现代化，现代主义写实化；严肃文学通俗化，通俗文学健康化"（请参阅拙作《世界华文文学空前盛会》，载《星岛日报》1987 年 2 月 19、26 日），现在看来这一概括是正确的，并为海外同行所接受。例如史英的《三十年新加坡华文诗坛的回顾》（载菲律宾《世界日报》1988 年 4 月 29 日）一文观点就与鄙见不谋而合。他说："八十年代中，两种流派的诗人大都在表现手法上有显著的改变，例如走现实主义路线的……他们都在传统的基础上，以一贯写实的手法结合现代派诗歌的一些优点来反映生活，以寻求创作上的突破。而坚守现代派岗位的……也都致力追求创作方面新的变化，常使用写实的手法以表现生活而使诗歌内涵的表露逐渐走向明朗了。"这一走向，不仅促进华文文学的繁荣发展，而且促进华文作家的携手团结，而达至大联合必然有大交流，有大交流必然带来大提高，从而取得大成就和大效益。由两大流派的交流融汇，进而促使东南亚华文文学与居住国文学的交流融汇，走多族文化的融合之道。这一大走向已取得了有识之士的共识，这是特别令人欣慰的。

第四，作家向全面发展也是今后的必然走向。20 世纪 80 年代是个多元化的竞争激烈的年代,"优胜劣汰,适者生存"这一自然规律在高度商业化的社会里仍然起着作用。为了生存温饱和发展,迫使作家们放弃单打一的思想。在长期磨炼中,作家们拿起十八般武艺向"全才"方向发展。他们什么都写,什么体裁都尝试,什么手法都运用,触类旁通,一通百通,多数是快手和多面手,香港文坛早已如此,东南亚文坛也开始朝此方向发展。笔者阅读所及,发现许多全面发展的作家,以新华作家周粲为例,诗歌、小说、散文、评论、翻译、儿童文学等领域,他样样精通,产高质佳,30多年间出版了各类著作54种,广受好评,老作家赵戎赞道:"一个才气磅礴的作家,不应局限于某种文体的创作……周粲的才华几近徐志摩、朱自清等作家……周粲年轻才高,其成就未可以道里计也。"如果说周粲主要是靠天赋,那么印尼华作家黄东平主要是靠勤奋的了。黄东平30多年如一日坚持业余创作,写了300多万字,有长、中、短小说,有散文、杂文,还有新诗、评论、话剧和电影剧本,更可贵的是,越是艰难困苦,他越努力奋斗。为了自费出版《侨歌》,他为6个公司记账。身处逆境战斗不息,事迹十分感人(请参阅拙作《反压迫争自由之歌》,载《新加坡文艺》总39期)。像这样"全才"作家还有不少,如力匡、李建、方北方、伍良之、年红、田流等等,不胜枚举,限于篇幅,只好割爱。

第五,东南亚华文作家多数是亦商亦文者(新华文坛可能例外)。窃以为在商业社会里,亦商亦文是正道,应予倡导。目前,亦商亦文成功者日众,如新华的周颖南、陈剑,马华的韦晕,印尼华的犁青,菲华的陈天怀、陈恩、丁鳅,泰华的方思若、岭南人等等。以犁青为例,他10岁写诗、12岁出书、17岁当香港南通社诗歌组组长,后到印尼从教从商,是玛雅集团董事长,又是著名诗人,著作颇丰,搁笔20年后重返文坛,近年出版两本诗集饮誉神州内外,并运用自己的财力和声望,组织文学世界作家联谊会,召开作家诗人座谈会,创办大型文学期刊《文学世界》和《诗世界》丛书,支持《当代诗坛》,为华文作家提供文学园地,团结四海华文作家,为繁荣发展东南亚乃至世界华文文学做出显著的成绩，值得称赞。文人历来清高，重文贱商，此乃旧观念，应予更新。窃以为以文养文，以教养文，以商养文都一样，只要有利于文学事业的都应提倡。文人从商、商人从文、商发文兴有何不好？即使附庸风雅总比鄙薄文学为好。物质富足了，必然追求精神生活。追求文学而不迷恋声色犬马，就值得鼓励。

第六，东南亚华人社会都较传统，特别是老中两代人为最，是以严肃文学一直占据主流地位，较少通俗文学作家，这与香港文坛大异其道。然而随着商业化的进展，新生代华裔作家的崛起，通俗文学必会应运而兴。由于华裔的华文水平日低，文学受到影视的冲击，华文作家为了占领市场争取读者，势必考虑"曲高和众"和"雅俗共赏"等问题。要现代化不要商业化，就必须深入浅出，以通俗的形式寄寓严肃的主题，寓教于乐，加强趣味性，使艺术性与可读性相结合，这将是海外华文作家的共同走向。笔者认为李建在《论文艺作品的浅近化》一文所提6点意见是正确的。如果高雅到无法欣赏，那是不足取的。

总而言之，综观东南亚华文文学今后的走向，大致是向本土化、多元化、融合化、全面化、通俗化和商业化发展。

期望与建议

综上所述，东南亚华文文学进入20世纪80年代以后，纷纷成为各国国家的文学的支流，又与母国进行广泛的交流，从而突破困境走向繁荣。这是值得祝贺的。其经验和不足也是值得总结的。

第一，作家们具有越是艰险越向前的奉献精神。他们"著书原不在金钱"（潘葵邨语），目的在于弘扬中华文化，扎根新土，为华社服务，为居住国的文化建设而尽职。

第二，各国文社领导有方，开创大文学的新局面，即文学不仅是作家的事业，还包括评论家、翻译家、编译家、组织家、社会活动家、企业家、社会贤达及社团领袖、宗亲会骨干在内，组成一支实力雄厚的华文文化大军。

第三，重视自身建设，提高适应新环境的能力：建立自己的文艺理论体系，开展文学批评，鼓励及扶植新生代，与当地人民打成一片，反映他们的生活，形成自己独特的文学风格。

第四，不忘寻根继承，重视多边交流。他们不仅与居住国多元民族文学交流，还与日本、欧美交流，更重视与祖国大陆、台湾、香港的文学交流。在交流中既坚持"拿来主义"，又做到"拿出主意"（见马华作协主办的《写作人》季刊18期社评《论文学交流》），二者结合，相得益彰。但能"全面拿来"却未必能"全面拿出"。

第五，重视抢救史料，如方修。他们编文学大系，出丛书，写专访传记，印作品汇编，极为难能可贵。从方北方的《马华文学及其他》和《方北方文艺小论》两书看，他们的工作很扎实，见解也相当精当，令人感佩。

第六，携手合作，走大联合的道路。据我所知，由陈若曦等50多名海外著名女作家签名发动，筹办海外华文女作家联谊会；由犁青等发动成立的文学作家联谊会，东南亚各国华文作家都踊跃参加，做出各自的贡献。文学没有国界，文学是心灵的交流，是可以超越政治的，让我们在中华文学的旗帜下团结起来为大同世界的繁荣昌盛、为建造巍峨宏伟的华文文学大厦而共同奋斗。为此，鄙人建议：加强团结，增进友谊，互学互补，共同前进；通过合作，互通有无，相互评介，克服"评论落后于创作"的缺点，实现文化大循环，开展多渠道多形式的沟通、交流、引进工作；交换资料，互通信息，相互出版，建立资料中心；突破小说弱项，文学即人学，小说最能表现人的心灵、人的世界，应多鼓励小说创作，写出无愧于我们时代的不朽之作。为此，我们正在筹办海外华文文学作品评奖活动，希望世界华文文学工作者大力支持，通力合作，把海外华文文学运动推向高潮。

本文从事华文文学研究工作时间甚短，水平有限，为了抛砖引玉，不揣浅陋，冒昧进言。谬误之处在所难免，敬希先生女士们多多批评指教。

从菲华文学的勃兴看社会变革对东南亚华文文学的影响

跨入 20 世纪 80 年代后，菲华文学从冬眠期进入成长期，其发展态势直线上升，开始出现"万紫千红、百舸争流"的崭新局面，菲华文学的崛起，说明社会变革给东南亚华文文学带来活力和繁荣，值得探讨。

菲律宾拉刹大学、中华文学研究、世界日报和新潮文艺社联合主办题为"社会改革与东南亚华文文学"的国际研讨会是非常及时的、很有意义的，而且必将产生深刻影响。笔者有幸被邀与会，极愿略陈浅见，以求教方家。

社会变革与文学的关系

人类社会从其形成迄今都处于永恒的发展变化过程之中，社会学者把其中发展变化较为激烈的阶段称作变革时期，而"变革"一词则蕴含着人为的或意志的第二性意义；文学是以文字为手段的某种直接或间接的社会思想的艺术表现，当代唯物主义哲学中的反映论，把意识反映的原理用于文学评论，打比方把文学说成是"社会的镜子"，这么说通俗易懂，但理论上打比方却不能看成是科学的定义：若把文字组合的成品当中，能够艺术地表述世态或心态（即人情）的作品统称文学，从而把它定义为"反映人情世态的文字信息的艺术组合是文学"，那么，社会变革自然必定要影响文学的发展趋向，可谓二者息息相关了。

文学的最原始的形式是口头的歌谣，而文学的实际记录当然是在有了文字的奴隶制社会里才可能出现的。人类从原始社会变革为奴隶社会是破天荒第一遭，这变革也在文学史上留下了印记，"诗经"中的一些"风"诗就反映了针对人类历史上第一轮剥削压迫的抗议呼声。而当奴隶制社会里孕育着封建制胚胎时，遏止奴隶流动、力求建立稳定的农业生产秩序的统治者意识抬头了，这第二轮变革在某些"颂"诗里也留下了印记。中国如此，别国也大致如此。古希腊罗马文学在那相应的阶段里发展了长篇叙事史诗的形式，而其精神则比古中国诗歌更富拓展性，显然地理条件在当时影响文化甚深，英雄冒险是地中海的产物而非黄河的产物。

中国封建制的实验在秦汉之制，撇开史学家对历史分期观点的歧异不谈，专从文学史立论，我们不妨说：中国封建制从萌芽到根深叶茂，是经历了长时期的发展过程，真可谓"马拉松"式的社会变革，其影响于文学，则除了口口相传的诗歌短篇以外，出现了大量的长篇论文，从不同的角度为封建制的稳定服务。汉代政权是中国头一个完形的封建帝国。武功夺天下，文治装潢之。经先秦诸子百家的实验，汉代的"菲韵文"文学总体看来不外两种，一是史学（史传文学），一是政治应用（包括政治）。叔孙通讨好汉高祖，董仲舒迎合汉武帝，他们搞的是"帝王笔杆子"的行当，文学史家往往把那些文字革出教门，不承认其文学性这当另论。史传文学的名家如司马迁、班固的成就是公认的。这成就的根本原因是，社会变革积累了足够的可整理资料，而当时的政权又需要并允许此类作为。其次重要的是，文化积累，即先前社会变革所造成的民族意识形态，中国史料文学有很好的现实主义传统，"在齐太史简，在晋董狐笔"，孔丘作"春秋"也严守他所理解的客观原则，众所周知，古代史宫或述史者吃苦头的人真不少！司马迁继前贤而"究天人之际，通古今之变"，不幸自己却身受刑辱，班固死于狱中，范晔全家被杀，类似事例，历代不少，为什么搞历史的人特别不识时务，似乎很爱吃眼前亏呢？这值得深思并另行研究之，我们只想指出：你"史记"那样真实性高、文学性强的综合性史籍，其作者绝不至因一言而招祸，他应是社会变革时期的持不同政见者，不触此也碰彼，"事固未易与俗人言也"，从文学评论看史传作品，则其中以文采的真实记叙正是反映社会变革的现实主义文学的精髓，社会变革推动文学的发展，请允许我做"点水蜻蜓"式的评论——社会大变革后的南朝文学也是很有特色的，偏安的南朝是退居一隅的士族地主政权，当时江左的农商经济支持了社会的相对稳定，这就是贫血的形式主义、唯美主义产生的土壤。有工夫从事雕琢，再加上思想空虚，便使许多文士诗人走入邪径，成就不高，若说"对偶、平仄的讲究使汉语汉字的"单语属性在修辞上被利用到了无以复加的地步，那么其历史价值却不在于文学，而在于汉语词汇的"孳生模式"的铸造了。从文学发展的观点来看，南朝似是中国文学创作的休耕期，它似乎在为后来的隋唐文学（特别是诗歌）准备着再度繁荣的条件——将欲激之，必先滞之！然而南朝文学理论的成就却是空前无匹的。"文心雕龙"和"诗品"的出现标志着南朝又是中国古典文学理论的收获期。偏安是整体总结的好机会，以前历次社会大变革时期所积累的创作经验和作品的储存给刘勰这样的才识之士提供了足够的资料，而南朝士族的"品第"意识也影响着整个知识界。文学上的风格论和上层社会的人品论，实际上是那个历史时期的文化双胞胎，是隐形社会变革的折光，南朝社会并非一泓止水，这停滞中也蕴含着运动。

唐代是中国封建史上的第二帝国、兴邦、镇乱、拓土、防边——近300年的历史穿插、交织着多种形态的社会变革，所以它的文学也大放异彩，要用三言两语来概括唐诗的繁荣，那是办不到的。只要我们抓住"有感而发、有为而发"的尺度，去衡量一切文学作品，则必然要接触所谓"时代背景"亦即"社会变革实况"的问题，若把李白与杜甫搭对，韩愈和柳宗元搭对，联系他们处于什么样的变革激流之中，载浮载沉，写出了略有共性又大有个性的作品，就不难窥见在"封建制"的内部变革中，文学尚且那么敏感的有所反应，更何论社会制度根本替换的冲击呢？让我们看看资产阶级这类变革吧！

在欧洲，1789 年的法国资产阶级革命最具典型性，影响也最深远，其后半个多世纪政权易手的反复性说明各种社会力量之间的撞击，但大体上始终是资产阶级占着上风，并夹杂着对封建贵族的让步或妥协，这就表现了 19 世纪法兰西社会变革的特殊形态，其影响于文学，则显著地表现于巴尔扎克和雨果这两个作家的伟大创作中，巴尔扎克站在保皇党的立场上，描写了 19 世纪前半期法国封建主义和资本主义交替年代的社会风物习俗图景。现实主义的创作方法竟使他既指出贵族必然没落的命运，又揭露资产阶级的贪婪无耻，还表示了对劳苦人民的同情，他笔下的野心家、高利贷吸血鬼、丧失人性的守财奴……一一都受到无情的嘲讽，这岂不是对社会急剧变革时期各种反面世态的批判吗？再看雨果，在 19 世纪中期欧洲革命风起云涌而法兰西阶级斗争尤为激烈的年代，他的创作随着生活感受而发生了重大的变化，人道主义的精神更旺盛了。长篇小说《悲惨世界》反映了资本主义制度下贫苦人家的不幸。固然，雨果是所谓浪漫主义作家，而且幻想以仁慈博爱去拯救世道的沉沦也未免太天真了，但是作为文学对社会变革的反响，雨果的描绘却有极大的现实性。

最后略提一下当代吧。十月革命主义时代连锁反应与历史上任何形态的文学都不可同日而语。它是被扶着走的文学，犹如有天才规划了运河的流向，然后平庸的众水被引而归之。这样容易造成浩浩荡荡，但也要时时抢修出毛病，"扶走文学"哪能不东倒西歪呢？现在用"市场调节"帮助"计划经济"，那么该用"免挽文学"辅助"扶走文学"了吧，问题没有这么简单。但我深信，当前的社会变革也早晚将促成新型文学的繁荣。1500 年前，议论家刘勰认为天地万物自然都具文采，而人则"心生而言立，言立而文明，自然之道也……夫以尤识之物，郁然有采，有心之器，其无文欤"？把这根本原理叫作"道"，我觉得中外古今都有人不信此道。于是乎有种种形态的文纲以防范"一枝黑杏出墙来"。有时宽大而"网开三面"，有时搞"文革"就"天网恢恢"——其实纯属误会。古今中外只见枪杆子夺政权，未闻笔杆子夺政权者也，不过，人类变革所积成的"历史"却是司芬克斯式的巨怪，只可远观而不宜近识，文学史也是不能即时谈清的。

然而，社会变革所呈现的一切场景都要被"文学牌录像机拍摄下来"，经些时日，加上制作而给人观赏评议；文学不全是被动的，它比我们所能想象到的活得更长久。

东南亚华文文学现状又如何呢？这便是本文要论述的主旨。

从社会变革看菲华文学的崛起

文学史发展总是趋于进步，但并不是均衡、等速、等距的。在不同的国家、时期、阶段，其步伐常常会时而迅疾、时而滞缓，有时甚会出现倒退。因为文学绝非是一种单纯的精神产物，它是建筑在社会存在基础上的、反映社会生活的特殊意识形态，文学的流变，往往受着多重因素的制约。要考察文学发展的规律性，只有深入地从社会政治、经济、历史情况出发，才能理解形形色色的文学现象。

刘勰早在公元 5 世纪时就指出"时运交移，质文代变"，说的就是各种文学现象的产生乃至作家风格、创作方法和文学潮流，都会打上时代的印迹，社会历史条件的变化，导致了文学的变化。进入 20 世纪 80 年代后，缓和已取代了冷战，成为一种大趋势，整个世界正沿着和平、民主、经济繁荣的大同理想迈进，这一大的国际背景引发了东南亚各国的社会变革。东南亚是海外华人最多的地区，也是海外华文文学历史悠久、源远流长、根深叶茂的区域。20 世纪 80 年代的东南亚华文文学开始了一个新的纪元，社会的变革为文学发展创造了一个较为宽松、和谐的环境，提供了实现文学繁荣的契机。

历史经验告诉我们，没有安定缓和的社会政治局面，文艺家就会失去大展宏图的广阔天地。我原把 20 世纪 80 年代称作中国和东南亚华文文学事业的"黄金季节"，虽然各自所处的社会背景不同，文苑百花竞放、姹紫嫣红。

今天，东南亚各国华文文学的发展还不平衡，有的已进入蓬勃兴旺的坦途，有的正面临着冲破阻力走向转折的艰难，毕竟坚冰已裂，春潮再也难以封固了。在新加坡和菲律宾，华文文学已成为"国家文学"的组成部分；在马来西亚和泰国，华文文学正在力争成为"国家文学"的组成部分。印尼则留下一片遗憾的空白，在那儿连华文广告也被取缔，华文文学落了个白茫茫大地一片，由此可见政治经济诸因素对文学的影响了。今日东南亚华文作家人数众多，纷纷建立、创办了自己的文社和报纸、杂志。就整流体而言，东南亚已成为海外华文文学实力最雄厚、实绩最突出的区域。因此，应该成为华文文学研究的重点。社会变革对东南亚华文文学的影响，这是一个足以写一本巨著的大题目，非本文所能企及，这里只能借一斑以窥全貌。

1987年11月，论者有幸应邀访菲，对菲华文学获得一个实地考察的机会，感到要阐述上述问题，菲华文学是一个颇有代表性的例证，不妨试论之。

1972年初，马科斯推行戒严令和菲华案，顿时，华教式微，华文报被禁，作品没有发表园地，作家被迫搁笔转行。这一切跟内地"文革"狂潮涌来时的情景颇为相似，具有悠久历史的菲华文学像是遭受了严霜和冰封，进入冬眠时期。蓄之既久，其发必速，1981年春，军事戒严令被解除，及后新政权的建立和经济建设的复生，这一切使得长期受压抑、如同地火般奔突的文学潜力，终于得到了喷火口，这使论者联想到中国内地"四人帮"垮台之后文学大转折来。

菲华文学复生并迅速走向繁荣，报纸立下汗马功劳。政府推行高压政策时对报纸这一舆论工具压制尤甚，1981年解禁后，联合、世界、菲华、商报和环球等五大华文报相继复刊或创办，并都很重视和支持文艺副刊。如今，菲华文社林立，除原有3个文社恢复活动外，短短7年间先后成立了16个新的文社。华文五报共辟34个副刊，大都为19个文社借版办刊，如竹苑、耕园、辛垦、晨光、菲华文艺、千岛、艺文、春晖、万象诗刊、雅风、学生园地、风景线、童话城、诗之页、学生之页、心的暖流、友情至上、南北侨、学群、海潮、椰风、岷江潮、征航、潮声、小商报、新潮、语文、源、儿童、文艺沙龙、环球等副刊都办得有声有色。这些专刊除立足本地外，还大量引进外稿，发表中国三岸、东南亚各国乃至欧美等地华文作家来稿，推动了世界华文文学的交流：菲华文坛已从封闭式走向开放型，互访活动为一时之盛，作家四出参加国际研讨会或有关活动，马尼拉也召开各种专门会议。

菲华作家队伍壮大，从少年到古稀，五代同堂：高龄作家实力未老，笔耕不息；中年作家成为中流砥柱，他们在政治高压的岁月里，随着华文报的封闭、华教的式微，纷纷弃文他去，经过二三十年的磨砺，他们生活积累丰厚了，扎根了新土，经济上也有了保障，于是纷纷重返文坛，披挂上阵，呼朋唤友，结成集团力量，结社办刊，令人刮目相看；青年新秀不断涌现，后继有人。文学书籍出版量空前，七八年间出版新著多达五六十种，其影响力开始超越国界，一些作品或受母国推介，或在三岸出版，或在外域获奖，比之过往，不仅量多而且质佳。近年来，论者拜读过近 90 位菲华作家的作品（有些是单篇），他们是：陈大怀、施颖洲、林建民、潘葵村、许冬桥、刘芝田、邵建寅、云鹤、陈恩、楚复生、秋笛、蒲公英、明澈、玛宁宁、明克兰特、陈和权、月曲了、林泉、英春安、江一涯、寒冰、王勇、陈一匡、佩佩琼、谢声、丁德仁、林泥水、白凌、平凡、张灿昭、晓阳、鲁峰、白山、苏仁道、曹之兰、白浪、王国栋、陈琼华、小四、宰主、纯纯、璇璇、学无涯、励、高陵、林海、若艾、书欣、笔锋、柯清淡、夏默、张灵、弄潮儿、钟艺、温陵氏、蔡仲达、静涛、四季春、一乐、恕绫、施约翰（以上不分名次），等等，上述作家只是菲华作家队伍中的一部分，约在三分之一，而我所读作品仅是一小部分，但借此对菲华文学创作大体上有了印象，窃以为，菲华作家的作品虽瑕瑜互见，水平参差不齐，但格调普遍较高，文字功夫也不错，成绩相当可观，尤以传统诗和新诗为佳。例如本人已评论过的云鹤的《野生植物》及其早期作品，《月曲了诗选》《橘子的话》《北斗》《起点》《我的诗》《不流血的革命》等新诗集，传统诗集《伟大中华颂》《忘忧草》,散文集《园丁的独白》《椰风赋》《千岛涛声》《浅草集》,以及《菲华文艺六十年》等,都达到较高水平。至于小说如白浪、小四、小华、佩琼、林泥水等也颇有实力和实绩。比较而言,菲华文学创作,诗第一,散文次之,小说第三,文艺理论研究则很弱,可喜的是像王溥礼、陈和权等的评论虽量少却质不薄。据统计,菲律宾百万华人之中,文艺发烧友竟多达200人之众,菲华文学这种空前繁荣的局面,已引起海内外文界的瞩目。其所以饮誉四海者,在于作家"著书不为稻粱谋",而以弘扬中华文化为己任;在于为华社服务、为菲国效劳进而造福人类;在于坚持严肃文学创作,积极探讨社会、人生、生命诸问题,而不搞风花雪月;在于投入菲国大社会,投身社会变革,走融合之道,充分发挥文学的社会功能;在于遵循文学自身的规律,提高艺术水平,通过潜移默化陶冶惰性升华人之灵魂;在于互学互补,促进沟通交流,为繁荣华文文学而贡献自己的力量。因而菲华文学是具有自己的特色和美好形象的,并已产生作用和影响,这是有目共睹的:依论者之见,菲华文学在东南亚地区仅次于新华文学,位居第二。菲华文坛的浮沉兴衰,可谓新、马、泰诸国华文文学命运的一个缩影。

处于社会大变革时期的文学,迈出的每一步都不是轻松的,不可能一蹴而就,企求文学在这一阶段便完成某种壮举,委实是一种浪漫的幻想,菲国社会正处于新旧交替时期,由于军事管制的实行到解除,政权更迭后又频繁地发生政变,当年菲华案的结果使华人被迫作出新土的与旧土的抉择。这些重大的社会变动,必定会直接影响到文学:事业的归属与走向。当前,菲华作家面临种种挑战:①冲破华教式微的困境,把握住危机中孕育着的生机;②如何解决扎根新土与落叶归根的矛盾;③急待更新观念,加快走向融合之路;④妥善处理好老将与新兵间出现的代沟;⑤文坛群龙无首,山头林立。面对这种种现象,如何走向协调合作,有人感到困惑、迷惘乃至悲哀。窃以为,受社会局势影响而出现的这些混乱现象是暂时的,华人多尊孔重教,信奉中庸之道,用不了多久,自会中和起来,朝着发扬中华文化这一总目标共同迈进。例如，五大华文报虽各持不同立场，但都支持和鼓励文艺副刊，几十个报纸副刊所发表之文，大都是传播中华传统文化、宣扬传统美德的。有人说，中华传统文化在东南亚华人社会保存最完整，发扬最充分，此言不谬。菲华 19 个文社乍看好像各吹各的号、各唱各的调，事实上，都是为了华族的生存发展和繁荣，为了教育后代不要数典忘宗，做一个堂堂正正的华人，为菲华服务并反哺故土。论者认为，只要总的方向不错，各显神通，百花争妍，正是当今创造精神的体现，倘若貌合神离，虽按统一调门齐唱，也唱不出一首动人的歌来。东南亚各国也存在菲华文坛面临的类似问题，论者以为，那种悲观的论调是没有根据的，无所作为的态度应当摒弃之。时代在前进，社会在发展，东南亚华文文学的前景是光明灿烂的。

从二小龙看华文文学的发展

东南亚地区有狭义与广义之分，狭义专指东盟五国，广义而言，还应包括印支三国、缅甸和文莱诸国。本文取其狭义，仅论东盟五国的文学情势。

东盟五国，我仅到过菲、泰两国，去夏因故未能赴会，但因结识不少文友，也略知一些。东盟五国自从跨入 20 世纪 80 年代以来，整个地区的情势日趋稳定与繁荣，新加坡早为四小龙之一，泰国已呈现腾飞之势，即将成为第五条小龙，马来西亚和印尼经济发展也颇为迅速，菲国在科拉松夫人领导下经济也走上稳步发展的道路。东南亚各国经过长期浴血奋战，摆脱了殖民地统治，赢得了民族独立自主，医治了战争的创伤，今天终于迎来经济突飞猛进的新时期。中国与东南亚诸国友好关系日益发展，相互交往频繁，经济合作也日渐扩大，这很有利于华社的团结，有利于中华文化的传播，自然也推动了华文文学事业。当今，随着经济高潮的到来，一个世界范围内的华文热已率先从北美掀起，波及欧、澳两洲，日、韩等东亚国家也很火热，东南亚华人最多，华文热的兴起乃势在必行。

文学发展受社会经济发展制约（虽然二者的发展有时是不平衡的）。社会变革带来的经济发展，尤其是科学技术现代化，毁了原先的价值体系，使人们的视野空前开阔，处于历史和现实、传统文化和外来文化会合点的东南亚华文作家，对社会、对历史、对自身的存在和价值在做深刻的反思。经济的发展带来社会形态的嬗变，文学内容也随之而变化。

一般来说，当一个国家处于急剧变革之时，横向借鉴往往成为主要趋势；就文学自身而论，大凡在文学的变革时期，横向借鉴往往成为人们所重视，现阶段的东南亚华文文学在四面来风，八方撞击之中显示出变革的新姿。由于作家与居住国人民日益融合，他们的艺术视野自然而然地关注自己所扎根的新土的社会现实，他们的作品很自然地显示出居住国民族文学种属的某些特性，我们还看到，西方文学思想东南亚年轻一代华文作家也有相当的影响力。当然，东南亚华文文学的转折并非割断历史，它在内容、形式、创作方法诸方面，大体上还是继承了五四以来新文学的优良传统，东南亚华文文学与母国文学一脉相承的血缘关系并未切断，只是作为新的历史条件下的文学转折，它又有自己的个性色彩，它与母体文学之间与其说是支流主流的关系，不如说是堂表兄弟的关系，20世纪80年代的东南亚华文文学已从过去单一狭窄走向多样化和综合化，展望其今后的走向，大致是本土化、多元化、融合化、通俗化发展。

　　新加坡自独立之后，以儒家学说治理国家，推行社会变革，其经济成就举世皆惊，在新加坡华文也一度受到限制，南洋大学被取缔，对于新华文学而言无疑是受到莫大的损失，但尚未伤及根脉，文学创作仍然成绩斐然。何故？关键在于国家独立和经济起飞带来现代化的发展，刺激了文学的勃兴，使之能突破华教式微的困境。随着国内外情势的发展，新加坡不能不加强华教的发展，在这种情况下，华文文学不断走向繁荣便是势所必然的了。进入20世纪80年代后，文社兴，报刊旺，园地多，作家队伍壮大，出版书籍繁多，内外交流也日趋频繁，连续举办了好几次大型的国际活动，将新华文学一举推到东南亚地区首席地位，进而激发其力争成为海外华文文学中心之一的雄心。

　　新加坡除了独得天时、地利、人和等客观优势之外，还由于作家自身素质也优于其他东南亚诸国，第一，学历较高，前有南洋大学中文系，现有国立大学中文系，还有大批留学生，学历高，薪俸不薄，不必弃文改行（菲泰华文作家皆多数弃文经商二三十年，据说多达

80%）；第二，政府较多支持鼓励，国家时有关照奖掖，出版事业甚为发达，据说自独立以来，出版华文文学作品多达 5000 余种，仅此一项为东南亚诸国所望尘莫及；第三，新加坡华人为主体，华文文学读者甚众，没有后继无人之虞；第四，社会贤达和各界人士重视华文文学，时有赞助，不乏发表园地，出版社和杂志社之多亦为东南亚诸国所难企及。即以鄙人阅读所及也多达百种以上，所评也达 20 多部作品，例如，姚紫、李汝琳、力匡、田流、李建、骆明、王润华、贺兰宁、南子、郭永秀、李廷辉、尤今、石君、黄叔、周颖南、怀鹰、孟紫、流军、方然、杨涌、文恺、林也、史英、周粲等（名次不分先后）。他们的作品量多而质不薄，其中有的达到相当高的水准。新加坡华文文学之富，不仅表现在创作上，还表现在文艺理论研究上和文学史料的编写上。例如，方修、杨松年等都有出色的贡献。所以，从文学整体看，其成就当在东南亚诸国之上。这就是说，新华文学不仅仅靠人多作品多取胜，而且在整体上显示出其实绩来。

　　比较而言，泰华文学所走过的历程则坎坷曲折得多，曾遭受无情摧残，屡起屡扑，伤痕累累。20 世纪 70 年代华教几乎窒息，导致新一代作者和读者难觅，后继乏人。菲华尚有十几二十几岁的文学新秀，而泰华最年轻的作家修朝也已四十出头，故其步履极为艰难、沉重，仅较印尼华文文学为佳，排行第四，远落于新、马、菲三国之后。甚于同样的国际大环境，近年来文学修养的大小老板们纷纷投入文阵，急起直追，热火朝天，盛况空前，可谓经济起飞华商富，中泰友好华文兴。论者年初访泰，恭逢其盛，喜读华章，无比感奋。泰华作协积极开展活动，暨南大学旅泰校友会推波助澜，《新中原报》《星暹日报》《世界日报》和《中华日报》大办文艺副刊，初见成效，实绩显著。仅仅几年时间，文坛便气象一新，涌现出一批优秀作家，特别是司马攻、梦莉、岭南人、方思若、陈博文、征夫等经商致富的中年一代，重返文坛，佳作联袂，颇多建树。例如，最近出版的八人集《轻风吹在湄江上》（司马攻、梦莉、范模士、老羊、征夫、白翎、陈博文、年腊梅）及其续集《尽在不言中》（笔者为之序，即出），五人诗订《桥》（琴思钢、张望、张燕、子帆、李少儒），均达到较高水平（近一年来，笔者写了10多篇泰华作品评论，深感他们的作品很有特色）。这些作家、诗人大都是亦商亦文的成功者，足见"两条腿走路"是可行的，以商养文乃今日文化人之正道。

最近新、菲、泰政府皆表示要发展华文教育，这对华文作家是个福音，我在访泰期间，就看到有关这方面的报道，在我应邀出席泰华作协理事会有关东南亚华文文学报告时，会长和理事们对办华校和国际华文文艺营发表了很好的意见，他们的乐观情绪感染了我，使我很激动，同时，我又读到新加坡《联合早报》（1988年11月20日）关于菲律宾著名经济学家未那洛·维礼牙示在一讲习会上说，在亚太地区，中国的普通话，远较英语管用。因为在亚洲三个新兴工业国家地区（新加坡、中国台湾和香港地区），普通话是华人唯一可以沟通的语言。菲律宾未来的经济成长与发展同亚洲的邻居有密切关系。他鼓励年轻的华人子弟，加强学习普通话和华文，同时也建议菲人学习此种他形容为"九十年代以后的功能语言"。类似观点和呼吁，不时从五洲四海传来，令人振奋。应该指出，即将到来的太平洋世纪必使华文热达到一个新的高度，如此一来，华教得以迅速发展，华文读者众多，华文报纸杂志无疑会越办越多、越办越好，出版事业越办越旺，而文学园地一多，华文作家便英雄有用武之地，文学新秀就层出不穷，前景足可乐观。

至于马华文学，笔者虽然接触不多。近来仅评过韦晕、方北方、孟沙、伍良之、碧澄、戴小华、方昂、何乃健、傅承得的作品，他们的水平并不低于新、菲、泰诸国的佳作，而从《星洲日报》《南洋日报》的文艺副刊、文艺期刊《写作人》《蕉风》以及《作协十年》等看来，马华文学跨入20世纪80年代以来发展很快，成绩很大，新秀成批涌现，华文文运大兴，如去冬举办文学节，表彰老作家韦晕、方北方和原上草的卓著贡献，意义深远。此事足证作协领导有方，争取马华各界支持与帮助，使马华文学获得长足发展，实绩大显，值得赞赏。至于印尼华文作家，他们身处绝境之中，犹坚持写作，更是难能可贵。

如上所述，可见华文具有非凡的凝聚力、向心力和生命力，凡有海水的地方都有华文的传播，凡有阳光的地方都有华文作家的足迹，华文是永恒不灭的。再从世界范围内来看，四分之一人口使用华语，这占联合国四种通用语言文字之一，任何种族的语言都没有华文如此广阔的市场，随着中华振兴统一，其使用价值日高，更会吸引世人学习、使用。今日北美、韩国出现的"华文热"绝非偶然，随着太平洋世纪的到来，这一形势发展之迅猛，将会出乎人们意料之外。再从另一方面看，华文作为一种结构独特的方块字，极富艺术性，这种语言文字如诗如画，更有音乐性和建筑美。随着经济发展、生活富裕和文化水平的提高，华文这种特殊的美将为越来越多的人所赏识，越是难学的东西越有吸引力呢。以我之见，华文前程似锦，华文文学的未来一片光明。

综上所述，东南亚地区所出现的社会变革，有利于华文文学继续走向繁荣，不必讳言，影响文学事业发展的缺憾和困难尚多，须引起重视。例如：不团结现象严重，特别是文坛老将笔墨官司没完没了，这是令人痛心的内耗，并对中青年作家产生消极影响。笔者呼吁，以和为贵，笔战可以休矣；评论很不景气，大多评论来自外域，亟待培养自身的评论家；各类文学体裁发展不平衡，小说、报告文学、传记文学、戏剧、影视文学等须加强；国际间交流不够，各自为政，缺乏计划性，内部交流亦须加强；领导力量薄弱，读书风气较差等。

为推动华文文学事业走向新的繁荣，论者不揣浅陋，特作如下建议，以借参考。

（1）成立东盟五国华文作家联谊会。

（2）菲华19个文社经常举行联席会议，协调关系，以利交流和开展活动。

（3）提高稿酬，以鼓励写作，改善作家生活。

（4）作家与企业家、事业家组织联谊会，争取华社各界支持赞助，成立基金会，编辑出版各种丛书，举办讲习班、评奖活动。

（5）成立研究会，以加强文评、推介工作，并给优秀文评工作者发奖。

（6）关心女作家的成长，以发挥"半边天"的作用。

（7）创办一份东南亚华文文学报，以提供交流的园地，或共同办一份文艺工作者杂志。

（8）作家应对社会负责，社会也应向作家负责，要求作家不为稻粱谋，便应鼓励、奖掖，各国华侨应予赞助，以提供出版方便，扩大发表园地。

（9）掀起一个读书热潮，可举办读者奖、图书博览会之类的活动。

（10）文学青年应不失时机地充实自己的学识、见识和生活积累，并重视提高艺术修养、写作技巧和驾驭文字的能力，文界要提供条件，给予进修的机会。

海外华文文学重镇

——新华文学巡礼

　　新加坡是个文明而美丽的花园之国，笔者久已向往矣。今有幸应邀访问之，深感荣幸。借此机缘，和文友们交流学习心得，愿先抛砖引玉，试说我对新华文学的认识，以求高明批评指正，使我们的研究工作得以深入一步。因我正在拙著《海外华文文学现状》的基础上撰写《南洋文学史》，故请让我先从新华文学的概貌入手，来个班门弄斧吧！

　　新加坡是个年轻国家，1959 年取得了内部自治权，1965 年 8 月，正式与马来西亚分治，建立了独立的主权国家。独立后的新加坡奉行经济建设与文化建设并重的方针，在大力发展经济的同时，在文化建设上也取得了举世瞩目的成就。它虽是一个岛国，却成为海外华文文学的重镇，成为东南亚华文文学的中心。纵观近 30 年来新华文学发展进程，业绩辉煌，令人艳羡堪惊，但亦不无隐忧，值得重视。按照我的认识，分三个阶段来看看新华文学的成就和问题、优势和弱点。

一、建国初的探索酝酿期（1965—1974）

　　建国伊始，百业待举，华文文学在社会发展中显得滞后。原因是当时的新加坡社会局势尚未稳定，正处于剧烈的转型期，政府倾全力改造经济结构，以求摆脱对马来西亚市场的依赖，参与国际市场竞争，发展外向型经济，故对文化建设方面的投入就很有限了。

20世纪60年代后期，新华文坛群龙无首。作家各自为政，一盘散沙。新、马遽然分家，使作家产生一种惘然不知所措的感觉，文艺方向无从把握，作品创作很少，文学出版物寥落。这也是很正常的，对新的生活，作家需要有一个熟悉和思想沉淀的过程。

这一阶段值得一提的是文学史料的发掘整理和以往作品的研究出版。这项工作能较好地开展，与政府的参与和组织有关。1968年，政府教育部由李庭辉牵头，成立了新华文学作品编纂委员会，其成员有周粲、孟毅、苗秀、赵戎、钟祺等名家，负责编纂《新马华文文学大系》。这部大系花了两年时间出齐，分为理论、史料、小说、散文、诗歌、戏剧等洋洋八大本。大系的编选和出版，是新华文学史上的一件大事，不仅是对以往文学活动的一个检阅，也是为了在总结以往的基础上更好地前瞻。

1969年，为纪念新加坡开埠150周年，新加坡华文中学教师会与南洋大学毕业生协会联合举办了"新马文艺创作史料展览会"，配合这个展览，还举行了作家座谈会，出版了一部《新马文艺创作索引》（何家良、骆明等主编）。在新华文学发展史上，这是一个很有意义的文学活动，苗秀、赵戎、李星可等著名作家都参与了。通过对文学历史的回顾，增强了作家的使命感、自豪感和振兴新华文学的自信力。政府教育部门为酝酿期的新华文学出力甚大。20世纪60年代末，教育部成立了新华文艺审查组，专门负责向出版部门推荐文学佳作，编入中学教材。

本时期，新华文坛整理、研究出版的文学史，数量之多，在海外华文文学史上是空前的，堪称海华文学之冠。除了由政府团体和文艺社团编辑出版的《马华文学的起源及其发展》《马华小说书目》等专著，个人出版的史料研究专著和作品选集，更是佳作迭出，如方修的三卷本《马华新文学史稿》，苗秀的《马华文学史话》，赵戎的《论马华作家与作品》，方修的《文艺杂论》《马华文艺思潮的演变》《马华文学简史》《战后马华文学史稿》，谢克的《新加坡共和国成立以来的华文文学》，林万菁的《中国作家在新加坡及其影响》，黄孟文的《新加坡文艺谈丛》，都是具有珍贵史料价值的力作。方修编的《马华新文学大系》共 10 册，可谓洋洋大观，他的《马华文学选集》和孟毅的《新加坡华文文学选集》等，都是有眼力、够水准的作品选本。

十年草创时期，诗坛和剧坛显得较活跃。新加坡文化部曾举办过"诗歌创作比赛"，这对诗歌创作是有力的推动。戏剧创作在各类文学体裁的创作中成绩最为突出，涌现出像田流的《遗产问题》、征雁的《别后》、林晨的《酒吧间》、王里的《临时抱佛脚》等相当出色的剧本。剧本创作的热潮出现，与政府提倡"创作本地剧本，上演本地剧本"有关。

本时期的新华文坛，还缺乏有组织的文学活动，群体效应尚未能发挥出来。

二、迈步走向世界的繁荣期（1975—1983）

20 世纪 70 年代中期之后，新华文学呈现迅猛的发展势头，这与国家经济的振兴是密切相关的。经济结构调整已见成效，经济发展快速、稳定，带动了文教事业的发展，提高了广大民众的物质、文化生活，这就为新华文学的发展奠定了坚实的基础。广大作家都迫切希望成立一个自己的组织，便于有计划地开展文学活动。1976 年，由孟毅出面始于 70 年代就酝酿而一直未成立的新加坡作家协会的基础上，正式创建了新加坡写作人协会。协会的成立是新华文学史上的一件大事，它第一次把全国的作家组织起来，从此，新加坡华文文学开拓出一个崭新的局面。

新加坡写作人协会出版了自己的会刊，由会员轮流担任编辑。该刊标榜不分流派、派系，面向社会公开征稿，凡属佳作一律欢迎。由于编辑够水准、认真负责，投稿踊跃，该刊办得有声有色，成为海外华文文学园圃中的一枝奇葩。协会还开展了多种多样的文艺活动，为繁荣华文文学大造舆论。写作人协会重视文学出版工作，更是对繁荣创作起到了直接的推动作用。协会单独出版的和同其他文艺团体、出版机构合作出版的文艺书籍多达数十种。一个文艺社团能在不到 10年时间内，出版这样多的纯文学作品，这在海华文学文坛也是罕见的。20 世纪 70 年代至 80 年代初，还有其他一些重要的新华文艺社团宣告成立，如五月诗社（成立于 1978 年）、新加坡文艺研究会（成立于 1980 年），都是有全国性影响的文艺团体。新加坡文艺研究会跨入 90 年代后，易名为新加坡文艺协会，在骆明的领导下，与作协一样不要国家一分钱，开展了一系列文学活动，发起组织了跨越国界的地域性的文学组织——"亚细亚华文文艺营"，迄今已举办了四届年会，成就斐然，影响深远；该会会刊《新加坡文艺》越办越好；主编并出版了《新加坡华文文学大系》四卷本（小说卷、诗歌卷、散文卷、文艺理论卷）、《新加坡文艺十年选》《独立 25 年文学纪念集》等皇皇巨著，开展了文坛敬老活动、举办了首届新华文学奖，等等，建树良多，贡献卓著。五月诗社亦然。另外，还有诸如岛屿文化社、阿裕尼文艺创作与翻译学会等众多区域性的文艺社团，后来还有锡山文艺社等文学社团的蜂起，改变了文坛各自为政、一盘散沙的状况，通过这些社团、广大作家相互交流、切磋，彼此激励，取长补短，也有利于走出国界，文学事业在很短的时间内便呈现蓬勃兴旺的喜人景象。据统计，从建国至 1981 年的 16 年间，新加坡出版的文艺作品单行本，多达 600 多种，超过了以往 40 多年新马两地华文文艺作品数量的总和。

期间，诗歌创作成就突出。柳北岸的《十二城之旅》等洋溢着热带风情的记游诗，在诗坛独树一帜。周粲的《孩子底梦》《云南园风景画》等表现童心童稚、讴歌大自然风光的诗作，脍炙人口。杜红的《五月》等作品充满强烈的时代精神，洋溢着浓重的人间烟火气，轰动一时。淡莹的《千万遍阳关》对少女纯真细腻情感的展示，清新脱俗，别具一格。王润华的《橡胶树》富于学者的睿智和儒雅风度，耐人品味。贺兰宁的《音乐喷泉》文采飞扬，情韵悠长，蜚声海内外。此外，南子的《苹果定律》、谢清的《鹤迹》、义恺的《草的行色》、林方的《水穷处看云》、郭永秀的《掌纹》、杜南发的《酒涡神话》等，都堪称海外华文诗坛的珍品。就本人评论所及，还有曾徒、秦林、寒川、梁钺、思思、史英、陈瑞献、叶苗、杨涌、陈剑、希尼尔、原甸、蔡欣、适民等，都不乏佳作，可谓琳琅满目、美不胜收。

本时期的新华小说创作，数量激增，作家抓住机遇（因为20世纪80年代后期开始，由于社会生活节奏紧张，作家无暇深入社会生活，构制鸿篇巨制。读者也没有时间和耐心去啃大部头的长篇小说了），创作出一批较好的中长篇和短篇小说，于沫我的《捞起》、孟紫的《指天椒之恋》、高静朗的《青青草》、贺军的《小茅屋》、林参天的《浓烟》、流军的《热爱土地的人》、范北羚的《火把》、蓉子的《凯凯的日记》等作品，都颇受读者青睐。不过，与前辈作家的姚紫、苗秀、赵戎、李汝琳、谢克、李过等的小说相比，本时期新华小说显得比较平淡，主要原因不在于作家艺术功力不如老前辈，而且缺乏大喜大悲的生活历练。建国以来相对安定、富足的生活，化解了社会矛盾冲突；舆论一律的导向，对小说家的艺术视野也产生了障碍，影响了作品对社会深层问题的开掘，故鲜见有撼人心魄的力作问世。但就本人评论所及，田流、谢克、流军、陈瑞献、陈美华、曹兮、尤今、方然、周粲、黄孟文、张挥、怀鹰、蓝玉等人的长、中、短篇小说以及两部接力小说和一群年青女作家的作品，无论内容和形式、语言与技巧等方面都有很大的提高，而且他们的佳作都被介绍到中国来，并受到好评，所以就总体而言，小说创作不仅丰收而且有所发展和提高。

本时期的散文创作量多而质不薄，颇具影响力，很多作家形成了自己的风格。如骆明游记常将人文景观和自然景观融为一体，写事、记人、绘景往往带着自己独特的目光、独特的体验和理解，读来耐人回味。尤今的散文每每以女性的敏感和细腻描写异域的奇特风情，感情真挚，饶有情趣。李向的杂文敦厚儒雅，笔调轻松，文字简洁。就整体而言，新华散文已达到相当高的水平，从内容到形式，都渐趋完善，像王润华、石君、蓉子、张挥、陈瑞献、陈美华、蓝玉、刘培芳、孙爱玲、蔡欣、黄叔麟、董农政、曾徒、刘笔农、周颖南、力匡、周粲等的散文，都很有可读性，或对社会人生有深度的透视，或对景、物、人均有细致入微的观察、剖析，或注意意象的铸造，而情意真切，语言圆熟，则是大多数新华散文的共同特征。必须指出，新华杂文颇为兴旺，时有佳篇，但有些作者学歪鲁迅笔法用于对付同行，陷于内耗，不利团结，也不利创作繁荣，此风不可长。须知"匕首""投枪"是用于对付敌人的，切不可误伤自己人。

本时期的新华戏剧创作，在前一时期的高起点基础上又有新发展，涌现出一批高产剧作家和一批佳作。例如，林晨的《建屋工地上》、王秋田的《喜讯》、朱绪的《教师》《春到人间》、田流的《田流剧作集》《三万元奖金》、李星可的《乱世春秋》、史可扬的《生活的旋律》、王里的《把国旗挂起来》等，都是广受好评的出色的作品。新华剧作家在戏剧创作中所倾注的热情和取得的成果，是其他东南亚国家华文作家难以介及的。

在文艺评论方面，本时期新华作家表现得非常出色。有"义学史家"之称的方修，再接再厉，又编纂了《马华文学六十年》《马华新文学大系·战后》《郁达夫抗战论文集》等，这些著作成为研究新马华文文学不可不读的重要作品，具有很高的史料价值。新加坡大学高级讲师杨松年的《新马华文文学论集》等著作，对新马华文文学的研究，有精辟独到的见解。此外，像李建的《我谈文艺》、原甸的《马华新诗史初稿》以及周维介的年度综述和有关论著，也都是有见地的作品。在这方面的成绩，新华文史学家堪称独步南洋文坛。

20 世纪 70 年代中期到 80 年代初的近 10 年间，是新华文学迈步走向世界的繁荣期。新华作家队伍实力雄厚，形成子群体效应，不仅作家人数多，而且知名度高的作家甚多。新华文学创作在整个海华文坛处于领先地位。新加坡建国后一直奉行对外开放政策，华文文学也沾了光，对外交流多，走出国界的作家、作品也多。

三、危机与生机并存时期（1984—1994）

从 1984 年起，新华文学仿佛越过高峰之后，开始走下坡路了。1986 年，华文在新加坡降格为第二语文，其结果是年轻一代阅读和运用华文的水平大为降低，华文文学作品的读者人数也锐减，使新华文学的前景蒙上了一层阴影。

俗话说"瘦死的骆驼比马大"。新华文学虽说受到了重挫，然其挟着原先遥遥领先的势头，从表象上看仍显得还算热闹。在连续举办了两届"国际华文文艺营"之后，1988 年又举办了第二届华文文学大同世界国际会议。会议开得很成功，来自世界各国的华文作家和研究专家学者 60 多人，进行了广泛的交流，探讨了东南亚华文文学的前途等问题。

在新华文学开始呈颓势之际，当地的宗亲社团开始重视和扶持华文文学，将发展华文文学视为自身的一项重要活动内容，此举应大加表彰，这至少延缓了新华文学滑坡的速度。新华宗亲社团大都有厚实的经济力量和严密的组织机构，并有庞大的社会关系网络，这些社团扶助华文文学，真是新华文学的福分。1984 年初，新加坡潮州八邑会馆举办的一次聚会活动中，明确表示要帮助华文文学事业。次年，新加坡宗亲总会会馆落成，里面专门设立了学术组、出版组。不久出版了一本取名《源》的刊物，其中设立了发表华文文学作品的专栏，该会馆还主办过青年文艺营，安排了新诗创作、诗朗诵、新歌谣表演等活动。会馆还出资赞助，支持一些华文文艺团体积极开展各种文艺活动。潮州八邑会馆还牵头出版文艺丛书，将新华作家的优秀作品列入计划分批出版。该会馆积极扶持华文戏剧活动，支助一些戏剧团体的演出。晋江会馆与五月诗社合办文学讲习班，吸引青年文学爱好者投身于华文文学创作。

新加坡教育机构有重视、支持华文文学事业的传统，20 世纪 80 年代以来，各教育部门仍一如既往地积极扶助华文文学。例如，新加坡大学中文系把"新马华文现代文学"专门列为一门新学科，研究生写高级学位论文，也常以新马华文文学作为选题。借助教育部门的渠道，新华文学得以在社会上扩大自身的影响力。大众传媒对新华文学的传播，也引起了积极的效果。例如，广播局制作的华文连续剧和其他节目，收听、收视率都很高，说明华文广播节目在新加坡华人社会有广泛的群众基础。

应当指出，新华文学在东南亚华文文学中的领先地位，已受到了挑战，面临危机。危机来自其他国家的华文文学呈上升势头，更重要的是来自自身的消极因素。新华文学的消极因素表现如下：

新华文学与东南亚诸国华文文学一样都走过了漫长而曲折的道路。历史悠久本非坏事，但也带来守陈之弊，缺乏继续开拓精神。由于国土狭小，题材面受限制，难以拓宽，鸿篇巨著寥寥无几；评论与创作未能同步发展，显得不协调，对作家缺乏鼓励，对读者缺少引导。文社虽多，门户之见也深，文人相轻，内耗现象严重。文艺刊物看起来不少，但多为同人刊物（即如作协会刊也为半年刊），大多无稿酬或只有象征性的一点稿费，对作家特别是文学青年缺乏吸引力。作家队伍庞大，200 个作者却只有三两个报纸文学副刊可供驰骋，文学小道发生严重塞车现象。1986 年，政府明文规定，把英文作为第一语文，华文降格为第二语文之后，引起了一系列连锁反应，最为严重的是影响到华文作家队伍后继乏人的问题。

应当指出，新华文学既有危机，亦有生机。就目前看，新加坡作为海外华文文学重镇的地位暂时还保持着，新华文学队伍还是一支实力最强的劲旅。从创作来看，20 世纪 80 年代以来，也有一些为人称道的作家作品。一些作家根据读者需要及时调整创作路向。比如，看到社会生活节奏日益加快，读者无暇去读长篇巨著，新华文坛的黄孟文、周粲为首创办了《微型小说季刊》，出现了微型小说创作热，涌现了一大批微型小说写作好手。在默默耕耘中，收获最丰的当数尤今。她的作品不仅高产（小说、散文、小品、游记共出版七八十种），而且高质量，在神州大地出现了"尤今热"，饮誉海内外。

陈瑞献文学艺术并举，十八般武艺样样齐全，被誉为"通才、全才"作家。田流为创作长篇巨构，辞去一切文社职务，这种不图虚名，为弘扬中华文化埋头拼搏的精神是很可贵的。流军一如既往，潜心创作他的中长篇小说，这种不急功近利也是难能可贵的。还有像刘培芳，以非凡的敬业精神投入采访，写出了《东马边境走来》等杰作；像希尼尔诗文俱佳的青年作家也在涌现；像周颖南、蓉子、秦林这样的儒商作家正在成群崛起，预告着新华文学前途是光明灿烂的。

令人欣慰的是，新华文界敢于直面当前存在着的危机，并采取积极的行动加以正确对待，并已收到实效。新加坡文协与商会曾就"新加坡文艺面对的问题及其展望"进行座谈，提出"汇入论"，对中国内地进行文化投资，从而出现"回流潮"，有二十多个作家在中国内地出书，并受到中国读者的欢迎和好评，应予倡导。李建曾提出三条很值得重视的意见：①培养文艺接班人；②新华文艺要适应读者程度，走浅近化之路；③把新华文艺翻译、介绍给邻国；骆明以多个笔名写出系列文艺专论与短评都是切实可行的；尤以回流母河，占领中国书市的举措最有成效。类似建议很多，倘若加以整理，制订方案，切实贯彻执行，当有可观的效益。笔者借此机会也提出几点建议：

一是更新观念，争取方方面面的支持赞助；文学要与各界密切配合，走曲线救文之路。二是要鼓励创作，特别是长篇巨著的创作；设立文学基金会，对有突出成就的作家作品加以肯定，搞文学大奖赛和实行高稿酬，以调动积极性。三是以和为贵，最大限度地消除内耗，作家间要建立互敬互重互学互补，取长补短的关系。四是自尊、自爱、自强、自信、少自贬、他贬、互贬，克服"红眼病"，不搞打击别人抬高自己。五是努力建立大文坛（包括作家、评论家、编辑家、翻译家、出版家、活动家、组织家、宣传家以及热爱文学事业的企业家和社会贤达），扬长避短，克服自身的局限性和弱点、缺点。六是坚持"走出去，请进来"的方针，立足本土，也要以世界华文文学的舞台，以开拓眼界、提高素养，力攀高峰，向伟大目标迈进。窃以为，广大新华作家只要发挥优势和主体精神，战胜客观局限性和消极因素，那么，新华文学必会再创辉煌，继续保持领先地位，成为名副其实的海华文学重镇和交流中心。这是我的衷心祝愿。

有海水的地方就有华文文学
——文莱华文文学初试锋芒

　　中华文学具有伟大的凝聚力，我坚信有海水的地方就有华文文学。果然不出所料，我于1992年岁末收到了"文莱留台同学写作组秘书处"辗转寄来的10位华文作品，分属于7位男女青年的作品，使我喜出望外。这些作品虽然不尽成熟，技巧也欠老练，但我初读印象，却是如获稀世之珍，觉得前景光明，我的文莱同胞竟在天长海阔的异邦，播植了中华文学的幼林！恰临岁首，喜不自胜；我敬向这7位比我年纪差一大截的后生致以真诚的祝贺。我祝愿他们百尺竿头，蒸蒸日上。十年八载当他们中的多数人刚进中年之时，文莱的华文文学必有斐然的成就。下边用点水蜻蜓的笔法，小评我所读的7家作品，将来若得新篇，我自会有更多的话要说啰，所以，此文的观点未必全面，只能说是初次的印象吧。

　　晓轨（郑有莉小姐）可算最年轻的女作家吧，学历和人生经验当然有限；但她的创作初试便露锋芒，才质是不可否定的。她写散文和诗，有诗麻《记忆中有梦》行世，惜我未读此书，无从评说。我读了她的散文《一生守候》，全文六百来字，颇饶情采，我觉得她还正处在成长的过程，注重形式甚于注重内容，这在青年作者实也难免。文学首先要用力认识人生，理解世道，有所感后传诸文字。所谓"灵感"并非神灵感应或灵机乍动，它是生活感受的文艺升华，绝非天外飞来的。所以，俄罗斯大画家列宾这样说："灵感是由于顽强地劳动而获得奖赏。"我祝愿晓轨（郑小姐）在未来的创作中不断地获得重大的文学奖赏。

杨镇声年方20多岁。从寄来的千多字散文《我是一株树》看来，他语汇丰富，用力组句，着意经营作品的寓意，但又非创作枯涩的寓言，这种抱负是值得鼓励的。然而文字的托讽并非语言华丽或说些哲理便可成功的，而很多青年作者往往不能接受这个常理。一句话，文学本领要脚踏实地做基础功夫，而不可能一步登天。西方有句名言："大殿的角石，并不高于那最低的基石。"我觉得杨镇声文笔根底好，思想充满文学才气，若能勤恳加固基础，则枝叶繁茂是指年可得的。

扬子江的《情人，再见!》有一定的抒情技巧，可惜全文的大旨欠明确，显得松散乏力，似是信笔所往，放而未收。科学家爱因斯坦说："成功等于艰苦劳动加正确方法。"扬子江（森玉枚）创作写写停停，生活又太顺心，未经逆境磨炼，所以抒写爱情也不免柔弱。改进之路，在乎全心身投入生活，感情深邃了，写抒情文便成功。

罗米欧（陈登忠）的《想雨娘》和《小无奈》文字能通顺流畅，在这次寄来的七人作品中应算文笔的上乘，但两篇散文的中心思想仍嫌不甚明确。看来文莱一代青年作者都缺少文学的基本功，这点非矫正不可。海外华文文学事业，本来就受地理上悬隔祖籍国的限制，文莱作为新生石油国，百废待举，当然不会大力发展华文教育。因此，汶莱华裔青年中有志献身华文文学事业者，必须有一股百折不回的冲劲，准备长期苦斗，而不能半途逃退，那样才可望集体事业辉煌，个人创作丰收。俄国某作家说过："一个没有受到献身的精神所鼓舞的人，永远不会做出什么伟大的事情来。"陈登忠的文学前景十分开阔，我愿他和所有志趣相同的文学作者们都能从上引格言中汲取教益。

煜煜（李桂容女士）是文莱华文文学青年中"老"资格的作者，已出版的作品也较多，但我却只得到朋友寄来的两篇记叙散文，《乡下女》和《迎向太阳》。论文字之美，可跟中国内地中等作家相比；论篇章结构与人物塑造，显然未臻小说之域，所以我只当它们是散文。但文体各适其宜，并无此高彼低之别。《乡下女》的毛病在于虎头蛇尾，结局突然草草收场，不成章法，说服力差，可读性大人受损。《迎向太阳》就好得多，且带诗味，然而能篇也有苟简不全之处，应该说是缺点。总归一句，李桂容有作家才质，若文莱环境宜其发展，则她的文学成就将是相当可喜的。

方竹（林木隆）的诗写得扎实而老练，感事杂文（时事小议）也很有针对性。他亦商亦文，跨行而各有成就，这在海外是很不容易的。但愿文莱政治、经济、文化的发展能继续提供良好的创作环境，仗之更上几层楼。

海庭（张海庭）也是亦商亦文的诗人，所作《移民散诗》十六首都有实际内容。中国史诗的优秀传统之一，就是"诗歌合为时而作"，意即诗人的创作及时针对现实。我十分高兴地看到海外同胞、青年诗人张海庭在文莱发扬着这个传统。我想，以此优长，比之中国内地及台港当代诗篇，海庭也是毫无逊色的。其他我就不多谈了。

文莱华文文学是新生的佳苗，今后成长壮大，将非一帆风顺的。除了作家要经得起挫折以外，加强海外华文教育也是必不可少的环节。鉴于上举 7 位作者的汉语水平尚低，可以想见前景是艰阻不少的。但经过克服困难而取得的成就，才更是显珍贵。祝文莱华文文学创作繁荣。

陈若曦的艺术世界

在我认识的众多海外女作家中，陈若曦最具传奇色彩，她是一位有特殊经历的人：成名于台湾，曾受教于祖国大陆，寄居于香港，移民于加拿大，现在创作于美国，经常穿梭于海峡两岸，被人誉为"空中献艺"。曲折的生活经历，使陈若曦对台湾、祖国大陆和美国三个社会都有深刻的洞察，这成为她拥有的一种无与伦比的创作优势。

陈若曦是位著名作家、学者，也是位出色的政治活动家。她思想敏锐，文思如涌，生活简朴，热情豪爽，平易近人，对于自己所致力的工作，严肃认真，一丝不苟，处事果断，雷厉风行，堪称海外华文界的"女中豪杰"！

若曦祖籍福建泉州，1938年生于台北县中和乡，幼名珠子（日本名）。小学二年级时台湾光复，遂随家迁入台北市，接受中文教育，取中国名字：秀美。她出身贫寒，祖父、父亲、叔叔都是台北乡下的木匠，母亲出身佃农，从小就当了童养媳。苦难的童年，使她自幼就与工农打成一片，接受中华民族传统文化的熏陶，在幼小心灵里萌发强烈的民族慧识。她憎恨日寇暴行，热爱乡土，颇有男子气质，是个"孩子王"，最爱下河摸鱼虾、讲故事。用她自己的话说："我从小对工人、农民就有一种亲切感，好像自己是属于他们的，这对我，不管是写作、为人，还是处事各方面都有深刻的影响，并且留下永不磨灭的印象。"

秀美排行老二，读小学时，品学兼优，可家中上有哥哥下有弟妹，本来轮不上她升学，因班主任老师向她父亲说情，才得以升入初中。她与琼瑶曾同窗两年，又是邻居，友情甚笃。琼瑶字写得漂亮，有一次代她抄过一篇征文去投稿，署了个"陈儒"的笔名，不料刊出后变成了"陈缛"，一查字典竟有"尿布"之意，一时传为笑谈。秀美在琼瑶初恋时曾给她以帮助，后又参与其结婚典礼。在她办《现代文学》时，经白先勇介绍认识三毛，曾编发过她的处女作，这3位陈氏文坛女将早年的交往，在台湾文界留下一段奇缘佳话。

1957年她于台北第一女中毕业后，考入台湾大学外文系，开始以陈若曦的笔名从事文学创作，在夏济安主办的《文学杂志》上发表短篇小说。大学三年级时与同学白先勇、王文兴、欧阳子、李欧梵、戴天等创办《现代文学》，鼓吹西方文学理论，影响深远，对当年台湾文坛盛行的所谓《战斗文学》是个反动。若曦为该刊出力最勤。1962年赴美攻读美国文学，1965年获约翰霍布金斯大学硕士学位。期间，苦读马列，向往新中国。一九六六年下半年，若曦怀着把所学的知识奉献给祖国建设事业的热望，和丈夫段世尧（流体力学博士）绕道欧洲，来到未曾涉足过的祖国大地。然而，她来得不是时候，当时正值"文革"初期，在理想和现实尖锐冲突的情况下，她度过了难忘的7年。

1973年11月，她终于怀着"沉重复杂的心情"，举家离开祖国大陆，又开始了他乡异国的飘零生涯。理想的挫折对她日后的创作却是意外的收获。1973年羁旅香港一年，她对在祖国大陆的这段生活进行了深刻反思，开始潜心创作"伤痕文学"，一本寄托着自己的血泪和思考的小说集《尹县长》风行，饮誉海外。一年后移民加拿大，在银行任职，并坚持业余创作。1979年，应美国柏克莱大学之聘，从事中国研究两年。1981年参与创办旧金山《远东时报》，先锋担任过总编辑和顾问，担任"中华"人权协会主席，北美洲台湾人文艺协会理事长及柏克莱大学教职。现从事专业创作，兼任美藏文化基金会会长和美国《中报》顾问等。主要著作有短篇小说集《尹县长》《陈若曦自选集》《老人》《城里城外》，长篇小说《归》《突围》《远见》《二胡》《纸婚》，散文集《文革杂忆》《生活随笔》《无聊才读书》《天然生出的花朵》《草原行》等，此外，还有英文著作《招魂》等四部。

陈若曦是个政治型的作家，她对此毫不讳饰。她声称自己是"一个开怀政治""为良心而写作"的人，这首先表现为她具有强烈的忧患意识。她忧国忧民，以至于常常夜不能寐。作为一个作家，她有很强的使命感和责任心。她对现实中的种种缺陷有一种特殊的敏感，不平则鸣，从不虚与委蛇，从不说违心话。她的批评有时很尖刻，也不多顾及场合。在一次讲学中，她回答提问时曾说："我不能参政，因为我欠缺政治技巧，直通通的不行。"的确，她的直言不讳常常不为人所理解，引起一些误会，以至近年来时有身处夹缝之中的感觉。当然，赏识她的也大有人在。

若曦的豪放开朗也是出了名的，她为人为文，雄风凛凛，很有点男性化。早年，在办《现代文学》期间，有些作者误认她为男子，致书讨教时称他"若曦兄"。年轻时，她从来是不拘小节的，与男士在 起喝酒，如今由于健康原因虽戒了酒，那份酒劲犹在。年轻时，她醉心事业，从不谈婚论嫁；后遇到段世尧，感其忠厚笃实、爱国情深，便与之结合，对此她还自我调侃为"爱情加革命"。他俩爱国爱到连孩子也要带回北京才生，无论生男育女都命名为"段练"，以示对革命的坚贞。如今，她的思想固然深沉了，然早年那种自由不羁、有啥说啥的性格还是依旧，正如她在《城里城外》这部小说集中听说的："我个人对家国比较乡愁善感，有什么事件发生，容易激动，常忍不住要发表意见。"

陈若曦创作道路曲折，大致经历了三个时期。早期为大学时代的习作，因受存在主义、神秘主义影响，无甚建树，尚处于蹒跚学步阶段。以写实味较浓的（最后夜戏）为例，因穿插大段人物潜意识活动，作品内容、人物形象的完整性和鲜明性受到损害。叶维廉曾指出："陈若曦学生时代的小说缺乏了一种完整观念的视界作为她批判或抗拒存在现实的准据，因而也无法构成强烈的悲剧意识。"搁笔12年后进入中期，此时的若曦已不是涉世不深的大学生了，她学会了思考，她这时期的"伤痕"系列小说带有浓重的悲剧色彩，从不同角度暴露了一幕幕善良无辜者备受摧残、家破人亡的惨剧，对受难者寄予极大的同情与怜悯。这些作品采用了平静、冷峻的纪实性笔记，显出了深厚的写实功力。文字不带主观感情色彩，作品所展示的悲哀显得深沉、震撼人心。1980 年 7 月，若曦发表了长篇小说《向着太平洋彼岸》，标志着她的创作进入一个新的文学领域的新探索。这篇小说以美国华人知识分子生活圈为背景，用交叉的结构涵盖了台湾高雄事件、大陆粉碎"四人帮"后全国工作重点的转移、推行对外开放政策等海峡两岸的重大政治事件，具有高屋建瓴的气势。若曦怀着一种新的渴望和追求，开始了她的第三个创作时期。短短几年间，她发表了 5 部长篇小说，若干短篇小说和几本散文集。最能显示其成就的是 5 部长篇，这些作品在题材、主题和塑造人物方面做了大幅度的转换，由写中国"文革"伤痕转向写从祖国大陆或台湾地区去美国的华人的心灵沟通、感情交流以及海外华人如何提高自身地位为振兴中华做出贡献诸问题。有位评论家美其名曰："三通文学。"以笔者之见，陈若曦编年代的创作非"三通文学"所能涵盖。若曦在她开拓的新的题材领域里如鱼得水、游刃有余，她的 5 部长篇小说的分量一部比一部重，作品包含的内涵超越了事件、超越了题材，小说的立意和表述的情怀，以及作品中人物形象所反映的深广度，都令人耳目一新。以其最新创作的《纸婚》而论，传达新信息，反映新观念，割据中华精神，关注人类命运，大大超过所谓"三通文学"范畴。又如短篇小说《素月的除夕》和《母与子》都是写在中西文化撞击下旅美华人的"代沟"，小说充分展示了理想与现实、传统与现代、东方文化与西方文化之间的矛盾冲突和激烈碰撞。两篇小说的主人公都有作者的投影。中年以上的读者想来都会站在女主角一边，而年轻读者则未必。冷静的写实主义构成了若曦近期小说的主要风格，她带着沉思的神志观察体验社会和人生，每每通过平静客观的叙述，从平凡的人物、场景和琐细的事件中提炼出深邃的思想。作者的倾向性隐藏于字里行间，她第一个创作时期的那种主观激情的直接表露，在近年的小说中已看不到了。若曦的近作除了提供大量新信息外，还具有某种超前性和预见性，使她的小说有一种特殊的魅力。

本书收入的《尹县长》是陈若曦第二个创作时期的代表作。这篇小说最早发表于1974年11月的香港《明报月刊》，这是若曦搁笔12年后的第一篇作品，被认为是"伤痕文学"之滥觞，曾被译为8种文字，并多次获奖，蜚声海外。国人岂可不读不知。这篇小说可谓"全面否定'文化大革命'"的先声，定比刘心武的《班主任》早了四五年。时至今日，"文革"早已成为历史的陈迹，而《尹县长》却仍有其认识和审美的价值。

1987年夏，笔者与若曦结伴西南行，一路畅游，一路讲学。途中，她曾说，这一年她不准备写小说，打算写些杂文随笔。果然，返美后她发表了一系列散文游记。本书的内容，就是在这次西南旅游途中商定的，书名是她拟定的，所有文章均经她亲自校阅。其中几篇旧作是我加进去的。例如《张爱玲一瞥》是她进台大写的第一篇散文，海外读者已无从寻觅，国内读者则从未见过，与之新作比较，可略窥其一贯文风，并能推及其发展变化，对研究其创作道路不无裨益。

不少台港女作家连真实姓名、年龄、婚否都在保密之列，以求神秘感，她们写散文未必说真话、抒真情、记真事。她们创作的小说化散文迷惑了许多天真的读者。殊不知，在那尔虞我诈的商业社会里真真假假、虚虚实实写来，既可吸引读者又可保护自己，何乐而不为？相比之下，若曦是个"透明度"很高的作家，有棱有角，个性鲜明，她的性格、气质、观点乃至七情六欲，在她的散文中表露无遗。若曦的散文有如下特点：一是写非常之人、记非常之事、画非常之景、发非常之论，讲究浓度、密度和力度，颇具阳刚之美，一扫台港散文软绵绵、娇滴滴之风。二是幽默的语言风格，文中不时穿插稍带夸张的白描勾勒和比喻，正所谓嬉笑怒骂皆成文章。三是领新标异，在艺术形式上透出阵阵沁人心脾的新意，形象传神，环境渲染别致，注意借景衬托人物，议论深刻，见解精辟，技巧相当圆熟。

写小说大都是虚构的，然而作者的观点似乎越隐蔽越好，散文则不然，非"原汤厚汁"不可，一走味便会败坏胃口，需说真话，抒真情，犹抱琵琶半遮面，欲吐还嚥，怎能创作出美文佳作来？若曦为文从不左顾右盼、畏首畏尾，从来是自由驰骋随心运笔，写她所见所闻所思所感，褒之当褒，贬之当贬，誉之当誉，毁之当毁，全不计较个人荣辱毁誉，她为此也常惹麻烦、自讨苦吃。

若曦的新作在选材方面独具慧眼，她对怪杰豪客有特殊兴趣，喜欢写平生罕到之处，爱绘写少见之物。笔者随同她走了一趟两广云贵川，行程数千里，结交了数以百计各界名流，饱尝名川大山之秀色，瞻仰了许多中外闻名的古迹，但后来除了一篇《关肃霜的武功》外，未见她写过什么文章，后来她入藏后，却文思泉涌，发表了一系列纪游散文。这些文章不仅展示了世界屋脊的瑰丽风光和奇异的风俗人情，并且以耳闻目睹的事实驳斥了海内外民族分裂主义者的无耻谰言，显示了作者强烈的民族正义感和历史使命感。若曦的足迹遍布神州大地，并非为游山玩水或寻找创作灵感，她一次又一次离别亲人，自掏腰包买机票远涉重洋而来，风尘仆仆地奔波，旨在为民族团结，沟通交流，为振兴中华出力。她作为一个作家，既非"歌德"派，亦非"缺德"派，不妨称她"为时而作"派。她的作品形象美，感情真，见解独到，分寸掌握很好，耐人寻味。若曦熟悉海峡两岸，对这两个制度截然不同的社会有较深刻的认识和体验，她很善于发挥自己的这一优势。她的近作习惯用台湾人的眼光来看大陆的人和事，从各个方面比较海峡两岸的优劣得失，态度公允持平，实事求是，好处说好，坏处说坏，令人信服。

若曦新作，较之旧作，篇幅越来越短小，而且，感情更见淳厚，境界更见高远，文字更见精粹。1987 年一年间，若曦只写了 10 多篇散文游记，可以说篇篇都是上乘之作，深受海内外文界人士的赞赏。例如，宗鹰在《尊重事实祛除偏见——从陈若曦的文章想起》一文，对去年一年若曦所写的文章给予很高评价，称《西藏观感》《亲民求真》等文是"说实话""写真事"的典范，作者"但愿陈若曦女士祛除偏见尊重事实的品格成为一种良好的风范"（见 1984 年 15 日《中报》"论坛"版)。陈若曦近年的创作量少质高，惜墨如金，读来如见其人、如闻其声、如临其境、如历其事，给读者以美的享受、哲理的思考和爱的教育。

若曦的作品，无论旧作新篇，都充满一种仁爱精神。例如《尹县长》中的尹老，就有一种高尚的情操，有一股子正气，代表了人性不可征服的力量。《新疆吃拜拜》洋溢着爱的丰盈与洒脱；《草原行》充满了爱的喜悦与褒贬；《数坛怪杰莫宗坚》回荡着友爱的光辉。充满着人道主义精神，《爱》是贯穿于其中的主旋律，作品中的喝彩、赞美、抨击、揶揄、嘲讽、欢呼，无不缘自于爱。

《华人是龙还是虫？》等几篇政府色彩颇浓的散文，给人以新鲜感。这些文章宏观把握和微观剖析相结合，拥有第一手资料，读之有如醍醐灌顶，甘露洒心。窃以为若曦最擅长的还是小说和抒情散文，她以小说笔法写的散文别有一番魅力，她于27年前所写的《张爱玲一瞥》，就已显示出这方面的才华。请看她是如何为张爱玲画像的——

她真是瘦，乍　看，像一副架子，由细长的垂直线条构成，上面披了一层雪白的皮肤；那肤色的洁白、细致很少见，衬得她越发瘦得透明，紫红的成都市不经意地抹过菱形的嘴唇；整个人，这是唯一令我有丰满的感觉的地方。……她有一对杏眼，外观滞重，闭合迟缓，照射出来的眼光却是专注、锐利。她浅浅一笑，带着羞怯，好像一个小孩。嗯，配着那身素净的旗袍，她显得非常年青，相互无华，像个民国二十年左右学堂里的女学生。她浑身闪烁着一种特殊的神情，一种遥远的、熟悉的韵味；她像刚从中国近代史一九二〇年里走出来的；好像不知不觉中，把她的家世也带在身上。

作者在与张爱玲接触的一瞬间，便以女作家特有的敏锐与细腻，准确地把握了对象的外部特征与内在气质，用传神的笔触描画得栩栩如生，呼之欲出，字里行间，寄寓着她对张爱玲的崇敬。

再请看她的新作《关肃霜的武功》——

人家都说我们这儿样样大……大象就产在云南嘛！我没来云南以

她手指并举如莲开并蒂，但相距半尺长。如此夸张又可爱的手势，惹得笑声四起。

……

众人笑得捧腹。我正要鼓掌叫好，忽听一声"别动"，只见她上身欺我而来，疾如白蛇吐舌，同时双手飞扬，又立即"拍"一声并拢双掌，身姿端庄有如童子拜观音。我好字尚未出口，她已翻开手掌，一只蚊子正奄奄待毙。整个动作似迅雷不及掩耳，但起承转合又有条不紊，充满动感和立体美。

她神定气闲地坐下来，继续聊天。我连声好字也插不进去。

正谈笑风生，她忽然顿住，眼明手快地朝我扬起右手，半路又猛然收拢五指。一刹那就逮住了一只蚊子，竟易如探囊取物。

当时笔者也在座。若曦从这样一个角度刻画的关肃霜，充满了动感和实感。关肃霜是一名演员，什么角色都串演过，以刀马旦最为拿手，如今年已花甲，但豪气尚存，武功犹在，作者从一个小小的侧面，活画出关氏高超的演技和功夫。若曦的散文的题目也颇为别致，既新颖又醒目。如《吕正操午宴》，吕正操是叱咤风云的一代名将，午餐是平常生活小事，作者正是由生活琐事表现大将军的气度，读罢全篇，感到回味深长，又如《文逼而后生》，题旨新鲜独特，引人一气读完，以究其意。再如《女子有远行》，反叛传统之意一目了然，颇具吸引力。

纵观台港及海外华人作家，若论与祖国大陆人民关系之密切，莫过于陈若曦了。由于经历了一段曲折的人生旅途，使她对中国人民的爱与恨、欢乐与痛苦、豪迈与悲哀，比其他任何一位台港地区及海外华人作家都了解，体验历史为深切。因而，读她的作品，我们有一种格外亲切的感觉。

刘以鬯及其小说艺术

刘以鬯是香港深负众望的名编和作家，在海内外文界颇具影响力和号召力。

刘以鬯，原名刘同绎，字昌年，浙江镇海人，1918 年生于上海他 7 岁上学，三育小学毕业后升入大同大学附中，读初中时喜爱文艺，曾加入无名文艺会与狂流文艺会。故高中时，响应抗日救亡运动，常常参加罢课示威游行。1941 年毕业于圣约翰大学哲学系，旋即离沪赴渝，入新闻界，起初任《扫荡报》电讯主任，后接替陆晶清兼编副刊，同时主编《幸福》周刊，期闻发表了一些中短篇小说。1945 年，自渝返沪，创办《怀正文化社》，抱定"除非不办出版社，否则非出好书不可"的宗旨，出版了姚雪垠、徐訏、徐迟等人的文学作品，在中国现代文学史上留下了光彩的一页。

1948 年，参加上海《春秋》杂志编辑工作；同年 10 月出版第一本小说《失去的爱情》，旋即离沪到港定居。不久因生活困顿，为星岛晚报写稿。1951 年任星岛周报执行编辑及《西点》杂志主编。同年，短篇小说集《天堂与地狱》一书出版。1952 年任新加坡益世报主笔兼编副刊。翌年转赴吉隆坡任联邦日报总编辑。1957 年返港，入香港时报编副刊《浅水湾》，1963 年出任快报副刊主编《快趣》和《快活林》，后兼《星岛晚报》文艺周刊《大会堂》至今。先后出版长篇小说《酒徒》《陶瓷》，中篇小说《寺内》，短篇小说集《天堂与地狱》《一九九七》《春雨》，新文学研究论文和文坛回忆录《看树看林》，文学评论集《端木蕻良论》《短绠集》等，此外，还有译作长篇小说《人间乐园》《娃娃谷》《庄园》等。曾多次担任香港地区和东南亚地区征文比赛的评审委员。现任香港文学研究会会长，香港作家联谊会副会长，香港文学杂志社社长兼总编辑。

刘以鬯是一个怀有很强烈的使命感的作家。为了拯救凋敝的香港文学事业，他筚路蓝缕，力挽狂澜，数十年如一日，惨淡经营，力倡华新，他借刊物团结作家，扶掖新秀，不遗余力，在香港文坛赢得了崇高的声望，刘以鬯对香港小说的发展做出了特殊的贡献，他创作的系列《实验小说》和对小说理论所作的探索，为香港的小说开拓了新路径。同时在沟通海峡两岸和联系五洲四海华文文学作家起了很好的桥梁作用，作此特殊贡献，被人誉为"香港名主编"。

在香港小说界，刘以鬯以反传统而著称，他在自己的一些论文中并借小说《酒徒》主人公之口声称：现实主义早已落伍；现实主义的单方面发展，绝对无法把握全面的生活发展，现在社会纷乱而复杂，使人类心灵的影响，非传统的写实主义所能揭示其实，传统的现实主义并不能做真正的写实，它其实只是，反映事物表面所得的真实，刘以鬯的这小说观虽不无偏颇。然而由此可见他清楚地看到了传统小说写实手法的局限性，故力倡革新，他的小说广泛采用意识流、象征、暗喻等现代派手法技巧，但读者不难看出，他的创新并非与现实主义传统背道而驰，他的小说并不热衷于表现那种脱离生活土壤的天马行空式的幻觉，而通常都是对现实生活的直接切入，大都有呼之欲出的人物形象，并且通过笔下的人物力图提示生活的某些本质，准确地说，刘以鬯是在探索的一条现代现实主义的创作道路。

刘以鬯的"实验小说"突破了传统小说定义和规范，令人耳目一新。他根据古老的故事和神话传说改写的一组故事新编。运用现代的感觉，观念和新的刺青手法去重新透析，审视那些家喻户晓的旧故事；旧瓶装新酒，十分耐人寻味。《蛇》《除夕》《蜘蛛精》《寺内》等小说中大量运用意味蕴藉、意象新鲜的比喻，作品中的艺术形象都具有象征意义，例如《蜘蛛精》中将守身如玉的唐僧置于善与恶的十字路口，写这位高僧终于未能抵挡住蜘蛛精的诱惑，从而暴露了人性的弱点。刘以鬯在他的小说中大量引入电影语言、蒙太奇和特写等技巧，如《蜘蛛精》就颇富电影的画面感，读者仿佛闻到唐僧的喘息，触摸到了他的心跳。一些取材于现实生活的小说，作者艺术表现手法更为新颖多姿。《吵架》是篇没有人物的小说，作者的视觉如同一架缓缓摇动的电影镜头，细致入微地绘写了家具被捣烂，衣服被撕碎后的狼藉，衬托出吵架激烈的程度，结尾时集中对准茶几上一张字条，画龙点睛般挑明了男女主人的微妙关系。在《龙须糖与热蔗》中，作者的视线如同一个高明的摄影师，时而慢镜头，时而特写镜头，整篇作品富于电影语言的节奏感。《链》也显示出作家锐意革新的意向，这篇作品摒弃了传统小说结构形式，先后写了9个人，每人以数百字的篇幅如同速写般勾勒一下，九篇环环相扣，呈链状，各节之间的事件并无联系，人物之间有的只是偶然的接触，但其衔接却十分自然妥帖，作者依据《生活流》的形态，给香港社会的芸芸众生勾勒了一组众生相。如果说《吵架》是没有人物的小说，那么《链》便是没有故事的小说了。《打错了》分为两节，第一节写陈熙准备搭车，刚到站台便遭车祸不幸身亡；第二节写只因接了一个打错了的电话，陈熙到车站晚了几秒钟，就没有死，而成了那场车祸的目击者，重复的结构形式，迥异的结局，表明生命在于瞬间，必然通过偶然来表现，这篇小说仅千余字，可谓惜墨如金。总之，刘以鬯的《实验小说》在发掘人物心理活动的深度和小说的结构形式、叙述方式等方面，取得了可喜的突破，拓宽了中国小说艺术表现的天地，他的这些小说的艺术处理手法，给读者留下了广阔的想象空间。

难能可贵的是刘以鬯的创作并没有走上形式主义，技巧上的歧路，出版于1979年的《陶瓷》就没有滥用意识流、时空交错等现代小说技巧，而是根据所要表现的内容需要，选用了故事情节呈直线式发展轨迹的传统小说手法。小说主人公丁士甫是个办公楼职员，他对陶瓷的着迷，到了难以理喻的地步，他就像饿狼追逐猎物般到处寻觅瓷像，简直"得不到片刻的安宁"；有时"睡眠情况很坏，熄了灯之后，依然睁大眼睛望着天花板"。他的妻子一语道破了他的心理：

"满足欲望……搜集陶瓷公仔与搜集邮票一样，一方面为了满足欲望，另一方面希望价格更高时赚钱。"丁士甫的感觉、情绪、心理、意念，无不与香港社会一脉相承，小说中的陶瓷象征欲望，成为一种隐藏着危险的东西，掩卷沉思，余味隽永，短篇小说《一九九七》大体上也是采用写实的笔法。小说主人公吕世雄是个偷渡客，经过10多年的打拼，他总算置下一笔产业，跻身于中产阶层，"九七风浪"袭来后，对未来的恐惧像阴云一般压在他心头，他感到进退维谷、心境恶劣，以酒浇愁，最后惨死于车轮之下。小说中的"九七"问题就像一面镜子，映照出港人，特别是香港中层人士的心态。在这篇小说中作者表现出敏锐的洞察力，结尾处指出："不必为香港的前途担忧"，体现了一种正确的预见性，刘以鬯是位严于律己又很谦虚的作家，他多次说："到目前为止，我还没有写出一篇使我自己感到满意的东西。"长期以来，他被迫过一种煮字疗饥的生活，曾在香港报刊发表过六七十万字的流行小说。他在一次答记者问时说，那些东西只是用以换稿酬，"全是垃圾，必须抛掉"。对于我，最大的痛苦是：只有在精疲力竭的时候才能写自己想写的东西，刘以鬯就是在这种环境下孜孜不倦地从事文学创作的，他的进取精神令人感佩。

刘以鬯的代表作《酒徒》，这部被誉为中国第一部意识流小说1963年在香港出版，1979年台湾远景出版公司再版，1986年又由中国文联出版公司出版。小说主人公本是位事业心很强，有很高艺术素养的青年作家。他有相当高明的文学主张，但在铜臭熏天的香港社会中，他屡次碰壁，替电影公司写的文学剧本，被导演卑鄙地剽窃了；和朋友合办的高雅的纯文学杂志，因没有销路而被迫停刊；他的文学观也遭到了无情的排斥。他终于醒悟了，"这是一个人吃人的社会，越是卑鄙无耻的人越爬得高，那些忠于良知的人，永远被压在社会的底层。遭人践踏。他的理想为之轰毁了，丧失了信念。于是乎便以酒浇愁，企图从杯中物里寻求解脱，最后他成了武侠小说、色情文字的炮制者。《酒徒》是刘以鬯的愤世之作，它形象地反映了在香港这一特定的时空条件下，文化人士的困惑、愤慨与挣扎、妥协。在拜金主义欲望操纵的社会中，一个出色的人才就这样无声无息地被葬送了。小说从人的价值，人的主体意识的失落这一角度，入木三分地提示了社会的腐败。整部作品色彩暗淡，情调低沉，似乎一见一点儿亮色。作者对笔下的社会像是绝望了。

小说采用第一人称手法，丝丝入扣地展示了"我"——酒徒在精神蜕化过程中深刻的心理变迁。从本质上说，"我"不失为一个有良知的正直的人，正因为如此，"我"的行为与社会格格不入。钟情于缪斯，但又缺乏一个真正的艺术家的勇气，这是"我"的致命弱点。在巨大压力面前，我游移、退缩，终于屈从了命运。此后的"我"无异于社会的"多余者"，抛下了手头上的有意义的工作，为迎合低级趣味而去写流行小说，从事那卑屑的知识卖淫。与此同时，迷惘、困扰像蛇一般死死缠绕着"我"，"我"因放弃了自己的艺术的追求而悲哀，因自己散布文字毒素而不安。请看主人公的一段内心独白："我不写，自有别人去写。结果，我若饿死了，这'黄祸'也不见得会因此而消失。""我"已"不能用情感去辩护理智，更不能用理智去解释情感"。于是"我"沉湎了酒杯之中，"因为不喝酒，现实会像个丑陋的老妪终日喋喋不休"。感伤、狂饮、醉酒、做梦，周而复始，酒与其说是"我"逃避现时的麻醉剂，毋宁说是摧残"我"艺术生命的砒霜。最后，这个循世者成了厌世者。我想不出这个世界还有什么值得留恋的东西。小说通过对酒徒内在深层世界的开掘，似乎也在引领读者对民族性格中的劣性加以省思。酒徒的文学主张，对社会的看法、理想、追求和绝望及其遭受的磨难与挫折，就有刘以鬯的投影，但《酒徒》并非作者的忏悔录，刘以鬯滴酒不沾，他之所以能写出这样一部杰作，在于他对笔下的人物异常熟悉，对人物所处的社会环境洞若观火。面对病态的社会，作者并未沉沦，他不像小说主人公那样自暴自弃，《酒徒》便是他努力用严肃文学干预生活的明证。

《酒徒》体现了刘以鬯大胆创新不惮尝试的精神。他在《酒徒》香港初版本序言中写道："当今作家面临电影电视的挑战，而仅仅止于情节的追索和平面的描写，定必败阵。作家应作的是摄影机所做不到的——准确而深入地搜索人的意识形态。……作为一个现代小说家，必须有勇气创造并试验。"在这部小说中，作者采取了独特的审视角度，始终将笔墨的焦点对准酒徒隐秘、幽暗的心灵。小说巧妙地选用了一种环形结构方式，每每以主人公喝酒麻醉自己的意识开始，继而以酒醒后回到现实世界告一段落。主人公就在醉与醒之间的沉浮过程中，尽情地宣泄自己的意识和潜意识。乔伊斯、福克纳等意识流大师的作品对刘以鬯有深刻的影响。在《酒徒》里，作者借鉴了以表现自我和侧重主观抒情为特征的意识流以及象征主义的艺术手法，以表现酒徒的内心冲突和迷离恍惚的思想情绪。整部小说写主人公酒醉和梦境占了很大篇幅。在醉时和梦中，客观世界被扭曲，印上强烈的主观色彩，其中呈现的荒诞对于反映现实社会的病态、畸形和不合理倒是很贴切的。酒徒醒来时见解则异常深刻，他借助酒力脱离了现实世界之后，似乎进入一个新的理性世界。

《酒徒》在意象运用方面，颇有独到之处，譬如，小说开头一句"生锈的感情又逢落雨天"。其中"感情"属抽象的，"生锈"则是具体的，再加上潮湿的"雨天"，全句细腻，传神地呈现了主人公复杂、混乱的意识状态，小说描写人物酒后意识朦胧或梦幻时。故意省略标点符号，有时连段落都不分。旨在逼真地表现意识若断若续、绵绵不绝之状。刘以鬯在"小说会不会死亡"一文中说："如果小说家不能像诗人那样驾驭文字的话，小说不仅会丧失'艺术之王'的地位，而且会缩短小说艺术的生命。"他别出心裁地将诗的意境引入到《酒徒》，如第一章在描绘主人公难以排遣的惆怅心态时有这样一段文字："生锈的感情又逢落雨天，思想在烟窗里捉迷藏，推开窗让雨滴在窗外的树枝上霎眼……时间是永远不会疲惫的，长针追求短针于无望中。幸福犹如流浪者，徘徊于方程式等号后边。"主人公百无聊赖的心情缭绕于缥缈不定的雨、烟之中，构成一种奇特的诗的意境，给人以强烈的印象。《酒徒》可以说是传统与外来小说技法的巧妙组合，它有呼之欲出的人物形象。尤其是酒徒的刻画力透纸背。人物心理活动与外部形象结合得不错，小说中的一些次要人物的塑造，也很见功力。例如，被主人公称作"是一块会呼吸的石头"的风骚、寡情又势利眼的张丽丽；"将爱情当作野餐"的早熟、放荡的司马莉；被侮辱、被损害却又沾染了巨人社会的狡诈的杨露；寂寞、渴求爱情的包租婆等，都各具神形。在交代情节进展进程中，作者运用了传统的手法。通观整部作品，也有大体完整的情节。对外来的小说形式，刘以鬯奉行了"拿来主义"的正确态度。《酒徒》的成就使我们看到现实主义和现代主义并非水火不相容。从这部小说所产生的艺术效果来看，与拉美的魔幻现实主义小说有异曲同工之妙。

《酒徒》是刘以鬯第一部"实验小说"，自然也有缺憾之处，例如，部分章节堆砌了过多的意象，彼此间有时缺乏内在联系；小说下半部议论太多，用了大量篇幅剖析文艺圈的黑幕和种种弊端，使小说显得不够紧凑，也损害了节奏感。然而"世上之书不无病"。有才气者易偏激，这是难以避免的，求全责备便无杰作。

总之，作为名主编，刘氏功在沟通、引导、交流、培养新秀，起了重要的桥梁作用；作为名作家，刘氏功在力倡创新突破，做到"既不重复别人，也不重复自己"，他的实验小说是成功的，对港澳地区乃至东南亚是有深远影响的，在中国当代文学史上占有重要的一席之地，称为香港文坛泰斗，未知读者以为然否？

注：此文系拙著《台港文学导论》（与人合著）中下篇中第二章的一小节。

我看尤今小说

尤今是当今海外华文散文创作的大手笔，她写的小说艺术感觉也甚好，保持了她散文的基本风格：有真性情，清新、自然、幽默，文笔圆熟、老到；结构上并不过分雕琢，叙述方式带点散文，很少运用倒叙、插叙，尤今的小说展示了富有张力的认识和领悟大千世界的艺术天地，在流畅的叙述中交织起人物的悲欢离合。

尤今的小说无疑是写实的，作者把视野对准自己熟悉的现实生活中的人和事，作品具有相当的社会概括力和穿透力。尤今在小说创作中发挥了自己"行万里路"，见多识广的优势，这里选出《"骆驼"塔巴》《香蕉美人》《大胡子的春与冬》《爬山的男孩》《泣血的花瓣》和《他是一条活的亚文河》等6篇来看尤今小说的特色。这6篇小说有3篇以新加坡为社会背景，另3篇的社会背景分别为沙特阿拉伯、南太平洋的澳洲和新西兰，这些展示异域特殊的人情、习俗和自然人文景观的小说，其题材本身便是一种特色和价值，与异类作品在比较更能显出新意。

用第一人称写的小说，容易使读者感到可信。尤今的这6篇小说中有4篇是用第一人称叙述作者亲身经历的生活。她细心地抹去一切让读者怀疑是虚构的痕迹，努力让人相信所描写的一切是实实在在发生过的，或许这也表明，作者对从自己生活中所发掘的题材的审美价值和社会普遍意义具有充分的自信。《大胡子的春与冬》中的主人公马丁是一条硬汉子，作者把春比作马丁生活中的顺境，把冬比作他生活中的逆境。无论身处顺境还是逆境，马丁对生活都保持着一种执着的热诚、开朗、达观、乐观向上。主人公的精神风貌和思想情操，昭示了一种正确的人生态度，马丁夫妇相濡以沫，如醇醪一般的真挚感情，闪耀着美和善的动人光彩。《他是一条活的亚文河》中的比利，与马丁一样是个朴实真诚的人，显出未被尘世染污的纯洁。比利的动人之处表现在"为恪尽孝道而牺牲自己的幸福"：在爱的汁液里成长的比利，以爱的汁液回报他的慈父，助人为乐的美德是铸成比利高尚行为的最深厚的底蕴，作为一个白种人，比利以崭新的形象向我们走来。使我们领略到：孝敬长辈，与人为善，并非中华民族独有的美德。

读尤今的小说，你能感觉到作者不仅写了她看到的生活更写出了她和深切领悟到的生活，爱河多波，殊难一帆风顺，尤今通过爱情悲剧，容纳了纷纭复杂的社会矛盾，展示出形形色色的社会世相，映照出生活斑驳的色调。《香蕉美人》的女主人公丝娃娣是位敢于向社会上的陋习陈规挑战的美丽的印度姑娘，她有个性又不乏温柔，自负又不失高雅，成熟又不世故。婚变使她饱尝痛苦、屈辱和磨难，除了要面对冷酷的现实外，她还要面对在尘世中挣扎的自我。在小说结尾，读者欣喜地看到，丝娃娣终于像一只火中涅槃的凤凰，赢得了再生，穿着苹果绿沙厘的丝娃娣，浑身洋溢着现代女性特有的那种刚柔相济的风采和魅力。爱情世界实在是一个难以捉摸的世界，单纯与复杂、真挚与虚伪、纯洁与污秽、充实与空虚彼此交融，唯其多元，方显出一派斑斓的色彩。与丝娃娣一样，《"骆驼"塔巴》中的塔巴也是位情场失意者。如果说丝娃娣最终坚毅地挑起了生活的重荷，勇敢地直面人生，那么塔巴这条七尺汉子却被悲哀压垮了，塔巴的性格变态，揭示了生活底蕴中悲怆的一面。读上述两篇小说，笔者仿佛听见作者涌自心灵深处的对爱情的感慨：爱情是美好乃至神圣的，但爱情带给人们的并不全是幸福与欢乐的。

尤今小说对人物的塑造应该说是相当成功的。作者在刻画人物时摆脱了公式化、概念化，赋予小说中人物以浓郁的生活气息。《他是一条活的亚文河》里的比利，《大胡子的春与冬》里的马丁，他们都是生活中普普通通的人，在各自特定的环境中，扮演着不同的角色，他们在人生旅途中遇到各种艰难，受到各种打击、制约，然而始终不失温馨，重友情。他们有自己的喜怒哀乐，而在这些喜怒哀乐中，读者真切地感受到他们人格的魅力，尤今在描写人物时，并不把人物性格提纯，换言之，人物性格并非一维构成，而是众多因素的混合物，不是依据形式逻辑的二值判断杜撰出来的非白即黑、非善即恶的样板，生活的复杂，决定了人物性格的复杂。《香蕉美人》里的丝娃娣是个非常丰满的艺术形象，作者写出了人物心理层次的生动性与丰富性。丝娃娣的性格并不是凝固不变的，在一篇幅很短的小说中，能够写出人物性格变化发展的清晰脉络来，是很不容易的。《"骆驼"塔巴》里的塔巴也并非那种只需用一个单词便能标明其性格特征的由一维构成的扁平形象。塔巴的性格由多种因素构成，作者对他的心理进行了细心的揣摩、准确的把握和逼真的描绘。冷与热、爱与恨在他心中奇特地扭在一起，他毒打亲生儿子，是他内心世界失重而产生变态的结果。小说中人物性格的复杂性，显现出一种独特的艺术魅力。

尤今没有在生活的阴暗角落前背转脸去，而是敢于正视它、逼近它，通过生动的艺术形象，表现出生活中的阴霾色调和协调音响。《爬山的男孩》和《泣血的花瓣》都是青少年题材的小说，高征山与丽妮的悲剧都源于缺乏家庭温暖与父母教养，纯洁无邪的青少年成了父母感情破裂、母亲不负责任的牺牲品。高征山与母亲在对待弱智的妹妹的截然不同的态度，区别出了二者品格的高下，小说中另一位主人公是钟老师，这是一位向学生倾注了爱心的优秀教育工作者，正是她在饱受创伤的高征山心灵中重新燃起了理想的火、希望之光。钟老师的敬业精神，使我们看到人间有温情在。《泣血的花瓣》里的丽妮在父母的眼里，"大约只是屋里的一件摆设罢了"。父母虽生养了她的身，却不爱、不教她，甚至把她视为背上一个多余的包袱。丽妮向往自己能像一只天边自由翱翔的海鸥，可是还没等她展翅起飞，便折断了翅膀。丽妮的悲剧告诉人们：家庭环境对青少年的命运将产生多么大的影响。尤今小说艺术水准有高下之分，《泣血的花瓣》与其他几篇小说相比故事显得平庸，人物形象也比较单薄。少女梦幻破灭，走向自我毁灭的悲剧，这是一个老而又老的故事，这篇小说似乎缺乏新意，也写得太"实"了

　　擅长散文的尤今，对小说技法并不陌生。她的小说成功地吸取了中国传统小说的一些表现手法，为故事的构思有波澜起伏，刻画人物注重白描。中国传统小说常常巧用悬念，在尤今小说中也时常可以见到这种手法的运用。例如《"骆驼"塔巴》中一开始就设置了塔巴为何被人称为"骆驼"这一悬念，吸引读者追着看下去，直到小说尾声方揭开谜底，令人恍然大悟。《爬山的男孩》一开始也设下一个悬念：一个纯洁的孩子，何以会变得这般冷漠、乖僻？令人欲罢不能，一气读完，方找到答案。运用悬念，显然增强了小说的可读性和趣味性。尤今小说还有散文化倾向，例如《大胡子的春与冬》便可作为散文来读，那位大胡子便是作者的如意郎君，所以写来栩栩如生跃然纸上。尤今小说的语言生动、形象细腻感人，很有幽默感，读来令人赏心悦目、爱不释卷。以上便是我一看尤金小说的印象，写出来与同好者交流、切磋、今后当再写二看、三看。

不应遗忘的诗坛老前辈
——艾山诗集《暗草集》《埋沙集》赏析

　　艾山，这个名字在祖国大陆文学界、学术界鲜为人知。近 10 年来，我教学之余，潜心研究台港澳地区暨海外华文文学，也从未读到过他的作品。我手上保存着两份 1982 年 6 月 12 日至 13 日的台北中华日报副刊，上面有菲华文坛老前辈施颖洲写的一篇评介诗人艾山及其英译《道德经》的文章；对艾山推崇备至，说"艾山新诗创作的成就，在我个人的眼光中，无论质或鲎，都不会输给我们熟悉的徐志摩、闻一多、朱湘、戴望舒、臧克家或艾青，而他的文学造诣，更不会输给他们任何一个人。可惜他出道比他们迟了 2 年至 10 年，史遇到抗战与离乱，于是少为人知"。施老是我敬重的老前辈，可我读了这篇文章仍然将质将疑：若有如此水平，怎不见有人提及？我在高校执教，讲授的就是中国现当代文学，几乎遍阅了各种版本的文学类作品选本，从未见过艾山的名字，更不用说他的作品了。我相信，对一个作家而言，能使他立于不败之地的唯有作品，真正的杰作是不会被时间的尘埃埋没的，今夏在香港出席世界华文文学研讨会，施老也来港与会，转赠我早已绝版的两本艾山诗集《暗草集》《埋沙集》，令笔者喜出望外。抱着浓厚的兴趣细读一遍后，乃知施颖洲先生那番话并非溢美之辞，艾山确实是位令人肃然起敬的诗坛老前辈。我深感对这样一位成就斐然的老诗人应予重视，不能忘记他对中国新诗发展做出的贡献。我立刻动了替艾山写诗评的念头，根据施老提供了一些有关艾山的资料，插入这篇文章，便于海内外读者对艾山其人加深了解。

艾山，生于 1912 年，福建永春人，原名林脉述，毕业于泉州教会办的培元中学，后入北京大学和西南联大攻读英文及哲学，为西南联大外文系首届毕业生。他是当年在西南联大任教的英国著名诗人燕卜生最得意的弟子。胡适、关一多、朱光潜、叶公超、巴金、沈从文、萧乾等人都是他的师友。20 世纪 30 年代后期，他赴美留学。抗战胜利后，他与夫人陈羽音双双获美国哥伦比亚大学博士学位，以后一直在美国大学讲台给洋学生讲授英文！真令中国人感到骄傲，有哪个外国汉学家有资格站在中国大学讲台向中国大学生讲授中文？近20 年来，定居美国，任哲学系主任（窃以为艾山在中国之所以默默无闻，自然与他只求耕耘、埋头苦干、不求闻达于人的天性有关，跟把生活的旺杖市地处偏僻，与国内学者不易沟通、交流世有关。

艾山抗战前就曾在巴金靳以主编的《文学季刊》发表小说。抗战期间，他在《大公报》副刊上发表的长篇文学通讯《湘西行》，对湘西独特的民性风俗的描绘极为出色，被人误认为是出自他的好友沈从文的手笔。他当时以"林蒲"为笔名写的中篇小说《苦旱》，收入巴金主编的文学丛刊第十集。艾山的文学成就主要表现在诗歌创作上。1956 年，他的第一部诗集《暗草集》由香港人生出版社出版，1960 年台湾文星书店出版了他的第二部诗集《埋沙集》。台湾正中书局出版的《六十年诗选》收进了艾山的诗。艾山对中国哲学尤其是老子哲学有精深的研究，他英译老子《道德经》由美国密支根大学中国研究所出版，此书动用参考书逾千册（艾山治学之严谨，由此可见一斑），被认为是《道德经》众多译本中的最佳译本，已被美国各大学采纳为课本，一版再版。

艾山的《暗草集》和《埋沙集》的集名取自张玉田的词句："暗草埋沙，明波洗月"，两书共收新诗百余首。艾山在《暗草集·印诗小记》中说："因为这样孤陋寡闻，敝帚自珍了后，思所开拓，感情所凝聚的，可能是沙砾，而非金玉。"这自然是艾山的谦词，因为他绝非"孤陋寡闻"之人，著名女诗人、作家李素对《暗草集》就有如是评价："内涵的丰富，意境的高超，联想的奇特及风格的不凡，都足使我们为新诗前途乐观而庆幸。"《暗草集》中的诗多数是艾山30年代读大学时写的，很能代表前期诗歌的风格。这些作品处处留下了诗人当时在祖国大地行旅的足迹，具有强烈的时代气息。由于诗人所表现的是自己亲历或熟悉的生活，因此给读者以真切自然之感。

《天心阁》是书中一篇杰作。这首诗并非抒幽思而已，诗人抚今忆昔，用高昂激越的音调，抒发了强烈的爱国激情。开篇写道："磅礴的岳麓峰/浮云抚摸千年古字/抚摸禹王碑/仿如一段记忆"由此引出大禹冶水的动人传说；接着，借《爱晚亭畔系住巡逡的行吟人》联想到古战场的悲壮厮杀，然后回到现实：日机狂轰滥炸，不愿做奴隶的湖南人民，"他们的心胸宽阔如洞庭/高耸如岳峰，幽静如竹林/坚实如钢铁，勇敢如狮子"，众志成城，誓与侵略者血战到底。在诗人笔下，天心合成为中华民族奋斗不息的历史的见证，巍巍岳麓山则是中国人民不可征服的象征。同样是表现爱国主义题材，《一位连长的谈话》风俗，语言就截然不同了，这首诗通过抗日名将薛岳手下一位连长之口，表现了中国人机智勇敢、英勇杀敌的动人景象，字里行间洋溢着抗战必胜的乐观主义豪情。全诗以叙述连贯始终，朴素流畅的口语，很符合人物身份和性格。

艾山前期的诗并不刻意经营意象，常于平淡中显神奇，摄下生活中一幕幕小景，加以细腻的描写和联想生发，以表达自己独特的认识与感受。以《一天的工作》为例，鲜明地表现了对乡村的挚爱，对农民诗化了的劳动的赞美：黄昏时分，劳作了一天的农民"洗净泥污的手/披上白日脱下的蓑衣/悠闲又满足……"洋溢着馨香的田野上"水车一口一口饱饮着水/又认真吐给沟渠/输送大地：草木香与菜花香/水脚过处、碧绿成群/姻雨的蛙骸，近了/随垂星檐多彩的暮云"。整首诗氤氲着迷人的田园牧歌气息，引人遐思神往，画面明丽清明，犹如一幅水彩画。《羽之歌》大约是当年献给陈羽音的。这首诗将送别恋人时的怅然若失、情思缠绵，表现得淋漓尽致。依依不舍地挥手惜别后，独自踏上归途"我足踏低湿的洼地，/（春的季候里秋意已朦胧）/望你，望早出的晚星，/归家的路是瘦长的/冷寞困锁我，/园门半掩，/屋脊上抹一角/雨后的夕阳/四野撩人的蛙声，/这是我们的旧居吗？……"诗人内心与外物交感，整首诗含蓄凝练，讲究意境具有一种恬淡的古典美，文字明白如话，其中的韵味却隽永蕴藉，耐人寻味。《暗草集》中的诗具有五四以来的白话诗的自由不羁、清朗明快，回荡着青春的旋律，又继承了中国古典诗词的典雅韵味，抒情味浓重，有时还带有某种浪漫色彩，善于借起伏跌宕的联想，反映出对生活的新鲜感受和领悟。不足之处是思想上还欠深度，一触及现象后即加抒情，尚未研究生活的底蕴。

艾山的第二本诗集《埋沙集》收入他 1954 至 1959 年间创作的部分诗歌，此时，他已在美国务大学执教。由于受西方现代派诗风影响，他的诗路出现突变，作品题材更加广阔，与现实生活贴得更加紧密，说理取代了昔日的抒情。《埋沙集》里的诗在对生活进行观照和感受时，突出了诗人的主体感觉，注重把主观情感投射到客观世界，或以外在世界烘托主观情感，并由此及彼，通过敏锐的透视力和丰富的想象力，借具象表达抽象。诗的主题思想每每由各重意念综合而成，诗的意象更趋鲜活，广泛运用隐喻、象征、通感手法、空疏、间隔，残缺的结构形式留下许多有待读者自己填充的空白，完全摒弃了早期诗歌中古典主义的影响。读了《埋沙集》使我看到，艾山是中国现代诗的较早的尝试者之一。

艾山对美国这一高度资本主义化社会洞若观火，他以敏感的诗心穿透色彩斑斓的生活表象，把握住其内里的脉搏跳动。《水上表演》这首长诗展示了一幅光怪陆离的西方世界百态图，读者从中可以看到："外交家卖弄着玄虚：心里要人顺从，/嘴上尚讲正义：正义又值多少钱/顺从一向就用金钱采购""生产生产"一边是贫困与匮乏/一边有过剩的物质在等待毁灭"女人打开着方便之门/在兜售肉体/这便是相信物质万能的物质在升华、变化……"这首诗通过铺天盖地而来的缤纷意象，揭示了物欲的强大，以及现代人空虚的精神，读者从中可以看到工商社会疯狂的生活节奏和现代精神失落的悲哀。集子里有很多这类直面惨淡人生的诗，深刻披露了资本主义社会特有的经济结构对人的心灵世界的扭曲。那儿的人享受着丰裕的物质财富，精神却异常空虚，人们忙忙碌碌、来去匆匆、徒具躯壳，丧失了灵魂。横流的物欲使人变得冷漠、势利："城市的色调，是女人的脸谱""城市的内容，是灵肉的饥饿"（《李莎》），"婚姻是一种神圣的方便/到爱情之路是动物的情欲/到生命之路是互惠的欺诈"（《给离婚妇》），现代都市盛行的赤裸裸的金钱与肉欲的交易，令人触目惊心。《原子小赋》对西方政治家热衷于从事毁灭人类的核武器感到困惑不解并予以谴责嘲讽："假如我从一堆金子中分裂/从无数的罪恶中分裂/那么该有多少富有的罪恶呢？"这些诗具有很强的社会批判性，弥漫着阴霾、晦暗氛围，通过一些简明的象征或隐喻，揭露了现代人价值观念的衍变，不仅表现了社会的异化，同时表现了人的心灵的异化，字里行间倾注了对人性的关切。可喜的是，艾山的诗尽管有鲜明的现代主义色彩，其中却看不到西方现代派诗歌普遍存在的悲观、绝望、颓丧、空虚。诗人写了畸形的社会、病态的人生，他本身并不消沉，对于人类的前途他没有推动希望和理想。他充满信心地说："承继自然，我们必须开花结果。"（《种子》）他鼓励人们从"足底下走出一条途路"（《路》）。《火》这首诗没有沿袭传统意象，诗人的想象颇为奇特："从不掩饰出身的微贱/伴随枯木，干草藤葛/导致任性率真/不容假借……"读了集子中那些率直地表现了西方社会中的不安、忧郁、迷惘、苦闷的诗，便不难领会这首诗中内蕴的积极进取的思想。

《埋沙集》中还有不少怀乡思国的诗，艾山在美国大学当教授，衣食无虞，物质上的需求自然应有尽有。然而，他不会忘却自己是黄肤黑发的龙的传人，不曾忘却自己的根在中国，他的诗涌动着游子眷恋故土的拳拳情意，洋溢着缕缕乡愁与淡淡的哀思："寒流南来了，我才拾起/又是一天怀乡的纪录"（《扇子》），"我们各畔着太平洋而居/中间隔离了四千余里/然而，昨夜我在丰溪湾/柔美的手臂里/呼吸儿时熟识的山水"（《丰溪湾》）。乘飞机出游时，他只见"朝朝暮暮太平洋/环绕着这东方之珠/唯有眼泪的生长/更新年年的忆念"（《拾题》)。《待题》（十四行诗）交织着深沉的历史感情和民族感情，全诗运用串联结构，呈现层层推进之势，并借助众多的意象和纯熟的技巧，表达了海外赤子对祖国梦魂萦绕的情思。

艾山是位有独立人格的现代诗人，却没有某些现代派诗人傲世的狂态。他睁着沉思的眼睛看世态人生，勤于捕捉诗思，异域风情，西方城市的喧嚣，现代人的苦恼，游子的乡恋乡愁等等，在他笔下一一具现，其中包含了他对社会和种种事物本质明确的价值判断。他的诗在艺术技巧上颇具特色，通常以独特的艺术形象来表现抽象的概念，从个性中演化出共性，营造出某种含蓄（有时带有朦胧美）的意境。不少诗在结构上跳跃性很大，需要读者以自己的想象为桥梁，去沟通形象、意象、细节间的联系。通感手法在艾山的诗中常有出色的运用，如"不是春天一碟蔚蓝/冬天霜雪银灰色的严装，/七八月之交天宇负载雨露/与季节向往成熟的错眩"（《夕阳书简》），"枕边流出的线条里拉回了梦中画"（《万花筒》），"回答无言的哀诉/是镜子的贪婪与寂寞"（《卜语》），诗人运用这种技巧了，扩大了感官的审美范围，达到各种感觉的互相流通和补充。艾山还在他的一些诗中融入哲理悲蕴，这并不奇怪，他本来就是位哲学家嘛。请看《路》中一节："自无形而至固定/谁不是走着走着/足底下走出一条途路/当乐章和谐演奏了时/忘记琴弦调理的痛苦"与艾山前期重抒情的诗相比，这类内向地把握事物本质，具有哲理色彩的诗，可谓从单纯向深沉发展，趋向厚厚与静美。艾山前期的诗，语言抒情味甚浓，稍露雕琢痕迹，他到美国后写的诗转而注重直觉，避免用带感情色彩的词语，呈现出一种非情的美感境界，在文字方面讲究技巧，平实中略带艰涩，增添了诗的魅力。读艾山的《埋沙集》，感到他的诗思日趋深沉，诗艺日臻圆熟。

《暗草集》和《埋沙集》这两本诗集风格迥异，不看作者署名，很难判断这是同出一位诗人之手。这两本诗集题材不同，艺术上各有长短，就水平而言收入一本集子中的作品也不十分平衡，但从总体上看达到了相当高的艺术水准。这百余首诗包含了诗人漫漫 30 年间的人生体验和对社会的思考，给读者以深厚的历史感，洋溢着浓重的人间烟火气，同时表现了诗人在艺术道路上孜孜不倦的探索热情和勇于创新的精神，这样的诗句有其长远存在的价值。

拙著《海外华文文学现状》和《海外华人文学名家》正待付梓，读了《暗草集》和《埋沙集》后，我及时把对艾山及其诗歌的评介分别加入这两本书，我认为这是不应遗漏的重要一节。我希望艾山先生把近30年来的诗作编辑面册出版第三本诗集，当比前出两本诗集博大精深而成传世之作。我还希望祖国大陆能出版《暗草集》和《埋沙集》或编一本《艾山诗选》（或请艾山自编一本《艾山诗歌自选集》），使广大读者有机会欣赏艾山的诗歌艺术。

演化而常新

——杨牧近期的新诗

台湾诗人杨牧，年末届半百，却有将近 30 年的写诗历史，而我评诗却是近年的事，实在力不从心。他的第十本诗集，收载 20 世纪 80 年代前半期的作品，还有简短的后记，实是他的诗观宣言，书名题曰《有人》，诗 33 首。

杨牧不但写诗，而且也论诗、评诗，别人当然也许论他的诗。他在台湾和美国几所大学里任教，先前得过艺术硕士和文学博士的学位，其学识渊博固不待言，而其诗立意之新则往往令人惊奇不已。

杨牧在华盛顿大学教的是中国文学及比较文学。这使我联想起他把中国传统诗风引入现代诗的创作里来尝试。1983 年的《巫山高》（六首《新乐府》之一）很有意思。

《巫山高》原是汉代铙歌里二十多支歌曲当中的一首歌名。歌词寄托游子思归的情绪。我想，中国古代文学，特别是楚辞文学，和巫山很有关系；而巫山在中国地理上讲，又有好几处——这就使得现代文学中所写到的巫山更富有神秘而空灵的色彩。杨牧 1983 年写的这首现代诗《巫山高》，其英文题目是《雷尼尔山》，又钻出一座美国华盛顿州的"巫山"来了。那是美国西海岸喀斯喀特山脉的主峰，高达 4000 多米，也算巫山"高"矣。杨牧当时有没有"游子思归"的情绪，这一点可以存疑不问。有趣的是，他在诗题下引了宋代诗人范成大的话："楚客词章原是讽，纷纷余子空嘲弄。"这却使我小心，不敢空嘲弄，而切实吟赏杨牧的现代《巫山高》，细味其词章之讽不讽了。

　　此诗七段的安排大概不无寓意。七段的小题是"尼、觋、后、伎、博士、侠、仙"。我先依次寻其讽吧。

　　尼——诗境异样，清新出奇。在那大寒小寒之间的"冷暖自知"的禅境里，烟水迷蒙，若有还无，界线何在？松针轻点漫撩那模糊的水天"临界"，"夕照"竟也会惊讶！当你神随飞鸟，南翔北鬻，自暖回寒，望见"一山盘坐/庄严沉寂如太初"，不禁刹住了心猿意马，"自缥缈回归空虚"。这是何方神灵，妙法超生？是她（尼）——"她以冷淡/克服悲伤和喜悦/以无情启示有情！"

　　觋——"觋"本是替人祝寿鬼神的男巫，今杨牧把"他"女性化而为"她"。在这一段的五行诗里，她形如"山卧"，云作衣裳；太高看不清脸色，但可"推测/是带着微笑。"这意象使人联想屈原笔下约"湘夫人"或"云中君"，宋玉笔下的"唐神女"。然而杨牧的诗意显然不限于"云想衣裳花想容"，后九行诗便推陈出新了，"她刚刚完成了/……祭礼/……又……接着匍匐良久/衣带和袖子都乱了/以精诚和海洋沟通/日月星辰/冰雪云雨/风"。我想这最后三行九字诗，承前启后点化了新的诗境，真要令人惊诧杨枚的"心神锻炼"和"诗的处理"的现代气派了。

　　后——想象又滑前一个阶段。云山仿佛似丝绒披盖着她丰满的胴体，她在梦中幸福地皱着眉头。它满足，无愁，"甚至到了疲倦的床上/都……维持着一种风范/……懿德……/圣善……琐琐碎碎。"她——

　　　　发饰巍峨不可逼视
　　　　而随着她安详的呼吸
　　　　天下最纯粹的一块玉
　　　　在横过肚脐的绡带尽头
　　　　规律地颤着，摇着

这五行落实了"现代诗"表达方式的变化。它不限于山川风云之类的形象表征着什么，而且进一步从大群物象中摄取其精神以为象征——若允许起个怪名，则曰"跳过形象的象征"——从而逼得读者也要绞点脑汁，去领会诗人的意趣。这就是古典诗论家所谓"不著一字，尽得风流"的含蓄风格。

伎——伎没有尼那种空虚沉静，不作觋那种匍匐膜拜，也不像后那般淑慎矜持，她是从欲身而以琴歌侍宴的失势者，或说失意人吧。她以铿锵的七弦来诉说命运，以清婉的怨歌来吐露心思。杨牧套用东汉张衡《四愁诗》的章法，来抒写"伎"这一阶层人"所思在远道""路远莫致之"的哀怨情怀。值得注意的是，杨牧诗中所思的远道三实一虚，其"第四愁"的境界要比张衡的宽广得乡，简直包容了"东南西北"四望的宇宙：

欲往从之雪不停
侧身北望静中听……

"伎"这一段诗又分三节，当中拟（四愁诗）那一节最长，是杨牧的"兴寄"所在，而前伎两小节文字雷同，有意环复"山欠身颔首/……风止于秋月的屋顶"。我认为这最后一行诗正是整段诗趣的小结，巫山高，风止云静，宴罢歌停，冷月无声。这是"伎"的绝招，此时无声胜有声！

博士——这一段诗中那位渴求知识的女博士也是以云里巫山来取象的："山是博闻强记的/女校书"。中国历史上女学士、女博士和女校书，用的往往是其引申的美称意义，所以我理解杨牧此段诗意、或泛指人类知识累成了精神重负。诗中的"她"揣摩纵横家，想象古才子，叹息道："死者卯可作也，吾谁与归?"这是博士的心声，人生的诗谜。

侠——君不识巫山真面目，只缘身在此山中！它凭着云缠雾绕，瞬息万变。此时"它"又人格化为"她"，"柳眉凤眼""济难扶危的侠客!"你看她身披淡青的云氅,挟长剑,千里游,有时激烈悲壮,有时迷惘温柔。我想这是对战国时期楚文化的"虹吸处理",是诗人对于"巫文化与华夏文化混血"的遐思,最后诗化了。中国历史上"任侠"始于春秋,盛于战国,而又迭变于后世。如今激光取代了剑气,"侠"的历史追思也就像云里巫山,"迷惘而温柔"了。

仙——巫山高;唐人说"山不在高,有仙则灵"。然而山之有仙无仙,实在大大决定于它的高度、云烟和风雪等等天然条件,世界各国的神话文学都反映了这一点。杨牧这段诗中的神仙姐姐是云裳霞衣的女道士,星月是她头上的珠翠。她道行高远,"肃然清净",可是禁欲的身体却掩盖不住内在的风情:"湖水喃喃念着/仰头张望,并朗诵着/云豹的呓语和处女的/心魔,一架水上飞机/冲浪画过,击破/凝睇的倒影。她始终/是具有风情的那种。"显然,这个诗中仙,以巫山为象征的"沉默寡言的女冠子"(即女道),也有心魔,也具风情!

以上"尼、觋、后、伎、博士、侠、仙"合起来近乎三教九流组成一个泛时代的社会象征。楚客词章原是讽;杨牧也可算一位出洋的楚客吧,那么其诗(巫山高)果何所讽呢?杨牧服膺歌德的名言:"诗的主题意旨人人看得见。"但他自有执着之处,说:"但是诗人之选择某种特殊结构形式以表现那主题,自有心神锻炼的原则,非一般人所能了解。"如此说来,巫山之高又似不可攀了。这又不然,杨牧向往着"繁复的文化生命",且把诗看成"整个有机的文化生命"。据此,我在前边的七段赏析已足够抛砖引玉了。

其次,我选析一首《班吉夏山谷》,这是写阿富汗的。尽管杨牧"不相信诗是强烈刺激下的反应",他却不免为阿富汗遭受的蹂躏而大鸣不平。此诗"为纪念一位阿富汗朋友而作",而诗人的同情却寄予全体阿富汗人。在班吉夏山谷,春天游着的游击队撤退了,入侵的敌人像豪雨般结集。但是抗战的班吉夏人充满信心:"春天/属于我们,夏天也属于/我们,班吉夏山谷的岁月/属于我们……"杨牧表现方法的变化是惊人的:

……在班士吉夏山谷当春天

暂时离去，草木比去年长得更好

或许是硝烟和毒气的

滋养，战争的缘故——

而我还听得见族人游走的足音

零星的枪声不断，狙击于

正午，黄昏，黎明

　　战争的硝烟毒气"滋养"着阿富汗人民，他们在屈辱中工作，在哭声里活，羊群和孩子在哭声中长大，但他们没有泪。诗人把侵略者比作蛇、蜈蚣和蜥蜴，歌颂游击队的埋伏与突袭。尽管敌人的直升飞机和机关枪声如豪雨，而坚强的班吉夏人却深信"春天将属于我们，夏天也属于我们，……完全属于我们的班吉夏山谷"！这是杨牧诗集里很少见的"感时咏事"诗，我觉得他并不信"分行标语口号"就是"愤怒尘诗歌"的那种诗。他笔下只有经过执着地"发酵、提炼和加工"的诗，而这首四十六行的感时之作仍然透露着杨牧在"现代诗"表达法上试验、突破的痕迹。

　　最后，我谈谈《有人问我公理和正义的问题》这首诗，简称《有人》，效杨牧诗集取名之例。

　　公理和正义是人类一向企求而唯恐得而又失的东西。文学史上凡属鸣不平之作，可谓全是抗议公理无存、正义遭践。杨牧的设问也以公理正义为主题，这当然必有深意。据他本人自述，那是苦心经营，要为一代年轻人勾画时代的形象。这时代的公理正义何在呢？他举台湾事例，说："那年冬天台湾刚经过一次规模很大的选举，而台北市中若干人物当中，曾选了几名相当奇特的立法委员，其中一个不久就为我们制造出台湾行史以来最大的经济丑案。"这件事当然会使社会公众惶惑，大学生更难例外。杨牧接着说："竞选期间曾经有学生恳切问我：到底什么是公理？人间有没有正义？"原来《有人》诗中第一段二十一行却是纪实之作，只不过提炼加工了而已。杨牧是以大学生"他们那一代的心情为主题"，接下去五段长诗则是这种心情的诠解吧。可怜堂堂大学教授，却被学生的难题打入沉思（笔者也有此遭遇）；"对着一壶苦茶"，冥思默想。他心中酝酿着"吞吞吐吐'法：——'也许有吧，我想。"他记起鲁迅被林嫂问到灵魂和地狱的问题，很吃惊地支吾着："论理，就该也有——然而也未必。"然而诗人杨牧之执着，也表现在他的人生态度上，他说："但是我知道若非将那些疑惑解说一遍……我可能永远都要感觉不安的。"这自白再清楚不过了。教授的责任感和诗人的求索心情融于一体，发酵为诗。他把那个学生"经过诗的处理之后，转化为某种象征"，用他的比喻说法，是"早熟脆弱如一颗二十世纪梨"。这象征仍须诠解，尚待求索。这便是第二段诗的内容——"梨子"被空灵地解释为"二颗心"，属于自己的心。诗人呷着苦茶继续索解，对这些高层次的问题，茫然的一系列质疑，在诗的第三段里用阳光与芭蕉树这一显而易见的真实，象征那些疑问"不会是/虚假的，在有限的温暖里/坚持一团庞大的寒气"。这寒气怎能消解呢？现实的问题就应该现实地处理。后边的三段诗写到："人生的遭遇，家庭的聚散"，对于童心的"二十世纪梨"来说，公理和正义永远仍是一个超越季节和方向的重要问题。你求知，你解剖自己，你分析社会，把狂热和绝望平衡起来，你仍然要严肃而礼貌地"问我公理和正义的问题"。诗人仿佛看到一个纯洁的青年，眼含泪水，血在沸腾，知识在增进，判断在成熟，他驰突冲刺，碰得骨碎筋伤——于是，两颗心在高温里溶化/透明，流动，虚无上这就是（有人……）的象征性答案。一个名下见经传的年轻人，竟能提出人类社会永恒保有的疑问！传说孔夫子对不能回答的问题往往也采回避的态度，可见圣人也有不得已的苦衷。学生问"死"，老师答"未知生，焉知死"！佛徒问"法"，法师答曰"如人饮水，冷暖自知"。这些都不如鲁迅那一句"论理，就该也有——然而也未必"支吾得老实，等于说"我不知道呀"！《有人》是社会人生的诗解，解得"透"了"明"了，你就不能不虚无了。我初步的理解，此即"现代诗"演化而新的社会象征。

诗集《有人》里33首诗的题材广泛，主题多样，诗趣新奇。杨牧显然有独特的诗风，他认为，"诗是坚持，不是妥协。"他说："我们的表达方式和着眼点在变化，但诗的精神意图和文化目标，诗对艺术的超越性格之执着，以及它对现实是非的关怀，寓批判和规劝于文学指涉与声韵跌宕之中，这一切是下太可能随政治局面或意识形态去改变的。"我想，大概就是因为这种创作态度，决定了杨牧诗风的温文沉蓄，"并不致于流露太多愤慨和怨怒"。

　　杨牧30余年的创作代表着"现代诗"试验、突破的历程。他强调"诗的生命因它内在的演化而常新……诗的生命常新"。我前边两三例的详析未必都恰当，但我所要指出的是：杨牧的诗篇风格，三十载演化而常新。

芳草迷天涯路
——洪素丽新诗赏读

　　记得少年时，老师讲解南宋爱国词人辛弃疾的名句"春且往！见
说道，天涯芳草无归路"，说句中"无"字不如另一版本作"迷"为
佳。我当时不甚理解，后来年纪大了，才悟得两字确有差别；而且我
还自信：词由心解，哪个字含意便为佳。"迷"字有其一番意境，
"无"字又何尝没有呢？

　　没想到40多年后，我对旧词的这种"心解"竟帮助我激赏海外
同胞诗人洪素丽的新诗，可见文学也是"理有固然"的。

　　事有巧合。我打开洪女士的诗集，第一眼便见"芳草天涯路"，
一行行读去，不觉竟被作者那种身在天涯心怀故乡的深沉趋势的爱感
动得难以言喻。我这一辈人，入小学便碰上抗日战争，此后国家命途
多舛，外有飞灾，内有浩劫。我们在灾难成长，终能永怀赤子之心。
"外国月亮比我们的大"成了讽刺性的常用语。洪氏生于台湾，久居
美国，所作《芳草天涯路》仍是如此感人肺腑：

　　　　来时的芳草路

　　　　枝叶披靡

　　　　母亲带着斗笠的身影

　　　　依稀在远远斜坡上的龙眼树下

　　　　一群噪鸦于偏远的天空

这真是"梦里依稀慈母泪",天涯芳草别来时。这母亲的身影,比起60多年前朱自清的名篇散文《背影》来,境界和感情都深广多了——这是时代的发展造就的。诗人忆写当年离乡别母以后的经历和情绪,大大加浓了前五行诗的意境:

> 我寄食的小旅店
> 依旧燃着昏黄的灯火
> 山谷中惟一不眠通宵的眼睛啊

寄食异乡的游子,通宵不眠,借旅店的灯火来隐喻思亲的情怀。随着旅程的拉远,诗人的离愁别绪也更长了。回望来时路,只得再向前:"终究带着这双倦眼离开//山路抛掷下一个个村落//母亲飘摇的身影不见了//野草封合了可能的回头路//我抵达海陆交通繁忙的港都。"——诗的第一部分到此结束,"野草封合了可能的回头路"是现实生活的写照,诗人只身漂泊,义无反顾。做水手在海洋中行船两年,看一批批海鸟飞向陆地,"我也在等待跳船登陆的时机。"终于她选择纽约做最后的驿站:

> 没有身份证件,没有温暖……
> 我像气体般稀释了自己
> 进入游离分子的异乡天地

这意象比古典文学中的乡愁更深更复杂,因为这儿是外国、异族之邦,诗人用"稀释、游离"来写那种尘海苍茫的新型三角,造语巧妙贴切。她咬紧牙关,挨过了5年,争取到一点空闲余裕——

> 又开始饥渴地搜集故乡消息
> 再过几年,再存一点钱
> 我要回去

许多评论家一再指出：洪素丽诗篇的重要主题是加快与乡愁。她本人在散文《忧愁风雨》中有一句话似乎可以移此作为注解："把生命耗用来琢磨文学的人，总是忧愁的。"我们读到《芳草天涯路》的结尾处，便能深刻感受到她的思乡怀旧中所包含的挚爱：

> （我要回去）
> 那沾着湿湿黄泥的芳草路
> 有母亲的坟墓在尽头宁待
> 等我回去长跪痛哭
> 村子里的年轻人若来看我
> 我要劝他们不要走我的路

这里最值得强调的是末了两行。凡略知百多年来中国移民史的人，再比照生活见闻，都不难领会洪素丽写此诗的心情。她的这种真挚情怀，还在许多诗篇中得到多种多样的表现，如《在遥远的岛上》《港都的信》《关怀》《港都行》等等。不但诗中如此，洪氏的散文中乡土的情怀也是重要的主题。我将另文讨论，现在只谈诗。

若认为素丽的诗题材狭窄，只涉乡乡愁与加快，那就不全面了。近年来，素丽积极奔走呼号，投身于环境生态保护工作。（洪女士曾多次给笔者写信，组团深入神州各地考察，其志趣高远感人）这不但使她的热爱涉及整个自然界，而且关心全人类，从而诗境也大大开阔了。环境保护和生态保护，说到底没有国界可言，人类面临的难题，必须国际合作。各族相濡以沫。不但人类要互爱互助，人类还要与许多种植物共生共存。万物之灵的人类，不幸"自行孽反自受"的失误也超越群生，如核污染、酸雨，臭氧层破坏，许多物种面临灭绝，简直罄竹难书！洪素丽从爱蝴蝶爱鸟类扩大而爱群生，爱山川湖海乃至地球的两极。所以她的诗也就泯除了国界而严厉指责公害，如1984年写的《输出》：

过剩的东西可以输出
生产物品让他国分享
我们赚取外汇
别人得到物资
货通有无
两方都有利可图

这是人类大家庭内部合作的美好表现，"古者贸迁有无"，从来没人反对。但人类的发展出了偏差，世道变了，"人心不古"，顾己不顾人，顾眼前不顾将来。诗人用对比反讽手法写下去：

如今是不要的东西就输出
公害污染的毒物
文明恶劣的果实
毁掉别人也毁了自己
同归于尽是迟早的

话说重了，却不幸言中要害，可谓警世真言。人类文明确实有些走向反面，成了最不文明的怪物，自古以虎狼比喻残暴贪婪，其实人类受虎狼之害微不足道。如今已是公害猛于虎，嫁祸狠于狼。英国不算穷，每年收费为外国受容垃圾，输入输出都是谋利，而利中有害，愿者上钩，管它将来。德国当然富，它可用巨罐装着核废料埋到穷国的沙漠底下——这输出业真是太过了，有钱就能预购空子孙后代的命！万一将来地震翻腾出来，这算进口国祖宗的宝藏吗？人啊人，文明的现代人！洪诗人敦厚，举例还不提垃圾废料，她只说：

先进国喷有二溴乙烯的粮食输出也有来自后进国的古柯碱海洛因的输入

并且还有娼妓和女婴、佣人和新娘

跨国的交易，样品数也数不清

无孔不入

最悲惨的

莫过于战争之后

难民的输出

这末三行诗，比前六行更触痛了当代丑恶的政治。因为难民输出者正是长期叫嚷自己最正确最爱民的骗子阶层或集团。甚至不属战争国的子民，也不属于难民的！为什么幸福之邦却有那么多人冒死弃乡抛国，投奔腐朽之邦呢？这是当代政客曲解不圆的论题。洪女士不问政治，只讲人道，故能普爱人类，仗义执言。

洪氏的另一类诗是含着人生哲理的诗。例如《莲雾树》是一种多汁淡甜而微带酸涩的台湾水果树，美国没有。诗人想起莲雾果、"故乡的人采摘它／……甜甜酸酸涩涩的味道了"。联系前析的《芳草天涯路》诗，便知道《莲雾树》并非思乡小曲，而是人生况味的隐喻了。又如《西仔湾》写台湾海岸的变迁及人事与自然的矛盾，诗中充满万物兴废的哲理，充满人世"事与愿违"的慨叹：

海洋为土地埋葬

土地被海洋侵犯

便是所谓的沧海桑田了

……然而自然的变幻，比不上

人为的无常

人间原是权力与私欲狂乱争逐的

战场

美丽的风景，淳良的人心

可以毁于一旦

啊！……风姿清秀的西仔湾

诚然，沧海桑田人是很难过的。但人
为的无常，造成环境和人心的毁坏，那

　　就可以制止了。诗人加快童年时西仔湾的宁静自然，慨叹近年西仔湾在建设改造中——

　　……变得光秃又干巴
　　昔日的灵气风光不再……

　　诗人寄望于将来："西仔湾，或许仍再一次日出的希望//倘若，把我们的怀念和痴爱//化成一股力量。"诗中思想的积极意义，是指出了自然界的变迁有时不免加进了人的因素，于是有"事与愿违"的误导问题。社会的集团利益加上科学知识的不足，这就使得人们做出自己不及的蠢事——任何政治制度下都不能免。例如许多地区"填湖造田"吃了苦头，又"退田还湖"了。此类事只有吃一堑长一智。洪氏诗中以痛惜的心情写西仔湾开发的失误，哲理人情备至。又有殷切的希望，温厚动人。

　　最后我还要提到《如果文学像摇椅》《如果文学像抹布》这两首姐妹诗。这是洪素丽文学观的宣言，社会观的缩影和人生观的表现。诗人希望文学不要做吹牛说谎的江湖游戏，而把人类珍贵的情感理工得漂浮起来，风花雪月，假假真真，只要嘴皮，而载道无方。那样，文学虽像让人逍遥的一张摇椅——

　　那么最终在摇椅上送终的
　　仍是文学家自己……
　　我宁要希望
　　文学是一块方方天
　　抹布

　　身为诗人、散文家和环境生态学者的洪素丽明白地劝告文友：
"不要做超自然主义者／文学是生活的演绎！"如果文学像抹布，文学
家拿它来抹掉生活的污垢，"勤快搓洗，勤快拭擦／人生百味的甜酸苦
辣"，那他们也"不要妄想抹布的光辉／文学的不朽圣业"！因为，如
果人性得不到教养而改善，如果人间还是弱肉强食，那么文学家纵有
千般灵智，万种才情，也只能站在一旁干瞪眼呐！

　　读者从洪氏各类作品和著述中可以看出她是拿文学来为社会服务
的，她分心去从事环境生态保护，也是学以致用的思想使然。文学不
是游离于生活的特殊高雅的文字魔术，也不应是沽名钓誉的手段。洪
氏的多方面实践证明了她有一股对真善美的最广泛而不动摇的爱。
"文学是生活的演绎"，生活有琐屑事务，生活有精深哲理。素丽把
这些表现于诗中，表现在散文中，表现在美术作品里，也表现在生态
环保的著述中，笔者愿一一举之，并为之推介。

东方才女

——包柏漪

美籍华裔女作家包柏漪写的一部名为《春月》的长篇小说风靡全球，曾被翻译成 16 种文字出版，作者赢得了"东方才女"的称号。当包柏漪在文坛大紫大红的时候，她丈夫温斯顿·洛德被任命为美国驻华大使，这一来，她的知名度更高了。

处女作一鸣惊人

包柏漪 1938 年生于上海。父亲包新第祖籍浙江宁波，是有名的民族实业家，经营制糖业，曾出任中国资源委员会的驻美代表；母亲是著名的桐城派古文家方苞的后代。受家庭熏陶，包柏漪自幼好学，在古文方面打下了扎实的功底。8 岁那年，她跟随父母到了美国，进柏克莱学校念书。从 12 岁起，她就利用课余时间外出打工，每天下午从 5 点干到晚上 9 点。星期六和星期天学校放假，她全天都在一家饭馆当收银员。并不是父亲养不起她，而是因为美国社会竞争激烈，包柏漪感到应该早日学会自立。1954 年，她进塔夫特大学攻读化学专业，希望有朝一日能成为"东方的居里夫人"。受注重实际的美国社会的影响，包柏漪很快发现这不过是一种美丽的幻想。她冷静地分析了自己的条件和所处的环境，重新选择了学习目标，改修法律和外交。包柏漪容貌出众，才华横溢，活泼好动，喜欢社交，不过在学习上她对自己要求严格，丝毫不敢放松。1959 年她顺利地取得了硕士学位。1961 年至 1962 年间，她在夏威夷的"东西方文化中心"工作。不久，她走上了文学的道路，好像是有些偶然因素，促使她做出这一选择。

1946 年包柏漪父母去美国时，三妹包庆漪才 1 岁，母亲把她留在中国托姨妈照看。后来，中美两地联系中断，因怕"海外关系"对孩子不利，姨妈向三妹隐瞒了她的身世。三妹从小把姨妈当作"妈妈"，把姨丈当作"爸爸"。直到祖母病逝前，才向她吐露了真情。三妹跟着姨妈一家在天津长大、念书，有过一段不寻常的经历。1962 年包柏漪母亲病危，三妹赴香港探望母亲，姐妹俩幼年分别，感慨万分。包柏漪从三妹口中得知她在大陆成长的曲折经历，心潮久久难以平静。有一次，包柏漪在跟一位出版商聊天时无意中谈起了三妹的事，说者无意，听者有心。出版商凭着职业的敏感对她说："如果把你三妹的经历写成一本书，一定受欢迎。"并鼓励她马上动笔。包柏漪感到为难了，专业不对口，隔行如隔山，写小说可是她从来没想过的事。她抱着试试看的想法，动笔用英文写出了长达 235 页的小说——《第八个月亮》。包柏漪的这部处女作一炮打响，光是精装本就发行了 3.5 万册，《读者文摘》还予以连载，并出版了缩印本。后来，这部小说出现了 12 种译本。一个年仅 23 岁，初出茅庐的新手，何况还是个女性华裔，竟然一鸣惊人，这在美国文坛还是罕见的。之后，她有好几年没发表作品。她迫切需要充实自己，更加勤奋地阅读、钻研、思考，寻找创作上的突破口。

中国河山使她流连忘返

1973 年，包柏漪归国探亲。岁月匆匆，瞬间 27 年过去了，包柏漪当年离开中国时还是扎着小辫子的女孩，如今已人到中午。要问包柏漪怎么在 1973 年回国探亲，这就要提到她的丈夫。20 世纪 70 年代初，美国国务卿基辛格秘密访问中国。周恩来总理和基辛格的历史性会晤，为中美两国架起了一座桥梁。当时，美国方面参与这项绝密访华的只有 5 个人，其中之一就是包柏漪的丈夫温斯顿·洛德。洛德出生于外交世家，母亲玛丽·洛德曾任美国驻联合国大使，并且是美国历史上第一位女大使。包柏漪和洛德是大学时的同窗。洛德开玩笑说，他娶了一位中国太太，因而跟中国结下了不解之缘。洛德担任过全美外交学会会长、基辛格的高级助理，在中美互设联络处和正式建交过程中，做出了重要贡献。洛德同周恩来先后会见过多次。早在1975 年，洛德和包柏漪就认识了邓小平，80 年代前期，他们还在美国先后会见过李先念、李鹏等中国高官。洛德早年曾在耶鲁大学攻读英国文学，擅长写国际问题分析文章和政论、报告。他很乐意做妻子写的小说的第一个读者，常常边看边提出修改意见，有时还帮忙做些润色。

由于丈夫工作的关系，包柏漪多次获得回中国观光、探亲的机会。她到过广州、杭州、苏州、上海、北京、天津等很多地方，走访了在美国时睡梦中到过的许多地方。中国的大好河山，使她流连忘返；中国的悠久历史和灿烂文化，使她惊叹而自豪。她与分别 20 多年的亲友重逢、畅叙，滚烫的亲情，常使她热泪盈眶。在中国这片神奇而美丽的土地上，包柏漪找到了自己的根。她在小说《春月》的《后记》中写下了自己在苏州郊外找到了祖父墓碑时的激动心情，她写道："这块碑将永远不会被铲除、被打碎或者被抛弃、被搬走。为我们的祖先、为中华民族，它将屹立着，它将永存。今后，我的后辈子孙，他们也许不会说中国话，看上去不像中国人或不了解中国，但当他们来访问遥远的祖先时，将像我现在一样，感受到自己是个中国人。"此时此刻，包柏漪产生了一种强烈的创作冲动，她决定要写一部长篇历史小说，弘扬不朽的中华民族精神，让全世界的人都知道，在近百年的时间里，中国人为了求生存、求解放，是如何前仆后继、英勇奋斗。她在访问和探亲过程中，注意观察了解、搜集资料，进行创作前的准备工作。这部取名《春月》的长篇历史小说从构思到完稿，包柏漪花了整整 6 年时间，小说于 1981 年出版，立即引起轰动，它获得美国小说奖的提名，并被《纽约时报》连续 31 周列为最高畅销书，单在美国就发行了 200 万册。并被译成 16 种文字，行销许多国家和地区；在法国、意大利等国也成为畅销书。由于《春月》的巨大成功，美国铁夫特大学于 1983 年授予包柏漪荣誉文学博士学位；1985 年，圣母玛利大学授予她同样荣誉学位。

从中国文化中吸取营养

包柏漪创作态度严肃，写得不多，但讲究质量。1984 年她出版了一本生动有趣的儿童读物《猪年和杰基·鲁宾逊》。书中的小主人公是一个来自中国的女孩，她移居美国后感到一切都陌生，处处不习惯，心里很苦闷。直到有一天，她对原先看不懂的棒球产生了浓厚的兴趣，眼前的这个新世界也慢慢由陌生变为熟悉。这本书是包柏漪根据自己刚来美国时的亲身感受写成的。小说对儿童心理和感觉的描写细腻、传神，富有儿童情趣。包柏漪近年来创作《忠》是一部探索中国知识分子命运的长篇小说：写了 3 个童年时代的小伙伴各自不同的生活道路，深刻地表现了社会环境给人物带来的种种影响。小说从 20 世纪 30 年代起一直写到今天，真实地再现了人物活动的典型环境，使读者从中看到中国坎坷的前进历程。

包柏漪是一位有强烈民族意识的作家。她在美国生活了 30 多年，并没有被洋化，任何时候都不忘自己是炎黄子孙。由于丈夫的特殊身分，包柏漪在公开场合从来不谈自己在政治、外交问题上的看法，但总是毫不掩饰地表达她对中国的热爱和眷恋。在远离中国的大洋彼岸，包柏漪孜孜不倦地从中国文化中吸取营养，从不放弃学习研究中国文学的机会。20 世纪 60 年代初，她带着简陋的行李离开美国来到檀香山这一中西文化交会中心，第二年她离开檀香山时，行李中增加了 30 公斤重的文学资料，几乎全是中国古典文学方面的材料。她对中国当代文学也密切关注，颇有研究。在美国凡是有英文译本的中国现代文学书籍，她都尽量收藏。对中国当代作家作品，如王蒙的散文、高晓声的农村题材的小说和张贤亮等人的小说，她极为欣赏。她以弘扬中华文化为己任，使用英文来描写中国的历史和现实生活，刻画出有血有肉的中国人形象，揭示中国人的思想和心态。包柏漪通过这种特殊的方式，从事中外文化的交流工作。包柏漪的父亲读了她的小说后说："柏漪吸收了中美两国文化的营养，写出来的东西既不失中国的韵味，又能让美国人喜爱。这是她最成功的地方。"

动人心魄的《春月》

《春月》是一部气势宏大的长篇历史小说。全书40余万字，共分6部36章，另有《序幕》和《尾声》。小说具有史诗般的构思，时空跨度极大，从1892年起一直写到1972年，期间经历了清末戊戌政变、辛亥革命、北伐战争、国内革命战争、"文化大革命"等重大历史事件。包柏漪说："我写这样大的历史跨度意在说明，近百年来中国不乏立志改革的仁人志士。现代化并非一朝一夕就能实现的，更不是买一台机器、拿一张文凭就能达到目的。"《春月》在广阔的时代背景下，展示张、吴两个封建大家族的兴衰历史和两家四代人的曲折经历以及彼此间的恩恩怨怨，重点是描写从清朝末年到北伐战争这段历史时期。

小说中的张府在苏州，府上的老长辈张贤德是清朝大臣，他生有三个儿子和一个女儿。1884年，中法马尾海战爆发，福建水师惨败，几乎全军覆灭。张贤德万分痛心，从此看清了清朝统治者的极端腐败，他怀着振兴民族的心愿，送长子张勇才远渡重洋去美国学习科学技术，又送三子张贵才到山乐武备学堂接受新式军事训练。二子张纯才是个迂腐书生，想依靠科举制度博取功名。他的女儿春月，就是本书的女主人公。1892年，张老先生去世，张勇才中断了学业，从美国归来办理父亲丧事，并继承了家业。接受过西方文化熏陶的张勇才向妹妹春月灌输了民主思想，教她学习英文，给她很多西方书籍看。1898年，16岁的春月嫁到了北京吴府，丈夫吴乐应是张勇才留美时的同学，吴乐应忧国忧民，拥护维新变法，参加了反清的秘密组织。

八国联军侵占北京，血腥屠杀义和团的时候，吴乐应不幸遇难，春月成了寡妇。1901年，她带着幼女吴霞玉回到苏州娘家。几年后，春月的三兄张贵才和本地佃户的儿子李刚杰加入了孙中山的同盟会，秘密筹集资金，购置武器，准备发动武装起义。春月和大兄张勇才帮助同盟会暗杀了清朝巡抚。为了逃避"满门抄斩"的大祸，他们离开苏州老家，来到上海租界。春月把女儿吴霞玉送进教会学校住读，自己隐姓埋名，过着寄人篱下的生活。后来，春月有了私情，生了一个男孩。辛亥革命爆发后，北京吴府家道中落，没有人继后香火，婆婆就把春月的私生子领去做了吴家的继子，取名吴恒应。恒应长大后一直把春月看作嫂嫂，而不知她就是自己的亲生母亲。张贵才追随孙中山参加了辛亥革命，进入黄埔军校，久经沙场，在北伐时成为国民革命军的高级将领，率领部队进攻江浙一带。吴霞玉是个追求进步的新女性，在教会学校读书时，她积极投身于五四运动。后来，她拒绝了一个当了买办资本家的远房亲戚张严风的求婚，跟共产党员李刚杰相爱。结婚后他们一起去湖南从事农民运动。1927年初他们回到上海，在周恩来指导下，组织工人开展武装起义。在国共关系破裂的时刻，吴霞玉的舅父张贵才站在国民党一边。张勇才闻讯急忙从苏州老家赶到上海欲救吴霞玉脱险，不幸在"四一二"惨案中被流弹打死。张勇才的死令张贵才终于醒悟过来，亲自护送吴霞玉和李刚杰离开血雨腥风的上海。吴霞玉夫妇来到江西苏区，后来一起参加了长征。张勇才的两个儿子伟汉和明汉以及春月的儿子吴恒应则先后到美国留学。这两大家族的亲骨肉从此各奔东西，各自走上了不同的道路，彼此中断了联系。1973年，60多岁的吴恒应以美籍华人的身份回国探亲，他在苏州与春月重逢了。他们悲喜交集，回首前尘往事，恍如隔世。吴恒应从春月的讲述中才知道，吴霞玉夫妇于解放后任职高官，吴霞玉还曾随同刘少奇（主席）出访过巴基斯坦。张伟汉和张明汉两位在美国留学的科学家，建国后回国参加建设，在中国科学院从事研究工作，已取得重大科研成果。在"文革"开始后，吴霞玉夫妇作为当权派受到迫害，双双自杀了。他们的儿子李新生至今还在农村下放劳动。最后，春月和吴恒应母子俩一同来到祖先的墓地祭祖。阅尽人间沧桑的春月，坐在一棵柏树下，陷入了对往事和亲人的绵绵追忆之中。

小说《春月》如同一座规模宏大的建筑，有着严谨的结构；作者以人物命运为线索，展开一系列动人心魄的重大历史场面，悲喜交加，大起大落，载浮载沉，迂回曲折，富于变化。在布局上吸取了中国古典小说的一些特色，各章都有相对完整的故事情节，相互间又紧密衔接，有条不紊。情节过渡转换处往往设置悬念，环环相扣，富吸引力和可读性。人物形象血肉丰满，栩栩如生。小说在语言方面风格独特，节奏鲜明，既是纯正的英文，又含有中文的内在韵味，令人赞叹。《春月》帮助西方读者克服民族传统和文化心理上的障碍，正确地了解中国的历史文化，在推动中外文化交流方面，有着特殊的价值。

走向世界的美文
——彦火散文初探

香港是个举世闻名的自由港，节奏快，信息灵，观念新，瞬息万变，千奇百怪，万紫千红结伴来，写不尽的题材，说不完的人物，玩不穷的花样，海阔天空任你驰骋，五洲四海任你遨游，古今中外任你评说。这种天时地利人和的优势，最适合散文家闯荡：是以作家多，作品富，品种繁，题材广，手法新，内容无所不有，品味各有所好。在多元化的激烈竞争下，各出奇招，各行其道，各显神通，各具擅长，各呈新貌，其共同特点，便是个性化、自由化、本港化、新潮化、微型化。在群星灿烂中，彦火一枝独秀，独步文坛，饮誉四海：其优势便是起步早，正当盛年，著作等身；他人、文、言、行一致，胆识才能兼备；心念中华，视野开阔，立足本土，眼观全球，既有崇高理想，又能脚踏实地，忠诚文学事业，不为几个铜臭所腐蚀，不被名利所迷惑，范纮孜孜，奋斗不息，精益求精，攀登不止，堪称文苑劳动模范。

彦火（1948— ），原名潘耀明，笔名艾火等，福建南安人。出身贫寒，从小挣扎在饥饿线上。1957年随母定居香港，1966年毕业于汉华中学，因无钱升学，旋即入《正午报》先后任校对、记者、编辑，深得曹宪仁等前辈名家奖掖提携，20世纪70年代中出任《海洋文艺》执行编辑，因佳作送出，文名日噪，又蒙内地名家器重，经常出席世界各地的文学研讨会，到20世纪80年代初，出任三联书店香港分店副总编辑，加入中国作协，被选为福建作协理事. 1983年赴美留学，获得出版文学硕士学位，曾任《明报月刊》总编辑兼总经理、现为香港作家联会副会长、世华文协筹委会秘书长等。著有《中国名胜纪游》《枫桦集》《大地驰笔》《枫杨和野草的歌》《醉人的旅程》《当代中国作家风貌》（正、续编）、《爱荷华心影》《海外华人作家掠影》《焦点文人》《那一程山水》《生命，不尽的长流》和《人生情》等，可谓硕果累累而风华正茂矣！

　　凡是自学成才者，道路无不艰辛，彦火亦不例外。他移居香港时，住在一幢古旧楼房里，全层楼共住 7 家 20 多人，他与母亲住在一个没有窗只容一张床的中间房。他住上床，他的书桌就是一块架在床沿的木板，只能盘脚坐在床上读写，累了也不能站起来，站起来就要碰上天花板。天地如此狭小，逼使他去寻找属于自己的广阔天地——跑图书馆借书，在阅读中开拓自己的眼界，这就是他奔向文学的诱因，成为汉华中学豪志文社的主笔。彦火说，支持他前进的是福楼拜的一句话："从事文学创作的人，一定要有超人的意志。有了意志，才有办法克服困难。"彦火正是从不堪忍受的生活中和超负荷的工作中培养了超人的意志和拼搏的精神，从而战胜了无数的艰难险阻，取得令人艳羡堪惊的成功。不知情者，还以为这位白面书生是含着金钥匙来到人世间呢，殊不知他的成功是历尽千辛万苦和千锤百炼的。正因此，彦火才成钢成金。

　　除著述外，彦火另一贡献是矢志弘扬中华文化，为中外文化交流构架了一座四通八达的立体交叉桥，力促世华文运，建树良多，例如他在 20 世纪 80 年代中主编出版了四套文丛（包括祖国大陆、台湾、香港和海外），影响颇大，意义深远。这种自觉行动是出于对祖国对民族文学之挚爱。正如他在《桥》里所说的："桥梁的作用在沟通。相对有形之桥，也有无形之桥，那是沟通心灵，触动情感的文化艺术大桥。它于人类也是不可或缺的……如果我们的社会，能够有一些筑桥的人，那么我们的生活就会多一份姿彩，多一道彩虹，我们的心灵的缺憾，就会有所弥补，有所充实。"彦火坐言起行，以文会友，以书会友，以情会友，天天为友铺路搭桥，引来八面文友会香江，不仅繁荣了香港文学也繁荣了世界华文文学，而他也迅速地定向世界，使华文文学弘扬全球，成了著名文化人、出版家和名主编。于是苦尽甜来，自 20 世纪 80 年代以来，彦火如日中天，一帆风顺，迎接他的不再是酸辛的泪水和满地的荆棘，而是灿烂的阳光、美丽的鲜花和热烈的掌声。但他一如既往，谦虚好学、吃苦耐劳，分秒必争，倾全力读写，拼全力工作，尽全力联谊。凡到香港的海内外文化人都说："找彦火去！"这四个字可谓价值连城，无尚荣耀。世界走向彦火，彦火定向世界，这对他的散文创作如虎添翼。

彦火的散文，大致说来可以留美前后分为两个时期（即 1972—1982 年和 1983—1993 年），前期以专访、游记和抒情散文为主，后期以随笔、小品和杂文为主。

前期题材较为单一，但在选材上别具一格，以小见大，平淡中显神奇，是他常用的笔法。例如《雨伞》从普通的雨伞中发掘出诗情。只有到下雨时，人们才会想到并使用它；一旦雨过天晴，便又将它置之脑后。作者从中引申出这样的意蕴："功成身退，但到了患难的关头，又挺身而出，焕发青春，在这个功利的社会，这是不可多得的美德。"《栽花的人》赞颂了一位身躯佝偻的清洁工"种树不乘凉，栽花不自赏"的高贵品格，肯定了不求索取、只求奉献的自我牺牲精神。

彦火从小是在中华传统文化熏陶下成长起来的。特别擅长写传统母题，乡愁亲情这类题材。例如《秋雨·秋思》将李商隐的诗《夜雨寄北》引进文中写乡情友谊，情浓笔畅，意境开阔，颇富诗意。这类题材往往以睿智的省思和忧患的情怀把乡愁亲情升华到爱国爱民族这一高度。

彦火的散文还从不同的角度和层次，展现了资本主义工业文明对城市扭曲和污浊的社会风气对人心的侵蚀，从中可以看到生活在香港这个钢筋水泥森林中的人，"要沾一下春天绿色的裙裾，绝不是一桩容易的事"。作者渴望"去拥抱蓝天中最深邃的智慧，在沐浴飞絮中最温柔之情……"，面对喧嚣的工业文明潮汐，彦火产生了一种深深的忧患意识，对绿色的大自然，他充满了脉脉的温情。这类散文情感倾向文化认同，并反映了香港地区独特的文化性格和心态。

窃以为，在前期著作中，彦火最具有影响力的是他的专著《当代中国作家风貌》（正、续编，香港、台湾地区已出版，韩国亦已翻译出版），可谓学者散文，在中国三岸是他第一个评介了中国当代42位著名作家，为中外文学交流架设了一座宏伟的文化桥，因而好评如潮。港台东南亚和美洲10多家报刊赞扬这部著作："翔实、可靠，纠正了不少讹误"，"对中国新文学的研究，颇具参考价值"，"该书文章优美，介绍作家时不采用流水账的罗列年代，他力避连篇累牍的空头议论，作品和时代糅合在一起，勾出彼此间的关系，进而提出自己的见解……"

彦火前期散文篇幅短小，由于精心剪裁，严加斟酌，大都有丰厚的内涵，形成了思想开阔、手法多变、收放自如、善于触类旁通的特点，语言亲切自然、凝练含蓄。美中不足的是词藻过于华丽，有斧凿痕迹。

彦火近期的散文走向杂文化、政论化，以夹叙夹议的手法为主，更多关注民族文化和文人心态、命运，更多探讨人生、世态、人情，更多研究世局、人类的共同问题，眼界更加开阔广思路更加敏锐，文字更加简约，笔力更加犀利，总的发展趋势是日益圆融、老辣、成熟。也就是说作家更富使命感和责任心，忧患意识更为浓烈，也更带有民族沧桑感和苍凉感。这可能与他留学美国，颇受西方文化的影响，因而他的散文有更多的中西方文化的冲击、交会和融合。主题的转移带来题材的多元化，在语言文字上洗尽前期的华丽，返璞归真，增强了理性和诗趣，结构更加复杂而手法多变，使其散文内涵深邃，也更耐阅读和咀嚼、回味。他挥洒自如，开阖驰骋，更能容纳前瞻性的思考，但也可能带来某些偏激乃至失误。总之近期散文更烛照出作者的文人品性和学者风范。

近期的变化是前期必然的延伸与发展。彦火对中国现当代新老几代作家以及海外华人作家，都有深切的了解，并先后出版过有关专著，如《当代中国作家风貌》和《海外华文作家掠影》等。他敬仰一些人，同情一些人，揄扬一些人，赏识一些人——他也在他们当中广受敬重和爱护。彦火在内地、在香港、在海外都有过丰富多彩的学习、生活和工作的经历，而且到过许多国家参加国际文学、出版会议，与天下文豪彦士切磋讨论，所以他的文章开朗有尝试，视野开阔，有胆有识，处处显示真知灼见，而且情采流溢，教人赞赏不绝。这大概是积学阅世和深得江山之助的结果吧。

自 20 世纪 80 年代中期以来，他的散文"大都是记叙近年大家关注的文化人（其中绝大部分是海峡两岸作家）的生活和写作近况，夹叙夹议，不拘一格"。作者才情洋溢，文笔轻快洗练，每篇散文所含的信息量都是令人心满意足的。他的文风好，反映人品高。我们读彦火之文，真是如见其人了。在他的夹叙夹议中，"叙"提供信息，"议"提供观点，——当然叙此略彼也是一种观点。彦火的观点能统帅材料并使材料为观点服务。彦火为读者建立了一个"文化人信息库"，提供了数以百计文化人在几十年关键性活动的信息，而这些老中青三代人物的活动又把海峡两岸、制度的两岸、生活的两岸、命运的两岸……联成一张耐人解读的当代社会关系图。虽说作者手中的"变焦镜"只摄取文化圈里的杂闻琐事的图景，但"文化"这怪物却是无孔不入的。所以读者可从其散文精粹的文字中看到群星灿烂的人生舞台，看到暂难理解的遥远黑洞，看到亟待补救的高空臭氧层……总之，"诗言志""文载道"，读者也可"以意迷志，忘其言而得其意"。彦火给读者的礼物是小而精，他的散文是中国当代问题焦点图，是从文化的基地向四面八方拍摄的政治风云图，是以少许文字传多许信息的诗一般的中华宝鉴。

读彦火散文不仅得到信息而且受到启发而深思。彦火所歌颂的都是正派人，这些人中不少因说真话而大吃苦头，吃了苦头而还坚持说真话，这是何等伟大的精神呵！因为"真话可以针砭时弊，对坏人起威胁作用，对好人起镇痛作用"。彦火散文风格可概括为"真诚"二字，他的散文都是真话，都是对当代事件的公正评论，它们出自深思，也启人深思。可说是一曲中华民族的正气歌。

彦火是关心世运、兼济众生的文人，他是坚定的泛爱论者，我言我文出我心的真诚作家，对外来的评议有沉着的反应，似乎尽心焉而已矣。他跳出一己天地和个人琐事而追索生命的长河。曹丕在文人多短命的时代慨叹天才文友"徐陈应刘，一时俱逝，痛可言耶"！"年寿有时而尽，荣乐止乎其身"，曹丕承认人寿和荣华富贵都有必满的期限，"未若文章之无穷"，文章乃"经国之大业，不朽之盛事"，文人虽死却可赖其佳作而流芳后世、永垂不朽。这套观点不失为古今文人最站住脚的生命观。关于生命，彦火散文提供了不少解答性的提示。他通过泛谈夹议的散文，把文化人的身心活动以及文坛掌故、书籍赏鉴，一揽而收之，然后根据善恶区分之，爱憎厘定之，以表现一个总的主题：生命荣华都有尽，文章道德却永存。这大体上是推陈出新地发展了曹丕一代人的思想，而掠过近代西方启蒙主义，终结于现今世界和中国的文艺走向。对于那些在当代中国历史洪波巨流中吃尽苦头终不悔的文人们，彦火断言，对于这一群可敬重的人，生命是一条不尽的长流，绵绵不绝地给后人以启发和省思。彦火是中华文化之子，他懂外国文艺，但精通而关切的却始终都是中国文化，他的学问他的书，都十足是中国气质中国风格的。生命是不尽的长流，彦火纵说横议的正是这"长流"中特定的一段是非曲直，恩怨根由。

从整个社会的发展和延续来看，确如"大江东去，浪淘尽，千古风流人物"。发展和延续即生命的重要表征，"生命的大流"似人体细胞的更新，个体不断地死，集体得以永生。从事业和文化来看，也莫不如此。彦火拿 1990 年为例，这一年，中国国宝级文化人相继逝世，生命的长流似是春潮带雨晚来急，仅下半年便冲走了侯榕生、钱穆、王祯和、钱歌川、俞平伯、台静农、冯友兰等等，损失惨重，然而后继有人。国宝虽死，国库长存，自有新国宝出现，而且老国宝人虽去而业绩长存。彦火揄扬公正而得体，行文温柔敦厚，志在还文化长流以澄清的真容。我认为他大有见地，提升了文化界（特别是文评界）的见识层次，似是敬政治而远之，实则间接批判了极"左"之流毒。另一方面，该树为楷模的也表扬了如钱钟书等。由此，可与作者共同领悟"生命"的真谛。我想国宝级的文人和一般文人，都可拿自己生命的火花，去会合整个民族乃至全人类生命的巨焰，集萤火之明，发日月之光，此可谓永生，生命是长河，不舍昼夜，从古如斯，后世也会是一样的。彦火高明就在于处处从大我出发。

彦火的散文，巧用世界性题材，以文学形式包装政治的内容，笔墨圆润，议论精辟。在彦火看来，生得有意义和死得有价值与否，习惯上都视个性跟集体的利害一致与否而定。社会的"生命"是个体生命的集结形态，生命真谛在乎个体的存在（生）和结束（死）都要有益于集体。彦火认定生命虽仅一次但要能正确利用它。"轻于鸿毛"的生命悲剧，有时却实出于无奈，未必能归罪于个人或整个民族的软弱！我想把无奈当有赖：赖者安也，鸿毛永不燎，是该轻则轻，让它轻吧。彦火有一组《被解禁的苏联作家》的散文，很能发人深省，可资中国作家考察、检讨我们的民族性和国民性的好教材，其欣赏价值倒是次要的。至于《诺贝尔文学与文学的世界》这组散文，我则把它看作世界文学的政论：还有许多世界性题材的散文，都很有针对性和启迪性。他山之石，可以攻玉，看看世界文学品类之盛，气宇之大，对于封建传统深厚的中国社会里的作家而言，实在大有好处。

我期待彦火的新作也能长流似江河，并期待本书为华文世界的广大读者所喜爱。

论陈千武的战争小说

　　笔名桓夫的台湾诗人陈千武先生，同时又是最具特色的小说家。他以诗人的敏锐眼光，从自己亲身参加太平洋战争的特殊经历中选择题材，用很有个性的历史观和战争观为那场人类悲剧提供一桩桩的见证，写成一系列发人深思的小说。这些杰出的作品之所以不可企及，首先是由于作者1943—1946年的生活经历别人很难也有，青年作家则不可能有；其次又由于诗人的长期创作实践磨炼；他的思想认识的利剑，使他有能力对交错纷纭的战时现象做出文学韵味的解说，那也是人所难能的。

　　陈千武有诗誉在先，随后又以小说而声名更人，台湾义学界对他的诗和小说都有很多评论，甚至邀集专家和文学青年来讨论，多数意见说好，而且评析深刻，把作品的背景知识充分地提供出来了。少数意见指出缺点，实事求是，而且把评论家和作家对复杂历史背景的看法差异都端出来了。这两者合起来，展示了近年台湾文学评论中民主新风的增长，老权威肯跟后进去叙诗情文谊了。世上各行各业中，资深名重的老前辈往往不能真心奖掖后进，因为既得利益也会"利令智昏"，并非年老必糊涂的，桓夫作品的讨论十分有益于文学事业的欣欣向荣，此其老一辈的气度教人敬佩，年轻人的发言也显示才华与常识。我感奋之余，也想谈几点浅见，主要谈陈千武的小说，以后另文谈其诗作。

一、战争与文学

战争是人类自相的多发性历史悲剧。它往往一发而不可收拾，而造成巨大的破坏和杀伤。所以正常的社会情绪总是反战或厌战的，文学的主题思想倾向也是如此。但作家或诗人要写战争时，未必就能把握某一次战争的历史特性，因为它从来都是非常复杂的。从神话文学到当代文学，战争的题材比比皆是，而作者的认识深度和见解高度都各不相同，笔法也是各有千秋的。

战争的文学史料包括文学，中国拥有最古老的战争文学传统。如：《诗风》有"击鼓其镗，踊跃用兵"，写卫国进攻郑国的声势；《小雅》有"昔我往矣，杨柳依依，今我来思，雨雪霏霏。……我心伤悲，莫知我哀"，为幸存战士回乡中止的抒情；楚辞《九章·哀郢》是爱国诗人屈原于公元前278年痛惜楚都陷落的悲歌，而《九歌·国殇》则为反映楚人普遍爱国情绪的对阵亡战士的祭歌。——这些都是上古诗歌反映战争。

至于《左传》之记叙战争，则从战略运筹、战术指挥、战场情景乃至人物心理状态，都写得周密深刻而曲尽其妙，为同时期世界各国的战争文学所望尘莫及的。《史记》及以后的史籍中也都有可算战争文学的片段，文人偶作以抒怀寄慨而涉及战争的当然以诗词为多，因为体裁短小容易写得集中，唐人李华的《吊古战场文》读的人很多，也因为它内容反战厌战而得人心，流畅的赋体形式又好记诵。到了近代和现代，战地报告文学成了战争文学的主流，不少随军记者成了作家；事后回忆的长篇战争小说为其支流，而且成功者少，像桓夫这样以参战士兵的身份，又在成了诗人之后，来利用当年的史实，作现今文人之反思者实在不多。他连续写下多篇精彩小说，短篇的形式使主题突出，且便于读者赏读。远在当今文坛是很罕见的，可谓独树一帜吧。

战争祸害惨烈，却也给人补偿——这是政治家的一种解说。细想也不无道理。成功的战争文学，有的及时鼓舞人心、激发斗志；有的痛定思痛，总结历史教训；有的存留史料，并作褒贬，其中最得人心的一类是所谓爱国主义文学，它甚至拥有敌国的读者！这几乎使人怀疑世上有一种"泛爱"的存在。不妨说，爱国主义文学是战争的文化补偿。随此而来的新问题是，文学评论跟历史评价如何协调的问题，例如拿破仑战争是欧洲近代史上影响极其深广的一系列战争，史学界的评价历来不一。于是涉及这个题材的文学作品，其评论就不免诸多分歧了。俄国贵族作家列夫·托尔斯泰的皇皇巨著《战争与和平》中，1805 年和 1812 年俄法战争中俄国人民群众所表现的昂扬斗志，遍及奥斯特里奇和鲍罗金诺两大战场，也遍及敌占的农村游击区，这是"同仇敌忾"的一面；另一方面，贵族青年包尔康斯基和别祖霍夫却表现了一种包含着博爱教养的爱国激情；第三方面，交战双方都以敌方为"横逆"的罪恶力量，按逻辑以牙还牙是真理，可是作家托尔斯泰那种"勿以暴抗恶"的宗教世界观却使他塑造出加拉塔耶夫那种逆来顺受的天命信徒，这就使整部小说中的爱国主义削弱小少。我举此例，意在说明战争文学的"题材主题化"要受许多因素的干扰，作家的历史观和人生观都起很大的作用。循此我们来评论陈千武的短篇战争小说。

二、陈千武的小说

陈千武青年时期有过 4 年的行伍生涯（1942—1946），曾经以"台湾特别志愿兵"的身份参加过西太平洋战争的两年。而所谓志愿兵，当然只是日本占领者"皇化"统治台湾华人，征召青年入伍，为它那"大东亚共荣圈"的侵略政策，为它那败局已定的垂死挣扎，而搜集起来的炮盔罢了。

太平洋战争把许多国家和地区置于受害的范围之内，因而错综复杂的矛盾是不言而喻的。此时的日本实已被拖得筋疲力尽。横扫西太平洋的势头早已成为强弩之末；轴心国分头战败，互相丧气，至于陈千武参战的印尼地区，则有日本军跟印尼人民的矛盾；日军和英荷联军的矜持，英荷和印尼独立军的矛盾，印尼独立军和日本占领军的表面敌对（又暗地里以对抗英荷）；日军由顽抗至投降的士气剧变；夹在侵略军中的被侵略者——台湾志愿兵的心态；……这一切便是陈千武参战而感受到的历史悲剧，1940 年后他以诗人之笔把它转化为自传体小说，使 20 世纪 80 年代的台湾文坛大添新色。收载在《猎女记》这部小说集里的 15 个短篇并不组成序列，各篇的文学价值也不均等，我把它们各自独立的"回忆加创作"。

西方学者的太平洋战史著作，不论其立场如何，总是比较冷静地"照事记事"，这段战史本是疯狂的悲剧，就平铺直叙而缕陈其祸害，而不去考察其因果，我还记得一些塞班岛、关岛激战的概括性叙述，竟然不讳把日本写得宁死不屈，这样的"信史"实为对人类之莫大的不公平——比这更甚者，则为日本经济强大后所拍摄的与太平洋战史有关的电影，把侵略军垂死挣扎描写成国殇英雄，那是不为无据的历史歪曲。20 世纪的两场世界大战，当然都是帝国主义强国在经济危机消重的情况下发动起来的。弱国怎会请外敌来屠杀？所以成功的战争文学首先必须史论公正，而表现手法自可任意。日军中死不投降的确实不少，那是军国主义欺骗性教育的牺牲品，老奸巨猾的上层战犯却多数怕死，我记得苏联记者作家金罗螺《在顺川发现的一本日本》中就揭露了日本宣布无条件投降后皇宫前面真真假假切腹自杀的闹剧，文学作家不应做历史的和事佬，他们必须笔下有是非。我读陈千武的战争小说，深深地欣赏他那不露痕迹的批判立场，这 15 篇小说所显示的特色，是作者深厚的人生涵养，以及为和平而歌的世道批评，慧中秀外，恬然自然，较之众声怒目的声讨笔伐，更能引人沉想，下面我将对其中 3 篇，略谈己见。我有意避免台湾评论家的意见，所以不谈他们普遍赞赏的那几篇。

《泄愤》很生动地表现了"败军之卒"的心态和行为。这是"战争期"的典型，简洁的历史见证。

《驼背的昭和天皇》宣布日本无条件投降的消息传到雅加达，日军中的老兵泄气悲愤，在这绘神绘影的闹剧背后，隐藏着战争的必然历史逻辑：胜负转化，扩张者亡。日本自19世纪明治维新，以君主立宪制代替老本的封建制，学西方的工业化代替古老的农业经济——这实际上是开放改革，经济政治都改革，所以成效显著。不到30年，它便有能力从事扩张以争夺市场和原料供应地了。日本就这样在东方崛起，跻身于帝国主义列强侵略的竞赛场中，又30年便陷入了侵华战争的泥潭，而且沉溺越来越深越广，终于1941年和强大的竞赛对手美国打开了，珍珠港事件所带来的初期优势，犹如暴发户投机得利，再扩大便无以为继，终于引发太平洋战争而自招灭顶。陈千武是被裹挟在日军中的台湾志愿兵，他目击了日军在印尼败降的情景，《泄愤》之所以具有很高的真实性，不仅由于参战经历，而且还因作者的立场，台湾被日本统治50年，中国人始终不愿做顺民。陈千武被征召去占领哇岛时，祖国大陆的半壁河山也同台湾地区及印尼一样被占领着。所以这位"特别志愿兵"当时的思想感情自必跟他尴尬身份相一致。

日军在太平洋战争后期的士气大衰，正好让台湾兵和印尼民众同怀结束战争的希望。这就使得陈千武"能够站在局外的高处，很冷静地观察着疯狂而自傲的日本军队。他看到即将暴毙的军国巨人，抽搐着支离破碎的神经系统……"。陈千武在天皇悲声宣降的信息里，瞥见军国主义幻梦的破灭，眼看昔日纪律严格，坚如钢铁的日本军队，有如整座大山爆破、崩塌下来了。陈千武在参加帝汶岛防卫战中是一名机枪手，大概他自己就不《泄愤》里的重机枪手林兵长的原型，而这个短篇的故事真实性自然也就不小了。请看那个日本人北村兵长，军国主义使他"压抑过长时期的青春年代，跟社会隔离，被封锁，被系住在枯燥无味的部队，思想早已麻木了，只是想活着，抹杀了人性也好，成为只会战争的动物也好……如今遇到战败，随着军阀权势的瓦解，终于抓到了死里逃生的机会"。这就是当时爪哇岛上日本侵略军劣势丧威的标本，喝酒胡闹解除不了胸中的郁闷，举杯消悲更愁。"如今军阀失权，当兵的不能再狐假虎威了。"世俗的实力和军队的权势逆转了。在军中只有低级兵阶的，有些是社会上有头衔有地位的人物。一旦军政的体制改变，吃惯几年钢盔硬饭的军士们，复员回乡之后，将有更加难受的打击！这就林兵长这种冷眼观察与判断，使小说显得大有思想深度，不是仅在揭露日军狼狈相那种肤浅的水平上。当天晚饭，林兵长吃得又饱又香，第一次发现饭菜里不再掺杂着恶性权威的油腻味。这是日军中"一粒异质的细胞"，为时势所迫的台湾志愿兵，在日本投降时心中喜悦的写照。跟日本老抹杀泄愤窘态相映成趣，使这个短篇诗味盎然。

再看另一篇小说《夜街的诱惑》，它也是以日军静候受审时期的雅加达为背景，不过这回林兵长是主人公。

《兵长》的军阶显然并不高，但总比二行装一等兵强，毕竟挨个官的边儿了。林兵长是中日关系史的特殊产物，而所谓"台湾特别志愿兵"又是日本驱使中国青年为日本政治卖命而组织起来的。"时势造英雄"，太平洋战争的时势产生了林兵长这样类型的小批人物。

缺陷的电讯夺走了日军一向蛮横的威势，林兵长也是怕日本军官了。因为他们的威风雪地以尽了，战败的耻辱是日本人的，跟台湾中国人无关。中国人巴不得日本侵略者彻底失败哩。小说这样描写林兵长的心态："他是局外者，尤其理在（日本投降了，日军正原地待命撤退），已经是完全的局外者。"我认为这样的人物描写，实际上对"天下大乱"复杂的世界性人情关系做了深刻的文学反映——尽管"局外"的概念易招异议。且说林兵长怀着这样的心态，怎样参与"败军将士"的生活呢？这也是第二次世界大战接近尾声的战时世界。

近代日本军制跟中国的颇有不同，特色之一是日本有军妓，或从本土招或从占领区征召，甚或野蛮"掳集"（请看陈千武小说《猎女犯》）。军妓之设，本意或许是为了"使三军之士视死如归"，其实哪有这等事功呢！往往反而提醒侵略军肆意奸淫民女，《夜街的诱惑》正反映了日军此道训练有素，到了"虽败犹淫"的无耻地步。可见前篇小说《泄愤》中所刻画的也是兽性多于人性了。雅加达的花街攀附苍也因日本投降而灯火复明了，具有讽刺意味的是，军纪严酷的日本兵营，竟也睁一眼闭一眼地放松管束，让官兵各自翻墙逃走，拐到烟花楼馆，玩弄女人。这已不是平日军是敢死队优先享用的"慰安妇"，而是深入民间自由寻找的"外快"了。每当华灯初上，修眉婀娜的南国美人着美人图说纸介绍每个女人的特点，加上外线车夫领先引客挣钱，少男少女临街兜售卫生套！整个社会丑态毕露了。而战败的日本军人更彻底丧失了羞耻感。

局外自居的林兵长，也经几年的军中生活磨掉了羞耻感，成为粗鲁不文的麻木人了，它篇小说表明，他也参加过抓女人玩女人的勾当；甚至在日军人事官准尉手下当专任随兵时，还跟准尉共寝玩同性夫妻游戏，成为准尉的性欲发泄器。如今日军战败，士气瓦解，营外寻欢成了苟安旦夕的节目。林兵长也不免随流飘荡，逡巡在欲望、悔悟与自责的矛盾里。终于也跟进那惑乱的巷子里。但是林兵长毕竟不是日本人，他有着台湾中国人所固有中华文化陶冶出来的民族道德观念。出兵营，寻柳枪，入花院，一路来耳目所接，激动了他的良知。刹那间，他觉得心底有个声音在呼喊："我不是，我不是战败的日本兵，哦！为什么，为什么我要跟日本兵一样，疯狂起来寻找刺激，麻醉自己？不必，不必，我是个局外者，不必迷失自己呵！"

作者对小说主人公这段思想波动加以肯定："林兵长一诞生就把生命构筑在跟日本人不一样的黑暗里面，委屈了二十多年后的现在，遮蔽阳光的专制怪物垮了，明天以后，他就会天天看到太阳。"这象征性的指示前途，等于说：生于台湾长于台湾的中国青年被迫充当侵略军的"兵长"，黑暗的日子熬到头了，台湾被占50年后终于带着数百万儿女回归祖国怀抱了。中国人的民族尊严恢复了。——林兵长误入烟花巷，登堂尚未入室之际，他猛醒了。他喊着："不要腐蚀自己！"掉头离开了房门，循来路回兵营去，河边清风送爽，他抛掉军中受凌辱的往事，以中华儿女的解放心情，吹起口哨来。这个短篇小说的成功，主要原因乃在于作者透过战争环境的真实描绘，表现了50年日本在台湾"皇化"统治并未能驯化一代的中国青年，台湾人毕竟是中国人。林兵长就是小说中的林逸平，他的母亲精通祖国的历史，常常教导儿子不忘本："我们是从福建迁移过来的唐山人，要保持唐山人的骨气。"林逸平的双亲从不附和日本统治者蛊惑人心的口号："为日本天皇尽忠报国"。这口号骗不了台湾中国人，林兵长的觉悟是我们民族精神的表现。（参看陈千武小说《旗语》等篇）

最后再赏析一篇《遗像》，它写的是战争环境所造成的阴差阳错，使一对青年男女由于误会而转爱为恨，终于导致男的在动乱中被误杀，一场爱恋以悲剧结束了。本来，战争就是人类历史中屡屡上演的大悲剧，它造成的寡发就不计其数，毁掉一对姻缘算得了什么。可是陈千武这篇小说的情节却揭露特别多的国际社会问题，所以其意义不容忽视。

首先是"志愿兵"和"看护助手"的欺骗性问题，戳穿它，便是对日本军国主义侵略战争实质的揭露和批判。德意日轴心国是第二次世界大战中的法西斯侵略组织，日本是这个组织的东方打手。日本是东方唯一不受西方侵略的国家，也是唯一挤进帝国主义列强的队伍而侵略邻邦的国家。日本的封建传统狭隘性加上现代帝国主义的对外侵略，合成了它的战争机构的残暴性和封闭性。日军从事侵略扩张，树敌甚广，猜疑心重，不到山穷水尽它不轻易征召异族人入伍，更不会委以重任。陈千武小说所反映的是日本军事扩张政策行将彻底失败的年月里的情况，日本在台湾少量征召"志愿兵"和"看护助手"已是口渴喝盐水的垂死挣扎。宣传欺骗监视威压，无所不用其极。小说《遗像》就是描写一个台湾男子"钦"参加第一批志愿兵，光荣送死，开赴前线，恋人"她"答应等他凯旋成婚，不嫁别人，而且保证不受骗去当看护助手（实即兼充军妓，罕能不失身），以法身自守，岂知他们都非"纯粹皇民"，时世、事势都使他们比日本人更加身不由己，女的终于被逼进"看护助手"的队伍，虽然失约未必失身，但却没得到"钦"的谅解。侥幸未死的他，复员后避不见她。躲到南方去工作，不幸在一场动乱中被误杀了。她带着鲜花去吊祭参加过"圣战"的英魂，到"爱与恨深藏在钦的同一颗心里"。婚姻的幸福期待烟消云散了，不可思议的是，她如今也没必要向钦解释了。志愿兵和看护助手的命运象征太平洋战争期间台湾青年无辜受害的惨痛历史。

其次，由这篇描写太平洋战争一个小小说遗症再谈几句战争，以总结并结束我对长千武战争回忆小说的读后感。

战争的祸害给人类留下无数痛苦的记忆。人民但愿太平无战事。古代思想家也说："兵凶器也，战危事也，圣人不得已而用之。"圣经旧约以赛亚书第二章说"他们要将刀打成犁头，把枪打成镰刀，这国不举刀攻击那国，他们也不再学习战争"，说的也是善良的心愿。可惜历史上战争似乎又未能永不发生，以至高瞻远瞩的政治家有时竟慷他人之慨，大言"以死几万人算什么"。有的改革派主张"以战去战，虽战可也"——就是用备战防止侵略，用讨伐扑灭战争的根源，这是2400年前秦孝公改革（变法）政策的总设计师商鞅的辩证思想。现代智囊们管它叫作"以正义的战争去消灭非正义的战争"。可惜正义的标准敌我不同，文学又不能不站在特定的立场上去写战争、评论战争，所以战争文学很难做得公允而久传。史家说"春秋无义战"，日军称太平洋战争是"圣战"，我们看陈千武笔下那么多人受"圣战"之害，我们怎能相信其为"圣"呢？中东有"圣战者组织"，那是宗教的信念灌注于战争行为所产生的名义，我想搞乱卫国的战争才是神圣而正义的，打破别人的国斗而冲撞烧杀应说是邪恶而非正义的。我以此衡量陈千武的15篇战争小说，觉得他的史识是高明的，题材处理是得宜的，文笔是精彩的，但各篇的成就是不等的，台湾评论界推重《默契》《猎女犯》《输送船》等数篇，那无疑是得当的，但其他10多篇也都是很好的，只是构思的用力不等，或作者对那故事的历史价值本就有所吧。

陈千武原名陈武权，另一笔名桓夫，台湾同投人，1922年生，因受日文教育，曾以日文写诗。1960年后始用中文写作。战后从事文化工作。《笠诗刊》创办人之一，现主持笠诗社经理业务、亚洲现代诗集编集委员，台湾笔会会长，主要著作有诗集《彷徨的草笛》、

《花的诗集》（以上皆日文），《密林诗集》、《不眠的眼》、《野鹿》、《剖伊诗稿》、《 的满足》、《安全岛》、《爱的尽头》、《的彩虹》，小说集《猎女犯》，其他著作甚丰，有诗集结集及译作 10 多种。总之，他是多产诗人、多能作家，创作斐斐八度获奖，广受好评，深受敬重。

80 年代的文学旗手

——林燿德论

台湾文评界普遍认为 20 世纪 80 年代的台湾文学不如六七十年代，有人甚至认为消费文化已成为主流，并有淹没一切的趋势。在一片"不看好"声中，林燿德的出现，宣告台湾新世代的成长与壮大，他们的成就填补了台湾外流作家所留下的空白，给我们带来莫大的希望与欣慰。林燿德不仅是台湾新世代的佼佼者，而且被台湾著名文评家叶石涛称为"80 年代的文学旗手"，这很值得研究。

林燿德，原名林耀德，祖籍福建同安，1962 年生丁台北市。辅仁大学法律系财经法学专业毕业。退伍后参与《台北评论》创刊，担任执行主编，现任出版社总编辑、专业作家。曾获时报文学奖、新诗推荐奖、时报科幻小说奖、优秀青年诗人奖、海军文艺金锚奖、辅仁文学奖、联合文学新诗奖等。主要著作有：短篇小说集《恶地形》，长篇小说《大日如来》、《双星沉浮录》、《解谜人》（与黄凡合著），诗集《银碗盛雪》《都市终端机》《你不了解我的哀愁是怎样一回事》《都市之荧》，散文集《一座城市的身世》《地图思考》，评论集《一九四九年以后——台湾新生代诗人初探》《不安海域——台湾新生代诗人初探》以及《观念对话》等，主编的有《中国现代海洋文学选》（3 册）、《台湾新世代小说大系》（12 册，与黄凡合编）、《台湾新世代诗人大系》《台湾新世代散文大系》等。年方 27 岁的林燿德在短短三年间竟然出版了 10 多本著作，可见勤奋异常，从 1984—1989 年年年获奖，共获 13 个奖，可见不仅多能高产，而且达到优质好评。"他是 80 年代台湾都市文学的倡导者实践者，……也是当代最具争议性的作家"，可见叶石涛的称誉未必夸张。

一

先谈林燿德的小说。《恶地形》是"怪诞小说"的结集。作者似乎故意拿怪诞的文学，去揭露当代都市生活的怪诞，或说众生的怪相吧。

中国文学源远流长，植根深厚，同时也有作茧自缚伸展不开的老毛病，甚至可谓"痼疾"。台湾文学是中国文学的一个重要组成部分，自然也不能例外。台湾省经济的发展使全球刮目相看，而文学的创新和实绩却很不相称。林燿德无疑是血气方刚、才华横溢的文学闯将，他的创作道路自然不是唯一正确的道路，更不会是受到充分理解的道路。我所谓"怪诞"者，也是夸张其一时难以雅俗共赏的"音障"局限性。我衷心祝愿的，恰同台湾作家黄凡所期望的一样，"期望林燿德能以更诚挚的态度，更大胆的手法，去修理老根盆缠的台湾文学"。

让我从用作书名的《恶地形》这篇短篇小说谈起，再及其他几篇，自然不必十六篇都谈一阵。《恶地形》的写法奇特，你若逐字读下去而不加思索那你必定毫无所得。你必须大伤脑筋，"以意逆志"，发挥"读者破译作者的主题密码"这种意识功能性，凿璞获玉，才能领会作者的创作意图。这是林燿德小说特有的晦涩，他似乎执意要破除"消闲"式时读法，而把小说变成双向汇流的创造。在全书十六篇中，此篇最为典型，不能不读。

劈头就"甲刀削斧凿"般地勾勒出一派外形险恶而荒凉的地带——这就是"恶地形"的名称由来。作者以这个区域为小说的自然背景，却又急急把读者拉进另一番"景外之景"，即凭想象补充上去的"副景"，不妨叫它"意识情景甲"吧。我觉得林燿德这样大胆闯进，不免要被人讥为故弄玄虚。但是文学的老套（包括写法与读法）

实在太缺乏新鲜感与活力了。创新改革而一时不为人所理解，我看还是值得的。

林燿德运用这种双焦套色的背景描绘，收到一种象征效果。"恶地形"这个出名的地方本就具有神秘性，一年之中干季雨季景象不同。天雨给山沟创造了平湖，海市蜃楼般的奇景出现了。湖中的倒影与岸上的正景，哪一个是真景呢？"恶"与美何者更真实呢？当代城市风光，与村野景色何者更虚幻呢？……就这样，宇宙相对性的哲理像一张大毡毯那样覆盖到"恶地形"的上头，使后者更带神秘的色彩。

由想象中满溢的湖水，又以惊人的蒙太奇转出"卜"声抱石跳水的自杀场面，这也并不足怪，都市生活中的自杀实在连"怀沙"的诗趣也没有！你听那一声落水，快把镜头弄到湖底，朝天拍摄，却见那尸体很像大冰块中的冻鱼，或像琥珀中的昆虫"化石"！多奇特，生命摔开了时间的挂碍；钻进了暂时封冻的空间。"方生方死"，庄子说得那么洒脱，"吾以天地为棺，宇宙为椁"，这又说得何等超然哪！

这奇思妙想，使"时间和空间都在此刻贴上封条"。从这神话的境界里，去探索人生的奥秘，纵身入湖，"跳下去就是为了这一点微妙而缥缈的安宁吧！"啊，原来这"恶地形"也会成为逃避都市嘈杂甚至摆脱人生的宁静之区哟！尸体的心态是不可分析的，独立于任何理论之外又渗透于任何理论之中的。阴阳悬隔；活人应该设身处地，暂把自己当作闭上眼睛的尸体，却又能想象，把自己想象为鱼，把自己想象为潜水艇……这又似庄周梦里是蝴蝶的境界了。

到此好像出现了断层，小说急转而跃入另一个层次，风景明信片上的B女郎。她"青春遗失在纸面上"，但却自有其永在永存的不朽性，因而显得真实。而仿佛老在身边，且复裸裎共寝，来去定时，不知其何许人也的C女士，则为夜都市生活的幻影，"无为有处有还无"，属于最不真实的游魂幽灵之列，以至当她玉体横陈之顷，他却担心她会变作尸体！

真实和虚幻，都由都市生活和荒凉凄惨的青灰岩区"恶地形"的，对照而引发出来，成为互相补足互相证明其存在的宇宙代数符号——B与C，双双倚立于"恶地形"背景里叫人只能不求甚解，虚伪地包容不必说穿的现实，如对分尸案凶手之不知悔悟，传染性的暴虐，有纵火狂的消防队长等等，有什么能够消弭这一切呢？死亡！"一切微薄而廉价的幸福都将在死亡的笼罩下摧毁无遗。"

毛骨悚然的哲理意象，构思奇幻的"恶地形"文学！

接着再谈另一篇《迷路吕柔》，虽然没有前篇那么突兀可怖，但读了还是叫人忧忧不乐，因为作者揭破社会生活的疮疤，是那样坚决而不稍宽贷。主人公吕柔是个少女，被高两级的男同学张颖引诱成奸，从此柔弱颓丧，逆来顺受。后来又遭路人强暴，她失手砸死了那个男子。张颖本就黑心，便顺势抛了她。世路冰冷，家庭也毫无温暖，原来父亲也是花天酒地而落为四处躲避票据的通缉犯！八面来风，吹刮得弱质少女无力抗拒堕落的命运。直至跳楼。自杀前一秒钟，才被那个大楼的管理员"喝阻"了。她听到背后一声叹息："这一代的青年人真是无所事事，游手好闲……"吕柔活下来了，她也决心"活下去"！一定要活下去！一切仍然需要用生命去参透。

参透人生哲理吗？这对她是高不可攀的。她心底阴云四合：男友是负心的无赖，父亲是在逃的罪犯；自己是被诱奸又被强奸而索性堕落的女人，又是杀人犯；被她杀死的男子是拦路强奸犯，她还亲眼见过一个中年男子当众街边手淫的丑态。啊，男人如此这般，女子像她自己……当代繁荣城市的病态，难道是娇生惯养的吕柔"参悟"得了的吗？

再看另一篇小说《方舟》，这是科幻小说，它把当代世界的潜在政治危机形象化，把科技大爆炸、知识大膨胀、信息大发展所引发的社会问题用科幻小说所特有的整合技法加以形象化。方舟的故事取自基督教圣经的《创世纪》，是"大难临头，上天留种"的寓言。"方舟"原意只是一个大柜子，但在这篇科幻小说里却成为直径10公里，"潜地"深达1万里的"超大型容锁建筑物"，它可容纳3500人，以

15 公里的时速在地底自由穿行，借此躲避核战的灾难，保护中央官僚系统及其妻室子孙，死硬派随从精英分子。这是想入非非的浩劫之后"人类重生的子宫"。"方舟计划"是日本两届首相采纳中国"外流人才"杜德铭的构想和吸收日本科技专家的设计而通力合作造成的少数人的"保命"算盘。小说作者把中印战争，互掷核弹，以及随后日、苏、中、美都卷进去的错综复杂矛盾并纳入故事，而又出人意外地以方舟内部计算机"捣鬼"而使整个方舟计划惨败，从而一切矛盾都不了了之，化为乌有。林燿德小说的怪异特点，在与科幻结合之后就显得更加神秘了。

总上三例，可见一斑。林燿德创作所显示的力量是不可低估的，但要对他的成就做出不科学的评估一时谁也办不到。台湾评论界呵护者有之，砍伐者亦有之。我同意诗人兼评论家痖弦的公道话："你的旅途正长，你的故事刚刚开始。你冲刺吧，你尽量向上生长吧！一切的评估和判断都嫌言之过早，这还不是下结论的时候！"我几乎遍读林燿德的各类著作，深深感受到他身上流溢着的那一股晔晔青春的气息，不禁想起古时饱受砍伐的诗人即原的名句："冀枝叶之峻茂兮，愿俟时乎吾将刈。"

二

再说林燿德的散文。叶圣陶早就指出，"散文并不散"。林燿德进一步用自己的写作实践打破了"散文的特点就在于散"这种当然的观点。据诗人痖弦跟林氏两次长时间促膝谈文之后的论断，林燿德是把散文和诗拿来对比而立论的，他接受传统的散文观。

林燿德认为，诗要打破读者的思考方式与阅读习惯，而散文则要顺应读者的思考方式与阅读习惯。林燿德不喜欢把散文装成很有诗意的样子，他不写"诗般的散文"，也无意写什么"散文诗"。他要用平白简易的语言来和读者沟通思想。他写散文着力于结构的调度，精心安排，把思想用巧妙的逻辑连结起来。（以上参照痖弦的话）

我读林燿德的散文集《一座城市的身世》，深感痖弦论断正确，更服膺他的主张：林燿德的旅途正长，一切评估和判断都嫌言之过早，这还不是结论的时候。——因此，我也只谈一些感受，而不做判断。

1. 关于明快。不论哪一派评论家，似乎都不反对散文要写得明快易懂，或说，明快应是散文的特点之一，然而林氏的《一座城市的身世》这本散文集给我的印象却是"不甚明快"，这跟林氏主张"语言要精确"也难合拍。是不是另有原因，"使精确加精确"的连续总和等于不明快呢？若果如此，则他的从结构入手却不免产生副作用了。大概不是这样。那又为什么呢？

于是牵涉到背景复杂而不甚明确的"后现代主义"的文学特点的问题。尽管人们并没能给这种文学下个确切的定义，但不约而同地都认为"后现代的文风模糊晦涩"。我觉得，若以 20 世纪 50 年代以来台湾文学作品中所反映的比较勇于探索创新的青年作家的"思路"（解释世界表现的方式）和文风来分类，那就确有一个"新得不免怪诞模糊"的派别。也许它就是被称作"后现代派"的吧，这点暂可不求甚解，我们只谈林氏的散文，谈他"不明快"的文风的实质是什么。

林燿德对现实的解释很讲求"深度"，要从平常的都市生活中排出有代表性的现象来加以说明，往往概括出一番哲理来了。这么一来，言虽浅而意却不浅，在小说固不宜多，在散文仍然要伤害明快。例如《妻子的脸孔》劈头第一句便是一条格言式的大道理："所有的谎言在开始时都是偶然的、善意的，直到最后成为婚姻步向失败的流程中必然的仪式。"这是不浅的哲理，又用了"仪式"的换喻来表达，结果加大了理解的难度，造成不明快的文风。若论这篇散文，则任何公正的读者都会肯定作者见解精辟，写得那么凝练，似真人真事的小说，而实为都市人情世态的微缩记录。我觉得这种写法也值得尝试，得之哲理，失之明快——有得必有失，为何不能试？

林氏的语汇特点也造成了他散文的不明快。且不说他的小说中用了大量新词新语，光就散文来谈吧。例如《电梯门》，故事一清二楚，灰白头发办事认真的老头死了。但"硝化甘油锭"的提示却有歧义，可以暗示死于心血管病突发，也不可以暗示用药过量中毒，甚至还可以有别的解释，总之，过分使用科技词语到文学作品中来便要损害。林氏各类文学作品都有了不起的创新精神，但用词造语应多为普通文化水准的读者着想。

2. 关于都市文学。据评论界权威的意见，林氏十年奋斗是致力于都市文学的建设，而"都市"二字的含义已与过去大不相同，简单说来，现代城市实际也包括乡村在内。凡是现代科技、现代信息网络笼罩的地方，都是城市的范围。诸如此类的意见都颇有道理。事实上，中国当代文学的主要特点乃在于思想方法的"都市化"。这都市化意为"新潮化"。尽管20世纪50年代有过"到农村去"这类口号或运动，但文学的发展都脱不了以城市（信息流通枢纽）知识分子为主体的青年作家的冲闯和成就。林曜德是植根于台湾城市、受多频道信息"馈入"而能源源不绝地"反馈"于文学作品的优秀青年作家。他那富于特色的文学思维，是正在接受实践检验的一家之想。我是从这个基本看法来重读林耀德的散文，不敢轻断而只谈感受的。

林氏执意从结构入手，诗歌散文小说都如此，若只就散文而言，"结构"便是思想传输的次序。所以他的散文特点之一乃在于"表述"文章中心思想时的逻辑有其特色。例如《住一楼真好》就充分显示了"结构"的匠心。它是作者"整合"奇思妙想的一例，使全文疏疏朗朗，曲折有致，而主题又是"察而可识"的。

头两行以搬家的机遇，几次都住了一楼的叙事引发一连串出人意外的"道理"——作者风趣地自称"阿Q式的论述"，其实倒是对"都市生活中种种新的价值观念的文学注解，出人意外，正是其独到的慧眼。据笔者所知，林氏就住一楼，这慧眼正来自切身体验。

"高楼节节拔高"是当今都市生活的全方位的写照，它牵涉众多社会问题。林氏从"物以稀为贵"的比值变化而替一楼说了好话，着眼点异乎凡俗。"此亦一是非"嘛，作为文学岂无妙趣？接着又从人类天性中有偎倚地球母亲的依恋感，不习惯于上不着天、下不着地的空中楼阁这种普遍现象，来导出"住一楼是不幸中之大幸"的自慰式结论。中富有辩证的哲理，它可以舒解都市生活的抑郁情绪。随后两段从核桃的比喻说到墙的心理意义、防卫意义和缓冲意义——从高楼无院墙根一楼有院墙的对比显示优劣，说理深刻而富诗味。这不能不引起评论界的注意，打破陈规老套，从结构上探索散文（以及别的文学体裁）的表现新技巧，是否值得一试呢？

三

三说林燿德的诗。林燿德是当今台湾文坛首屈一指的青年文学革新家。他从事诗歌、散文、小说的创作，也从事文学理论的发掘，他把自己放进文学史的洪流里，致力于文学新思维的"程序"设计；他已发表的各类文学都给人一点"离奇不凡"的感觉，成果丰硕，毁誉交至，一时颇难论定。最好的办法是让他继续实践，而评论界各抒己见，促进他的成长和成熟。据此立场，我也来谈点随想。因为海内外著名诗人、诗评家如杨牧、罗门等多位已发表 20 篇评论林燿德诗歌的文章，引人注目，我这里只是门外谈诗。

1. 诗言志——这是两千多年的老理论，但仍然不失其为真理。然而老祖宗和小苗裔的"志"必定有所不同，否则太辜负时光了。林氏真是诗坛的异军突起，言志无法无天破一切陈枷旧锁，立当代新人以诗言志的新规范。请看《上邪注》吧。"上邪"，犹言"天哪"！是汉代乐府民歌的篇名，因为这首爱情诗的第一句就是这一声嗟叹。旧说它还有个姐妹篇，写女子准备跟三心二意的男子断绝，这《上邪》是续篇，写断不了的情结，总之，怎么说都只是古诗人代女子言情志之辞。两千多年过后，如今诗人林燿德把《上邪》裁为七段，以诗注诗，写成了这首别开生面的《上邪注》——它完全撇开了古人的思想感情，只拿古诗做雷管，来引爆现代人的思想感情的核弹。它的光华使你失明，它的震响使你失聪，它的炽热使你熔化，它的辐射使你萎缩，它的象征使你迷惑，它的袒露使你咋舌，它的时空都似无终无结，它的真意仿佛可此可彼。《上邪》7行，诗人"注"了将近60行，读者一望而知《注》只是旧调翻新腔，借题发挥而已；但读者用心读了，却不免要求对这个注再加以注解，我想，"曲高知音寡"只是一种可能性，而不是必然性。我想，世上也有一种才本就没有的"伟大"为千万人所传诵，如安徒生笔下《皇帝的新衣》那样。所以在文学创作与评论的关系上要避免两种偏向。一种是"打杀后生"时棍子——这棍子拿在权威手里。"好小子，你胡来，写得连我都不懂，简直一钱不值！"这缺乏奖掖后进的长者风度，幸亏只是极少数人。另一种偏向是"新衣真好"的吹捧——这瞎捧出自评论界的老好人之口，这种好心人不少，但却未必有益于文学，有助于作家和诗人。宇航员探索太空，发回的信息，不一定人人都懂，其价值却不容否认。问题是价值多高，要分析，或暂存后论，不可一哄而轻诀弃取。林诗中《上邪注》是一个类型，它包含着优点和缺点，优点在创新。"李杜文章众口传，至今已觉不新鲜。"诗坛应待新星出，探索太空何足嫌。缺点在于太着力」结构的整合和模糊的象征。例如换行之际让人接不上思路（……幻岛/生满黑色水晶的要塞），几个象征性词语合不成可理解的意象（掰开花骸的假面……/……然后任那黑色的孤瓣飘零我蔷薇红的裸唇/之上）；这缺点是探索诗言志的新路的过程中产生的，实在谁也难免。大概年龄迫使林燿德产生一种强烈的冲动，要把爆满的信息压缩在片言只语里——这就很容易失手，造出"裸唇"之类的堆砌，犯了语义学上的赘余（reaundarcy）的毛病。然而谁个诗人不失笔呢？难道评论家可以教他因噎废食停止探索吗？

2. 咏史——这是古已有之的诗类，总是被用来"言诗人之志、作者之心"，或发发牢骚的。林燿德诗集里边咏史的诗章不少，而且全是立意新颖、见解深刻、显示学力的；他倒不发什么牢骚，这大概是因他猛进不懈，没心去思去发牢骚吧。请看《塔之奥义》。

我们知道，西欧之塔与佛教无关。中东和远东之塔都与佛教或伊斯兰教有关。合东西塔笼统而言之，塔是人类"欲与天公试比高"这种意志的象征。基督教圣经创世纪所述的巴比伦塔故事却是"天公不许人太高"的寓言，现代都市的摩天楼是塔的变种，是人类实用意志的产物，它不屑于登天，只求满足地上人间的需要。——以上是塔的历史要义。我们回过头来看林氏的诗篇《塔之奥义》吧。

全诗分两个部分，前半部分从佛教徒埋骨之塔，说到人类世世代代的牺牲换得了塔的发展和隆盛，然而人类"离天太远"，"孤立于宇宙"的苍茫失望之感并未因精雕细琢的高层宝塔而消除。

塔愈盖愈高/世界依旧孤立于宇宙/孤立于外宇宙内宇宙与微宇宙

结论是"人离天也愈来愈远"。重视诗篇结构的林燿德，就是这样把咏史拉近哲理，从而显示其思想的深度。我们知道，佛教哲理中有两个要义，一是把时间或空间这两种"维度"都看作含有相对牲的，二是时空范畴都各自有其内部的转化的现象。所以宇宙万物一成一毁的生灭时间单元谓之"劫波"，它是一根无始无终的转化"链"，而空间上则宏观微观之相对转化可轻易地在人的思维过程中实现，你可以"置世界于微尘，纳大山于小米"，由此可见，上引林诗第三行的结论，乃是电子信息时代青年诗人离奇而合理的意识"整合"的佳果。我们不能否认，"此是新诗探索之一得"。

跟上半咏史联璧的，是诗的后半部"都市之塔"。这是现代都市高楼林立的写照。抛掉了一切信仰，物质文明"重叠的禁猎的森林"似乎充满疲惫，缺乏思考，像丛塔，塔座愈埋愈深，塔尖越突越显——但是"什么都支持不了/包括信仰"。写到此，塔的历史灵光全然熄灭了，入夜，它们就幻化为集束从天而降的群杵，捣啊捶啊，"蹂躏着我们的都市"。这是青年对人类文明"壮年衰弱"的慨叹。如此咏史，岂不很有个性吗？

再读一首《世界大战机》，这是三十二个字的短章，全凭结构的匠心而宣示了诗意。诗人并未经历过两次大战的年月，他是1962年才来到人间的。但他用"哒哒哒／死亡"表示第一次世界大战的杀伤的规模相对尚小，用"轰轰轰／粉碎"表示第二次大战的破坏相对地看则严重多了，用"光／更强的光"来预示第三次大战可能是毁灭性的——这三段诗单独不成义，合则成一体，意趣是显然的。林燿德的实践向评论界提出一个考题：结构里可提炼出诗质来吗？

3. 都市思维——以这4个字来限定诗的品类，其界限仍似"雾锁楼台，月迷津渡"，胧腺恍惚，有诗趣却难以指实。若把"都市"理解为社会信息集中处理的主机，则凡有人之处，而又有不容迟缓地对一切息信做出快捷反应的地方，通得谓之都市。林氏的全部文学活动，都不出此都市的范围。他的思维是"都市型"的，所以在1988年出版的诗集《都市终端机》中，也干脆把第二卷的14首诗统题为"都市思维"。其实，他的其他诗篇何尝不可归入这一类呢？于是我把他的大部分诗统归入"都市思维诗"这一类。我私忖，林燿德把信息发达的世相看作提供某种结论或报道的终端机。我又以为，不妨把诗也看作一种"对某种世相的反应"，一种"艺术处理过的信息反馈"。据此理解，我来谈他的都市思维诗。诗人怎样从都市生活中触目而毫不惊心的平凡现象中"思维加工"出诗的意象来呢？请看一例《影》：

　　　天井里的雕像／暗自隐泣那没有影子的日子／大厦中的天井／永远复盖这没有日子的影子／阳光下的大厦／矗立起一沉默无表情的雕像

多么巧妙的三段"否定式关联"，写出了城市外观所蕴含的现代社会生活的信息。有人过着"没有影子的日子"，有人躲进"没有日子的影子"，有人在光天化日之下"无表情地矗立如雕像"。雕像—天井—大厦，或反其序而读之，都成了三位一体的象征。都市社会乃当代典型的信息化社会，拿它跟中国历史上长期停滞缓进的封建社会相比，则《影》诗的意象能不教人拍案叫绝吗？再看诗人怎样理解大众吧，有一首《大众》诗：

> 大众　是不喜欢极端的/大多数的大多数/生活在黑与白的夹缝/非黑/非白/只有灰色的个性/当黑白交战/灰花便时深　时浅/徘徊/两端

这是信息时代人们普遍心境的写照，不喜欢极端，而徘徊两端，为了适应黑白两极永存的现实，最佳的生存心态便是时深时浅的灰色个性。这首《大众》可以同前一首《影》参照着读，从而更能看懂林燿德的都市思维。我还从《大众》一诗发了玄想：大约 1000 年前，诗人苏东坡月下游赤壁，把他在封建时代偶发的失落感，从时空两个角度形容为"寄蜉蝣于天地，渺沧海之一粟"，再由此而抒写其旷达。如今我们都受科学技术之赐，电子信息之惠，为什么大众还旷达不起来，宁愿板着雕像的面孔，躲到黑白夹缝的影子下，怀着灰色的个性，做个随电梯一上一下的"砝码"呢？（砝码也是林燿德在另一诗中的妙喻）

林燿德诗路广阔，我未能读懂他的诗作，所以上边三则随感自必挂一漏万。评论家白灵讲得有趣："老实说，读林燿德的诗是痛苦的"。这倒像预先为我辩解似的，因我实在跟不上林燿德勃勃青春的想象力和驾驭现代高科技信息的创造力，一句话，思维不如他的活跃。资深老作家刘以鬯说得也妙："林燿德喜欢思考这个行方不明的时代。林燿德是一架冷静的电脑。读林燿德的诗，会发现自己处身于近似电脑的境界……"这里强调指出林燿德的冷静，可以比较评论家许悔之先生的断语："用后现代的观点去读林燿德的诗，则是极为妥当的。……后现代主义推崇冷漠"。我于读诗读评之后，不厌效颦，也给诗人两字评语"冷隽"。至于从结构入手以发展诗艺，其利弊是兼而有之的。我完全同意诗人杨牧的观点，杨文《诗和诗的结构——林燿德作品试论》收在林的诗集《银碗盛雪》的 7 首。杨牧先生也是诗界创新的巨匠，他期待于林燿德的话语中，我撷取 10 字以结束这段随感："琢磨过费，毋宁松弛一二"。

四

四说林燿德的文学评论。林燿德赴大陆探亲，笔者与之欢聚暨南园，乡音引乡情，成为忘年之交。他带来两部新作《一九四九以后》和《不安海域》。这是两本评台湾新世代诗人的论文集。这两本书共评介了台湾 30 位有代表性的新世代诗人及作品，并且对台湾现代诗 30 多年来的基本状况和发展趋势勾画了一个清晰的轮廓，对一些重要的文艺思潮做了扼要的述评，视野开阔，材料翔实，观点鲜明，富于创见，系统性强。

20 世纪 80 年代的台湾社会处在文化、经济、政治上的转型时期，这一时期的诗歌创作表现出鲜明的时代烙印，呈现多元化、无序化、迅速裂变的发展趋势。林燿德用"不安海域"这一生动形象比喻各种艺术观相互交锋、各种流派互补消长、各种诗风争奇斗妍的诗坛。1949 年后出生的战后世代已进入成熟期，他们大都受过高等教育。他们思想活跃，气势咄咄逼人，作品充满元气淋漓的实验精神，其勤奋和实力叫人刮目相看。林燿德在《不安海域》这篇长文中指出："第四代诗人的创作实践，就质就量，均有急起直追之势。"他断言"在未来五至十年，必然成为当代诗坛的主力"。无疑，新世代诗人已经崛起，成为 80 年代台湾诗坛不可忽视的实体。他们对未来诗坛的影响力不容低估。

新世代诗人是思考的一代新人，他们几乎人人都有自己的艺术观，他们对人生和社会的敏锐感受和独特的见解以及在艺术形式上孜孜不倦的探求精神，给人以深刻的印象。林燿德将他们的创作取向概略分为"古典婉约派""乡土—写实主义派"与"掌握都市精神的世代"。就整体而言，新世代诗人继承了乡土派贴近政治、干预生活的创作意识，又吸收了现代派的密度、张力、美感经验，但绝非乡土派和现代派的简单的合流，而是在新的层次上，展示了20世纪80年代台湾诗歌的风姿。很多诗人立足于社会生活土壤，直面现实人生，展开全方位的辐射，如爱情、婚姻、环境污染、住房、就业、劳资纠纷、老年人等问题，在他们的诗中均有涉及，他们控诉军国主义，呼吁人类和平，很多作品体现了同情弱小，提携不幸的主旨，从不同角度表现台湾社会人权和尊严受损以及小人物卑微、脆弱的人生。值得注意的是，年青诗人不重被动的反映，而重主动的创造和主观表现，善于将自我感受融入诗句，作品中充满奇特的想象和幻想。例如，林彧擅长写"都市诗"，但他不同于一般的写实派，其作品在表现形式上呈多向性。在追求题材广泛性的同时，新世代诗人还注意以更宽广的角度和更高的层次去捕捉当代生活中最敏感的问题，从而使诗歌在对生活的认识和思考上，显出艺术的穿透力。多数人没有停留在对社会弊端的认识，而是追求各种能够启迪以至迫使人们进一步思考的深刻内涵和力度以及富有当代审美理想的色彩。林燿德在《墙桅上的蔷薇》一文中写道：杨泽的《渔父。一九七七》"对于诗的功能主义观进行探索：诗应该介入社会运作，还是谨守现代主义造成艺术纯粹论及个人主义心态"，事实上，不仅是杨泽，几乎所有的新世代诗人都在进行着这一类探索，这是应当充分肯定的，墨守成规，不思进取，便意味着停滞、僵死，探索、创新方能永葆艺术之青春。

新世代诗人的创作风格，并非一成不变，相反，多变成了他们的一个突出特点，所有的诗人在创作中都不忘修正自己的艺术取向，不断进行新的探索。林燿德难以预测，罗青的下一步诗集"会是销融宇宙的空虚，还是返璞归真的空灵"？苏绍连也一样，在不长的创作历程中就曾几经转折，由早期的超现实风格，转为贴近社会现实和人生、提高诗的知性成分，而后又尝试叙事诗。在形式方面"由多元运作转为单纯的自由诗体"，"结构方面由机械式的操作逐步解放为自由化的灵活调度"，"语言由稠密凝练转为浅显明畅"，"在意识层面由内敛的自省转向为外射的现实批判"。再看刘克襄，他早年的诗呈现浪漫风格，以后诗风出现一系列变化，一些近作"将主观意图潜隐在报道式文学的深层结构里，用冷静的笔调挖掘出历史记录与历史事件之间的内在联系性与矛盾性，一反他情绪化的唯物态度"。当你认识到新世代诗人们普遍获得了心灵的自由感后，你对他们创作中多变现象就不会奇怪了。

林燿德对台湾新世代诗作有深潜的研究，他的诗评不拘一格，有的对诗人做系统的全面的论述，从时代背景、社会影响，从艺术形式到语言特色，面面俱到，不吝笔墨；有的采用类似"点评式"的方法，择取诗人几篇代表作或对其诗集中最有特色、最本质的部分加以扼要概括，以突出其独特的个性。从林燿德的评论文章中可以看到，被称为台湾"新现代诗的起点"的罗青具有敏锐的艺术洞察力、神奇的想象力和非凡的创造性，他的录影诗、武侠诗、科幻诗、新都市诗，均开风气之先，其思绪和情感每每能触及漫漫的历史长河之中，深入到民族文化心理结构中去。杜十三热衷于现代文学与艺术传播的革新，努力求索"复数化创作方式"。白灵的诗取材之广叫人吃惊，他在艺术上不断自我完善的努力令人赞赏。林燿德称杨泽的诗作是"浪漫婉约派的典型"，显现出"学院派的修辞素养、现代知识分子的淑世襟怀，以及文化乡愁与历史意识"。以台湾方言写诗的向阳，"衬托出泛中华文化融汇、伸展的重要历程，也具备了'楚辞'的传世价值"。"向阳深刻地观照，敦厚地思索，意图使诗超越了现实社会的短视需要，成为艺术形式的典型，持久散发诗人对世界至真至大的关怀"。也驼的诗大量采用了"巫术式语言"，甚至别出心裁承袭了印度"古奥义书"中的句型。对于传统的大胆反叛成为不少人的共同特点，例如，生于1956年的女诗人夏宇就"有一种抗拒传统文学观及批评法则的内在元素，使得堪称翘楚的批评家们瞠目以对"。她的诗每每"严重违反了现代诗约定俗成的任何表现形式"。李敏勇的诗中，可以看到现实社会巨大的对立和冲突，以及由此导致的诗人内心强烈的困顿和迷惑。陈明台则"立足在自己的乡土上，面对着沉沦于纸面的政治悲剧，写下一页页用骨和雪砌而成的风景"。以抒情和乡土风格见长的连水淼，表现都市生活也能得心应手。李昌宪的

《口区诗抄》以独特的艺术触角展示了劳工的艰辛以及他们对新生活的追求。赫胥氏"如同一只在语言试管中的魔鬼，拥有冷静与阴森的透视力与穿刺力，更蕴孕着凶猛的爆发潜能"。还有黄智溶别开生面的"电脑诗"，汪启疆海洋主题的诗，以及"对于'爱欲的枯渴'的最佳诠释者"曾淑美、诗坛"快车手"王浩成……对于这些才第一次接触到他们作品的诗人，论者竟能如数家珍般地向文友们介绍起他们各自的风格来（当然是由林燿德那管生花妙笔概括出来的风格）。这些诗坛新秀如能将迅猛的创作势头保持下去，可以断定，大诗人必定会从他们之中诞生。

台湾诗歌运动是一个不断发展的历史过程，三十多年来，诗坛波峰迭起，荦荦大观，特别是 20 世纪 80 年代崛起的新世代诗人，大都还未定型（有些才起步不久），要对如此风云际会、纷繁复杂的诗歌创作做出全面、系统、利学的评价，委实不易。林燿德在《跋·面对新秩序》一文中写道，"或许笔者对于战后诗人的兴趣，并不仅止于为下十个十年探测大师，也企图探测当代文学思想的矿脉"，"去预言新秩序的曙光何其不易，毕竟有人得率先犯天下之大不韪"。正是凭着这种知难、知险而进的精神，林燿德勇气十足地进行了尝试，而且颇有信心地大体上完成了这一艰巨工程。

林燿德在研究视角，评述方法上，新颖别致，使人看到年轻作者的慧眼与胆识。所谓慧眼与胆识，并不是一味的"出奇制胜"，或者"标新立异"，而是要求评论家站在时代的高度，深刻全面分析材料，并钩要显义，得出自己的结论，并能言之有理，予人启迪。林燿德大胆摒弃固定化的线性思维模式，以开放型的文学眼光审视社会变迁、文化冲击、文学本位、外来影响，考察诗坛思潮的来龙去脉，流派演化、题材开拓、美学追求。他锲而不舍地追踪着新世代诗人们的创作足迹，进行扎扎实实、一点一滴的微观研究，细致地剖析一个个诗人的艺术个性及其风格的变化。林燿德深知，要准确判定一个诗人在历史发展坐标上的位置，仅靠微观研究是远远不够的，他在《一九四九以后》后记中写道："脱离了文学史，诗不过是一些个别的爱憎喜怒，甚至只是一些互相拥抱又彼此瓦解、无关昨日也无关明日的记号游戏"，他热衷地探索"将诗置入文学的源流，流动的人与诗、诗与变异中的世界，又会产生怎样的牵连的问题"。林燿德注意在微观研究的基础上，加以宏观上的系统把握，将20世纪80年代新诗人的创作放在历史的垂直线上进行审察，努力扫描新世代诗人的创作与台湾整个文化环境、政治环境之间的相互关系。例如在评向阳的诗时，深入探讨了其创作的时代背景，考察工业社会生存形态对于诗人潜意识的影响。通过这样的分析，就能使读者看到某一位诗人的创作给文学史增添了什么新的东西，做出了什么样的贡献，以及对诗歌发展趋势的影响，林燿德采用的这种微观与宏观相结合的方式，旨在通过对大量文学现象的研究，抓住能体现一个时期文学特征的典型现象，从中找出一些有规律性的东西。

在文学批评中，通过比较可以找到作家的不同个性和独特风格。林燿德很善于运用诗人群体的不同个性系列，以对照的眼光做客观分析，而不是孤立地就作品论作品。例如，他将欧团圆与杨泽的诗做了一番比较后，指出："欧团圆在技巧和形式双方面的表现可以说是一个'集大成'式的诗人，他背负了太多旧语言系统的包袱，……是一个欠缺原创力的诗人。"并诚恳地盼望他"有更强的实验冲动"。又如，他在《游戏规则的塑造者》一文谈向阳的"十行诗"时，联系到20世纪20年代大陆"新月派"的诗，台湾前行代大荒的"十行诗"，乃至向阳的同辈诗人如罗青的"飞马体"、苏绍连的"四言体"，进而指出：向阳的"十行诗"在形式上的统一自有其承先启后的地位。林燿德的诗评文章笔触常常向外延伸，通过比较，使诗人的创作个性突现出来，而且能够揭示诗人与诗人、作品与作品之间的相互关系与相互影响的内在联系。读他的诗评，深感采取这种立体的动态的比较研究方法并不容易，它要求作者广泛研究台湾现代诗各个发展时期重要诗人的创作，认真阅读文界纷繁的诗评，把这项考察工作建立在坚实的基础之上。

林著尚有一个可贵之处，就是敢于向传统观念挑战，没有条条框框，不受清规戒律约束，不瞻前顾后，不拾人牙慧，秉公执言，是一说一，是二说二，颇为大胆直率。在《游戏规则的塑造者》一文中，他对 20 世纪 70 年代批评家有如下广段不客气的批评："综观整个 70 年代台湾诗坛，新生代的学院派批评家多半仍处于'实习'阶段，而一般'素人'批评家的理论背景至多徘徊于'新批评'的水准，等而下之者不过利用评论作为个人公共关系的利器。语言学、精神分析学以及现象学衍生的文学批评基础理论，并未完整而系统化地介绍入国内，遑论更为前卫尖端的批评学术……由于诗评界的无力，价值体系的紊乱（而非'多元'）以及反智反学术风气的形成，当时批评家不但无法主导诗运，更无法准确地挖掘诗学发展的脉络，并且进一步准确地前瞻诗潮流动的大势，诚所谓当局者迷。"作者的批评文字确有高屋建瓴，咄咄逼人的气势。

林著敢于阐述自己独到见解，发他人所未发。他对 20 世纪 80 年代台湾诗坛大胆地划分了三个时期，将 1980 年至 1984 年 6 月称作"承袭期"，指出期间各世代诗人的创作，其语言运用均有趋向散文化、平易化的倾向；1984 年 6 月至 1986 年 6 月称为"锻接期"，"锻接期"值得注意的新诗型主要有"录影诗""视光诗""都市诗"；1986 年 6 月以后，为一大反省、大检讨之时代，亦为一"再锻接、再出发之时代"。（见《不安海域》）细细琢磨其立论依据，觉得言之有理，令人耳目一新。在《食梦的猫》中，笔者看到他这样一个新颖立论："描述现实题材的诗作和'写实主义''理想的产品'"。此说并非无懈可击，不过他的观点有助于人们对这个问题进行更深刻的思考。又如，明朗与晦涩，乃台湾文界 60 年代争执不休的问题，林耀德对此所发表的见解颇耐人寻味。他认为：这"根本是一个相对性而无结论的问题，修辞的易懂或艰深，直接涉及的是阅读者的文学基础、品味以及对于个别创作'语构规则'的适应力，更重要的是，明朗或晦涩即使能够有一共同划一的准则而得以截然二分（其实'公准'是不存在的，明朗与晦涩的问题永远游移在相对性的比较观点上），仍然无所谓好恶与对错存在，因为这完全是'诗人的语言策略'，而非诗的本质问题。"由于作者常识广博，行文明便能旁征博引、左右逢源。

值得称道的是林著并不溢美，他在分析新世代诗同仁艺术上之不足时，并不含糊。例如，评杜十三时他指出："其实践尚需不废文字方面的经营。旋转中的惑是应找到正确的自转速度，转得太快，非但万物无法适应仓促的日月行踪，更会将万物抛出惑星的轨道。"评向阳的诗集《岁月》时指出："'岁月'二字却显得面貌模糊，无法直接、醒豁地点明向阳这部诗集的物质……而且尚有过分通俗化之弊。"他批评陈义荣的诗"多半援引既成的象征系统，稍欠活泼"，指出，"如能妥善扭转古曲暗喻的既定功能，赋予新义，甚至反义，进而与现代诗发展出来的语言交相撞击、渗透、衍义，不论是诗人本身或者读者，都可能因而获致新的惊喜"。他的几乎每一篇诗评都是这样，既有肯定，又有否定，并常常还指出诗人应如何解决暴露出来的问题，对诗人未来的创作提出建设性的意见。这样中肯的、与人为善的诗评，对诗人无疑是大有裨益的。林燿德能写出这等高水平的诗论，与他本身就是梳妆打扮世代诗群中的一员骁将，谙熟诗歌艺术规律不无关系。

林燿德十分重视诗歌形式的探索，他认为诗的形式并非"符号堆砌的外在开关与排列的外在轮廓"，他在《游戏规则的塑造者》一文中指出："思想与意志，固然是文学的精髓所在，也是现代诗的精神温床；但是，我们必须理解诗之所以成为特殊的文类，乃由于它的形式使然。……舍弃了形式而专注思想与意志的文字结构，也许有其绝对的文学价值与文化功能，但那只是论文、语录或是宗教经曲罢了，而无法正其名曰'诗'。"林燿德这样理解诗歌内容与形式的关系，笔者深表赞同。再请看他对诗歌语言的基本看法："我们应该特别注意诗语言既为第二度次序的语言，在诗创作衍生的流程中，就必须超越散文化的语言。当计语言系统与一般语言系统有其叠合面，散文式语言亦非不可入诗；但是如果过分采用散文式的语言，则极易导致现代诗此一文类双重的崩陷。"笔者要说，这是对现代诗语言精辟概括，能有此卓见，是因为他具有生气勃勃的现代诗人和杰出诗评家的双重身份。

林燿德的诗评形成了鲜明的语言风格,丰富的想象、优美的形象、深邃的议论、行云流水似的文笔,使他的文章不仅具有很强的学术性,并且具有浓厚的文学色彩,可读性很高,请看他在《微宇宙中的教皇》一文中对罗智成诗集的评述:"书中不断地重复建构者自我智的螺旋回梯,那是一种非逻辑与超理智的内在回声之塔,一面不断增高,一面又不断向内凝聚压缩,时而反转,时而倾斜,在光的背脊与棱线的飞窜中,进行着黑与白、明与暗、生与灭、浮与沉、走廊与殿柱、拱门与屋宇的线性规划,他借着中国人所陌生的韵律与形象显露自己对于爱欲与灵魂的幻景,正如同俄罗斯颓废派一般,狂热地述说自我、传译自我、解释自我,将自我切割成无数的碎片,用来构筑微宇宙中的精致城堡,那城堡高耸无已的圣座上端坐的,正是失去脸孔的自我。其文笔状如散文诗,甚至透出一种音乐美,读来琅琅上口。这类精彩的描述,在林著中俯拾皆是。他在《论陈光华诗》的结尾写道:"我们盼望能够不断地看到骑鲸少年射穿潜意识灿烂的虎皮,摘下心智银河流闪的星子,使诗的边界在前卫运动的撞击下不断延展。"又如前面提到的对杜十三诗中不足之处的分析等,都显示出逻辑思维与形象思维并同的特点,使一些抽象的东西变得具体、生动、可感。文章语言鲜活明快、清通洒脱,鲜见聱牙的文字和晦涩难解的术语。文章的标题匠心独运,神形兼具。很难想象,文笔如此老到的诗评,出自一个20多岁的青年人之手。

林燿德现象是电子年代的新气象,预告着20世纪90年代林燿德式的多能高产优质作家的崛起,有力地抗击着商业化所带来的滔滔浊流,显示着中华文化的伟力,中国文学必将全面蓬勃发展,称雄于世。因此,林燿德现象值得我们深入研究。

一曲爱国抗日的悲壮战歌

——评钟肇政的《台湾人三部曲》

台湾省籍第一代老作家钟肇政先生，是台湾文学奠基者之一，他的代表作《台湾人三部曲》（以下简称《台》），是台湾文学史上的一座丰碑。

一

钟肇政生于农村，爱农村，写农村，连外貌也像个农民，可谓之农民作家。他从长期执教于农村的父亲那里，自幼接受了中华民族传统教育和爱国主义教育。由于身受亡国奴之苦，立志当个"伟大作家"，决心以笔做武器以时代见证人的亲身经历与感受，控诉日寇的滔天罪行，肃清"皇民化"的流毒，同情农民疾苦，歌颂他们的斗争，描绘传统习俗和乡土景色，以抒发他的感情和愿望。他的著作为台湾乡土文学建立了健康淳朴的民族风格，具有浓郁的乡土风味。他坚持现实主义道路，写作态度认真严肃，不管反共文学或现代派风潮如何席卷台岛，都不能改变他的素志初衷。钟氏曾经说过他的写作动机："我们心里有许多要表现的东西，又是经过大动乱（日据）的时代，想把它表达出来……主要的就是那个时代的民族自觉，为时代留下一点痕迹，留下一个见证。"《台》就把"那个时代的精神、思想和人们的喜怒哀乐呈现出一个整体的概况"，达到"疗饥""伐病"的目的。他的长篇无不围绕着反帝反封建这一题旨，通过历史的回声、时代的见证，塑造伟大的民族魂，讴歌美丽的英雄岛，激发乡土感情，唤起民族自觉，发扬爱国主义精神，扫荡惧外媚外的妖风，既有"金戈铁马、气吞万里如虎"的豪放气派，又有"杨柳岸、瞬风残月"的婉约风格，高唱一曲不愿做奴隶的人们的寻根之歌、抗日之歌、爱国之歌！

从钟氏的生平著作及其创作道路来看，在他创作《台》以前，早已扎下深厚的生活根基和做了充分的艺术准备。钟氏祖籍广东客家，1925年生，台湾桃园人。早年肄业于台大中文系，历任大中小学教师，《民众日报》副刊主编、《台湾文艺》社长、"吴浊流文学奖"主任委员。他的童年时代和青少年时期都在日帝铁蹄蹂躏下度过的，特别是那段学徒兵生活最为艰苦。他目睹同胞饱受日本侵略者拳打脚踢、欺凌宰割，自身也受摧残迫害，以至耳聋身残。因此，台湾一光复，他欣喜若狂，如饥似渴、废寝忘食，刻苦学习中文，用以表达久积胸中之愤恨，为传播民族文化而战。1951年开始创作，办《文讯》，联络省籍作家，建立乡土文学；1958年出版《写作与鉴赏》，奠定了写实路线；1961年发表第一部长篇《鲁冰花》，受到广泛好评。此书使扬言将一生献给乡土文学的名学者张良泽决定了其毕生的文学方向；此书提出保护千里马和伯乐的社会问题，引起极大反响。其实，作者本人既是千里马又是好伯乐。30多年来，他献身文教事业，除出版50多部著作和译作外，还竭尽精诚培育英才，奖掖后进，做出卓著贡献。他待人至诚，如关心钟璟和，为之推介作品，看护疾病；培育后代，出版全集，撰写传记，被誉为"南北两钟"。他矢志文学，教编之余，宵衣旰食，奋笔疾书，硕果累累，其长篇之富，台湾无人过其右者。由于他孜孜不倦，勇于探索，不断创新，其作品浸透爱国情思，散发泥土芬芳，屡获吴三连文艺奖、文艺协会奖等多项文学奖，赢得广大读者的敬重和爱戴。

钟氏在创作《台》前，已出版10多部长篇，积累了丰富经验。其小尤以《浊流三部曲》独步文坛。这部自传体小说，倾注了作者全部经历和感受：第一部《浊流》以作者在大溪执教的经历为背景；

第二部《江山万里》写他当学徒兵的进遇；第三部《流云》是光复后时期作者的自述。此书横跨两个时期，正处于黎明前后，写主人公陆志龙的成长觉醒过程，以展现时代的巨变和回归祖国的历史画面，真实地记录了日帝侵台的历史罪证，具体地表现了台湾知青的爱国热情和不断抗争，是有现实意义的。尽管有平铺直叙和水分过多之弊，仍不失为佳作巨构。成功在于尝试。倘若没有《浊》等长河小说的创作实践，是很难产生《台》这样饮誉中外的杰作的。

二

　　《台》较之《浊》，画画更广阔，结构更宏伟，气魄更磅礴，人物更众多，形象更丰满，主题思想发掘得更深刻，也更具艺术魅力。

　　台湾人素来具有爱国抗敌的光荣传统。甲午中日之战，签订了丧权辱国的马关条约。翌年（1895）日本进犯台湾，即遭台人抗击。同年5月25日"台湾民主团"诞生，虽仅存旬日，即告不支，不屈的人民仍然前仆后继，一往无前，英勇事迹可歌可泣，武装斗争风起云涌，前后持续20多年，终因孤立无援，惨遭镇压，不得不转入合法斗争和秘密活动。由于中国人民在共产党的英明领导下：坚持八年抗战，终于迎来胜利，台湾得以光复回归祖国。

　　《台》以上述史实为背景，以陆氏家族爱国抗日斗争为主线，并和大陆重大历史事件相联结，呈现一幅包罗万象五彩缤纷的台湾历史画卷。全书分成三部：第一部《沉沦》以台湾割让前后为背景，着力描写抗日义勇军中一支精锐的陆家子弟兵。他们与各路义军一起用落后的武器英勇抗击强大的敌人，写下了气壮山河保家卫国的史诗。小说以陆家子弟兵战败归来再度参军赴战的壮举结尾，预示了武装斗争的长期性和艰巨性。内容丰富多彩，主调壮而不悲，既有铁血战斗的悲壮图，又有田园牧歌式的风俗画。第二部《论滇行》以20年代日据时期的文化启蒙运动为背景，以陆家后裔陆维樑为主角，描绘了以反压榨反掠夺争民主为中心的农民运动，再现了20年代的时代风

一曲爱国抗日的悲壮战歌

貌，表现了知识分子和广大农民的民族觉醒，给兼具侵略者和地主恶霸双重身份的拓殖会社以沉重打击，戳穿了所谓"法治"的假民主的反动本质。小说以陆维樑投奔大陆认祖寻根结束；揭示解救台人于水深火烈之中的唯一希望在于祖国的力量。第三部《插天山之歌》以 1943—1945 年台湾光复为背景，写留日青年陆家后代陆志骧自东京潜回台湾从事秘密抗日工作，被日警跟踪追缉而隐蔽于插天山的故事，深入广泛地反映了广大民众的爱国抗日情绪，讴歌了抗日知识青年的献身精神，揭示了中国人民必胜、日本侵略者必败的历史规律。

这部巨著，无论从概括历史的长度、地域的广度，揭示问题的深度来看，也无论从艺术构思、情节安排和写作技巧上来看，在台湾长河小说中可谓首屈一指。小说综摄历史进程，如实再现台湾沦日的血泪史和斗争史，从黑暗中透露出光明，从屈辱中显示出力量，从苦难中磨炼出坚忍抗暴的精神，基调高昂，令人鼓舞。全书贯串一条红条：台湾一定要回到祖国怀抱。这正如小说"楔子"所唱那样；"为了生存，他们开疆辟地，与大自然争斗，亦与大自然共存。为了生存，他们抛头颅，洒热血，与敌人周旋，从不低头屈膝。"这是钟氏用血泪写成的"台湾人颂"，也是"伟大中华颂"！

像这样的"台湾人颂"，在钟氏之前，虽也有吴浊流的《亚细亚孤儿》和张文环的《在地上爬的人》，可惜皆用日文写作，稍失民族气派。在钟氏之后，有后起之秀李乔的《寒夜三部曲》，也是在钟氏鼓励指导下写成的。可见《台》这部史诗式巨制具有承前启后的历史地位。正如王拓在《是"现实主义"，不是"乡土文学"》一文中所说的："……有一批比人顽强地、固执地坚守在他们生长的泥土上，以他们生活的乡土为背景，真诚地反映了他们所熟知的社会与生活现实，甚至于企图用乡土的背景来衬托近代中国民族的坎坷，例如吴浊流的《亚细亚孤儿》和钟肇政的《台湾人》三部曲中的《沉沦》，都以极大的篇幅来综摄历史的进程，以凸出民族的颠沛和个人的悲欢……这种以民族历史与个人生活为写作题材，以实际生活的乡土为背景的具有现实主义。精神的创作方向……成为文学上的主流，帮助我们更快地走向一个更健康更正确的道路。"

如上所述，《台》是台湾文学史上的里程碑，具有历史教科书的价值：（1）它生动而深刻地再现了台湾沦日史，提供了丰富而具体的经济、政治、军事、文教等方面的史料；（2）它精辟而形象地阐明了土地与民族的血缘关系，台湾是炎黄子孙筚路蓝缕开辟出来的，自古以来属于中国的，而只有祖国才能保护台岛；（3）它塑造了血肉丰满的民族英雄群相，充实了中国现代文学的画廊，为振兴中华发光发热；（4）它坚定了台湾现实主义路向，为乡土文学成为台湾文学主流奠定了基石；（5）它为台湾长河小说提供了成功的经验，证明只有植根于民族土壤之中才能开出灿烂的文学之花！

三

《台》之成功，在于营造了一系列栩栩如生的人物形象。这些人物，无论是光彩照人的民族抗日英雄，还是善良纯朴的农民群众，也无论是穷凶极恶侵略者及走狗们，还是动摇分子，无不神情毕肖、个性鲜明，给读者留下难忘的印象。

在创作手法上，作者不仅继承了中国传统的现实主义创作方法，也接受了日本和西欧的批判现实主义的精华，还吸收了现代派一些崭新技巧，兼容并包的同时使之融于乡土风格之中，成为钟氏独特的创作方法，被台湾文坛誉为中西技法相结合的模范。由于时代、环境、人物各异，所用手法也有所不同。比较而言，第一部以传统为主，第二部兼而用之，第三部侧重西法。手法多样化，又有所侧重，各有千秋，优劣互见。有人把《沉沦》与《红楼梦》相提并论，未免誉之过高；又有人贬其二、三部为"言情小说"，又未免毁之过甚。以个人好恶评判作品优劣，难免偏颇，不足为法。

第一部群英中，以信海老人的形象为高。作者采用传统的白描手法，主要是通过人物自身的语言、行动、细节描写和环境氛围的烘托来刻画信海老人是成功的。信海是陆家第一个读书人，"为人公正清廉"，"成为全村人们崇拜的偶像"。他继承祖业，克勤克俭，建立"晴耕雨读"的庭训和知书识礼的族风，治族甚严，持家有力，深明民族大义，爱憎分明而强烈，人虽暮年而壮怀激烈，对祖国赤胆忠心，对清廷不抱幻想，对日寇恨之入骨，大敌当前，毫不畏缩，力挽狂澜；支持鼓励幼子仁勇组织子弟兵，赞赏仁勇说的"陆家子弟都应该下卵的"（"下卵"即有种之意——引者）这句富有民族骨气的粗话，表扬昆仑两孙说的："我们不是清朝兵"是"旨在斯言"。他主持家祭，动员出征，亲致祷词，一再嘱咐"不要辱没陆家人的光荣"，他面对维秋侄孙尸体，"引为骄傲"，慷慨陈词："人不能无死；死得其所，无憾矣"；他以古稀之年，领导族人逃亡，眼看敌人烧杀，深感"亡国之痛"；他亲迎战败归来的勇士，又亲送他们再度出征，唯一的心愿是：希望活着看见侵略者倒下去，还我美丽河山。作者围绕这场反侵略的正义战争，通过几个富有典型意义的事件、场面和细节，为我们塑造出一个爱家先爱国、先民族后个人的高风亮节，嫉恶如仇、浩气长存的不老松的光辉形象。小说还通过众星拱月的手法来衬托信海老人的高大形象。例如写仁勇智勇双全，指挥若定，负伤不下火线，身先士卒，直至壮烈牺牲；写纲峝胆识过人，骁勇善战，敢与强敌刺刀见红，屡建战功而不骄躁，写长工阿庚伯坚请参战，老当益壮，视死如归，以身护将而战死沙场……从中照见信海老人的崇高品格和正义风范。

由于题材决定，第一部英雄群相都被放在广阔历史背景上和严重的矛盾冲突中得到铁划银勾，即使是次要人物也无不如此，具有慷慨悲壮之英风，虎虎有生气，这种一个事件紧接一个事件，一个战役连着一个战役，环环相扣，步步推进，使情节大起大落，跌宕有致，促使人物迅速成长成熟；如浮雕般地凸现出来，自无必要游离斗争漩涡去做深入细致的心理描写，这也是为浊浪排空的动荡时代和瞬息万变的战争风云所决定的。到了第二部已由武装斗争转入合法斗争时期，日阀统治日趋巩固，时代和环境大异于前，作者根据特定时代的特定人物；在写法上兼用传统的白描手法和细腻的心理描写，主要是采用对照对立手法来刻画人物性格。这种写法不仅贯穿三部曲，而且也贯穿钟氏所有之作，还影响到后进作家如宋泽莱等人的作品。例如《沉沦》第五章就对凤春和韵琴这一组人物做出如下概括的对照："一个是丰满，一个是清瘦，一个乐天，一个忧郁"，"一个比较强壮，一个比较羸弱；一个笑口常开，仁慈而富同情，一个则冷若冰霜。"如此由外貌到内在，从体质到性情，对照写来，格外鲜明。在刻画维栋、维樑两兄弟时亦是如此：一个安于现状，逆来顺受，谨小慎微，懦弱浅薄；一个勇于进取，敢说敢为，学识渊博，为民请命。这种对照并不做静态的概述，而是置于斗争漩涡之中，更富立体感，例如，维樑决心投身农运，维栋害怕反对；而当农运兴起维樑被捕，维栋惊慌失措竟向民族败类维扬求助；安掖校长要维樑受聘于工会，维栋竟欣然雀跃不知是计，经维樑点破仍执迷不悟；至于日阀如何掠夺农民土地，身为"文官"维栋竟然无知，维樑对他算了一笔历史账，他才敬服弟弟学识广博。小说就是如此处处对照，突出两兄弟的不同性格、见识、品行和道路，使人物形象更加鲜明凸出。其次，通过一系列实际斗争，进行另一种对照对立写法，即真与假、善与恶、假与丑的对比反衬，写出人物在矛盾冲突中的成长成熟过程，使形象更加丰满。例如，通过维樑"告御状"，到发动农民与拓殖会社展开面对面斗争，到被捕、坐牢、出狱，提高斗争艺术，终于成为一个成熟的革命者。其中，维樑及其战友们乃至参与其事的农民们，与日据者、警特走狗及其社会基础拓殖会社各色人等的斗争，形成了强烈而鲜明的对照对立，使人物跃然纸上，呼之欲出。再其次，还有一种真善美自身的对照，使之锦上添花，更上层楼。例如，有思想、有眼光、有毅力，也有崇高理想的现代青年陆维樑为了革命，坚拒文子的痴情追求，做到"若为自由故，二者皆可抛"，这种以民族为重不为儿女私情所羁绊的崇高境界，达到了时代要求的高度，是真善美的化身。而文子，打破民族歧视和门第观念，不顾一切地爱慕一个革命者，这种刻骨铭心的热烈的爱，不也是一种高洁坚贞的感情吗？还有玉燕对维樑无微不至的体贴呵护，默默含蓄的爱，不也是一种崇高纯真的情愫吗？这阳刚美、刚柔美和阴柔美三者互见其真善美，相得益彰，好上加好，其人物的心灵美，借助细腻的心理描写，特具撩人的艺术魅力。总之，"他创造的各个人物在外表上富于对照性，而内在精神也显然对立；举凡善良温和狡猾粗暴，美丽和丑恶，勇敢和懦弱，理想和现实，憧憬和情欲，牺牲和自私，皆能具象化，使小说中的人物有血有肉，栩栩如生"（叶石涛《钟肇政和他的〈沉沦〉》）。

但由于碰上政治上的"墙"，作者"心中有所恐惧"。到第三部，即使运用许多崭新技巧，诸如象征暗喻、梦幻梦呓、意识流动，对立对照、叙事观点技巧等等，主人公陆志骧形象仍然逊色。这是由于人物远离斗争中心，与时代精神脱节之故。可见，形式离不开内容，技巧离不开思想，方法离不开生活。作者明知此病，不得已而为之，便以"强弩之末""率尔操觚"自嘲，可见作者有难言之苦衷，也是委曲求全的表现。但话又得说回来，作者颇能节制，用西法而不挟带污秽，作品仍富乡土风味，次要人物仍很鲜明。

四

本书扉页上写道："希望着——永远希望着有更多的热爱，遍洒在大地上。"这是由于台湾近 300 年来历经荷兰人的掠夺、清王朝的压榨和日本人的奴役，有太多的苦、恨，所以渴望着"更多的热爱"。因此不应该说这爱是种泛爱论或什么人性论。时叶石涛说："台湾人的心友一往如昔，台湾人仍是汉民族的分子，民族的骄傲乃然存在。台湾人的心坎深处始终埋藏着一个坚强的信念，无法拂去的愿望：那就是复归祖国，重新做一个顶天立地的中国人。"（《钟肇政论》）以抒写台湾人心灵为职志的钟肇政，自然热爱他笔下的台湾人形象，这就是为什么他不愿多写反面人物的缘故，即使写中间人物或反面人物，以力促其转变，更不用说英雄人物或正面人物给予理想化了。明白作者这一美好愿望和诗人气质，是有助于理解书中形形色色的人物的。例如，信海、仁勇、纲崑三兄弟，维樑和志骧这陆家五代人的浩气英风，纲岱、维栋乃至张达的转变，以及众美女的可爱等等都是例证。哪怕是反面人物也不多丑化。因为爱的反面是恨。这种含蓄的力量比空泛的议论强烈百倍，是符合"观点越隐蔽越好"的原则的。试想，阿庚、仁勇、纲青、维秋等等铁骨铮铮忠心耿耿的农民好汉们一个个倒在敌人屠刀下，读者能不痛恨腐朽的清王朝和日本侵略者的残暴吗？有了这样的艺术效果，也就达到歌颂台湾人的目的了。

诚然，作者深受《红楼梦》的熏陶和影响，但更多的是出自对中华民族传统美德和对乡土的挚爱，对帝国主义、封建主义的憎恨，所以作者独钟女子。因为作者不仅是个爱国主义、民族主义和民主主义者，而且是个悲天悯人的人道主义者。他同情女人的被侮辱被损害被摧残的不幸境遇和卑贱地位，钟爱女人的灵秀之气、聪颖之才、仁善之心和含蓄之美，因而在他笔下涌现出来的一个个妇女形象（如秋菊、凤春、韵琴、玉燕、奔妹、文子等），虽然性格各异，或含蓄忧郁、或仁慈软弱、或冷若冰霜、或温柔体贴、或泼辣刚强、或热烈开朗，但都是美丽、善良、纯朴、贤惠、坚忍、多情而高洁的，读来令人神往。可见作者倾注了多少爱和多么深厚的同情心，寄寓了多么深邃的美学理想。无独有偶，在这一点上，钟氏与孙犁都是善写女人的高手。

钟氏独钟女子，还表现在擅长爱情描写上。这些爱情描写是为情节所需，是为主题、人物服务的，并且写得纯真、高洁。例如纲嵩与秋菊，纲甜与桃妹，维樑与文子、玉燕，志骧与奔妹等是，较之《浊》所写的胜过多多矣。在那《浊》中，陆志龙时而迷恋谷清子，时而追慕李月季，时而惦念初恋情人徐秋香，时而爱上完妹，最后与银妹发生男女关系，缺乏单向性与稳定性。而《台》却不是这样。例如，文子不顾父亲反对，执着追求维樑，而维樑却辞职回避；文子到乡下寻找并愿委之终身，仍遭维樑婉拒；维樑坐牢，文子探监，以示决心，维樑坚拒。这些描写不落"儿女情长，英雄气短"的俗套，不仅符合人物性格，而且符合历史潮流，因而是真实可信的。在维樑来说，作为一个以身许国的革命者，必须用理智战胜感情，正确处理革命与爱情的关系，从而使爱情服从于革命的需要，同时也是为了文子的幸福；但他也是一个人，也有七情六欲，对文子刻骨铭心的爱，不能无动于衷，也是不能忘怀的，但为了事业，只有回避、婉拒、克制，其克制的力量正是来自对祖国对人民的爱，这样表现，更突出了维樑的崇高伟大。在文子来说，处于 20 世纪 20 年代反封建反礼教受新思潮洗礼的叛逆新女性并来自东京开朗乐观的她，一旦找到理想对象是会拼死追求的，这又是合情合理的、令人信服的。作者之所以设计这一情节，穿插这一故事，不仅有作者的亲身经历做基础（作者在大溪执教时曾与一日本女同事相恋过，这段经历早已在《浊》中投下作者的影子，并移情于维樑与文子身上），而且目的在于通过文子坚贞的爱来衬托维樑的崇高的思想境界，和阐明作者的人生观与恋爱观，同时通过这一真诚的爱情悲剧，把民族矛盾和阶级斗争交织起来，使维樑这一理想人物在更广阔的历史背景上得到更深刻的表现，获致更完美的性格。还有一层，便是通过这一爱情悲剧，表明中日两国人民的友谊是永存的。这对心心相印的恋人终于不能结合的时代悲剧，正是对日寇侵略罪行的有力控诉；这是作品的内涵，是富有哲理的诗意的象征意义，因而是激动人心耐人寻味的。

当然，不是所有爱情描写都能达至如此高度。我们不可苟求于作者，更不应不顾时代、社会的差异而作划一的要求。例如纲崙和秋菊、志骧和奔妹，与维樑和文子所处的时代、社会、环境、地位、性格都有所不同，都有其各不相同的内容和形式、表现和结局，又怎能要求他们都达到同一思想境界和时代水平呢？关键在于作者的态度及其倾向性。例如，张达诱奸凤春，纲岱强奸秋菊，作者非但不抱欣赏态度，而且力加挞伐，其倾向性是鲜明的，爱憎感情是强烈的。至于凤春和秋菊的不同结局，那是作者忠于生活的表现，是符合人物性格发展的，因而是可信的。总而言之，本书除个别细节描写有败笔外，其爱情描写是成功的，是有利于多侧面多层次地表现人物性格的，也是以体现作者的爱心及其美学理想的。

五

植根于民族土壤之中的《台》，写出了民族气派，乡土风味，达到了作者的创作目的和艺术追求。

首先，钟氏所坚持的现实主义路线是写实的、反抗的、批判的、民族的、乡土的，也是崭新的。他说："我认为一个时代有一个时代的思想主流，而我们所关心的便是在那种历史的、社会的思想主流下的人类的灵魂的活动。好比我写的两个'三部曲'，其中所包含的六个长篇便是和现阶段社会有关系，虽然那不是很直接、很密切的。我要表达的，是那段台湾历史上，以民族、思想为基础的心灵活动。"（《日据时代台湾新文学运动》）这就是说，他在坚持现实主义的同时，消化和吸收了舶来手法，并使之和谐统一于乡土风格之中。一方面写他熟悉的乡土题材，一方面深入研究史料，既忠于历史又忠于生活，以历史为纵，以现实为横，纵横交错，真实地反映了台湾50年的沧门史，使之具有时代精神、社会意义和审美价值。他所塑造的血肉生动的人物形象进入了台湾文学画廊，也丰富了中国文学宝库。这些先进人物都是生于斯长于斯的台湾人的光辉形象，都是炎黄子孙的精英、爱国抗日的志士，具有龙的传人的血缘、美德、思想、意识、感性、素质、气派和风貌。因而既是历史的又是现实的，既是理想的又是活脱脱的，既是民族传统的又是台湾乡土的，从而都是值得敬仰追慕赞扬的。这些个性鲜明的人物形象对台湾社会必将产生推动作用和积极影响，变成台湾人乃至全体中国人民的精神财富。

其次，小说构思精巧，情节峰回路转，大起大落，虚实相间，张弛得当，波诡云谲，雄伟磅礴，结构不落窠臼，显示民族气派和乡土风格。小说以陆家世代抗日为纵，以现实社会生活为横，形成纵横交错，纲张目明，针线细密，妙手天成。爱国抗日这一主线贯穿全书始末，这是"纲"；然后截取三段，以"纲""维""志"三代人为重点，写三个不同时期三种不同形式的斗争，这是"目"。第一部写了"信""仁""纲"三代，这是小目，重点放在"纲"字辈，上联开发史，下挂抗日史，汪洋恣肆，波澜壮阔，像滚雪球那样，由内向外，逐步滚开去，形成一股汹涌澎湃的历史怒潮。这样写来，大处着眼，小处落笔，画面广袤，线条清晰，色彩鲜明，基调高昂，气魄非凡。第二部以陆维樑发动农运开端，投奔大陆认祖结尾，回答寻根问题，与第一部遥相呼应，可谓匠心独运，余味无穷。第三部以特高追捕开始台湾光复结束全书，把台湾和祖国大陆联结起来，揭示了历史发展的必然规律。如此大笔勾勒与细致描绘相结合，以柔美婉约的风格衬托悲壮广阔的画面；较好地处理了点与面、柔与壮、历史与现实、个人命运与祖国前途的关系，显出作者深谋熟虑，水到渠成，妥帖安排；布局得体，构思完整广顺理成章。

再其次，全书的主旋律是爱国主义和英雄主义。作者青少年时期正处于黎明前最黑暗的年代，身受异族欺凌，有切肤之痛；国仇家恨如骨鲠在喉不吐不快。他从困厄中寻找历史根源，从屈辱中探求民族出路，进而揭露日帝的谎言，讴歌人民的正义斗争，字里行间饱含亡国之痛，画面上却驰骋着民族豪俊的飒爽英姿，笔下雷声滚滚；教人读了感奋激励。作者深钻史料，又能跳出史料，从浩如烟海的史料中，获致翔实资料，作为塑造人物的一种手段，既不作冗长乏味的历史叙述；也不罗列庞杂的历史事件，不写帝王将相，而写普通人民，不过多渲染敌人的暴行，而着重表现人民的铁血斗争，使作品增添亮色，以激励斗志。可见作者善于驾驭史料为主题和人物服务。例如47页至479页所列举的日本掠夺台湾农民土地的数字及其演变概况；不做客观介绍而由维樑口中说出，足以表现人物的民族觉悟和渊博学识，比叙述和议论深刻而有力。又如在一系列戏剧性的情节中，关于日寇切断了台湾和祖国大陆的联系，致使茶价猛跌；广大菜农难以为生的描写，具体生动地显示了台湾同胞同祖国大陆同胞血肉相连的命运。史料必须翔实，而运用之妙，在乎一心。只要不违背历史真实，也可按艺术规律灵活处理，绝不可囿于史料，以至损害人物形象、文学色彩。看来，钟氏颇谙个中三昧，所以获得成功。在选材上，在

50年中截取始、中、末三段，恰到好处，因为这三个时期最有代表性，也最能体现题旨。荣获第四届吴三连文艺奖的《寒夜三部曲》的作者李乔师承钟氏指导，也取材于此：全书以台湾沦日为背景。第一部《寒夜》写乙未日军侵台前后的故事；第二部《荒村》写日据中叶台湾新文化运动及其据法抗争的经过；第三部《孤灯》则以日据末期台湾同胞所受之苦难为描绘对象。其选材与《台》完全吻合，足见《台》在台湾文学史上的重要地位了。

第四，细腻精致的环境描写直接体现乡土风格。作者善于描绘农村景物和传统习俗。小说在读者面前展现出一幅幅带有浓重民族色彩的风情画，万以作者家乡的风俗画为最。这种沉醉于家乡风情的描绘，正是作家的个性所在，与曹雪芹描写大观园同。《沉沦》一开始就写九座寮的自然风光、茶园景色，含意很深。作者之所以用这等细致笔触描绘春意盎然、生机勃勃、饶有风趣的茶园风貌，目的在于着意渲染和平环境下天真无邪的劳动青年男女的幸福生活，为以下写日军入侵做铺垫，形成强烈的对照。又如陆家子孙祝贺信海老人七十大寿的喜庆场面，作品越是写出热烈的节日气氛，就越能衬托出即将降临的民族灾难的深重。再如把陆家子弟兵出征前家祭誓师场景，渲染得越庄严肃穆气派不凡，就越能显出陆家举族誓死抗日的信念和声威。还有陆家子弟兵战败归来受到最热烈最隆重的欢迎，越能显示同仇敌忾，壮而不悲的大无畏气概。《沧溟行》写了一连串农民斗争的场面，威武雄壮，有声有色，感人至深。例如赤牛埔农民薛坐示威，声势浩大；智斗执达吏的群众场面，大快人心；黄石顺和陆维樑街头演讲，别开生面；维樑三会文子，抒情味浓；维樑投奔大陆谋求复台之路，玉燕差别场面，尤其温馨。《插天山之歌》中，志骧与海浪搏斗的情景，富贵角渔家的温情，偷过"台湾年"的盛况，奔妹救助志骧奔驰于山林之中的描写，有如桃花源的"鸡飞蕃社"的美景，志骧获释时锣鼓喧天鞭炮齐鸣庆祝抗日胜利的欢腾气氛，等等，在在表明台湾同胞不畏强暴，坚忍勇毅，充满民族自信心和自豪感。这种不可战胜的精神力量，通过环境氛围自然流露出来，给人壮而不悲之感，其实何止壮而悲，还有催人出征、促人向上的力量。由此可见，环境描写在营造氛围、渲染场面、烘托人物、透露时代精神，传达乡土感情，突出主题思想，起了极大的作用，收到最佳效果，令人读来回肠荡气，闻战鼓而思征，忆往昔而恨敌，观捷报而喜台岛回归祖国。

最后，最能体现民族气派乡土风味的，莫过于作品中语言文学的特色。钟氏虽自幼受"皇民化"教育，学的是日语，光复后始学中文，起点晚而功力深，令人钦佩。其语言艺术的魅力，使作品生色不少。他那明白畅晓的白话文，益之以生气勃勃的方言土语，娓娓道来，格外清新，沁人心脾。作品语言含蓄凝练，尤善写对话，处处符合人物的身份、气质、教养、心情、处境，是充分个性化的语言。例如文子的话就与玉燕不同，奔妹的口气也迥异于秋菊。又如信海致祷词是用古文写的，正吻合身份。人物对话口语化，引进不少含意深刻的闽南话和客家话，干净利落，妙趣横生，不加注释，外省人也能看得懂。例如奔妹六次用"死人"一语"骂"她意中人，含意蕴蓄，变化微妙，感情色彩浓得化不开。用于叙述的语言，简洁朴实；用于描写的语言，则饱含感情，明丽流畅；议论虽不多，却颇精辟。特别值得称道的是用于劳动场面，穿插了大量诗意盎然的山歌。这些客家山歌富于乡土情调，既点明陆家祖籍，又符合青年男女特点，还渲染了欢乐的劳动气氛，收到一箭三雕之效。

《台》虽还存在着这样那样的缺点和不足之处，但瑕不掩瑜，就其全局看，倾向性是好的、健康的，引人向上、向真、向善、向美。它以爱国主义和英雄主义为主旋律，谱奏一曲响彻云霄的爱国抗日的悲壮战歌，给人以激励、启迪和反思，是一部思想性和艺术性比较和谐统一的巨构佳作，值得研究。

走向祖国的诗人

——读马华诗人吴岸的新著《生命存档》

现今马来西亚和新加坡的领土，在近当代史上曾有过多次大大小小的改动或调整。客观环境孕育了各类先进人物，包括诗人在内。诗人是文学英雄：不论是呐喊或静思，他们都从积极美好的走向推进千万人的集体事业。功劳簿上只记帝王将相的账号，诗人总是自愿默默奉献的。

1937年，在现今砂劳越州首府古晋镇地方，有个华人侨户诞育了一位未来诗人，他就是名满世界华人社会的文学英雄吴岸。吴岸原先并不是诗人，倒应该说是社会活动家。早在20世纪60年代，他就因积极参加反殖独立运动而被捕入狱，一关就是10年。阿拉伯神话有浴火的凤凰，任何苦难对诗人来说都有磨砺益坚的补偿。吴岸坐牢十年，性格更坚强，诗风也更凝练了。最近，中国诗界在北京举办了吴岸诗歌研讨会，为马华诗人的业绩做了最充分的肯定和很高的评价。笔者研究海外华人诗歌已将20年，也愿滥竽论坛，赏析数首吴岸新作的诗篇（暂以《生命存档》所收为限）。

《峰》是1994年写致方修先生的。方氏是新马资深作家兼文学史家。吴岸敬仰方修，当然是因为道常同乃相为谋，他们都是侨居国华人众望所归的老前辈。方修童年就辞乡去国，从潮汕远走南洋谋生的，所以生活历炼有同于吴岸。《峰》一开头就形象威严，拿风雪象征坚贞斗士经风傲雪的英雄气概。马华文人往往参与反殖独立运动而在归化国做出各自的专业贡献。银色的冠冕是岁月打在傲岸的额前脑后的印记，它是用凌厉的生活压力冰霜浇铸出来的。这意象是广义海外华人不畏严寒鞭笞的写照。言短志长，是这首六行诗的高超成就。吴岸另写有十八行诗《夜怀方修》，比《峰》晚出一个月，可参照赏读。

《守护的神》中的木雕象原是守护四周安分的子民的神，岂料繁华都会蚕食吞噬著宁静的村野，守护神也守护不了自己，双眼被抠瞎了不要说守护，即使遥望家山，有眼无珠也茫然。此诗涉及马华社会的乡愁，地区只局限在以古晋为中心，扩展到"望尽天涯路"为止，跟上几辈想望远隔重洋的唐山家乡甚至潮汕江海大不一样。这是历史醇酒的酿造过程。守护神被历史的指头组构了，又解构了——火眼金睛瞪视远方，这才是守护。但结局中却是警觉的神眼被张王李赵州一人一挖竟挖瞎了，形神皆变，提醒人们联想瞎子要饭，等候施舍呢！历史总是在诗中呈现雅趣，其在吴岸笔下，本人早就觉得尤其意绪绵绵了。今日全球史学家口中的世界四大文化其实不少是以歪说离谱很远很远了。歪曲也伞创造，原型加复撼品，一变二，二变三，三变万物——这是古代圣哲老子的真言。《生命存档》很有特色，通俗些说，生命个体各有账号，银行户头有呆账坏账死账乃至死后才能算的阎王账，乍看眉目清楚，细查模糊不清。人是钱的守护神，也有"守护的神"那样的笑话。生命不独立，要有所倚靠：它的"存档"是历史的素材，尘封的蠹蛀，等人去清理。司马迁整理出十二本纪、十表、八书、三十世家和七十列传，煌煌一部史诗，后世文学也受惠不浅。吴岸诗集有新推出的《生命存档》，其主题诗也叫"生命存档"。又，另选十八首诗编入"存档集"；细读必懂其真意。窃以为，存档即对生命的矜持，生命可跨界到人类以外之众生乃至非生物的一切人智解码释读的创造，诗也在其中。吴岸是有历史癖的诗人，其诗也多已结集"存档"，我读过他已出版的全部诗作，宏观明白，微观愧未能全懂，大概是背景知识不够之故吧。我敬仰吴岸之为人，由人而伸爱其诗。吟赏有年，近日读其新书《生命存档》，觉得更非大力推介不可了。

当代香港的绝妙传奇

——评海辛新著《庙街两妙族》

    我和海辛相识相知十五载，堪称文章知己。既是知己，必能互相欣赏。我欣赏他的朴实、勤奋、真挚，欣赏他的作品富有生活气息和香港本土特色，引人向真向善向美向上，所以一再评介他的长篇小说，如《轮椅天使》和《乞丐公主》。海辛则很同意我的观点：当代华文文坛没有伟大作家，只有群星灿烂；也很赞赏我对他的评价："笑眼看世界"是海辛小说的风格。总之，我们的心是相通的。我对海辛小说的总评价，请参阅拙著《香港文学概观》。海辛可贵之处在于永不满足，后出转精为其特点，他的新著越写越好，确实宝刀未老，何止未老，实更锋利了。这就是我推介其新著的原因。

    海辛自 1959 年至今，已推出 32 部小说了（加上其他著作近达 50 部）。他原想专力于短篇，随后却拗不过香港本土生活现实的驱动，也写了不少中篇和长篇，成绩斐然。我常想，法国作家巴尔扎克在一个世纪前，就靠长长短短不足百篇基调现实的小说创作而赢得了《人间喜剧》这个美誉的世界性认可，历数代而不衰。此中有个奥秘，是"历史的灵光"使成功的杰作越传越富于神异。若我辈东方人不妄自菲薄的话，何妨不可以说海辛小说是近六七十年香港的《人间喜剧》呢？撇开海辛的其他作品暂且不谈，我想从其新著《庙街两妙族》上溯近作《塘西三代名花》及其续篇《花族留痕》，来探讨一下这 3 部可分可合的喜剧佳作的某些特色。我历来畅言无忌，以下也全是大胆之谈，不怕论战的。

　　历史每有其不可思议的逻辑性。东方明珠原来颇像少女遭强暴而"珠胎暗结"，生下一个聪慧麟儿，万般不落人后。难道身之辱、国之耻，竟会有出人意料的结局吗？海辛以其如椽妙笔，似答非答地引起了万千读者的遐思。

　　神和鬼都是人幻化出来的。任何宗教"话事"的都是人。人是鬼神的最后现实。文学是人的自由想象的艺术凝定，所以纯文学西方叫作 belles letters，意为美妙的言词，但它又不是修辞范例。海辛的《名花》《留痕》和《妙族》这 3 个名篇，合起来组成了"五十年港九社会的一角"。而后者则又是一角中的一个妙角。堪称"现实主义"的力作。海辛大概超脱了一切主义，而用"本土气息"来充满错综复杂的情节管道，把"无巧不成书"的原则运用到了登峰造极的高度。海辛是个最忠厚的小说家，他彻底把握社会现实，加以优化提纯，编入故事，化污秽为清奇。这是近百年小说之大异于早期侧重想象编造的市井小说之处。人们回想鸦片战争招致香港殖民地化，国内外污秽一时潋集于海辛所写到的塘西（石塘嘴附近）以及庙街一带地区，使那些地段一时变成了藏污纳垢之所。内地耻于卖淫而又不忍在乡亲指责下自甘堕落的谋生女子，便纷纷跑到香港去从事贱业。然而，"羞恶之心人皆有之"。从 20 世纪 30 年代末期的名妓花如锦，经第二代交际花花影湘（禁娼后，妓女改称交际花，名异而实同），到第三代红歌伶花洁瑛（伶与妓之殊，可以不求甚解），乃至前三代的后代，歌影视红星钟月湘，和留美又回港的女编剧家幸霞，则可谓进入第四代了。《名花》中的主要人物，个个都是有头脑、有个性、有道德信念——这是海辛小说系列里最突出的创造性。我国文学写风尘侠女，或风尘奇女子的，为数不少。世界文学中也不乏其例（如莫泊桑的《羊脂球》之类的）。然而海辛笔下的花如锦、花影湘和花洁瑛，则人品风格都超越流辈一等。名花之誉，当之无愧。她们之所以能把唐成就、老花王、幸国兴和高文这四个饱经人世风霜的男人维系十年而不断绝情缘，显然是品德使然。海辛把传统道德观念表现在遭人嫌弃的名花的言行上，体现了"妓亦有道"（参庄子"盗亦有道"）的事实；由此再添加了"灵画""灵曲"之类的浪漫细节，大大加强了小说的奇幻性。《名花》正续篇颇得《红楼梦》真假结合的妙用，所以让人屡读不厌，越细想越觉得渐入佳境。必须指出，曹雪芹善用诗词给小说打气，使之添彩增辉。海辛则从来不用纯文学技法，他是如拼组魔方，靠结构不可。预测之妙来引人入胜的。海辛珍惜传统，但不生抄传统。作家的生命表现于他的创造性，而毁于效颦剽窃。

二

我这篇浅论先溯《名花》，后议《妙族》，重点在后。

《名花》堂庑宏大，追溯50多年历史变迁，事事交织，物物相牵，尤其是人物的关系十分庞杂，不细心颉，就会被弄得晕头转向。从文学评论的角度看来，它优点多多也派生出一些缺点。原因是作者积累了几十年的香港掌故，本应写一套丛书型小说，但他却压缩为正续篇两厚册了。真材实料，文字严密，几乎无懈可击，可惜内容太丰盛了，"吃了饫死"。如今香港书市，畅销的是吃不腻的快餐书。作家当然不必随波逐流，追求利润。海辛的新著《妙族》便是极有文学个性的力作，它后出转精，历史深度、形象广度和文字力度都是无与伦比的。我简析其特色如下。

庙街是塘西除外的又一处香港欢场的处所。海辛把妓女世家和武功世家置于庙街的两头，形成了颇合香港历史实况的下流社会生活场景，这是很有见识的文学手法。

最成功之处，乃在于海辛把所有的主要角色都写成了人性的标本、有德的善人，表明了社会上下层的差别远不是上流就高尚、下流就龌龊。由此展开小说的情节虽然怪诞，却合情理。这是通过人物的形象塑造来实现的。

一边是有公无母单亲家族三代同堂：

四十年金盆洗手，暮气的地区黑道帮会大阿哥大耳洪为第一代；他的儿子跌打医师洪泳为第二代；洪泳之子洪河山为第三代。

另一边是有母无公单亲家族也三代同堂：

庙街资深老妓女马艳红为第一代；她的养女著名中医马玉蝶为第二代；马玉蝶的养女马绮思和亲生女马思为第三代。

这两妙族很像两军对垒，旗鼓相当。你添一兵，我增一卒，态势均衡。他们实际是男女匹配，双方都满员出勤，却硬撑局面，各自坚守姓氏，不因实际婚嫁而改姓。结果是好几十年间，男族皆姓洪，女族都姓马。大耳洪搭配一个边缘人，即他的洪家拳师弟，外姓人陈鹤；马艳红也搭配个边缘人，即她的庙街姐妹，义气红阿姑，外姓人余艳娴。——这样分布角色，一显示了作者匠心独具，二也反映了香港"人间喜剧"真是无奇不有，而海辛确是香港现实的最成功的表现者。

在海辛笔下，大耳洪确有黑道头目的气派。他可以为争一个女人而拿洪家拳跟日本人的柔道拳决斗，结局是两败俱伤，双方扶归治伤去。他同情师弟单身失恋，派妻子去安慰陈鹤，演叔嫂同欢的恶剧，并不计较以后频繁上演。结局是师弟替他生了个儿子洪泳，他还以为己出，竟沾沾自喜得了后嗣。后来似有觉察，又能将错就错，装憨卖傻了事。

在海辛笔下，陈鹤也确像洪门师弟的作风。他绝不取代师兄，却可以拦腰夺走师兄的后嗣。洪泳、洪河山实际上都是陈家子孙，只仗大耳洪不发作，宽容听之任之。而坚持玩两家清一色单亲的把戏，无非过气洪爷与昔日庙街老妓的心理需要而已。他们实为夫妻，却又分家立户，不但让后代诸多不便，而且影响所及，也使一对边缘男女，长做高龄地下夫妻。妙族之妙，就表现在许多诸如此类的情节上。它们层出不穷，显见小说家海辛构思缜密，摸透了港九欢场的史实，而又能按小说的主题要求使用史料。

马艳红是少年就被卖到庙街做阿姑的不幸女人。她的骤富，乃出乎茶叶祥遗产之赠。这在当年的中国，也只有香港才会有这等事。马艳红的身世，决定了马家三代都属乐于收养弃婴的家风。玉蝶是阴阳人陈不弱居士跟原先的妻子彩彩离而又偶遇的天缘产物，她被丢弃庙街，终幸被艳红抱养成人。她也如法收养了绮思，一个个都冠以马家姓氏，俨然女性马家军。洪马两家共据庙街，实行隐姓通婚，使这片九龙大欢场的"性"格局平添许多异彩。大凡妓馆之设，主意是提供雌性服务而挣皮肉钱。其事本不光彩，故又神而秘之，形成一种独特的气候。洪马两家的"性"互供关系，正兴旺于妓院衰落之际。这一点或许不无象征意义。它讽刺"性"出乎自然，男女共趋，无所谓荣辱。黄河九曲，都是阻碍造成的。洪男马女不敲鼓乐庆婚，却偷偷摸摸地用多种招式制造新人。有意阻挡，便生曲折，《妙族》中多处多次出现"不肯定的父亲"（或叫"待查生父"），使小说的情节离奇变幻，引人入胜。多宗遗产的承受都受妙族内外无心的阻挡而曲折生姿，大大增强了小说的传奇色彩。茶叶庄高祥之处置遗产，和破烂老"齐爵士"的遗产分配，都十分精确地反映了香港社会的现实。从马艳红到马绮思，主要情意结都是缠绕着金钱的。

马绮思原是弃婴，被马家收养后一帆风顺，竟至赴美留学，学有所成。顺境产生负心人，马绮思忘恩负义，抛弃了洪河山，投入金龟婿高礼鹏的怀抱。后来高礼鹏也为了继承遗产而割弃马绮思，似是一报还一报。但是马绮思人生曲折的含义绝不在"报应"，而是在乎当代男女婚恋的不稳定性。《妙族》中马绮思的形象婉婉多姿，很有血肉。

跟马绮思争风吃醋的石小霞的形象，是全书人物中写得最深刻也最感人的角色。

绮思小霞由情妒隔阂而转变为相怜相爱相助的真诚情谊，是九龙社会和庙街妙族的生活与社交条件所促成的。海辛让绝妙的情节说话，而不作小说家的"幕后提词"，所以故事动人，使读者"感情移入"，小说也就显得耐读了。

还应该提到陈鹤和不弱居士。陈鹤是书中最言少行多而"性"

功卓绝的边缘人。他铜皮铁骨，长练武功，能把白鹤拳的武艺用于做爱，最后的成绩是：师兄洪爷的子孙实际上全是师弟陈鹤的子孙。称呼陈鹤为"师公"的，自然多是鹤而无疑了。他是随和、博爱的老好人，又是有偷梁换柱甚至偷天换日的特异功能的奇人。不弱是不能人道，后来一度服壮阳药偶生一女（即马家收养的弃婴玉蝶），当然也算一个奇人。《妙族》奇事多，那是港九社会复杂的效应。在海辛笔下，《名花》《留痕》以叙事自然清畅胜，而《妙族》则以更高的传奇性见长。我还要说，《妙族》是香港的微型《红楼梦》，请看书中228页不弱居士对生女玉蝶所说的话吧："就当发一个怪梦算了。"

窃以为"没有虚构就没有小说"，"文学就要无中生有"。有人瞧不起编故事，但不会编故事就当不了小说家。从国情港情出发，就要学习我友海辛兄虚构的能耐。有人问我："风靡一时的某小说，框架很像《名花》，会不会谁抄了谁？"我答曰："同是写香港名花，相似也难免。近半多个世纪以来，文坛上就曾发生过多起，这不奇怪。海辛的书早出五六年，不可能有'灵抄'的道术。后出的书也显示才气纵横，大概还不屑于仿制吧。或许她根本不知有《塘西三代名花》这本书。"我甚至主张写同一题材，呈现不同风格，不亦妙乎！

海华文学的一座丰碑
——兼评骆明新著《东南亚——另一片华文文学天空》

年届 65 岁在中风后的骆明先生为了新华文学，东南亚华文文学乃至世界华文文学的繁荣发展，抱病飞来飞去，风尘仆仆，不怕苦，不怕累，只怕文学滑坡了：今秋以来，时而在重庆，时而在昆明，时而在吉隆坡，时而在汕头，时而在香港，都可以看到他的身影，令人怦然心动，感慨万端。骆明的执着和拼搏精神感人至深，文友们都为有这样的文坛领导人、组织者和评论家而自豪。

开拓之功　贵在坚持

当比新加坡文协成立 20 周年和《新加坡文艺》创刊 25 周年之际，窃以为，华文文学界应该大力表彰骆明的开拓之功和坚持之绩，以激励后来人。

新加坡文协会长、《新加坡文艺》主编骆明是新华文学的开荒牛、亚细安华文文学的倡导者、也是世华文运的推动者；他仅靠一支笔和一张嘴，勇为天下先，以文会友，长袖善舞，组织文艺队伍，发动老作家挥毫上阵，出版、收藏、展览他们的文艺珍品，表彰他们的文学业绩；团结志同道合者，以身作则，千方百计鼓励、培养、提携一批又一批新秀，大出美文佳作；开展丰富多彩的文艺活动，活跃文坛，创会创刊发奖；并走出国界，频繁交流、沟通、联谊、引进，力促新华文运，使新华文学成为东南亚华文文学的重镇，使另一片天空灿烂辉煌，成为海华文学重中之重，在世华文学中占有重要地位和产生巨大影响。概括来说，有以下十大功绩应予肯定。

1. 为了振兴新华文学，他放弃许多创作，于 1966 年开始主编《南洋教育》，特设文艺版和学生园地，努力培育新秀。由于他的高瞻远瞩和远见卓识，后于 1975 年又与杨松年等创办《新加坡文艺》，并坚持到今天，他尽心尽力使这个长寿刊物越办越好，难能可贵。在此基础上，又于 1980 年成立新加坡文艺研究会，以评论引导创作，使新华文艺沿着正确的创作路向健康茁壮成长并获长足发展，好评如潮。

2. 在商业社会里，特别是新加坡成为"四小龙"之后，教育要跟市场走，文学亦不应例外，经文一体化成为大趋势。骆明为此投身商海，以商养文，文商并茂，成为著名儒商作家，文商结合，相得益彰，促使儒商文学空前发展。

3. 文学没有国界。新加坡是个小国，必须联合亚细安地区华文作家一起推动华文文学，才能开创大局面，形成大气候，于是他发起并筹建亚细安文艺营，并于 1988 年在新加坡召开第一届亚细安文艺营，迄今先后在菲、泰、马等国举办了七届。六国联合经文力量，充分发挥智力、财力，既是新华文学所必需，也是东南亚华文文学所必需。

4. 尊老敬老，继承传统。1989 年正逢新加坡开埠 100 周年，文协会长骆明办了两件大事：一是表彰了 24 位已故的新加坡作家，并举办了他们的作品展；二是主办了一次"文艺敬礼"活动，对曾在新华文坛活跃过 20 年以上，年龄在 60 岁以上，在创作上卓有成效的多位老作家进行表彰，并出版了《文艺的敬礼纪念特刊》一书。

5. 先见之明在于情有独钟。1991 年骆明提出新华文学回流母体文学海洋，抢占中国书市。尤今一马当先，随后田流、怀鹰、陈美华等等相继在祖国大陆出书，为一时之盛。1993 年 7 月新加坡中华总商会召开文艺座谈会，表彰文协会长骆明和理事尤今，认为尤今在祖国大陆出版了 23 本书，并受广大读者欢迎是一种"文艺回流"现象；

认为文化投资和工商投资一样重要，新华文学只有汇入中华文学大潮，才能走向世界，并在世界华文文学史上享有更高地位。今年9月重庆师范学院尤今研究中心成立更证明了这一高见。

6. 1991年文协在骆明的策划下举办第一届"新华文学奖"，聘请海内外许多著名评论家担任评委，使这次评奖更具国际性。笔者也是评委之一。我们一致认为尤今量大质佳，一笔走天下，广受好评，奖金得主非尤今莫属。推荐奖得主田流和怀鹰也是最佳人选。"新华文学奖"提高了新华文学在世华文学中的地位，足见骆明大公无私，深得文心。

7. 在骆明的策划下，新加坡文协主编一套《新加坡当代华文文学大系》，于1991年在中国北京由华侨出版公司出版。这套丛书收录了诗歌作者80多位、散文作家80多位、小说作家40多位的作品，分诗歌卷、散文卷、小说卷四册出版，首次向中国读者展示了自新加坡独立（1965）以来的作家阵容及其代表作，功德无量。同时，还与中国文联出版公司合作，出版了《新加坡文艺协会作品丛书》（包括微型小说选、小说选、散文选和诗歌选4种），比较全面系统深入地展现新华文学全貌。这种为他人做嫁衣裳的精神，值得喝彩。

8. 1997年，骆明又提出了出版《新华年度文选》的计划：每年编辑一部当年新华作家作品集。1998年5月，一部《新华年度文选》面世，它收集了1997年100名新华作家代表作，以鼓励他们"每年都要勤劳于写作，写出作品，写出划时代的作品"。可见骆明用心良苦，志在奉献。为了活动和出书，他凭着三寸不烂之舌，四处游说筹款，经过他的坚持努力，终于心想事成，但却积劳成疾，一度病倒。可他虽病犹乐，并且乐此不疲，拼搏不止。

9. 1999年，骆明又提出了在新加坡筹建"新加坡现代文学馆"的构想。这一设想目的在于为海内外研究新加坡现代华文文学建立一个资料库，以促进海内外研究海内外文化交流，从而提升新华文学的国际地位。我坚信他志在必得，三年后必可建成。

10. 骆明是海内外新华文学研究者的运输大队长，为了文学的繁荣发展，他尽心尽力尽财为各国研究者提供信息、书刊，或邮寄、或亲送，忙个不亦乐乎。本人受惠甚多，称他为"运输大队长"。

情真意切　生动感人

骆明擅长散文创作，其作品以感情真挚，知识渊博，情趣高雅，胸襟开阔见长，在写法上采用比较、弹赞、综合等多种手法。他的五集游记散文《游踪》是开卷有益的佳作，它并非像某些人的游记只是开列风景清单，而是善于穿插与各国风光有关的历史、地理、人物、风情、传说与掌故等，有的还借用了小说技法，有人物有情节有对话，使读者在美的享受中，得到思想的启迪和有趣的知识。读骆明的游记，你会感到作者是个有心人，无论是在异国游山玩水，在国际名城观光，还是在候车等船，他都在悉心地观察周围的人，从不同的角度、采取不同的构图法，运用不同的色彩，摄下形形色色的人物。《船夫·河流·险滩》写的是作者游览菲律宾名风景区"百胜滩"的经历。作者写了当地的景物，但写船大用的笔墨似乎更多，写驾驶游船的船夫"沉着的意志"，他们的"经验、智慧和熟练的技巧，以及灵活的身手"，还强调了必不可少的"同舟共济，齐心协力"精神。文章末尾充满哲理意味地概括说："在百胜滩，你可以有很强的证明，生活就是一种挑战。"《我们要旧罗马》写了作者在罗马的所见、所闻、所感、所思，最后感叹道："罗马以文化古迹吸引了千千万万的旅客到来，可惜的是一些今天的罗马人又以动作或语言，将顾客们送走了。"众所周知，法国人一般比较乐观，骆明在《凯旋门前》一文中所作的结论颇为新鲜。他认为法国人之所以乐观，"原因是他们对于生活不用烦愁"。他通过实地考察，从就业、就学、休假诸方面做了一番分析，使读者感觉言之成理。身为炎黄子孙，骆明在他的游记中溶入了浪迹异国的思国之情。《风磨》写作者在荷兰看到的"一幅很优美的乡村风景图"：有屋子、篱笆、船、树、桥、流水、牛羊。于是，他不期然想到马致远的《天净沙》。在《游泰晤士河》中，作者在伦敦乘船游河时，随景物的变幻，一会儿想到陶渊明笔下"渔舟逐水爱山青，两岸桃花夹古津"的桃花源，一会儿感受到"独钓寒江雪"的境界，一会儿又领略到"烟朦胧，雨朦胧，帘卷海棠红"的氛围。

《初出茅庐》《微笑》《生活小曲》是骆明的3本杂文小品集，收录的作品内容丰富，谈人生、谈社会，感慨时事，抒写现代人的悲哀，作者抒发情感，剖析事理，每每引物取比，或通过一些社会新闻加以引申，娓娓道来，处处闪耀着智慧的火花：以《谣言》为例，剖析了谣言传播的方式："一传十，十传百"，"疑神疑鬼"，作者的结论是："只要不信谣言，谣言就会停止了，'谣言止于智者'。"作者善于从平凡的琐事中发掘出新颖的见解，给人以启迪；借助犀利而含蓄的笔锋，解剖社会的病态。骆明的散文有一种质朴明快的风格，写入细腻传神，写景清新简洁，文章语言洗练、平实、丰盈。

雄文开卷　拓展晴空

骆明会长由于长期生活在新加坡，且已落地生根入籍斯土，自然很了解新加坡。由于长期参与文艺活动，又关心当地文艺发展的动向，自然也很了解新加坡文艺的各种问题。若把视野扩大看整片东南亚华文文艺的概貌，他的看法是有前途有希望的，这跟消极论派的观点是很不相同的。诚然，文学不景气是社会条件的反应。争取生存要拼搏，生活难捱了文学就不可能景气，且不说文学繁荣了。但是东南亚华人少说也有两三千万人，他们是经数代迁徙从大陆移民积累下来的。这批人虽然远走异乡，却对故乡传承过来的影响特别容易接受。五四新文学也曾推动过东南亚华文文学就是明证。另一方面，这批人也会认同当地人的本土文学，从而产生混血文学。叫什么名称都无关紧要，反正有华文血统的文学就是了。属于这一流的作品和作家为数还是众多的。骆明先生说了5点意见：

（1）东南亚华文文学的发展史已长达七八十年。

（2）东南亚各国都有为数颇为可观的文学著作和作家。

（3）东南亚各国的华文文学都有其独特的风格、地方特色和用语。

（4）东南亚各国的华文文学多数均能成为其国家文学的一环。

（5）东南亚国家大多数是多元社会，一个特殊的社会环境。

因此，骆明下结论说：

> 东南亚华文文学虽然是受到中国母体文化的影响，但是，其结果却是异于中国文学的创作，而有其特色。
>
> 这特色是三种成分融合形成的——地方色彩、民族风格和生活习俗。
>
> 这些作品是这批作家心灵净化的成果。

骆明呼吁有心于沟通、推动海外华文文学的研究者们将视觉调向东南亚、关心东南亚华文文学，为共同推进华文文学而努力。

笔者觉得，骆明高举《东南亚——另一片华文文学天空》的旗帜，是有历史性意义的。新加坡的地理位置，经济分量，作家作品之丰盛，都令人联想"海阔凭鱼跃，天高任鸟飞"的俗语，从而对"另一片天空"产生无限的期待与向往。骆明先生在新华文坛上的地位，使他无愧于充当这面文学大纛的旗手：他本是著名作家，且又专长文学评论，未来的成就，可指日而有厚望焉。厦门大学资深教授赖于坚说得好：《东南亚——另一片华文文学天空》70篇文章构成了一个整体，它清晰地概括了东南亚华文文学的发展历程和特点，它告诉人们，东南亚华文文学史，它的独特境界昭示了它在世界华文文学中应有的特殊地位。

笔者认为，骆明分题各论了东南亚华文文学有直接关系或间接关系的问题，深思熟虑，备极用心，显见他对《东南亚——另一片华文文学天空》的研讨十分到家。读者只要细想骆明对识汉字、看中文书这两个专题的分析，便可明白整本书都是心血的献礼，而非浅尝辄止，拼凑70来篇了事也。

亦可悲调出自爱心
——评《湄南河恋歌》

　　许静华女士是当代泰华文界一流作家，又名年腊梅（泰名）。她笔名很多，主要的有李虹、无盐、朱萃、许心怡、李可欣等，广东饶平人，1934 年出生于泰国曼谷，幼年遭逢不幸，慈父早逝，家道中落，一贫如洗，生活困厄。她现任《中华日报》编辑，兼任泰华写作人协会理事，著有短篇小说集《花秆》、中篇小说集《在鹰爪花架下》，也是接龙小说《风雨耀华力》的作者之一，另有散文集即将行世。她的作品深受好评，屡次获奖，是泰华文界的佼佼者。

　　长篇小说《湄南河恋歌》是许静华的代表作，是一代华裔泰国青年恋爱婚姻风习的文学记录。它深刻揭示社会历史的真实，生动地描写了两三代人的思想感情和文化心理状态。它是作者深刻博大的人生阅历和细致朴实的文笔素养的完美结晶。众所周知，泰华社会里的第一代华侨多数都是从封建意识深厚的中国南部滨海城乡出去谋生而后来定居新土的。他们习惯于"婚姻父母做主"的社会生活模式。第二三代华人则由于从小生活在较开放的泰国城市社会里，逐渐不信乃至抗拒那种不可容忍的"父母之命，媒妁之言"了。作者同情青年男女冲破历史遗留的罗网，但也批评"新潮派"青年男女在新的社会条件下滋长起来的损人利己的思想作风。小说以作者半个世纪的艰苦历练为准备，以泰华社会里新旧婚姻观的冲突和正反道德观的矛盾为背景，栩栩如生地描绘了湄南河畔华人儿女恋情恩怨中的是非曲直。

小说的写法别具匠心，亦可而先不写恋爱的浓情蜜意，却以新娘子逃之夭夭开场，使婚宴的欢声笑话顿歇。这种戏剧性的场面，完全是女主角方慧的性格酿成的。通篇情节的波澜起伏也都是随方慧性格变化完成而展开的。

那是湄南河畔门当户对的儿女婚姻：新郎是园主之子，憨厚勤劳的林文昭；新娘是小店主之女，聪明俊俏的方慧。这在泰华社会里的第一代华侨看来，简直是君子配淑女，天作之合，谁能比这更美满呢！可是青年一代看法就不同了。方慧自称"不能和一个没有感情的男人结婚"，这两代人的思想鸿沟，导致一场打得死去活来的逼婚悲剧。她吃一堑长一智，改变策略——精心设计了婚夕潜逃。情节发展至此，方慧的性格成熟了。她代表着社会发展新阶段一代新人的合理生活要求。半月后，方慧被父亲寻获而抓回时，她竟有了不起的应变新招，说服老实纯朴的林文昭"成全"她的心愿，放弃婚约。方慧也就与顽固的父亲决绝，弃家出走了。作者笔下的细节曲尽情理，把胜利者、牺牲者、亲近者全都放在恰当的框架之中，显得天衣无缝，飘曳多姿。而旧婚俗的反抗英雄方慧也就以胜利者的情怀，深入曼谷社会去试探婚姻自主的究竟，那是她性格发展的第二阶段。

她的自由恋爱发生在永华线衫厂里。这里是泰华社会手工业劳力市场的缩影。青年女工以高节奏的劳动赚取仅足糊口的报酬，厂家也自以创业艰难，不得不靠狠心制造的管工成天威逼挑剔工人，甚至连老板的少爷也被"安装"在会计员的位置上，不得升学，只能服服帖帖参加整个工厂机制的运转。在这个小社会里，人们看到政治家所批评的经济剥削，也更明白地感到社会学家所指陈的思想压抑的弊端。这后者表明，一代青年并不以阶级地位一致作为彼此同情支持的唯一条件，也可以只因各有压抑共求伸张而认同。人真是颇受感情支配的动物，也许正因为情感微妙才成为万物之灵。方慧跳出了婚姻不自由的家庭，又跌入了诸多不自由的社会。她以明辨是非的见识，超凡脱俗的举止，与敢于抗争的勇气，很快就得到同辈女工的推崇敬重，而成为她们的精神领袖。她在屈曲求伸中结识了老板少爷会计员吴益明。一年之后在深秋的水灯节之夜，明月把幸福的诗情画趣洒遍人间，他们在乐园的湖边喁喁絮语，共庆月圆人亦圆。性格内向、斯文老实的吴益明和性格外向、敢作敢为的方慧，本是难以匹配的。只因双方都有各自的失意处，同情撮合了爱情，默契中多少带点轻率，反映了阅世未深的缺欠。在方慧心底里，只有文化高的才子值得爱慕，她不可能真爱益明这样软弱而无锐气的会计员。她自己上泰文夜校，原也存着有朝一日跻身新闻界的企望，所以一旦遇上风流潇洒的新闻记者林俊生，便神魂颠倒地迎新而弃旧，把同情资助自己的吴益明撇在一边。商业社会型的细节，刻画方慧弃旧迎新的负心行为和"宁我负人，勿人负我"的卑劣性格，使读者收起前度的同情，换上今番的鄙夷，这是小说的成功之处，它责备人间的缺德行为，而褒扬正派善良的作风。然而小说中对方慧的批评是恰如其分的。后边情节的安排是现实生活对年轻人的教训和主角方慧的觉悟，"实迷途其未远，觉今是而昨非。"这不但是泰华社会一代新人很难避免的过失，而且可以说具有全人类的普遍性。作者以严师慈母的深情庆幸自己精心塑造的人物回到人生的正途上来。这就进入了小说情节发展的第三阶段，即方慧因挫折而觉悟的人生观成熟期。

　　爱情上的见异思迁往往是两种因素所促成的，一是社会的引诱，二是个性的自私。婚姻受过损害的人更容易发展的报复性的错觉："我不负人，人亦负我"。方慧挣脱了父亲的罗网，游鱼般混入曼谷社会的海洋，满心以为凭着聪明伶俐，完全可以把恋爱和事业结合起来。又由于对所谓文化人的盲目崇拜，使她对才貌双全的新闻记者林俊生一见钟情，竟然几天苦思，写了一首披肝沥胆搅人心魄的求爱诗，亲手交付！真可谓执着生迷惘，执着生盲动。本自无心的林俊生，竟成了方慧期待而未得的理想对象，事实上的社会诱饵。他使方慧忘情忘义，丧失良心，不顾挚友的劝阻，不顾情人的死活，投向了底细未明的新人。林俊生早已情有所属，对方慧先是无动于衷，后竟抗不住诱惑，和她厮混了六七个月，像演一出有声有色的才子丽人戏，险些陷于不能自拔。幸亏远方的情人李明闻风赶来，制止了事态的发展。方慧尝到了失恋的滋味，俊生向她道歉时婉转地说："我们来做个好朋友吧。"方慧呢喃地说："做个好朋友，这句话好像我已经向谁说过的——难道果有报应么……"读者必还记得，她打发林文昭解除婚约时说过这样的话，那次是合情合理的应酬话。到后来她抛弃吴益明时第二次说了这句话，那是无情无义的亏心话。如今轮到俊生拿同一句话来搪塞她了，说明她开始认识自己的过错了："我曾经丢弃了别人，今天也被别人丢弃……""报应！报应！真是报应！我曾经看不起文昭，又丢弃了益明，今天自己也遭逢到如此难堪的下场……"

小说发展到第三阶段是方慧在失意中又一次拿不定主意，被摄影记者司徒文诓骗到海滨游玩。司徒一伙三男一女，把方慧缠到天黑，不让她回曼谷，想胁迫她到旅馆过夜。正当方慧在车中挣扎吵闹之际，林俊生和李明双双开车追寻而至，恰巧救了她，把她接回曼谷。这次历险是方慧彻底觉悟的催化剂，是使她认识人生的清醒剂。她不再怀恨俊生的小过而感激他分手后的朋友情怀。她不再忌恨李明妨碍了她和林俊生的爱情，而感激李明及时营救的宽宏气量。不久前方慧还托福李明貌不如己，如今却觉得李明的品德高不可攀。多少年来她对文化界一直抱着幻想，现在却看穿了其中的真相，在现实生活的教育和一群好友的帮助下，方慧变得深沉而老练了。她的性格完成了——那归真反璞的青年女子的性格。最后她兼任了儿童夜校的教师。

人类社会总是顾此失彼，时时有人做牺牲的。方致和逼嫁亲生女，把方慧打得死去活来，无辜的女子做了过时婚姻制度的牺牲品。方慧抗命潜逃，后来又说服林文昭解除婚约，林家父子人财两空，也做了同一制度的牺牲品。方致和无法维持这场婚姻，终于把亲生女赶出家门，自己也气恼中拿家庭的天伦之乐去做牺牲。方慧实行自由婚姻，却因道德观念淡薄而使忠诚老实的对象吴益明做了牺牲。林俊生三心二意，险些使新旧女友都做了牺牲。这些都是跟恋爱婚姻有关的社会问题，更不用说司徒文之流的猎色洋棍所惹起的社会麻烦了。

《湄南河恋歌》的作者以犀利的眼光，细致的笔触揭示了大量人性缺陷问题，就是这些缺陷导致了无穷无尽的苦恼与牺牲。随着小说情节的发展，一个个牺牲者登场，扮演着不可思议的奇怪角色，把曼谷社会万花筒中的面面图景，聚合成一座透亮的殿堂，可叫"当代'人生'"。它不像封建庙宇那么神秘，而是使一切缺陷与弊端显露无遗。

林文昭是小说中唯一的新郎。婚礼刚完，新娘逃走了，这当头一棒，不公平地打了无辜者。文昭是果园之子，形貌常识都配得上方慧，而品德气量则超过她，他接受父母之命媒妁之言的婚姻，正自庆幸娶了个天仙般的聪明姑娘，而准备在共同生活中培养山海一样坚定深厚的恩爱。岂知对方是"文明婚姻"派，道不同难相和谐；于是喜庆变成了不幸，老实厚道的文昭做了悲喜剧中最大的牺牲者。这是时代变迁、社会意识转向过程中的受罪者。小说的结尾处写至文昭失意之后，利用工余时间，义务教导果园附近失学的孩子，后来终于与女学生范云珠产生了爱情，婚后生活美满。读者不难明白，文昭厚道随和，能适应时代转变中两种并存交替的婚姻模式，失之于前，补之于后，所以他也并非永久的牺牲者。小说的作者洞察泰华社会男男女女恋爱婚姻生活中悲欢离合背后所隐藏着的种种因果关系，用文学语言有说服力地指明了一条人生哲理。那就是：恋爱和婚姻要适应社会发展中新旧交替的现实。自由恋爱而受挫，必然得人同情；自由而牺牲别人，受挫就不值得同情。后者往往被说成"报应"，那显然是社会公德对操作人而未能利己者的谴责。

再拿方慧手下的牺牲者吴益明来看，他同方慧都实行自由恋爱，他自始至终忠诚不渝。按理既是自由定情，方慧就没有权利抛弃他。可惜"自由"的含义也可以自由解释，所以方慧就索性不顾挚友的规劝而断然丢弃了他。可见不单是旧式婚姻会造成不幸，新式婚姻也同样会造成不幸。益明的忠诚近乎痴情，他不但原谅方慧的丢弃，甚至婚后仍以念念不忘前情而懊丧。读者不难看出，益明处理婚姻的态度跟文昭一样能适应环境，他换之于新，补之于旧，所以也没有做彻底的牺牲者。小说作者以深厚的爱心把泰华青年男女恋爱婚姻生活中的痛苦经验，用尽情尽理的小说情节，令人悦服地指明了一条婚姻哲理。那就是小说第十九章方慧的女友劝慰益明的那段话："恋爱的与媒妁介绍的都是一样。只要彼此能互相迁就，互相谅解，同样的生活能过得幸福……"

《湄南河恋歌》不失为一部国内读者了解泰华社会的佳作。

潘亚暾学术年表

1980 年由黔南师专调任暨南大学任教，全家移居香港，使我得天独厚，全面迅速开展世界华文文学研究工作。

1981 年接受中国社科院文学研究所研究徐訏的任务，主编《徐訏研究资料汇编》。在相关部门支持下，境外海外书刊资料得以顺利过关。

1982 年戴厚英来访，我的专访在新晚报发表，惹得上海某领导在万人大会上点名批评，但不知阿旭为何许人也，后孔萝荪来问我阿旭是谁，我说是我。后上海某大学校长来，给我说得他哑口无言。

1983 年出任中国致公党七、八、九届中央委员。赴沪访问徐訏妻女及其生前好友赵景琛、陆晶清等 20 多位，认定徐訏是爱国作家，而非反共作家。出席首届在暨大开的港台文学研讨会。

1983 年出席在穗召开的全国文艺理论研讨会。赴港探亲 3 个月，走访近百位香港作家，否定"香港是文化沙漠"，肯定香港文学特殊贡献。购买大量书籍资料，香港作家竟先赠书，获得大量第一手资料。出任暨大港台暨海外华文文学研究中心主任。由港飞沪给在复大现当代文学讲师班做《香港文学素描》报告。返校开设《香港文学》《台湾文学》和《海外华文文学》三门课。

在港期间，时任中文大学中文系主任余光中教授三次邀我到校交流座谈，此后该系主办的学术活动都邀我出席并宣讲论文。出任暨大港台暨海外华文文学研究中心主任。

1984 年应邀到江西大学中文系讲学，并约施叔青同行，名家张弦力邀赴宁共游江南。赴港出席香港大学主办的香港文学研讨会，看到香港文坛纷争颇为热闹。年底赴榕出席第二届港台文学研讨会，我首倡儒商和儒商文学。

1985 年应刘再复之邀，到中科院文研所作《港台海外华文文学现状》学术报告，随后在《香港文学》20—26 期上连载，引起极大的反响。

1986 年中文大学主办的几次研讨会我都出席并发表论文，有次我刚讲了几句，即遭到台湾作家代表团围攻，余光中为我辩护。出席在深大召开的第三届港台暨海外华文文学研讨会并助与会陈若曦等美华作家飞哈尔滨看冰灯。应高教出版社之邀，主编高校文科教材《台港文学导论》，又应花城出版社之邀主编《港台海外华文文学大辞典》。

1987年3月与秦牧飞鹭岛出席厦大主办的华文文学研讨会，会后发表这次会议的综述《香港文学》29期题为"沟通交流互学互进"。

与陈若曦应邀在两广、渝、云、贵等省市自治区讲学。返后应邀访菲一个月，先后在马尼拉、宿雾、怡朗、碧瑶、苗戈律等地旅游讲学，广会文友，收获甚丰。出席新潮文艺社座谈会和出席征航文艺社成立五周年庆典等文学活动。

1988年出席在复旦大学召开的第四届港台暨海外华文文学研讨会。为伸张正义，在《争鸣》刊文，致未能出席新加坡举办的大会，黄孟文请戴小华代读我的论文，效果极佳，与会者都说"深得我心"（田流、方北方）。在《香港文学》41期发表拙文《海外华文文学之光》（暨南大学主编的《〈海外华文文学丛书〉总序》）。

1989年应邀访泰，与泰华作协交流，梦莉专陪并捐万元。黄孟文来访求为其《安乐窝》作序。海峡出版社出版《香港作家剪影》，王列耀、林承璜著文推介，黎湘萍说：他研究香港文学就是从此书入手。台湾名家颜元叔、陈映真等都要求安排他们来校讲学，我一一安排并给予评论。

1990年发表《台湾暨海外华文文学研究中心十年回顾与展望》，先后邀请戴小华、云里风来校讲学。

1991年出席在翠亨村召开第五届港台暨海华文学研讨会返程与曾老（曾敏之）、芃子坐车遇暴风雨被大货车撞到，但有惊无险，借酒压惊。赴港出席香港作联主办的"世界华文文学研讨会"，并被选为世界华文文学协会筹委。访冰心题写《海外华文女作家素描》一书书名。

1992年鹭江出版社先出《香港文学概观》，再出《香港文学史》，荣获中国第11届国家图书奖。

1993年新加坡李氏基金会赞助20万人民币作为研究交流经费。

1994年被评为国务院专家待遇，享受特殊津贴。出版《尤今作品精选》由我逐篇评析，尤今签名售书并讲学，盛况空前。花城出版社出版《菲华小说选》，为研究菲华文学打下基础，颇受欢迎。在《香港文学》105期发表《最是繁华季节》——三岸文学研究交流比较。

1995年7月8日，同济大学文法学院聘为客座教授，在北京人民大会堂举办国际儒商座谈会，王光英副委员长等中央领导人出席并讲话，中央电视台等58家媒体予以报道；7月25日在海口举办首届儒商和儒商文学大会，暨大周耀明校长致词；时任海南省副书记在杜清林设宴招待与会儒商。7月28日成立国际儒商学会。出版《轮椅上的战歌》并召开新书发行仪式，由我报告黄裕荣生平著作报告，印华作协会长袁霁率印华作家代表团8人出席，反响很大，意义深远。

1996年谭慰儿在英文虎报发表我的专访，200多家英文报转载，惊动美国中情局，掀起轩然大波，中共中央统战部部长特派其女从京专程找我说："如有事，即给家父电话，他保你无事。"

1997年在吉隆坡举办第二届国际儒商大会，并致词，9家华文报连日专版报道，盛况空前，影响深广。同年中秋节出访印尼，先后在雅加达、万隆、巴厘岛等10市旅游讲学，前后一个月广交文友，收获极大。在京先后出席周颖南作品研讨会和陈瑞献文艺作品（长江文艺出版五卷）研讨会，在会上发言后，会后发表多篇评论。

1997年因移居香港而要求辞退致公党中委一职。罗豪才主席为此召开送别会，时任中共中央统战部部长刘延东与会讲话。此后，我在港成立国际致公学会并任会长。

赴港庆祝香港回归，广会与会嘉宾，交流甚欢。应新加坡暨南大学校友会之邀访新与各界文友交流联谊、讲学、调研。

1998年张德麟赞助云里风主编德霖文丛，出版我的马华文评集《后来居上》。暨大出版社出版《儒商学》《儒商列传》和《儒商大趋势》，使文商结合，相得益彰。

1999年珠海出版社出版《港台暨海华女作家小语》上下册，成畅销书。

2000年出席第11届世界华文学国际研讨会并发表《21世纪文学新路向》，在上海召开第三届国际儒商大会并致开幕词，先后到重庆、昆明等地讲学与会、旅游、交流。

2001年应菲华首富陈永栽之邀，与梁灵光老省长访菲讲学交流，我主讲《我的文学之路》，广会文友。

2002年新加坡文艺协会为我出版《新加坡作家作品评论集》。

2003年应邀与老省长赴南通在口岸万人大会开幕式致词，主持南通儒商座谈会，举办李远荣《李光前传》，毛艳姣散文集《与癌共舞》，罗伦斯诗歌研讨会。

2004年在广州召开国际儒商学会成立十周年庆典及首届世界华文作家大会，并致开幕词，出版《儒商学》修订本等8种。出席景德镇千年瓷都诗词联对大奖赛，我任评委，两首词清平乐和满江红获奖，会后制成陶瓷在展览馆展出至今。

2005年访美一个月，走遍旧金山、加州、纽约、华盛顿等10州，广会文友交流调研，并出席南美洲60多国统一中国大会，广交洪门兄弟。

2006年应邀出席马来西亚儒商联谊会换届大会并致词祝贺。广会文友。

2007年新加坡文协赞助出版《新加坡华文作家作品评论集》。

2008年在扬州召开第六届国际儒商大会，我致开幕词。

2009年在东莞举办国际儒商学会成立15周年庆典，并致开幕词，首席顾问原商务部胡平做报告。举办黄飞山文论研讨会、苏原生著作研讨会,我都致词、评析。

2010 年赴港出席《华夏纪实》创刊 5 周年和报告文学研讨会,担任评讲。会陈若曦、尤今等文友,并广会香港文友。

2011 年病,写回忆录,出席中国世界华文文学举办的世界华文作家大会,在主席台上与文学评论主编林曼叔坐在一起,会后他都寄赠其刊物,获益不浅。

2012 年应邀赴新加坡出席潘受诞辰百年研讨会,发表《杰出书法家诗人教育家潘受先生》长篇论文。

2013 年病,写回忆录。

2014 年赴深圳大学出席中国世界华文文学学会领导大会议,并发言。